OS NOMES

DON DELILLO

OS NOMES

Tradução:
TATI MORAES

1ª reimpressão

COMPANHIA DAS LETRAS

Copyright © Don DeLillo 1982

Título original
The Names

Capa
Ettore Bottini

Foto da capa
Hilton Ribeiro

Preparação
Olga Cafalcchio

Revisão
Denise Santos
Vera Lúcia de Freitas

Dados Internacionais de Catalogação na Publicação (CIP)
(Câmara Brasileira do Livro, SP, Brasil)

DeLillo, Don, 1936-
Os nomes / Don DeLillo ; tradução Tati Moraes. —
São Paulo : Companhia das Letras, 1989.

ISBN 85-7164-027-0

1. Romance norte-americano I. Título.

88-2437   CDD-813.5

Índices para catálogo sistemático:
1. Romances : Século 20 : Literatura norte-americana
813.5
2. Século 20 : Romances : Literatura norte-americana
813.5

2003

Todos os direitos desta edição reservados à
EDITORA SCHWARCZ LTDA.
Rua Bandeira Paulista, 702, cj. 32
04532-002 — São Paulo — SP
Telefone: (11) 3707-3500
Fax: (11) 3707-3501
www.companhiadasletras.com.br

Para Barbara

O autor agradece o apoio que recebeu da John Simon Guggenheim Memorial Foundation. E faz também questão de deixar registrado seu afetuoso apreço por Atticus Lish.

A ILHA

1

Por muito tempo eu me mantive longe da Acrópole. Atemorizava-me aquela rocha sombria. Preferia vagar pela cidade moderna, imperfeita, estridente. O peso e a força daquelas pedras trabalhadas prometiam tornar complicado o esforço de vê-las. Muita coisa converge para lá. É o que conseguimos resgatar da loucura. Beleza, dignidade, ordem, proporção. Existem obrigações ligadas a uma tal visita. E havia também a questão de sua fama. Eu me via percorrendo as ruas turbulentas da Plaka, passando por discotecas, lojas de bolsas, fileiras de cadeiras de bambu. Lentamente, de cada curva de viela, em ondas de cor e som, apareciam turistas calçando tênis listrados, abanando-se com cartões-postais, os filelenos, subindo penosamente a encosta, profundamente infelizes, misturando-se numa fila incessante rumo ao monumental pórtico.

Quanta ambigüidade há nas coisas glorificadas! Sentimos um certo desprezo por elas.

Eu estava sempre adiando aquela visita. As ruínas erguiam-se acima do tráfego sibilante como um monumento a expectativas malfadadas. Eu dobrava uma esquina, acertando o passo por entre compradores que se acotovelavam, e lá estava ele, mármore queimado de sol, exibindo sua massa de calcário e xisto. Eu desviava de um ônibus repleto, e lá estava ele, na borda de meu campo de visão. Uma noite (ao entrarmos em tempo de narrativa), voltando de carro com amigos para Atenas, após um animado jantar no Pireu, perdemo-nos em alguma zona descaracterizada e, quando fiz uma curva fechada pelo lado errado de uma rua de mão única, lá estava de novo, diretamente na minha frente, o Partenon, iluminado por holofotes para um evento, algum feriado ou apenas o espetáculo de som e luz do verão, flutuando na escuridão, um fogo branco de tal claridade e precisão que o susto me fez brecar bruscamente, atirando as pessoas contra o painel e o encosto dos assentos.

Ficamos um momento parados, fitando essa visão. Era uma rua em declive, com lojas fechadas e demolições, mas os prédios na sua extremidade emolduravam perfeitamente o templo. Alguém no assento traseiro disse alguma coisa, depois um carro veio em nossa direção, buzinando. O motorista esticou um braço para fora da janela gesticulando. Depois sua cabeça apareceu, e ele se pôs a berrar. A estrutura pairou acima de nós como uma imensa estrela. Fitei-a mais um momento e saí em marcha à ré da rua.

Perguntei a Ann Maitland, sentada ao meu lado, do que o homem me chamara.

— Punheteiro. É padronizado. Um grego nunca diz nada que já não tenha dito mil vezes.

Charles, o marido de Ann, censurou-me por não conhecer a palavra. A seu ver, a marca do respeito que se devia ter por outras culturas era saber os termos locais de insulto e as palavras para atos sexuais e dejetos.

Nós três estávamos no assento da frente. Atrás, David Keller, sua nova e jovem esposa Lindsay e um homem chamado Stock, um suíço ou americano residente em Beirute, que viera a Atenas para realizar um negócio com David.

Havia sempre alguém ao jantar que estava na cidade negociando com um dos de nossa roda. A tendência era serem eles homens encorpados, vindos do norte, ignorantes. Rostos ávidos, sotaques carregados. Bebiam demais e partiam na manhã seguinte.

Com a ajuda de Ann, consegui localizar-me e tomei a direção do Caravel, onde Stock estava hospedado.

— Não é incrível? — disse Lindsay. — Ainda não estive na Acrópole. Dois meses e meio, não é, David?

— Cale a boca. Vão pensar que você é uma idiota.

— Estou esperando minhas cortinas.

Disse-lhe que ela não era a única a não ter ido lá e tentei explicar por que eu relutava tanto em fazer a peregrinação.

— A coisa está lá, não é? — disse Charles Maitland. — Suba a colina. A não ser que esteja pretendendo algum tipo de celebridade perversa. O homem que dá as costas ao incomparável cimo.

— Será que estou ouvindo um vestígio de inveja? Admiração relutante?

Ele tinha um jeito de fingir mal-humorada impaciência. Era um papel em que se sentia confortável, sendo o mais velho de nós.

— Exatamente — disse eu. — É esta a questão.

— O que está querendo dizer? — perguntou Ann.

— Ela se agiganta. É tão poderosamente visível! Quase nos força a ignorá-la. Ou pelo menos a resistir-lhe. Temos nossa própria importância. Como também nossa incapacidade. A anterior é uma invenção desesperada da posterior.

— Eu não sabia que você era tão profundo! — disse ela.

— Normalmente não sou.

— É evidente que estudou a questão.

— A maldita coisa está lá há milênios — disse Charles. — Suba a colina, olhe e então desça sem pressa, passo a passo, colocando um pé na frente do outro.

— É assim tão fácil?

Eu estava começando a me divertir.

— Acho que você devia deixar crescer a barba e raspar a cabeça — disse Ann. — Precisamos de uma demonstração física de seu compromisso com idéias profundas. Não tenho certeza se está sendo realmente sério. Dê-nos algo em que acreditar. Uma cabeça raspada faria maravilhas com este grupo.

Passei guiando por uma calçada repleta de carros estacionados.

— Precisamos de um monge japonês — disse ela a Charles, como se essa fosse a resposta que estavam procurando.

— Raspe a cabeça — disse-me Charles em tom tedioso.

— Por isso seu carro é pequeno demais para seis — disse Ann.

— É um carro japonês. Por que não vamos em dois carros? Ou três?

David Keller, um vigoroso loiro de uns quarenta anos, vindo de Nebrasca, disse-me com veemência:

— Jim, acho que nossos amigos estão tentando lhe dizer, meu caro, que você é um tolo, com uma missão tola, num mundo tolo.

— Guie você, David. Está muito bêbado para falar. Lindsay sabe o que estou querendo dizer.

— Não quero subir a colina só porque ela está lá — disse ela.

— Lindsay vai fundo nas coisas.

— Se a Acrópole não estivesse lá, você subiria.

— Esta mulher tem um dom — observei.

— Conhecemo-nos num avião — disse David. — Em algum ponto acima do oceano. No meio da noite. Hora local. — Ele estava detalhando tudo. — Ela parecia tão fantástica! Com suas meias Pan

13

Am de vôo. A vontade que se tinha era de estreitá-la nos braços, entendem? Como um duende. Seus cabelos eram deliciosamente eriçados. Sentia vontade de lhe dar um biscoito e um copo de leite. Quando chegamos ao Caravel, percebemos que Stock dormia a sono solto. Não foi difícil tirá-lo do carro. Depois deixei os outros em casa e fui para a minha.

Eu estava morando numa zona residencial que se curva em torno das encostas mais baixas do monte Licabeto. A maioria das pessoas que eu conhecia vivia ali ou nas imediações. Os terraços transbordavam de lantanas e jasmins, as vistas eram panorâmicas, os cafés, cheios de conversas e fumaça até a madrugada. Os americanos costumavam ir a lugares como aquele para escrever, pintar e estudar, encontrar texturas mais profundas. Agora negociamos.

Servi-me de uma soda e fui sentar-me um pouco lá fora. Do terraço, a cidade estendia-se até o golfo em enfumaçados vales e colinas, uma ininterrupta aldeia de concreto. Noites raras. Por alguma razão atmosférica, podiam-se ouvir aviões levantando vôo junto à água. O som era misterioso, pleno de concentrações ansiosas, um prolongado ruído que parecia levar muito tempo para se definir, como algo além de um desarranjo da natureza, a investida de algum evento inominável.

O telefone tocou duas vezes, depois silenciou.

Eu viajava muito de avião. Todos nós. Éramos uma subcultura, negociantes em trânsito, envelhecendo em aviões e aeroportos. Éramos versados em percentagens, recordes de segurança, piadas sobre morte em chamas. Sabíamos quais as refeições das linhas aéreas que reviravam o estômago, quais as rotas que faziam melhores conexões. Conhecíamos os vários tipos de aviões e suas configurações e os medíamos com as distâncias que estávamos voando. Podíamos distinguir entre categorias de mau tempo e relacioná-las ao sistema de direção do avião em que viajávamos. Sabíamos quais eram os aeroportos eficientes, os que não passavam de experimentações inconvenientes ou confusas, quais os que dispunham de radar, os que não tinham, os que poderiam estar cheios de peregrinos fazendo o *hadj*. Lugares não marcados nunca nos apanhavam de surpresa, e éramos rápidos em identificar nossa bagagem na esteira, quando era essa a prática, e não trocávamos olhares apavorados quando as máscaras de oxigênio caíam durante a descida. Aconselhávamo-nos mutuamente sobre que cidades remotas eram bem-providas, quais as que eram invadidas à noite por matilhas de cães selvagens, em que havia atiradores de tocaia na zona comercial em plena luz do dia. Informávamos uns aos outros onde se tinha de assinar um documento legal para conseguir um drinque, onde não se podia comer carne nas quartas e quintas da semana, onde se tinha de desviar de um homem com uma cobra, à saída do hotel. Sabíamos onde a lei marcial estava vigorando, onde se era revistado, onde a prática de tortura era sistemática, onde se disparavam rifles de assalto para o ar em cerimônias de casamento, ou seqüestravam executivos e exigiam resgates. Esse era o humor de humilhação pessoal.

— É como o Império — repetia várias vezes Charles Maitland.

— Oportunidade, aventura, poentes, morte inglória.

Ao longo de uma costa no norte durante o pôr-do-sol, flutua uma luz dourada, deslizando pelos lagos e traçando rios que correm em ziguezague para o mar, e sabemos que de novo estamos em trânsito, meio insensíveis à longínqua beleza abaixo, à terra cinza-azulada que estamos deixando para trás, a peneplanície, as cortinas de chuva na noite profunda. Esse é um tempo totalmente perdido para nós. Não nos lembramos dele. Não levamos conosco nenhuma impressão sensível, nenhuma voz, nada das rajadas de vento do avião na pista, ou do ruído branco do vôo, ou das horas de espera. Nada é retido por nós a não ser a fumaça em nossos cabelos e roupas. É tempo morto. Nunca aconteceu até tornar a acontecer. Então, nunca aconteceu.

Tomei um barco em duas etapas para Kouros, uma obscura ilha do grupo das Cíclades. Minha mulher e meu filho viviam lá numa pequena casa branca com gerânios em latas de azeite na borda do telhado e desprovida de água quente. Era perfeita. Kathryn estava escrevendo relatórios sobre escavações na extremidade sul da ilha. Nosso garoto, de nove anos, trabalhava num romance. Todo mundo põe-se a escrever. Todo mundo está escrevinhando.

Quando cheguei, a casa estava vazia. Nada se movia nas ruas. A temperatura era de 38 graus, quatro horas da tarde, claridade inexorável. Agachei-me no telhado, com as mãos protegendo os olhos. A aldeia era um modelo de geometria irregular, um arranjo amontoado de caixas caiadas encosta acima, um labirinto de ruas e arcadas, pequenas igrejas com domos de um azul pálido, roupas estendidas em varais dentro de jardins murados, sempre aquela sensação de espaço ocupado, objetos comuns, vida doméstica prosseguindo naquela quietude esculpida. Escadas curvavam-se em torno de casas, desaparecendo.

15

Era uma câmara do mar erguida para o dia, para ser detalhada pela luz, a textura de um pigmento nas colinas. Havia algo de ingênuo e confiante no local, apesar dos meandros de ruas, de curvas estreitas e de emaranhados. Mastros listrados e tapetes postos para arejar, casas ligadas por sacadas fechadas de madeira, plantas em latas amassadas, uma disposição para compartilhar as singularidades de alguma reunião. As ruelas capturavam os olhos com um toque, uma porta verde-mar, um corrimão envernizado com um brilho náutico. Um coração batendo fracamente no calor do verão, e sempre a subida, os passarinhos em gaiolas, as vias de acesso para parte alguma. As soleiras eram pavimentadas em um mosaico de cascalho, as pedras dos terraços, delineadas em branco.

A porta estava aberta. Entrei para esperar. Ela acrescentara um tapete de junco. A escrivaninha de Tap estava coberta com folhas de papel pautado. Era minha segunda visita à casa, e percebi que estava escrutinando o local, o que também fizera da primeira vez. Seria possível encontrar na mobília simples, nos espaços entre as paredes desbotadas, algo sobre minha mulher e meu filho que me estivera escondido durante nossa vida em comum na Califórnia, Vermont e Ontário?

Fizemos você se indagar se não é o intruso neste grupo.

O *meltemi* começou a soprar, o irritante vento do verão. Coloquei-me junto à janela, à espera deles. A água clara rebrilhava além da baía. Gatos esgueiravam-se de seus esconderijos nos muros rústicos e corriam para os becos. O primeiro dos ribombos veio rolando através da tarde, ondas de alguma violência distante, fazendo o chão tremer de leve, a madeira das janelas estalar, a poeira do reboco se soltar das paredes próximas com um ansioso ruído sussurrante. Os homens estavam usando dinamite para pescar.

Sombras de cadeiras vazias na praça principal. Uma motocicleta zuniu nas colinas. A luz era cirúrgica, paralisante. Fixava a cena à minha frente como um momento de sonho. Tudo é primeiro plano, mudo e luminoso.

Eles chegaram numa lambreta. Kathryn estava com uma banda amarrada em torno da cabeça e usava uma frente única sobre frouxas calças de trabalho. Era de certa forma uma espécie de elegância ousada. Tap viu-me à janela e correu de volta para contar à mãe, que hesitou um pouco em levantar os olhos. Ela deixou a lambreta no meio-fio de uma rua em declive, e os dois se encaminharam em fila indiana para casa.

— Roubei um iogurte — disse eu.

— Olhe só quem está aqui!

— Vou lhe pagar um pouco de cada vez. O que anda fazendo, Tap? Ajudando sua mãe na revisão de toda a história do mundo antigo?

Agarrei-o por baixo dos braços e ergui-o à altura de meus olhos, fazendo um ruído que exagerava o esforço despendido. Eu estava sempre rosnando como um leão, brincando desse jeito com meu garoto. Ele me deu um dos seus meios sorrisos astuciosos e pousou as mãos com força em meus ombros.

— Fizemos uma aposta sobre quando você ia voltar — disse com sua vozinha monótona. — Cinco dracmas.

— Tentei telefonar para o hotel, o restaurante, não consegui ligação.

— Perdi — disse ele.

Dei-lhe um empurrãozinho de lado e depositei-o no chão. Kathryn foi esquentar água para acrescentar ao banho deles.

— Gostei das páginas que você mandou. Mas sua concentração falhou uma ou duas vezes. Seu herói saiu para uma nevasca usando uma Ingersoll de borracha.

— O que há de errado nisso? Era a roupa mais pesada que ele tinha. Esta é a questão.

— Acho que você quis dizer Mackintosh. Ele saiu para uma nevasca usando uma Mackintosh de borracha.

— Pensei que Mackintosh fosse bota. Ele não sairia usando uma Mackintosh. Usaria Mackintoshes.

— Ele estaria usando Wellingtons. Wellington é bota.

— Então o que é Mackintosh?

— Capa de borracha.

— Capa de borracha. Então o que é Ingersoll?

— Relógio.

— Relógio — disse ele, e eu podia vê-lo armazenando os nomes e os objetos que serviriam para futuras referências.

— Descreveu bem o caráter de seus personagens. Estou aprendendo coisas que não sabia.

— Posso lhe contar o que Owen diz a respeito de caráter?

— Claro que pode. Não tem de me pedir permissão, Tap.

— Não temos certeza se você gosta dele.

— Não seja engraçadinho!

Ele balançou a cabeça como um velho senil discutindo consigo mesmo na rua. Em sua miscelânea de gestos e expressões, queria dar a entender que estava se sentindo um pouco tolo.

— Vamos — insisti. — Diga-me.

— Owen diz que "caráter" vem de uma palavra grega. Significa marcar ou afiar. Ou "estaca pontuda", se é um substantivo.

— Um instrumento para gravar ou para marcar.

— Isso mesmo — disse ele.

— Provavelmente porque o caráter de alguém numa história representa uma marca ou um símbolo.

— Como uma letra do alfabeto.

— E Owen mencionou isso? Obrigado, Owen.

Tap riu do meu tom de precedência paterna.

— Sabe de uma coisa? — disse eu. — Você está começando a parecer um greguinho.

— Não, não estou.

— Já está fumando?

Ele decidiu que gostava da idéia e fez gestos de fumante e de conversa. Falou umas poucas frases em ob, um jargão cifrado que aprendera com Kathryn. Na infância, ela e suas irmãs falavam ob e agora Tap usava o linguajar como uma espécie de sucedâneo do grego ou contragrego.

Kathryn apareceu com dois punhados de pistácios para nós. Tap juntou as mãos em concha e ela deixou um bocado escorrer lentamente para as mãos dele, erguendo o punho para os pistácios caírem de mais alto. Nós o vimos sorrir com o ruído que faziam ao cair em suas mãos.

Tap e eu sentamo-nos de pernas cruzadas no telhado. Ruas estreitas desciam para a praça, onde havia homens sentados e encostados nos muros dos prédios, sob os balcões turcos, que pareciam manchados de vinho ao sol poente.

Comemos nossos pistácios, guardando as cascas em meu bolso. Acima da curva na extremidade da aldeia havia um moinho de vento em ruína. O terreno era pedregoso e descia bruscamente para o mar. Uma mulher saiu rindo de um bote a remo, voltando-se para vê-lo balouçar. O amplo movimento fez com que ela tornasse a rir. Havia um menino comendo pão junto aos remos.

Vimos um entregador, coberto de pó branco, carregando na cabeça sacos de farinha para a padaria. Ele colocara um saco vazio dobrado no alto da cabeça para impedir que a farinha lhe caísse nos cabelos e nos olhos. Parecia um caçador de tigres brancos, usando a pele de sua caça. O vento continuava soprando.

Sentei-me dentro de casa com Kathryn, enquanto Tap tomava banho. Ela conservava a sala às escuras e bebia uma cerveja, ainda vestida com a frente única, com a banda agora frouxamente enrolada no pescoço.

— Então, como vai indo no seu trabalho? Por onde tem andado?

— Turquia — respondi. — Às vezes Paquistão.

— Gostaria de um dia conhecer Rowser. Não, não gostaria.

— Você o odiaria, mas de uma maneira saudável. Ele iria acrescentar anos a sua vida. Ele tem uma novidade. É uma pasta. Tem todo o jeito de uma pasta. Só que é um gravador, um aparelho que detecta outros gravadores, um alarme para ladrão, um *spray* contra assaltantes, e, escondido, também transmissor para rastreamento, ou seja lá o que for.

— E você o odeia de uma maneira saudável?

— Não o odeio, em absoluto. Por que haveria de odiá-lo? Ele me deu emprego. Paga bem. Posso vir ver minha família. De que outra forma poderia eu vir visitar minha pequena família de expatriados, se não fosse por Rowser e seu negócio e suas taxas de risco?

— Ele está acrescentando anos à sua vida?

— Gosto do que faço. É uma parte interessante do mundo. Sinto-me envolvido em acontecimentos. É verdade que às vezes vejo isso sob uma perspectiva diferente. A sua, naturalmente. Trata-se apenas de seguro. As companhias maiores, mais ricas do mundo, protegendo seus investimentos.

— É esta a minha perspectiva?

— Então já não sei o que você odeia?

— Deveria haver algo mais elevado do que as sociedades anônimas. Só isso.

— Há o orgasmo.

— Você fez uma longa e cansativa viagem. — Ela deu um gole na garrafa. — Creio que, de certo modo, confio menos na idéia de investir do que nas próprias sociedades anônimas. Continuo repetindo "de certo modo". Tap já reparou nisso. Há no ato de investir algo secreto e culpado. É uma tolice achar isso? É o uso errado do futuro.

— É por isso que eles usam letra bem miúda nas listas de preços de títulos?

19

— Segredo e culpa. Como vai seu grego?

— Péssimo. Passo três dias fora do país e esqueço tudo. Sei os números.

— Números é bom — disse ela. — É o melhor começo.

— Na outra noite, ao jantar, pedi titica de galinha em vez de galinha grelhada. Acentuei errado a palavra, e de qualquer maneira o garçom não entendeu o que eu estava dizendo.

— Como sabe que disse titica de galinha?

— Os Maitland estavam comigo. Charles pulou na cadeira. Vamos jantar?

— Iremos ao cais. Você conseguiu um quarto?

— Sempre há um quarto para mim. Eles disparam os canhões quando avistam meu navio dobrando o promontório.

Ela me passou a garrafa. Parecia cansada com o trabalho nas escavações, fisicamente abatida, com as mãos cheias de marcas e cortes, mas também incentivada, iluminada por ele, carregada de eletricidade. Deve haver um tipo de fadiga que parece uma bênção da terra. No caso de Kathryn era literalmente a terra que ela estava esquadrinhando tão escrupulosamente em busca de marcas de fogo e artefatos. Algo que não me interessava em absoluto.

Seus cabelos eram aparados na nuca, a pele, bronzeada e um pouco curtida, ressequida pelo vento em torno dos olhos. Uma mulher magra, de quadris estreitos, ágil e leve de movimentos. Havia algo de prático em seu corpo. Ela era estruturada para uma finalidade, uma dessas mulheres que percorrem os cômodos com andar felino, descalças, vestidas com calças de veludo cotelê. Gostava de esparramar-se quando se sentava, com as pernas estiradas sobre a mesa diante do sofá. Tinha um rosto levemente alongado, pernas esguias, mãos ágeis e destras. Velhas fotos de Kathryn com o pai e as irmãs mostravam uma objetividade que capturava a câmera, aprisionava-a totalmente. Sentia-se que era uma garota que levava o mundo a sério. Esperava que fosse um mundo honesto e estava decidida a enfrentar suas dificuldades e provações. Passava uma excessiva força e candura aos retratos, especialmente porque seu pai e suas irmãs tinham expressões que eram exemplos de discrição canadense, exceto quando o velho se embriagava.

Eu acreditava que a Grécia fosse o ambiente de sua formação, um lugar onde ela poderia travar a luta coerente que sempre achara que a vida devia ser. Emprego a palavra "luta" como um empreendimento, um persistente compromisso pessoal.

— Gostaria de levar Tap comigo ao Peloponeso — disse eu. —
Ele ia adorar. O lugar é assombrado. Todos aqueles cumes inacessíveis, a névoa, o vento.

— Ele esteve em Micenas.

— Mas já esteve em Mistra? Ou foi até o Mani? Ou ao palácio de Nestor? O honesto Nestor.

— Não.

— E já esteve na arenosa Pilos?

— Calma, James, por favor.

— Quando chegar setembro, o que vai acontecer? Acho que devíamos saber onde ele vai estudar. Já devíamos estar tomando providências. Quando você vai parar de escavar? Onde planeja passar o inverno?

— Não tenho planos. Veremos depois.

— Afinal, o que encontrou aqui?

— Alguns muros. Uma cisterna.

— Os minóicos eram tão alegres e inteligentes como somos levados a supor? O que encontrou além de muros?

— Um pequeno povoado. Uma parte está submersa. Desde então, o mar subiu.

— O mar subiu? Não há afrescos?

— Não, nenhum.

— Comércio? Moedas? Adagas?

— Cântaros.

— Intactos?

— Fragmentos.

— Cântaros grandes? Grandes como em Cnosso?

— Não tanto.

— Nada de afrescos ou adagas incrustadas de prata, pequeninos potes quebrados. Os potes são lisos?

— Pintados.

— Sorte mesquinha — disse eu.

Ela apanhou a garrafa e bebeu, em parte para disfarçar um sorriso. Tap entrou, um pouco reluzente após o banho.

— Temos um garoto novo em folha — disse ela. — É melhor eu ir logo tomar meu banho para podermos dar-lhe de comer.

— Se não o alimentarmos, ele vai voar para longe com esse vento.

21

— Isso mesmo. Ele precisa de um lastro. Acha que ele sabe o que é um lastro?

— Ele estava escrevendo uma epopéia dos prados, não do mar, mas creio que mesmo assim sabe. Aposto cinco dracmas como sabe.

Tap acendeu a luz. Eu esperava encontrá-lo de aspecto mudado. Sempre me parecera vagamente delicado, de ossos pequenos. Achava que a vida ao ar livre o transformaria fisicamente. Poderia haver nele algo do menino selvagem. O sol e o vento iriam rachar-lhe um pouco a pele, marcar sua superfície lisa. A vida não planejada que os dois levavam iria tirá-lo de seu retraimento, eu acreditava. Mas ele parecia mais ou menos o mesmo. Um pouco mais moreno, só isso. O Thomas Axton essencial estava agora postado na minha frente. De braços cruzados no peito, o pé esquerdo para a frente, ele falou com seu jeito inflexível sobre lastro em navios. Parecia estar falando através de um pau oco. Era a voz perfeita para falar em ob.

Quando Kathryn ficou pronta, descemos a pé para o cais. Essa não era uma ilha entregue ao turismo. O acesso a ela era difícil, tinha apenas um hotel muito modesto e umas poucas praias pedregosas, e às melhores só era possível chegar de barco. Mesmo em pleno verão, havia apenas umas duas mochilas cor-de-laranja encostadas à fonte, nada de compradores e nada para comprar. Comíamos num dos dois restaurantes idênticos. O garçom estendia uma toalha de papel e jogava na mesa talheres e pão. Depois trazia carne grelhada ou peixe e uma salada simples, vinho e um refrigerante. Gatos surgiam debaixo das cadeiras. O vento sacudia o toldo e enfiávamos a toalha de papel na tira de elástico sob o tampo da mesa. Um cinzeiro de plástico, palitos dentro de um copo.

Ela preferia satisfações que fossem básicas. Isso para ela era a Grécia, o vento ardente, e sentia lealdade para com o lugar e a idéia. No local da escavação, trabalhava com colheres de pedreiro, tesouras de jardim, instrumentos dentários, pinças, fosse lá o que fosse usado para remover terra e extrair dela objetos. Centímetros por dia. Dia após dia sempre a mesma coisa. Curvada em sua vala de dois metros de profundidade. À noite escrevia relatórios, desenhava gráficos, mapeava as mudanças do solo e esquentava água para seu banho e de Tap.

Começara a lavar roupa para o diretor das escavações e sua equipe. Também preparava de vez em quando o almoço deles e ajudava a limpar a casa onde vivia a maioria da equipe. Depois de cortes de orçamento e deserções, o diretor, Owen Brademas, deu-lhe uma vala. Era esse o esquema. O diretor usava calções de banho e acionava o gravador.

Essa era sua primeira escavação. Ela não tinha experiência alguma nem diploma, e nada recebia por seu trabalho. Depois que nos separamos, ela havia lido os detalhes dessa escavação num tal de boletim de oportunidade de trabalho científico de campo. Aceitavam-se voluntários. Viagem e hospedagem pagos pelo interessado. Os instrumentos eram fornecidos.

Foi interessante ver, desde então, como progressivamente Kathryn adquiriu a certeza de que esse era o futuro. Outros empregos que tivera, bons cargos, trabalhos de que gostava, nunca a haviam atraído tanto quanto essa mera perspectiva. A decisão foi se fortalecendo. Comecei a compreender que não se tratava apenas de uma reação à nossa separação e não sabia como interpretar aquilo. É quase cômico, a quantidade de maneiras pelas quais as pessoas podem se ver reduzidas.

Contra a minha lassidão, ela funcionava a pleno vapor. Vendeu e deu coisas, guardou outras em garagens alheias. Era como se tivesse sido atingida pela luz pura de uma grande visão santa. Iria cavar a terra numa ilha do Egeu.

Começou a estudar grego. Encomendou gravações, comprou dicionários, descobriu um professor. Devorou umas duas dúzias de livros sobre arqueologia. Seus estudos e planejamento eram desenvolvidos numa fusão de antecipação e fúria controlada. Esta última tinha sua fonte em minha própria existência. A cada dia, ela tinha mais certeza de minhas várias falhas. Coligi uma lista mental, que freqüentemente recitava em voz alta para ela, perguntando o quanto eram exatas as falhas que refletiam suas queixas. Essa era minha principal arma naquela época. Ela detestava sentir que alguém conhecia seu pensamento.

1. *Satisfeito consigo mesmo.*
2. *Descompromissado.*
3. *Disposto a conciliar.*
4. *Disposto a sentar-se e ficar de olhos fixos, preservando-se para algum evento apocalíptico, como a face de Deus ou a quadratura do círculo.*
5. *Gosta de se proclamar como de uma repousante sensatez e de ser saudável num mundo de neuróticos compulsivos. Faz muito alarde de não ser compulsivo.*

6. *Finge.*

7. *Finge não entender os motivos de outras pessoas.*

8. *Finge ser equilibrado. Julga que isso lhe dá uma vantagem moral e intelectual. Está sempre procurando uma vantagem.*

9. *Não vê nada além de seu modesto contentamento. Todos nós vivemos na vaga oceânica de seu bem-estar. Tudo o mais é trivial e confuso, ou monumental e confuso, e somente uma esposa ou um filho desprovidos de espírito esportivo poderiam protestar contra sua tênue felicidade.*

10. *Considera que ser marido e pai é uma forma de hitlerismo e se retrai. A autoridade o constrange, não é mesmo? Recua diante de qualquer coisa que se assemelhe a uma posição oficial.*

11. *Não se permite gozar plenamente as coisas.*

12. *Continua estudando o filho para encontrar pistas de sua própria natureza.*

13. *Admira demasiado sua mulher para falar muito nisso. Admiração é sua postura pública, uma forma de autoproteção, se estou interpretando corretamente.*

14. *Gratificado com os próprios sentimentos de ciúme.*

15. *Politicamente neutro.*

16. *Sempre ansioso por acreditar no pior.*

17. *Aceita a opinião dos outros, é especialmente sensível aos sentimentos alheios, mas dá um jeito de compreender mal sua família. Fazemos com que não saiba ao certo se é um intruso neste grupo.*

18. *Tem problemas para dormir, uma tentativa de conseguir minha simpatia.*

19. *Faz pouco-caso dos livros.*

20. *Fica de olho nas mulheres dos amigos. Nas amigas de sua mulher. Meio especulativo, meio desligado.*

21. *Chega a extremos para manter escondidos seus pequeninos sentimentos mesquinhos, que só transparecem em discussões. Completando sua vingança. Escondendo-a às vezes até de si mesmo. Não quer ser visto tirando sua vingancinha cotidiana de mim, que reconheço às vezes merecer fartamente. Finge que sua vingança é uma interpretação errônea de minha parte, um equívoco, algum tipo de acidente.*

22. *Seu amor é contido. Sente-o mas não gosta de o demonstrar. Quando o faz, é o resultado de um penoso processo de decisão, não é mesmo, seu calhorda?*

23. *Acalenta pequenas mágoas.*
24. *Sorvedor de uísque.*
25. *Mau realizador.*
26. *Adúltero relutante.*
27. *Americano.*

Passamos a nos referir a essa lista como as 27 Depravações, como alguma avaliação de teólogos de rosto encovado. Desde então, tenho às vezes de lembrar a mim mesmo que a lista era minha, não dela. Penso que foi uma boa análise de suas queixas, e sentia um prazer autodestrutivo em enumerar as acusações, como se tivessem partido do próprio coração implacável de Kathryn. Era esse meu estado de espírito naqueles dias. Procurava envolvê-la em minhas deficiências, tentando convencê-la de que exagerara lapsos rotineiros, que via a si mesma como uma megera, a bruxa da lenda.

Todos os dias eu recitava alguns itens, entregava-me a uma profunda meditação criando novos, aperfeiçoando os antigos, e depois ia ter com ela para lhe mostrar os resultados. Para obter um efeito agravante, às vezes usava uma voz feminina. Era uma operação que durava toda uma semana. A maioria dos itens evocava apenas silêncio. Alguns faziam-na rir sarcasticamente. Eu tinha de aprender que pessoas que tentam ser perceptivas sobre si mesmas são consideradas umas tolas prepotentes, ainda que seja mais exato dizer que eu estava tentando ser perceptivo a respeito dela. A citação oral era um exercício devocionista, uma tentativa de compreender por meio da repetição. Eu queria penetrar em seu íntimo, ver-me através dela, aprender as coisas que ela sabia. Como a risada cortante de Kathryn. "É isso o que acha que penso de você? É este o retrato que tenho em mente? Uma obra-prima de evasivas. Foi isso o que você compilou."

Que espelho de parque de diversões é o amor!

Já no final da semana eu estava usando uma vibrante voz litúrgica, elevando-a até o teto distante de nossa casa vitoriana reformada em Toronto. Sentado no sofá listrado da sala de estar, eu a observava separar seus livros dos meus (a serem guardados em garagens diferentes), e parei de recitar o tempo suficiente para perguntar casualmente: "O que aconteceria se eu fosse atrás?".

Agora, a dez mil quilômetros daquela rua calçada de paralelepípedos, a família senta-se à mesa do jantar. Dez carcaças de polvos estão penduradas num varal perto de nossa mesa. Kathryn vai à cozinha para cumprimentar o proprietário e sua mulher e ver os tabuleiros aquecidos, a carne e os legumes boiando em óleo.

Um homem parado à beira do cais ergue sua bengala para sacudi-la em advertência às crianças que brincam por perto. Tap usaria esse detalhe em seu romance.

2

Owen Brademas costumava dizer que até mesmo coisas aleatórias adquirem contornos ideais e nos chegam em formas pictóricas. É uma questão de ver o que ali está. Ele via motivos, momentos em fluência.

Sua dor era irradiante, quase do outro mundo. Parecia estar em contato com a mágoa, como se fosse uma camada de ser que ele aprendera como interceptar. Expressava coisas de fora ou através delas. Até mesmo seu riso tinha um toque de desespero. Se era tudo às vezes demasiado impressionante, nunca duvidei da natureza impiedosa do que lhe assombrava a vida. Passávamos muitas horas conversando. Eu costumava estudar Owen, tentando decifrá-lo. Ele tinha uma turbulenta força mental. Todo mundo era mais ou menos afetado por essa força. Creio que nos fazia sentir que estávamos entre os felizardos objetos comuns do mundo. Talvez julgássemos que sua ruinosa vida íntima era uma forma de devastadora honestidade, algo único e heróico, uma condição que por sorte tínhamos evitado.

Owen era um homem naturalmente amistoso, esguio, de grandes passadas. Meu filho gostava de sua companhia, e surpreendia-me um pouco Kathryn ter desenvolvido um carinho, uma afeição, seja lá o que for que uma mulher de trinta e tantos anos sente por um sexagenário de sotaque do Oeste e largas passadas.

A animação de Kathryn para trabalhar deixava-o espantado e confuso. Ela se entregava ao trabalho como alguém que tivesse metade de sua idade. Isso era inconsistente com a natureza de uma operação em via de cancelamento. Era uma escavação que jamais seria publicada. De quarenta pessoas, a primeira vez que eu lá estivera, a equipe estava reduzida a nove. Ainda assim, ela trabalhava e aprendia e ajudava a manter as coisas caminhando. Creio que Owen tinha prazer em se sentir envergonhado. Assim emergia de um de seus

27

banhos de mar durante o dia para encontrá-la de picareta em punho no fundo de um buraco abandonado. O sol do meio-dia se afunilava sobre ela, o vento passava-lhe por cima. Todos os outros estavam no bosque de oliveiras, almoçando à sombra. A atitude dela era de uma preciosa dissonância, algo tão íntimo, puro e inesperado como um momento do próprio passado dele, brotando-lhe na mente. Imagino-o parado na borda do buraco com uma toalha de banho amarrada na cintura, de tênis rasgados, soltando um risada de abandono, um som que sempre me dava a impressão de uma deixa para alguma profunda e complicada paixão. Owen entregava-se totalmente às coisas.

Às vezes passávamos a metade da noite conversando. Eu sentia que essas eram horas úteis, que ultrapassavam nossas divagações. Davam a Kathryn e a mim uma chance de falar um com o outro, ver um ao outro, de cada lado da posição mediadora de Owen, à luz refrangente de Owen. As conversas eram realmente dele. Era sobretudo Owen quem dava o tom e traçava o assunto. Isso era importante. O que ela e eu precisávamos era de uma maneira de estar juntos sem sentir que havia assuntos que tínhamos de confrontar, as penosas sobras de onze anos. Não éramos o tipo de gente que tem ferozes diálogos sobre casamento. Que trabalho tedioso, somente ego!, diria ela. Necessitávamos de uma terceira voz, de assuntos distantes de nós. Foi por isso que passei a dar um grande valor prático àquelas conversas. Permitiam que nos relacionássemos através da mediação daquela alma lânguida, Owen Brademas.

Mas não quero entregar meu texto a análise e reflexão. "Mostrenos os rostos deles, diga-nos o que disseram." Isso também era Owen, a voz de Owen expandindo-se afetuosamente pela sala meio às escuras. Recordação, solidão, obsessão, morte. Assuntos remotos, pensava eu.

Um velho veio com o desjejum. Tomei meu café na pequena sacada e fiquei ouvindo vozes francesas do outro lado do muro divisório. À distância, um navio branco singrava as águas.

Vi Tap atravessando a praça para vir ao meu encontro. Às vezes andávamos até o local das escavações, fazendo a primeira parte do trajeto por uma trilha de mulas murada e infestada de moscas. O caminho do táxi era circular, uma estrada de terra batida que contornava as partes mais altas da ilha, e nunca se perdia o mar de vista. Era possível, olhando-se à esquerda a meio caminho, avistar ao longe um mosteiro branco que parecia pendurado no topo de uma coluna de rocha no centro da ilha.

Decidimos tomar o táxi que ficava, como sempre, em frente ao hotel, um Mercedes acinzentado bastante arriado. A luz do teto não funcionava e um dos pára-lamas era cor-de-laranja. O motorista apareceu dez minutos depois, chupando os dentes, e abriu a porta. Um homem estava deitado e dormindo no assento traseiro. Ficamos todos surpresos. O motorista gritou para acordar o homem. Depois tornou a gritar para que o homem saísse do assento e do carro. E continuou falando e gritando enquanto o homem se afastava.

O táxi cheirava a licor de anis. Baixamos as janelas e nos instalamos. O motorista seguiu pelo cais, depois dobrou na última rua e rumou para o sul. Foi só depois de estarmos rodando durante cinco minutos na estrada de terra batida que ele disse algo sobre o homem adormecido em seu carro. Quanto mais falava, menos irritado se mostrava. À medida que ia comentando o fato e analisando-o, começou a achá-lo divertido. Cada vez que fazia uma pausa para pensar no assunto, não podia se impedir de rir. Afinal, o incidente era engraçado. E ele foi se animando mais e pareceu relacioná-lo com outro incidente que acontecera com o mesmo homem. Tap e eu nos entreolhamos. Quando chegamos ao sítio da escavação, estávamos todos rindo. Tap ria tanto que quase caiu ao abrir a porta do carro.

Havia dezoito valas estendendo-se até quase a beira do mar. Uma velha carreta de mineração estava parada sobre um trilho. Fragmentos de cerâmica em caixas com etiquetas eram guardados numa cabana de teto de sapé. O vigia se fora mas sua barraca continuava armada.

Era uma paisagem estonteante, e quase total a sensação de esforço despendido. O que os cientistas estavam deixando para trás parecia-me mais antigo do que o que eles tinham encontrado ou esperado encontrar. A verdadeira cidade eram aqueles buracos que tinham cavado, a barraca vazia. Nada do que estava contido nas escarpas poderia parecer mais perdido ou esquecido do que a enferrujada carreta que outrora carregara terra para o mar.

A área das valas prolongava-se além do bosque de oliveiras. Havia quatro no bosque, e uma cabeça com chapéu de palha era visível numa delas. Do nível elevado onde estávamos podíamos ver Kathryn mais junto à água e ao sol, curvada na vala e empunhando uma colher de pedreiro. Não havia ninguém mais por lá. Tap passou por ela com um leve aceno de mão e dirigiu-se à cabana para lavar cacos de cerâmica. Outra função sua era recolher as ferramentas no final do dia. Kathryn desapareceu no fosso, e por um momento nada se moveu na claridade dançante. Apenas luz, mar cintilante, na calma superfície. Reparei que uma mula estava parada no bosque de oliveiras. Por toda parte na ilha viam-se burros e mulas quietos, imóveis, figuras enganosas escondidas entre as árvores. O ar estava parado. Eu costumava ansiar por tempestades violentas e mulheres de pernas nuas. Foi só aos vinte e cinco anos que percebi que meias eram *sexy*. O mesmo navio branco apareceu.

Nessa noite, Owen fez funcionar o gravador durante uns dez ou quinze minutos, um leve som pensativo que flutuava acima das ruas escuras. Estávamos sentados do lado de fora da casa, num pequeno terraço voltado para o lado errado. O mar ficava atrás de nós, bloqueado pela casa. Tap apareceu na janela para nos dizer que talvez fosse logo dormir. Sua mãe quis saber se era um pedido de silêncio.

— Não, gosto do gravador.

— Isso me alivia e me deixa grato — disse Owen. — Durma bem. Bons sonhos.

— Boa noite.

— Pode dizer isso em grego? — perguntei.

— Em grego-ob ou grego-grego?

— Isso pode ser interessante — disse Kathryn. — Grego-ob. Nunca pensei nisso.

— Se sua mãe jamais o levar a Creta — disse Owen a Tap —, sei de um lugar que você poderia achar interessante conhecer. É na parte centro-sul da ilha, não longe de Festo. Há um grupo de ruínas espalhadas pelos bosques perto de uma basílica do século xvii. Os italianos andaram escavando. Encontraram estatuetas minóicas, como você já sabe. E há ruínas gregas e romanas espalhadas por toda parte. Mas talvez você vá gostar mais do código de lei. É em dialeto dórico e está inscrito num muro de pedra. Não sei se alguém contou as palavras, mas contaram as letras. Dezessete mil. A lei trata de criminalidade, direitos de propriedade e outras coisas mais. Mas o interessante é que a coisa toda é escrita num estilo chamado *bustrofédon*. Uma linha da esquerda para a direita, a linha seguinte da direita para a esquerda. Como o boi gira. Como o boi ara. É isso o que *bustrofédon* significa. A legislação inteira é escrita dessa maneira. É de leitura mais fácil do que o sistema que usamos. Você lê uma linha, e seus olhos simplesmente descem para a linha seguinte, ao invés de ter de ir para o outro lado da página. É claro que seria uma questão de nos habituarmos. Século v a.c.

Ele falava lentamente, uma voz rica, ligeiramente rouca, uma cantilena de sons de vogais alongados e outros ornamentos. Havia drama em sua voz, história melodiosa. Era fácil compreender como um menino de nove anos poderia sentir-se bem com tais ritmos de narrativa.

A aldeia silenciara. Quando Tap apagou sua lâmpada de cabeceira, a única luz visível era o toco de vela queimando entre nossos copos de vinho e as crostas de pão. Eu sentia o calor vítreo do dia sob a pele.

— Quais são seus planos? — perguntei a Owen.

Ambos riram.

— Retiro a pergunta.

— Estou manobrando de longa distância — disse ele. — Talvez possamos terminar o trabalho de campo. Depois disso, sei tanto quanto você.

— Não tem planos para lecionar?

— Acho que não quero voltar. Ensinar o quê? A quem? — Ele fez uma pausa. — Passei a considerar a Europa um livro encadernado, a América, a versão em brochura. — Ria, apertando as mãos.

— Entreguei-me às pedras, James. Só o que quero é ler as pedras.

— Presumo que esteja se referindo a pedras gregas.

— Tenho me esgueirado pelo Oriente Médio. E estou estudando sânscrito sozinho. Há um lugar na Índia que quero conhecer. Uma espécie de pavilhão sanscrítico. Profusas inscrições.

— Que tipo de livro é a Índia?

— Livro nenhum, suspeito eu. É isso o que me assusta.

— Tudo o assusta — disse Kathryn.

— Multidões me assustam. Religião. Pessoas impulsionadas por uma mesma emoção poderosa. Toda aquela reverência, pavor e temor. Sou um menino do campo.

— Gostaria de muito em breve ir a Tino.

— Santo Deus, você é maluco! — disse ele. — A festa da Virgem?

— Milhares de peregrinos — disse ela. — Pelo que sei, na maioria mulheres.

— Arrastando-se nas mãos e nos joelhos.

— Eu não sabia disso.

— Mãos e joelhos — repetiu Owen. — Também em macas, cadeiras de rodas, de bengala, cegas, enfaixadas, aleijadas, doentes, balbuciantes.

— Gostaria de ver isso — disse ela, rindo.

— Por mim, estou inclinado a perder o espetáculo — disse eu.

— Realmente, gostaria de ir. Coisas assim têm, de certa forma, uma grande força. Imagino que deve ser lindo.

— Não espere conseguir chegar perto do local — avisou Owen. Cada centímetro quadrado será destinado a rastejamentos e súplicas. Alojamento em hotel é impossível, e os barcos chegam atulhados de gente.

— Sei o que perturba vocês dois. Essa multidão é de gente branca, de cristãos. Não fica assim tão longe de suas próprias experiências.

— Não tenho experiência alguma — repliquei eu.

— Você freqüentou a igreja.

— Quando menino.

— E isso não conta? Estou apenas dizendo que não é o Ganges que essa gente está invadindo. De certa forma isso perturba vocês de várias maneiras.

— Não concordo — disse Owen. — Minha própria experiência como espectador, observador ocasional, é totalmente diferente. Catolicismo acadêmico, por exemplo. Espaço bem-iluminado, altar despojado, fisionomias abertas, apertos de mão comunais. Nada daquelas lamparinas esfumaçantes, daquelas sombrias imagens sinuosas. O que vemos aqui é um teatro dourado. Estamos quase fora do mapa.

— Você não é católico — disse eu.

— Não.

— O que você é, o que foi?

A pergunta pareceu deixá-lo confuso.

— Fui criado de uma maneira estranha. Minha família era devota de um modo não muito convencional, embora me considere obrigado a pensar que convenção depende dos ambientes culturais.

Por ele, Kathryn mudou de assunto.

— Há uma coisa que pretendia lhe dizer, Owen. Há cerca de umas duas semanas, um sábado, lembro-me de que encerramos cedo os trabalhos. Tap e eu voltamos para cá, ele foi tirar uma sesta. Arrastei uma cadeira para o telhado, sentei-me lá para secar os cabelos e fiquei revendo minhas anotações. Lá embaixo, nada se movia. Uns dez minutos depois, um homem saiu das sombras de alguma parte da aldeia baixa. Ele se encaminhou para uma motocicleta no ancoradouro. Agachou-se ao lado dela, inspecionando alguma coisa. De outro lado apareceu um segundo homem. Não dirigiu sequer um cumprimento de cabeça para o primeiro, deu-me a impressão de nem tê-lo visto. Havia outra motocicleta na extremidade oposta do ancoradouro. O segundo homem montou na moto. O primeiro homem adotou uma posição similar. Eu podia ver a ambos, mas eles não podiam ver um ao outro. Ligaram os motores no mesmo instante, precisamente, Owen, e partiram roncando em direções opostas, a caminho das colinas, duas torrentes de poeira. Estou convencida de que um não ouviu o outro.

— Que lindo! — disse Owen.

— Depois, de novo o silêncio. Duas linhas de poeira sumindo no ar.

— Você podia ver o acontecimento adquirindo forma.

— Sim, havia uma tensão. Vi os elementos começarem a se encaixar. A maneira como o segundo homem se encaminhou para a outra ponta do ancoradouro. As sombras nítidas.

— E depois, tudo se desintegrou, literalmente, em poeira.

De novo, Owen ficou pensativo, como lhe acontecia com freqüência, estirando as pernas, empurrando a cadeira contra a parede. Ele tinha o rosto pontiagudo e grandes olhos assustados. O cabelo era ralo. Sobrancelhas pálidas, uma rodela de calvície. Às vezes seus ombros pareciam tolhidos no corpo comprido e estreito.

— Mas ainda estamos na Europa, não estamos? — disse ele, e tomei isso como uma referência a algum ponto anterior.

Ele saía dessas pausas pensativas dizendo coisas que nem sempre eram fáceis de ser encaixadas no contexto apropriado.

— Por mais que estejamos em algum lugar remoto, por mais longe que nos embrenhemos em montanhas ou ilhas, por mais que nos aprofundemos, que queiramos desaparecer, continua existindo ainda o elemento de cultura compartilhada, a sensação de que conhecemos essa gente, que viemos dessa gente. Algo mais além disso é também familiar, algum mistério. Muitas vezes sinto que estou prestes a saber o que é. Está apenas fora de alcance, algo que me toca profundamente. Mas não consigo. Esse algo, não consigo atingir, reter. Alguém está entendendo o que quero dizer?

Ninguém entendeu.

— Mas na questão de equilíbrio, Kathryn, vemos isso todos os dias, embora não exatamente como você descreveu. Este é um desses lugares gregos que opõem o sensorial ao elementar. O sol, as cores, a luz do mar, as grandes abelhas negras, que delícia física, que delícia lentamente fecunda! O rebanho de cabras na colina árida, o terrível vento. As pessoas têm de inventar meios para represar a água das chuvas, fortificar as casas contra terremotos, cultivar terras íngremes e pedregosas. Subsistência. Um profundo silêncio. Não há nada aqui para abrandar ou refrescar a paisagem, não há florestas nem rios ou lagos. Mas há luz e mar e aves marinhas, há calor que faz definhar a ambição e que desorienta o intelecto e a vontade.

A extravagância da observação surpreendeu-o. Ele soltou uma risada abrupta, de uma maneira que nos convidava a partilhar uma piada à sua custa. Quando terminou seu vinho, ele se retesou, encolheu as pernas.

— Correção de detalhe. Isso é o que a luz fornece. Procure coisas pequenas para sua verdade, sua alegria. Este é o específico remédio grego.

Kathryn largou seu copo.

— Fale a James da gente das colinas — disse ela, e entrou na casa, bocejando.

Eu queria ir atrás dela para o quarto, tirar-lhe a saia de brim. Tanto tempo desperdiçado para ser eliminado. Jasmim florescendo num copo de escova de dentes, todos os sentidos correndo para amar. Atiramos longe nossos sapatos e nos tocamos de leve, estremecendo, nos tocamos com ansiosa reverência, alertas a cada nuança de contato, pontas de dedos, corpos flutuantes. Mergulhar e tornar a erguer, braços ao redor de suas nádegas, meu rosto na umidade de seus seios. Eu gemo com o peso, ela ri no vento da noite. Uma paródia de antigo rapto. Provando a umidade salgada entre seus seios. Pensando, enquanto me arrasto para a cama, como é rítmica e correta essa beleza, essa questão simples de curvas, superfícies humanas, a forma desses gregos insulanos perseguidos em seu mármore pário. Nobre pensamento. A cama é pequena e baixa, o colchão, oscilante, duro nas bordas. Pontualmente, nossas respirações encontram a mesma vibração, a pequena cadência que trabalharemos para demolir. Algumas roupas escorregam da cadeira, fivela de cinto tinindo. Aquele olhar dela. Sem saber ao certo quem sou e o que quero. O olhar no escuro a que nunca fui capaz de responder. O olhar da garota, no álbum de família, que reivindica seu direito de calcular o valor preciso do que existe lá fora. Tomamos o cuidado de nos mantermos em silêncio. O garoto em sua cama, do outro lado da parede, faz tão nitidamente parte de nossas noites, que passamos a acreditar que sem ele o prazer seria menor. Desde o começo, quando ele estava se formando dentro dela, procuramos nos guiar para longe de emoções potentes. Parecia-nos um dever e uma preparação. Prepararíamos um mundo sereno, murmurejante, traçado em tons pastel. Nobre pensamento número dois. Minha boca na orla de sua orelha, todas as palavras de amor não pronunciadas. Esse silêncio é um testemunho de lealdades mais amplas.

— Começou de maneira bastante simples — disse Owen. — Eu queria visitar o mosteiro. Existe uma trilha que serpenteia naquela direção, e que mal dá passagem para uma lambreta, atravessa um parreiral, depois sobe pelas colinas empoeiradas. À medida que o terreno se eleva e abaixa, intermitentemente podem-se avistar aquelas massas rochosas mais para dentro da ilha. O mosteiro está ocupado, funciona, segundo os habitantes do local, e os visitantes são bemvindos. O problema com a trilha é que desaparece num matagal e num terreno arenoso a uns três quilômetros de seu destino. Não há alternativa a não ser andar. Abandonei a lambreta e segui em frente. Do final da trilha não é possível avistar o mosteiro e nem mesmo a imensa coluna de rocha em que está assentado, por isso me vi tentando relembrar o terreno pelo que vislumbrara apressadamente um quarto de hora antes, na lambreta.

Eu podia vê-la no escuro, movendo-se junto à parede do quarto, enquanto despia a blusa. A janela era pequena, e ela desapareceu rapidamente de minha vista. Um fraco lampejo, a luz do banheiro. Ela fechou a porta. O ruído de água corrente veio do outro lado da casa, onde ficava a janela do banheiro, como a crepitação de algo fritando. De novo o escuro. Owen curvou sua cadeira contra a parede.

— Há cavernas no percurso. Algumas me pareceram cavernas de tumbas, semelhantes às de Matala no mar Líbio. É claro que há cavernas por toda parte na Grécia. Uma história definitiva está esperando para ser escrita sobre habitação de cavernas nesta parte do mundo. Imagino que signifique uma cultura paralela, que chega até os nudistas e *hippies* de Creta em anos recentes. Assim, não me surpreendeu ver duas figuras masculinas postadas à entrada de uma dessas cavernas, uns catorze metros acima. As colinas nesse trecho têm uma coloração esverdeada, a maioria delas com o topo arredondado. Eu não atingira ainda os picos mais elevados dos rochedos, onde fica o mosteiro. Apontei para a frente e perguntei em grego aos dois homens se aquele era o caminho para o mosteiro. A coisa estranha é que eu sabia que eles não eram gregos. Senti instintivamente que seria vantajoso para mim fazer-me de desentendido. É muito estranho como a mente faz tais cálculos. Algo a respeito deles. Um aspecto abatido, tenso, fugitivo. Não pensei exatamente que estava em perigo, mas senti que precisava de uma tática. *Sou inofensivo, um viajante perdido.* Afinal, lá estava eu, com botas de andarilho e chapéu de aba larga contra o sol, uma pequena mochila de lona às costas. Garrafa térmica, sanduíches, chocolate. Havia degraus toscos cavados na rocha. Em absoluto recentes. Os homens estavam usando velhas roupas surradas, frouxas. Cores desbotadas. Um tipo de calças turcas, ou indianas, que jovens viajantes às vezes usam. Pode-se vê-las em Atenas nos arredores de hotéis baratos na Plaka e em lugares como o mercado coberto em Istambul ou em qualquer parte ao longo do caminho por terra para a Índia, gente com roupas de monge, amarradas com cordões. Um dos homens tinha uma barba maltratada, e foi ele quem me respondeu num grego mais hesitante do que o meu próprio. *"Quantas línguas você fala?"* A coisa mais estranha para se perguntar. Uma pergunta formal. Algum conto medieval, uma pergunta feita a viajantes às portas da cidade. Minha entrada dependia da resposta? O fato de que nos tínhamos falado numa língua que não era a nossa acentuava a sensação de comportamento formal, uma espécie de cerimônia. Gritei, *"Cinco"*, de novo em grego. Eu estava intrigado mas ainda cauteloso, e quando ele fez um sinal para que me aproximasse, meus passos foram lentos, pensando em que espécie de gente, durante quantos séculos, tinha vivido naquele lugar.

Eu tinha de me concentrar para vê-la. De volta ao quarto, junto à parede, no escuro. Procurei induzi-la, pela força do pensamento, a olhar para este lado. Ela vestiria uma camisa de camurça, uma de minhas camisas descartadas, boa para dormir sozinha, dissera-me sorrindo. Uma camisa comprida, com um talhe antiquado, ia-lhe até quase os joelhos. Esperei que me visse olhando para dentro. Sabia que ela também olharia. Saber disso estava contido na estrutura de minha própria visão. Ambos sabíamos. Era um entendimento entre nós que se desviava dos centros habituais. Eu poderia até ter predito numa fração de segundo quando sua cabeça iria voltar-se. E realmente ela ergueu os olhos, rapidamente, com um joelho já apoiado na beira da cama, e o que viu foi o cotovelo de Owen projetando-se além do caixilho da janela da posição que ele adotara na cadeira inclinada para trás. Owen falando; e mais adiante o magro, calmo, educado rosto de seu marido, violento à luz da vela. Eu queria um sinal, alguma coisa que pudesse interpretar como favorável. Mas o que podia ela me dar num tumultuado momento no escuro, mesmo que conhecesse meu pensamento e quisesse aliviá-lo? Aquela era a camisa que ela estava usando quando me agrediu com um descascador de batatas num dos primeiros dias sombrios, nosso chafariz de pássaros cheio de neve.

Adúltero relutante. Havia duas outras pessoas próximas à entrada da caverna. Uma mulher de feições fortes, cabelo cortado rente. O homem estava sentado logo à entrada, escrevendo num caderno. Havia uma lareira de pedras ali por perto. Dentro da caverna, vi sacos de dormir, mochilas, esteiras, outras coisas indiscerníveis. As pessoas estavam, naturalmente, imundas. Cabelos grudados de sujeira. Aquela sujeira específica de gente que não mais a nota. Ela já fazia parte de seu meio ambiente, era o ar que respiravam, seu calor noturno. Sentamo-nos à entrada da caverna, em algumas saliências, degraus cavados na rocha, sobre os sacos de dormir enrolados. Um dos homens apontou-me o mosteiro, que dali se podia ver claramente. Decidi aceitar isso como um gesto amistoso e tranqüilizador e procurei não notar a maneira como me estudavam, inspecionando-me minuciosamente. Falamos grego o tempo todo, e a versão deles era uma mistura de formas mais antigas de *demotikí* e o que as pessoas falam atualmente.

Owen disse-lhes que estava interessado em epigrafia, seu primeiro e atual amor, o estudo de inscrições. Partira numa expedição particular, deixando a escavação minóica entregue a seu assistente. Voltara recentemente de Qasr Hallabat, um castelo em ruínas na Jordânia, onde vira fragmentos de inscrições gregas conhecidas como o Edito de Anastácio. Antes, ele estivera em Tell Mardikh para estudar as tabuinhas de Elba; no monte Nebo, para ver o pavimento de mosaicos, em Jerash, Palmira, Éfeso. Contou que fora a Ras Shamrah, na Síria, para inspecionar uma única tabuinha de argila, do tamanho do dedo indicador de um homem e que continha todo o alfabeto de trinta letras do povo cananeu que lá vivera havia mais de três mil anos.

Eles pareceram excitados com essas informações, embora ninguém se referisse a elas até o momento em que Owen ia partir. Ele achou mesmo que os outros estavam tentando disfarçar sua excitação. Enquanto continuava falando sobre Ras Shamrah, eles se mantiveram muito quietos, evitando entreolhar-se. Mas ele percebeu uma reação recíproca, uma curiosa força no ar, como se cada um deles se achasse num campo minado, e esses campos tivessem começado a se superpor. No final, ficou esclarecido que o que lhes interessava era o alfabeto. Eles explicaram isso quase timidamente, em seu grego deficiente.

Não Ras Shamrah. Não história, deuses, muros desabados, postes de demarcação e bombas de água dos escavadores.

O próprio alfabeto. Eles estavam interessados em letras, símbolos escritos, fixados em seqüência.

Tap lavava cacos de cerâmica em panelas com água, esfregando-os com uma escova de dentes. As peças mais delicadas, ele limpava com um pequeno pincel de pêlos finos. Kathryn e um estudante trabalhavam com um aparelho que chamavam de tela oscilante. O rapaz retirava com uma pequena pá um pouco de terra de um monte e jogava-a dentro de uma garrafa plástica, com água sanitária, cuja parte superior havia sido cortada. Espalhava então a terra numa tela horizontal equipada com alças e mantida em posição à altura do cotovelo por uma armação de madeira. Kathryn agarrava as alças e sacudia a terra numa peneira fina, por uma, duas, três horas.

Sentado à sombra, eu os observava.

No crepúsculo, ela e eu atravessamos a aldeia descendo até os barcos de pesca amarrados no molhe do cais. Um pequeno crucifixo estava pregado na porta da casa do leme. Sentamo-nos no deque e ficamos observando pessoas que jantavam nos dois restaurantes. Ela conhecia o dono do barco e seus filhos. Um deles trabalhava nas escavações, ajudando a limpar o sítio e depois cavando valas. O outro limitava-se aos trabalhos que podia fazer, já que perdera uma das mãos numa explosão de dinamite.

Esse segundo rapaz estava a uns vinte metros de distância, sovando um polvo contra uma rocha. A pequena praia onde ele se achava era cheia de coisas quebradas e pedaços de plástico grosso. Ele segurava o polvo pela cabeça e esmagava-lhe repetidamente os tentáculos contra a pedra.

— Tive uma fantasia erótica a noite passada, enquanto Owen estava falando daquela gente.

— Quem fazia parte de sua fantasia?

— Você e eu.

— Um homem que tem fantasias com a própria mulher?

38

— Sempre fui retrógrado nessas questões.

— Deve ser o sol. O calor e o sol são famosos por gerar esse tipo de coisa.

— Era noite.

Conversamos um tempo sobre os sobrinhos dela, outros assuntos de família, banalidades, um primo que tomava lições de clarineta, uma morte em Winnipeg. Parecia que podíamos nos desgarrar dos seminários noturnos de Owen. Podíamos conversar sem a presença de Owen, desde que não nos aproximássemos demasiado do estado básico de coisas entre nós dois. Os assuntos de família tornam a conversa quase tangível. Penso em mãos, alimentos, crianças erguidas no ar. Há um calor de contato próximo nos nomes e imagens. O cotidiano. Ela tinha uma irmã na Inglaterra, duas no oeste do Canadá, parentes em seis províncias, os Sinclair e os Pattison e suas extensões em casas solitárias com proteção de alumínio nos fundos e madeira empilhada nos lados. Essa é a vida abaixo da linha branca, o subsolo permanentemente congelado. Pessoas sentadas em cozinhas reformadas, decentes, tristes, um pouco amargas, de uma maneira indireta. Eu sentia que as conhecia. Pescadores de percas. Presbiterianos.

Quando crianças correm para fora de salas, o ruído que fazem ao sair permanece no ar. Quando velhos morrem, tinham dito uma vez a Kathryn, deixam um cheiro nas coisas.

— Meu pai odiava aquele hospital. Sempre teve medo de médicos e hospitais. Nunca queria saber o que havia de errado. Todos aqueles exames, um ano inteiro de exames, comecei a pensar que ele ia morrer dos exames. Ele preferia não saber. Mas uma vez que o puseram no hospital, ele acabou sabendo.

— Queria um drinque. Insistia comigo. Isso passou a ser uma espécie de brincadeira complicada entre nós dois.

— Muitos drinques.

— Gostaria que ele tivesse ido àquele lugar subterrâneo em Atenas, aonde às vezes vou com David Keller. Quando alguém pergunta se eles têm *bourbon*, o *barman* responde com um ar complacente: "Sim, é claro, James Beam, muito bom".

— James Beam. Essa é boa. Ele gostava de *bourbon*.

— Ele gostava de coisas americanas.

— Uma fraqueza comum.

— Apesar da propaganda que estava sempre ouvindo de seus filhos.

— Faz quatro anos agora, não é?

39

— Quatro anos. E aquela coisa incrível que ele disse já quase no final. "Eu comuto todas as sentenças. Transmitam a ordem. Todos os criminosos estão perdoados." Nunca vou esquecer.

— Ele mal podia falar.

— Cara-de-pau. Absolutamente cara-de-pau até o fim.

Essa conversa que estávamos tendo sobre coisas familiares era em si mesma comum e familiar. Parecia revelar o mistério que é parte de tais coisas: a inominável maneira como às vezes sentimos nossas conexões com o mundo físico. *Estar aqui.* Tudo está onde devia estar. Nossos sentidos estão se recompondo na margem primordial. O braço feminino arrastando um manto, minha mulher, seja qual for seu nome. Eu me sentia num primeiro estágio de embriaguez adolescente, de cabeça leve, brilhantemente feliz e estúpido, conhecendo o verdadeiro significado de cada palavra. O deque exalava uma dúzia de odores.

— Por que Tap está escrevendo sobre a vida no campo durante a Depressão?

— Ele conversa com Owen. Acho interessante que escreva sobre pessoas em vez de heróis e aventureiros. Não que ele não se exceda de outras maneiras. Prosa bombástica, emoções sinistras. Positivamente, ele colide com a linguagem. A ortografia é atroz.

— Ele conversa com Owen.

— Suponho que sejam episódios da infância de Owen. Pessoas que ele conheceu, coisas assim. Acho que Owen nem sabe que suas histórias estão sendo passadas para o papel. É uma narrativa interessante, pelo menos no modo como emerge da imaginação febril de nosso filho.

— Um romance de não-ficção.

Um homem que acabava de comer um pêssego atirou o caroço no *sidecar* de uma motocicleta, que dobrava a esquina onde ele se achava. A precisão e o momento foram perfeitos, o caroço, enganadoramente casual. O que completou a beleza simples da coisa foi o fato de que ele não olhou à sua volta para ver quem notara aquilo.

— Espero que não nos tornemos um desses casais que começam a se dar bem depois que se separam.

— Isso pode ser melhor do que não se dar bem de todo — disse ela.

— Espero que não nos tornemos um desses casais que não podem viver juntos, mas que também não podem viver separados.

— Você está ficando engraçado na velhice. Pessoas têm comentado isso.

— Quem?

— Ninguém.

— Nós nos demos bem, não é verdade, nas coisas importantes? Nossa ligação é profunda.

— Casamento, nunca mais para esta senhora, com quem quer que seja.

— É estranho. Posso falar dessas coisas com outras pessoas. Mas não com você.

— Sou a megera assassina, lembra-se? Outro homem fora reunir-se ao filho do dono do barco. Os dois na estreita praia de cascalho, à luz do segundo restaurante, batiam um polvo contra a rocha, revezando-se, trabalhando ritmadamente.

— O que vai ser depois?

— Istambul, Ancara, Beirute, Karachi.

— O que faz você nessas viagens?

— O que chamamos de política de atualização. O que faço é revisar a situação política e econômica do país em questão. Temos um complexo sistema de classificação. Estatísticas de prisão em relação ao número de trabalhadores estrangeiros. Quantos homens jovens desempregados. Os salários dos generais foram recentemente duplicados. O que acontece com dissidentes. A colheita de algodão do ano ou a produção de trigo no inverno. Pagamentos ao clero. Temos pessoas a quem chamamos pontos de controle. O controle é sempre alguém que nasceu no país em questão. Juntos, analisamos os dados à luz de acontecimentos recentes. O que é mais provável? Colapso, golpe de Estado, nacionalização? Talvez um problema de balança de pagamentos, talvez corpos atirados em valas. O que quer que possa pôr em perigo um investimento.

— Então você paga.

— É interessante porque envolve gente, multidões, gente correndo nas ruas.

Um burro estava parado imóvel atrás de uma camioneta de entrega de três rodas estacionada perto da padaria. O homem ao volante fumava.

Dois adolescentes gêmeos caminhavam com o pai ao longo do cais. O homem vestia terno e gravata, os filhos usavam suéteres tricotados de decote em V. Ele andava entre os dois, e cada um dos rapazes segurava-o pelo braço. Andavam compassadamente, com um ar solene, bonito de se ver. Os gêmeos pareciam mais próximos dos dezoito do que dos treze anos. Eram morenos e graves e olhavam diretamente para a frente.

Tap estava sentado à sua escrivaninha, escrevendo.

No quarto, guardei minhas coisas na valise com a intenção de tomar o primeiro barco da manhã para Naxos, e de lá para o Pireu. Ouvi alguém assobiar lá fora. Uma única nota como o pio de um pássaro, repetidas vezes. Fui até a varanda. Dois homens jogavam gamão numa mesa dobrável armada contra o muro do hotel. Vi Owen Brademas parado debaixo de uma árvore do outro lado da rua, de olhos erguidos para mim, os braços cruzados sobre o peito.

— Fui até a casa.

— Eles estão dormindo — disse eu.

— Pensei que você estivesse lá.

— Ela estará de pé às cinco da manhã. Eu também.

— Não é necessário que ela chegue tão cedo ao sítio da escavação.

— Ela tem de esquentar água e fazer o café da manhã e mais outras catorze coisas. Escreve cartas, lê. Suba aqui.

Havia cinco ou seis outras aldeias na ilha. Owen vivia na que se situava mais ao sul, num prédio de concreto chamado de casa da escavação. Seu assistente e os restantes da equipe também moravam lá. Os habitantes das casas espalhadas ao longo do caminho dessa aldeia para outra deviam ter se espantado com o homem alto e desajeitado andando de lambreta durante a noite, passando por plantações de cevada, cercas.

Usei uma toalha para limpar a cadeira da varanda, e depois levei para fora outra, estreita, com assento estofado. O vento intermitente deslizava sobre a água.

— Estou incomodando, James? Diga logo.

— Só daqui a uma ou duas horas estarei pronto para dormir. Sente-se.

— Você dorme?

— Não tão bem como costumava.

— Eu não durmo — disse ele.

— Kathryn dorme. Eu costumava dormir. Tap dorme, é claro.

— É agradável aqui. Nossa casa não é bem localizada. Parece captar e reter o calor.

— O que você encontra nessas pedras, Owen, que tanto o intrigam?

Ele estirou o corpo, ajeitando-se para uma resposta.

— À princípio, há anos, acho que era sobretudo uma questão de história e filologia. As pedras falavam. Era uma maneira de conversar com os povos antigos. Era também, até certo ponto, como decifrar um enigma. Decifrar, desvendar segredos, como traçar a geografia de um idioma. Na minha atual paixão, acho que abandonei a erudição e grande parte do interesse que tinha pelas culturas antigas. Afinal, o que dizem as pedras são coisas rotineiras. Inventários, contratos de venda de terras, pagamentos de cereais, registros de mercadorias, quantas vacas, quantos carneiros. Não sou entendido na origem da escrita, mas parece que o que primeiro se escreveu foi motivado por um desejo de contabilizar. Contas de palácios, contas de templos. Registro de contas.

— E agora?

— Agora comecei a ver a importância misteriosa das letras como elas são, grupos de caracteres. A tábua em Ras Shamrah nada dizia. Estava inscrita com o próprio alfabeto. Acho que isso é tudo o que quero saber a respeito do povo que lá vivia. O formato de suas letras e o material que usavam. Cerâmica endurecida a fogo, denso basalto preto, mármore com conteúdo ferroso. Eu passo minha mão por essas coisas, sinto onde as palavras foram talhadas. E os olhos absorvem aquelas lindas formas. Tão estranho e estimulante! Vai mais fundo do que conversas, enigmas.

— Por que chama isso de paixão?

— Porque é, James. É uma paixão irracional. Extravagante, tola, provavelmente de curta duração.

Tudo isso com gestos largos, em ritmos vocais abertos. Depois ele riu, embora seja mais exato dizer que "soltou o riso", como quem solta um grito ou um chamado. Tanta coisa do que dizia e fazia tinha um tom de rendição confiante. Minha suposição é que ele vivia com as conseqüências da descoberta de si mesmo, e eu suspeitava que isso era um sofrimento mais penoso do que qualquer coisa que o mundo lhe houvesse reservado.

— E aquela gente nas colinas? Você vai voltar?

— Não sei. Eles falaram de seguir adiante.

— Há um elemento prático. O que eles comem? Onde arranjam comida?

— Roubam. Desde azeitonas até cabras.

— Eles lhe disseram isso?

— Presumi.

— Você os consideraria praticantes de algum culto?

— Eles compartilham um interesse esotérico.

— Ou uma seita?

— Talvez você tenha razão. Minha impressão é que fazem parte de um grupo maior, mas não sei se suas idéias ou costumes são refinamentos de uma corrente de pensamento.

— O que mais? — perguntei.

Nada. A lua estava quase cheia, iluminando as bordas das nuvens tocadas pelo vento. Os jogadores de gamão faziam rolar seus dados de marfim. De manhã, o tabuleiro continuava sobre a mesa, quando saí às pressas para tomar o navio, lento na calmaria, parecendo triste, meio afundado. Preparei-me para desvendar a escrita grega na proa, em meu laborioso jeito pré-escolar, mas dessa vez era um nome fácil, *Kouros,* tirado da ilha. Foi Tap quem me disse que o nome da ilha derivava de uma estátua colossal encontrada caída perto de um antigo cemitério há cerca de cem anos. Era um *kouros* tradicional, um robusto jovem de cabelos trançados, em pé, com os braços junto ao corpo nu, o pé esquerdo para a frente, e um sorriso arcaico no rosto. Século VII a.C. Isso ele aprendera, naturalmente, com Owen.

3

Acordado. O arrulho vibrante das pombas. Tenho de me concentrar para ter uma idéia de minha localização. Levantar, entrar no mundo, escancarar as venezianas. No jardim da Escola Britânica, um apicultor mascarado encaminha-se para as colméias. Apanho o bule de café do escorredor, ponho água para ferver. O monte Himeto é uma sombra branca, manhãs de verão, uma extensão vaporosa em direção ao golfo. Hoje é dia de feira, um homem corre atrás de pêssegos seguindo rua abaixo até os restaurantes. Uma camioneta bateu na sua, derrubando sua caixa, e os pêssegos rolaram pelo asfalto em filas saltitantes. O homem está tentando recuperar as frutas, correndo curvado, e fazendo gestos circulares com os braços. Um menino, de sob as amoreiras, rega o chão dos restaurantes. Onde as camionetas colidiram, há muita gesticulação entre o motorista de um veículo e o amigo do homem que corre curvado. Um envelope de Nescafé, uma rosca amanhecida. O telefone está tocando, a primeira das ligações erradas do dia. Pombas pousam nas pontas rijas dos ciprestes. Os homens do café da esquina aparecem e olham os pêssegos rolarem. Eles se debruçam com cuidado para a rua, ponderando gravemente, preparados para fazer apenas um mínimo de esforço e gestos. Abelhas voam na luz empoeirada.

Caminho até o escritório, onde preparo para mim outra xícara de café e espero as comunicações do telex.

O casamento é algo que construímos com o que se encontra à mão. Nesse sentido, é uma improvisação, quase um descuido. Talvez seja este o motivo de sabermos tão pouco a respeito. É uma coisa demasiado inspirada e mercurial para ser claramente entendida. Duas pessoas fazem um borrão.

Charles Maitland e eu discutimos isso, sentados num banco de jardim, onde a temperatura era dez graus mais baixa do que na cidade ao nosso redor. Crianças andavam por ali, comendo pão de gergelim em forma de rosca.

— Você está falando de casamento moderno. Americanos.

— Kathryn é canadense.

— Novo Mundo então.

— Acho que você não está a par.

— Claro que estou desatualizado. E ainda bem. Poupe-me de ficar atualizado. O fato é que a coisa que você descreve nada tem a ver com *matrimônio*.

Ele exibiu a palavra como uma moeda de ouro entre os dentes. Belo rosto maltratado. Veias capilares estouradas, olhos azuis veiados. Tinha cinqüenta e oito anos, era desajeitado, grandalhão, avermelhado, de sobrancelhas brancas, sacudido por acessos de tosse. Aos domingos, ia sozinho de carro para fora da cidade e fazia voar seu aeromodelo controlado por rádio. O aparelho pesava cerca de quatro quilos e custara dois mil dólares.

— É verdade — disse eu. — O vínculo conjugal era a última coisa de que cogitávamos. Não tínhamos entrado em estado algum. A única coisa que fizemos foi romper com Estados e nações e planos definitivos. Ela costumava dizer que esse casamento era um filme. Não queria dizer que não era real. Tudo bruxuleava. Uma série de pequenos momentos bruxuleantes. Mas ao mesmo tempo calmo e seguro. Uma vida de dia a dia. Contida, moderada. Eu achava que, não se desejando nada, o casamento tinha de dar certo. Achava que o mal era que todo mundo desejava algo. Desejos em direções diferentes. O nascimento de Tap reforçou o sentimento de que estávamos acertando pouco a pouco, mas sadiamente, de modo satisfatório, sem grandes visões de realização própria.

— Estou com sede — disse ele.

— Um drinque iria matá-lo.

— Bruxuleava. Era uma série de bruxuleios. Vocês estavam tranqüilos e seguros.

— Tínhamos brigas incríveis.

— Quando ela chegar, vamos sair para um drinque.

— Vou almoçar com Rowser, venha comigo.

— Santo Deus, ele não!

— Seja camarada — disse eu.

46

Atalhos sombreados. Regatos e fontes de pedra. Uma densa vegetação com árvores altaneiras que formavam uma abóbada ventilada, uma proteção contra os pânicos de corações dilatados da Atenas central. A paisagem tinha uma agradável imprevisibilidade. Era uma incitação a vaguear ao léu, perder-se sem sentir que se era parte de um quebra-cabeça formalista, um jardim de armadilhas de cercas e fugas planejadas. Debaixo de um pinheiro, uns doze homens discutiam política. Charles ouvia intermitentemente, traduzindo para mim. Ele e Ann estavam casados havia vinte e nove anos (ela era sete ou oito anos mais moça do que ele). Durante esse período, Charles tivera vários empregos relacionados com a segurança de filiais de companhias inglesas e americanas. Agora trabalhava como consultor, sobretudo em questões de segurança contra incêndios, um certo rebaixamento de *status* e renda, considerando-se o que era ganhar a vida com o antiterrorismo.

Eles tinham vivido no Egito, Nigéria, Panamá, Turquia, Chipre, África Oriental, Sudão e Líbano. Essas permanências variavam de um a quatro anos. Tinham vivido em outros lugares, inclusive nos Estados Unidos, por períodos mais curtos, e passado por muita coisa, de prisão domiciliar a deportação, Cairo 1956, de bombardeio pesado a hepatite infecciosa, Beirute 1976. Ann comentava tais episódios num tom de remota tristeza, como se fossem coisas que lera no jornal. Talvez não se sentisse qualificada para partilhar as emoções dos nativos. Os libaneses eram as vítimas, Beirute era a tragédia, o mundo era o perdedor. Ela nunca mencionava o que eles próprios tinham perdido em qualquer dos lugares onde haviam morado. Foi Charles que por fim me contou que tudo em sua pequena casa em Chipre fora roubado ou destruído quando os turcos invadiram a zona rural, e deu a entender que esse era apenas um dentre muitos acontecimentos desastrosos. Os soldados pareciam ter uma profunda necessidade de arrancar coisas das paredes, qualquer coisa que se destacasse — canos, torneiras, válvulas, tomadas. Quanto às paredes, eles as tinham lambuzado de merda.

Havia um protocolo de agüentar, de se conformar, em que Ann era especialista. Eu estava aprendendo que reticência era bastante comum em tais questões. Parecia que as pessoas sentiam que estavam se incriminando se falassem contra tais violações. Eu tinha às vezes a impressão de notar, naqueles que tinham perdido seus bens, ou fugido, sobretudo em americanos, uma certa surpresa de que isso não houvesse acontecido antes, que os homens com barbas de seis dias não tivessem vindo muito mais cedo para queimar suas casas, arrancar os encanamentos, ou sair carregando tapetes para preces que eles tinham pechinchado e comprado como investimento — pelos crimes de beber uísque, ganhar dinheiro, ou fazer jogging com vistosos abrigos pelos bulevares ao cair da tarde. Não sentíamos nós, americanos, que era apenas uma questão de tempo? Port Harcourt, na Nigéria, contou Ann, fora realmente a única coisa a lamentar. Havia petróleo no delta, uma solidão clamorosa. Charles estava trabalhando na segurança e proteção de uma refinaria construída pela Shell e a British Petroleum. Ela fugira para Beirute e havia guerra nas ruas. O casamento tinha perdido parte de sua força mas em seguida passou por uma melhora, na categoria de uma melancólica ironia, quando o patrimônio da British Petroleum foi nacionalizado.

Eles não queriam voltar para seu país. Muitos anos de céus rebuscados, gente graciosa de cabelos trançados, roupas vermelhas, pés descalços. Ou era assim a Inglaterra de hoje? Pensaram em se aposentar na Califórnia, onde tinham um filho na faculdade, um sábio fantástico segundo eles, um matemático.

— A idéia é aprender a língua — disse Charles —, mas sem deixar que eles percebam. É isso o que faço, não deixo que as pessoas saibam, a não ser que seja absolutamente necessário.

— Mas então de que adianta?

— Ouro. Ouço o tempo todo. Ouvindo, descubro coisas. Tenho uma vantagem nisso. Não somente sou um estrangeiro, como *não pareço* falar o grego.

— Esta é uma distinção inacreditável, Charles. Está falando sério?

— Deve-se descobrir o máximo que se pode.

— Mas de vez em quando você não faz negócios por aqui?

— Os negócios são feitos em inglês. Certamente você já deve ter suspeitado disso.

— Se eu conseguir aprender a língua, falarei sempre que possível. Quero conversar com eles. Quero ouvir o que estão dizendo. Há nesses homens, quando discutem, um tom sério, quase carinhoso. Quero interromper, fazer perguntas.

— Não vai descobrir nada, falando com eles.

— Não quero descobrir nada.

— Usando o meu método, você aprenderá infinitamente mais.

— Charles, seu método é maluco.

— Então que tal uma Heineken? Será possível conseguir cerveja em garrafas verdes neste país?

— Falando sério, você fala árabe?

— Claro que falo.

— Disso eu tenho inveja. Realmente tenho.

— Ann é uma lingüista brilhante. Já fez traduções. É excelente.

— Meu garoto fala ob. É uma espécie de corruptela do latim. Você insere ob em certas partes das palavras.

Charles debruçou-se para a frente, com o cigarro queimando até o filtro.

— Algo quase carinhoso — murmurou ele, olhando para os homens ao redor da árvore.

— Sabe o que quero dizer. Há uma certa qualidade na linguagem.

— Você quer interromper. Quer fazer perguntas.

Vi Ann aproximar-se de nós, emergindo de um círculo de álamos. Um andar que gingava graciosamente. Mesmo à distância, sua boca esboçava um pequeno muxoxo de alguma observação prestes a ser formulada. Ficamos de pé e, juntos, descemos os três pelo atalho até o portão mais próximo.

— A qualquer hora — disse ela —, metade das mulheres em Atenas estão sendo penteadas pela outra metade.

— Obviamente, elas fizeram maravilhas — disse Charles.

— É uma confusão tão grande! Eu ainda estaria lá, não fosse por algumas mulheres que não apareceram e outras que desistiram. James, nunca tinha percebido. Você tem cabelo cáqui.

— É castanho.

— Se jipes tivessem cabelo, seria como o seu. Ele tem cabelo cáqui — disse ela, virando-se para Charles.

— Deixe-o em paz. Ele vai almoçar com George Rowser.

— Ele vai almoçar conosco. Aonde vamos?

— Podemos jantar juntos — disse eu.

— Muito bem. Devo chamar alguém mais?

— Chame todo mundo.

— O que essa gente toda está fazendo no parque? — disse ela.

— Os gregos odeiam o ar livre.

Apanhei um livro sobre mitologia para Tap. Levei-o à caixa registradora. A vendedora mandou-me para um homem no outro lado da sala. Entreguei-lhe o livro e o acompanhei até sua pequena escrivaninha. Ele apanhou um bloco grosso, anotou o preço num recibo e o entregou a mim, sem o livro. Levei o recibo para a mulher na caixa registradora, que o carimbou e o devolveu junto com o troco. Guardei no bolso o recibo carimbado e voltei à escrivaninha. O homem tinha embrulhado o livro e estava fechando o pacote com fita adesiva. Queria meu recibo. Entreguei-lhe o recibo, do qual ele me deu uma cópia em carbono. Coloquei-a no bolso e saí com o livro muito bem embrulhado.

Minha vida era repleta de surpresas rotineiras. Num dia eu estava olhando corredores de maratona se desviarem de táxis perto do Atenas Hilton, no outro, dobrando uma esquina em Istambul para ver um cigano que levava um urso por uma corrente. Comecei a pensar em mim mesmo como um turista perene. Havia algo de agradável nisso. Ser turista é escapar à prestação de contas. Erros e falhas não se dependuram em nós como quando estamos em casa. Podemos perambular por continentes e línguas, suspendendo a operação do raciocínio normal. Turismo é a marcha da estupidez. Espera-se de nós que sejamos estúpidos. Todo o mecanismo do país anfitrião é engrenado para viajantes agindo estupidamente. Confusos, circulamos pelos lugares, apertando os olhos sobre mapas desdobrados. Não sabemos como falar com as pessoas, como chegar a qualquer parte, qual é o valor do dinheiro, que horas são, onde e o que comer. Ser estúpido é o padrão, o nível e a norma. Podemos viver nesse nível durante semanas e meses, sem censura ou conseqüências tenebrosas. Juntamente com milhares de outros, são-nos concedidas imunidades e amplas liberdades. Somos um exército de imbecis, vestidos com poliésteres vistosos, empoleirados em camelos, tirando retratos uns dos outros, abatidos, disentéricos, sedentos. Não há nada em que pensar a não ser no próximo evento amorfo.

Um dia saí e encontrei as ruas cheias de crianças fantasiadas. Não sei que ocasião era aquela, o que estava sendo comemorado. No centro de Atenas havia centenas dessas crianças vestidas com rebuscados trajes. Andavam de mãos dadas com os pais ou corriam por entre os pombos defronte ao monumento aos combatentes. Crianças fantasiadas de *cowboys*, diabretes, astronautas, xeques do petróleo com barbas negras, carregando pastas. Não perguntei o que aquilo significava. Estava feliz por não saber. Queria preservar a surpresa num meio opaco. Isso aconteceu muitas vezes em grande e pequena escalas. Atenas era meu local de residência oficial, mas eu não estava pronto, nem mesmo em Atenas, a abrir mão do turismo.

No mercado das flores, vi um padre e um diácono saírem de uma igreja atrás das bancas, liderando um grupo de pessoas que carregavam cruzes e outros objetos. O padre tinha olhos alucinados e uma barba esvoaçante, as pessoas talvez fossem acompanhantes de algum enterro. Deram uma volta ao redor da igreja e depois entraram nela. Ser constantemente tomado de surpresa não era a pior coisa que podia acontecer a um homem que vivia isolado.

Rowser viajava com nome falso. Tinha um total de três identidades e possuía para cada uma delas os documentos pertinentes. Seu escritório em Washington era equipado com um detector de carta-bomba, um misturador de vozes, um complicado sistema de prevenção contra invasões. Era um homem que nunca dava o passo final para a tolice e o patético, apesar das indicações. Sua própria vida era a principal indicação, cheia dos ornamentos de paranóia e ilusão. Até sua voz rouca, um murmúrio forçado, parecia um sintoma cômico do ambiente clandestino. Mas a energia maciça de Rowser, sua vontade de ir até o fim das coisas, sobrepujava tudo o mais. Ele era um homem de negócios. Vendia seguros a outros homens de negócios. Os assuntos eram dinheiro, política e força.

Encontrei-o no bar ao lado do saguão do Grande Bretagne, um dos locais mais penumbrosos, cadeiras estofadas, vozes abafadas. Era um homem atarracado, de óculos, com um início de calvície. Quando entrei, estava bebendo água mineral e fazia anotações.

— Sente-se. Estou voltando do Kuwait.

— Eles estão matando americanos?

— Não que dê para se notar. Não abertamente. O que tem você para mim?

— George, posso pedir um drinque?

— Peça um drinque.

— A Turquia é uma aula sobre até onde as pessoas podem ir para chegar ao que interessa. Só que ninguém está de acordo sobre o que interessa.

— Que outras novidades?

— O tempo estava bom.

— Visitou as mesquitas?

— Não nessa viagem — respondi.

51

— Não compreendo como as pessoas vão a Istambul e não visitam as mesquitas. Posso passar horas numa mesquita.

— Você é religioso?

— Nem pensar. Gosto da atmosfera de reverência, apenas isso.

— Arquitetura magnífica. Até aí, concordo.

— Nada de quadros. Tenho permissão para ver no Vaticano quadros que ninguém vê, a não ser com credenciais quentíssimas. Quero ver as coisas em Nápoles. As salas secretas.

— Quem você conhece?

— Um cardeal, nos Estados Unidos.

O garçom apareceu, a cabeça inclinada, um ligeiro ar de zombaria nos olhos. Pedi uma cerveja. A pasta ultra-segura de Rowser repousava ao seu lado na poltrona macia. Estava abarrotada de trabalhosos levantamentos, disso eu tinha certeza. Dados sobre a estabilidade de países que ele estivera visitando. Fatos sobre a infra-estrutura. Probabilidades, estatísticas. Eram a música da vida de Rowser, a única coerência de que ele necessitava.

O que nos ligava era o risco.

Ele começara nesse campo de trabalho coligindo material para pessoas que escreviam relatórios eruditos sobre morte e destruição em grande escala. Rowser tinha um dom para números e um temperamento que lhe permitia separar as técnicas matemáticas e a ciência atuarial dos eventos aterradores que ele pesquisava. Em universidades e centros de pesquisa, ele comparecia a inúmeros colóquios, em que pessoas discutiam calamidades especiais tais como derretimento de reatores, vírus descontrolados e guerras limitadas de três dias.

Alguém tinha de nos dizer quais eram nossas chances. O problema de Rowser era que ele não tinha o fôlego e a perspicácia para se sair bem como analista de risco. Sabia o que era, um ambicioso de escola noturna, um homem que calculava as vantagens, brusco, empreendedor, viciado em serões e cafeína. Não era nenhum especialista em jogos de guerra ou geopolítica. Não dispunha de sistema algum de pressupostos ou princípios. Possuía apenas um conjunto de fatos interligados, que colhia em toneladas em material de pesquisa, sobre o custo-benefício do terrorismo.

Houvera mais de cinco mil incidentes terroristas na última década.

Seqüestros eram rotineiros.

Pedidos de resgate de cinco milhões de dólares eram usuais.

Nesta década, um quarto de bilhão de dólares em dinheiro de resgate fora pago a terroristas.

Os principais alvos eram os executivos.

Os americanos vinham em primeiro lugar, sendo visados com especial freqüência no Oriente Médio e na América Latina. Simples. Ele convencia uma companhia de seguros de porte médio a vender apólices de resgate às multinacionais. Seu trabalho era calcular o risco de contratar candidatos para cobertura. Lia tudo o que havia sido publicado sobre terror e viajava constantemente para estabelecer linhas de coleta de dados, que o ajudavam a tirar conclusões sobre empreendimentos no exterior, as atitudes dos países anfitriões, correntes políticas em geral. O sigilo era importante. Se um grupo terrorista soubesse que determinada companhia havia segurado seus executivos contra seqüestro e resgate, obviamente ele iria ficar muito interessado.

O homem de visão estreita submerge. Rowser ocupava-se profundamente dos costumes e atitudes da vida secreta. Sua meticulosidade era compulsiva e regeneradora, uma condição patológica. Ele parou de levar consigo o cartão de identificação da companhia, memorizou números de telefone e endereços, gastou pequenas fortunas em aparelhos eletrônicos. Não creio que tivesse se envolvido nessas coisas como fazem certos homens, porque estão no limiar de algo profundo e oculto, uma vida de sonho ou outra personalidade. Ele não era o tipo de homem que brinca com o perigo. Creio que simplesmente estava apavorado. O risco torna-se uma coisa física.

— O que é isso?

— Um livro que comprei para meu filho.

— Sou um duplo perdedor — disse ele.

— Estamos apenas separados, George.

— Divorcie-se.

— Por quê?

— Porque sim. Eu nem sequer me lembro deles. Se estivessem andando na rua, eu passaria direto por eles.

— Não quero discutir casamento. Fiz isso uma hora atrás.

— Beba sua cerveja e vamos embora.

— Onde vamos almoçar?

— Não almoço. Meu médico me disse para eliminar uma refeição. Vamos dar uma volta pelo quarteirão. Quero um sumário sobre a Turquia.

— Está quente demais lá fora.

— Não gosto de falar onde não posso ter segurança. Beba de uma vez sua cerveja e vamos embora.

— É sobre seguro, George. Apenas isso. Ninguém está ouvindo.

— Sou o tipo de pessoa que não gosta de abrir mão de um hábito. Comecei fazendo as coisas desse modo, e talvez não seja mais necessário. Talvez, objetivamente, nunca tivesse sido necessário. Mas um hábito é a coisa mais difícil de se abandonar quando se trata desse tipo de pessoa. Não há lógica na maioria dos hábitos. É exatamente por isso que não se consegue descartá-los. Um hábito é o beijo da morte para alguém como eu.

A aspereza de sua voz era meio pungente. Eu o encontrei pela primeira vez num seminário sobre investimentos estrangeiros. Havia muitas vozes além da sua naquele dia. É curioso, pensava eu, como todos aqueles sotaques regionais convergiam para as mesmas combinações de palavras. A linguagem de negócios é cortante e agressiva, extraindo parte de seu jargão técnico dos conglomerados bélicos do sul e do sudoeste, de certa forma uma educação rural, a consangüinidade do pálido homem corporativo em seu terno cinza. Essa mistura de sotaques sugere que é tudo parte do mesmo jogo.

Nessa ocasião, Rowser era chefe de desenvolvimento do Northeast Group, uma subsidiária de um conglomerado de dois bilhões de dólares a que ele se referia como "o progenitor". Executivos nervosos estavam fora. O Northeast Group especializava-se em seguros de risco político para companhias com subsidiárias em outros países. Em anos recentes, patrimônios americanos haviam sido confiscados em duas dúzias de países, e os homens de negócios estavam procurando proteção financeira. Todos aqueles circunspectos zaireanos, aqueles paquistaneses com lábios sensuais e sorrisos luminosos, vozes de timbre melódico, que afáveis tecnocratas eles se tornaram, dirigindo as indústrias que havíamos planejado e financiado, usando nosso próprio jargão.

Rowser e seu grupo estavam realizando seguros de risco político em quantidades impressionantes. Vendiam porções das apólices originais a sindicatos de modo a dividir o risco e gerar o fluxo monetário que o progenitor não fornecia. Ele ampliou sua rede de coleta de dados e contratou umas tantas pessoas-chave, as quais chamou de analistas de risco, título de que não se considerara digno quando coligia fatos para o fim do mundo. Era esse o emprego que me oferecera. Diretor associado de análise de risco. Oriente Médio.

Eu era um redator *freelance*, algo como um escriba da Renascença. Catálogos, panfletos, folhetos, todo tipo de lixo institucional para o governo e a indústria. Boletins informativos para uma firma de computadores. Roteiros para filmes industriais. Estratégias de planejamento de impostos, estratégias de investimentos. Tivemos três encontros. Na ocasião, eu estava escrevendo um livro sobre conflito global que seria assinado por um general da Força Aérea associado de um dos antigos projetos de Rowser, o Instituto de Análise de Risco na American University. Rowser lera as primeiras páginas do manuscrito, e é possível que tenha se impressionado com a maneira como reformulei o pensamento confuso do general. O homem era uma miscelânea viva. Todo mundo na comunidade dos analistas de riscos sabia disso.

Rowser contou-me que o escritório de Atenas recebia relatórios de vários controladores estabelecidos na área do Mediterrâneo, do golfo Pérsico e do mar da Arábia. Esse material precisava ser organizado, precisava ser analisado por alguém que tivesse competência intelectual. Ele queria uma análise que fosse mais abrangente que a realizada por contadores e estatísticos.

Um sujeito bastante alto com uma aparência educada e cabelo cáqui talvez fosse exatamente aquilo de que ele precisava para a região.

Não aceitei o emprego. Kathryn, Tap e eu estávamos vivendo numa velha casa de empena nas ilhas Champlain, uma propriedade que pertencera a seu pai, e gostávamos do lugar, entre herdades e pomares de macieiras, uma cultura lacustre situada entre as Green Montains e as Adirondacks. Minha profissão de redator *freelance* nos convinha. Nós nos víamos como pessoas que tinham poucas necessidades. Kathryn dirigia uma escola de artesanato em North Hero, uma ilha adiante da nossa, e a presença ocasional de jovens e lacônicos oleiros e fabricantes de acolchoados dava ao local um aspecto de virtude antiquada. Queríamos que Tap crescesse na América do Norte.

Um ano mais tarde, estávamos em Toronto, dividindo nossos livros, enquanto Kathryn falava grego num gravador. Fim da América do Norte. Entrei em contato com Rowser. Ele tinha um homem para a região, mas disse que estava interessado em conversar comigo. Eu disse que teria de ser Atenas. Ele me respondeu que tentaria dar um jeito. Isso levou três meses.

Eu teria um emprego fixo, um escritório, uma secretária, um horário e responsabilidades bem determinadas, enquanto minha mulher estaria trabalhando numa vala e meu filho escrevendo um romance. Uma dupla contente. Agora eram eles os *freelancers*, mas eu não conseguia me livrar da sensação de que era eu quem estava se arriscando mais. Se fracassasse, não havia para onde retornar, nenhum lugar em particular a que pertencesse. Eles eram meu lugar, minhas únicas fronteiras de verdade. Parti como um homem empreendendo uma jornada perigosa, experimentando uma severidade e uma força de vontade como nunca sentira antes.

Satisfeito comigo mesmo, disposto a me acomodar. Quais são minhas qualidades? Essa era uma pergunta que perturbava toda a questão. Paixão, caráter, fortitude e perspicácia. Astúcia e má sorte. Eu teria de assumir algo de todas essas qualidades. Será por isso que as pessoas tentam forçar acontecimentos, para descobrir o quanto são completas e o que conseguiram acumular de fortuna passageira? Alguns tipos de solidão constituem uma acusação. Será que é isso que sentimos que somos, reduzidos à individualidade, despigmentados?

A parda ilha rochosa, a aldeia de calcário, os homens lançando suas redes amarelas, todas essas formas de luz emitida. O solo minóico em camadas, ocre, ferrugem e fuligem, e os cacos de cerâmica pintada, essas são as paixões que saturam o mundo. E Rowser, caminhando colina acima e passando por joalherias ao longo da galeria, meio ofegante, é que era o intermediário de todo esse amor perigoso. Rowser com seu terno cinza de vendedor de seguro.

— O Lloyd's quer declarar o golfo zona de guerra — disse ele.

— Isso poderia duplicar o seguro dos petroleiros.

— Como você sabe?

— Consegui umas gravações da reunião sobre defesa no Kuwait. Eles estão imaginando o pior cenário possível. O Lloyd's está. Cascos de petroleiros atulhando o estreito. Os árabes estão preocupados. Até o progenitor está nervoso com a perspectiva. Interfere em quase todos os interesses deles.

— Uma zona de guerra.

— Parece que sim, não é?

Ele queria saber a respeito da Turquia. Eu dispunha de estimativas precisas sobre empréstimos não saldados. Conseguira mensagens de telex confidenciais entre sucursais bancárias da região. Tinha dados sobre divisas, taxas de inflação, possibilidades de eleições, balança comercial. Tinha carros enfileirados para pôr gasolina, cortes diários de energia elétrica, torneiras das casas sem água, grupos de jovens desempregados parados nas esquinas, garotas de quinze anos mortas a bala por motivos políticos. Nenhum café, nenhum combustível, nenhuma peça sobressalente para aviões de combate. E tinha lei marcial, mercado negro, o Fundo Monetário Internacional, Deus é grande. Eu conseguira as mensagens confidenciais de telex graças ao meu amigo David Keller, chefe do departamento de crédito do Banco Mainland. Grande parte das outras informações me fora dada pelo nosso controle na Turquia. As ruas de Istambul forneciam dados por si mesmas, a força bruta, o descontrole. O resto me chegara às mãos por nossos contatos no Banco Mundial e vários institutos de pesquisa.

Fizemos meia-volta e começamos a descer a colina, um atrás do outro, ao longo da calçada estreita. Ele falou comigo por sobre o ombro.

— De onde é você? Eu já lhe fiz essa pergunta?

— Pensilvânia. Uma cidade de tamanho médio.

— Sou de Jersey City.

— O que quer que eu diga, George? Que estamos muito longe de casa?

Atravessamos a rua para evitar uma poça de espuma de sabão.

— Será que quero ir à Acrópole?

— Todo mundo vai — respondi.

— É preciso subir?

— Todos sobem. Os aleijados, os coxos.

— O que há exatamente lá em cima que tenho de ver?

— Você vai a Nápoles para ver quadros pornográficos.

— Isso eu tenho que trapacear. Não é nada — disse ele.

Cinco minutos depois, chegamos ao escritório, duas modestas salas ligadas por uma passagem em arco. Minha secretária, uma mulher de meia-idade, que gostava de ser chamada de sra. Helen, fora a um enterro em algum ponto no norte.

Rowser tirou os sapatos e pediu para ver cópias de telex, anotações, memorandos, tudo o que eu pudesse lhe fornecer. Documentos carimbados, listas de números. Quando ele se acomodou para ler, senti que começava a perceber o silêncio, a calma lúgubre que gradualmente invadia o ambiente cada vez que ali chegava da rua. O prédio era num beco sem saída, um local preciosamente quieto numa cidade habituada ao barulho. Para os atenienses, barulho é uma espécie de chuva, uma ambiência formada pela natureza. Nada pode impedi-lo.

— Quando vai partir, George?

— Amanhã.

57

— Pela TW?

— Exato.

— Conte com uma escala.

— É um vôo direto.

— Conte com uma escala. Em Shannon ou Goose Bay.

— Por quê? — perguntou ele.

— Eles levantam vôo sem os tanques cheios. Dizem que aqui é muito quente e o combustível se dilata. Ou a pista é muito curta e o combustível, pesado. O problema é mesmo o combustível. Aqui é mais caro. Eles preferem encher os tanques mais adiante.

— Então é isso.

— Não há como escapar — disse eu.

Rowser recomeçou a ler. Sentei-me à minha mesa com uma limonada, observando-o. Ele tinha uma dúzia de gestos nervosos. Tocava no rosto, na roupa, piscava quase constantemente. Imaginei-o encalhado em Goose Bay. O grande, vazio, remoto, inocente Labrador. O Labrador varrido pelo vento. Nenhuma política, nenhum risco. O lugar seria uma ofensa para ele, um espaço em branco que ele não podia conhecer através de números. Morreria lá, gesticulando.

As noites de verão pertencem às pessoas nas ruas. Estão todas lá fora, aglomeradas contra a paisagem rochosa. Reconcebemos a cidade como uma coleção de espaços unitários, que as pessoas ocupam numa ordem de sucessão fixa. Bancos de jardim, mesas de cafés, assentos balouçantes em rodas-gigantes nos parques de diversão. O prazer não é diversão mas vida premente, uma ordem social considerada temporária. Pessoas vão a cinemas instalados em terrenos baldios e comem em tavernas improvisadas de acordo com a topografia. Cadeiras e mesas aparecem em calçadas, telhados e pátios, em ladeiras de ruas e aléias, e música amplificada soa em lufadas na noite suave. Os carros estão na rua, assim como motocicletas, lambretas e jipes, e há discussões, rádios tocando, som de buzinas. Buzinas que carrilhonam, apitam, guincham, num clangor de fanfarra, buzinas que tocam melodias populares. Rapazes na caçada do verão. Buzinas, pneus, o estampido de escapamentos. Sentimos que esse barulho é anunciador. Eles dizem que estão a caminho, estão chegando. Chegaram.

Somente os homens em seus cafés habituais se mantêm lá dentro, onde a luz é boa e eles podem jogar besigue e gamão e ler jornais com enormes manchetes, um barulho em si mesmas. Estão sempre ali atrás de janelas que vão do teto ao chão, céticos perante as cadências da vida, e no inverno estarão ainda ali, no mesmo lugar, de chapéu e capote nas noites mais frias, jogando cartas em meio à densa fumaça. Por toda parte as pessoas conversam absortas. Sentadas debaixo de árvores, sob toldos listrados nas praças, curvam-se juntas sobre comidas e bebidas, e suas vozes sombriamente se emaranham em lamentos orientais que fluem de rádios em porões e cozinhas. Conversa é vida, é o que há de mais profundo. Vemos os padrões se repetirem, os gestos impelirem as palavras. É o som e a imagem de seres humanos se comunicando. É a conversa como uma definição de si mesma. Conversa. Vozes saindo de soleiras de portas e de janelas abertas, vozes nas varandas de tijolo e estuque, um motorista que tira ambas as mãos do volante para gesticular enquanto fala. Cada conversa é uma narrativa compartilhada, uma coisa que se lança adiante, demasiado densa para permitir espaço aos silenciosos, aos estéreis. A conversa é incondicional, entretendo completamente os que dela participam.

Essa maneira de falar implica uma alegria tão pura em sua própria receptividade e ardor, que começamos a sentir que essa gente está discutindo a própria linguagem. Que prazer na mais simples saudação! É como se um amigo dissesse a outro: "Como é bom dizer 'Como vai você?' ". O outro, retrucando: "Quando respondo 'Vou bem, e você, como vai?' o que realmente quero dizer é que estou encantado com a chance de pronunciar essas palavras familiares — elas transpõem as distâncias solitárias".

O vendedor de bilhetes de loteria adianta-se com passos arrastados, com um curioso bastão todo engalanado de papéis esvoaçantes, balbucia uma ou duas palavras, depois segue em frente.

O movimento é em direção ao mar, os caminhos levam ao mar, os carros descem como se fossem desovar entre navios de guerra e traineiras. Na taverna à beira-mar éramos nove jantando, demorando-nos até bem depois da meia-noite nos vinhos e frutas. Os Keller, David e Lindsay. Os Borden, Richard e Doroty (Dick e Dot). Axton, James, um grego chamado Eliades, de barbas negras, profundamente atento. Os Maitland, Ann e Charles. Um alemão em negócios.

Na sua maior parte, o jantar decorreu como qualquer outro.

Os Borden contaram uma história, em vozes alternadas, a respeito de um problema com o carro numa estrada montanhosa. Tinham caminhado até uma aldeia e desenhado a figura de um carro para um homem sentado debaixo de uma árvore. Dick viajava muito e desenhava figuras aonde quer que fosse. Era amistoso, alegre, com uma calvície precoce e contava repetidamente as mesmas histórias, usando gestos e inflexões idênticos. Era um engenheiro que passava a maior parte de seu tempo no golfo Pérsico. Dot era mãe de gêmeas, loquaz, preocupada com o peso (assim como ele), uma compradora ativa, pronta a chefiar expedições a produtos americanos. Dick e Dot eram o nosso casal de histórias em quadrinhos. Uma vez narradas suas histórias, gostavam de fazer os ruídos de fundo de cena, de rir agradável e facilmente, recompensando-nos pelas concessões que lhes fazíamos.

— Sou boa para guardar fisionomias, ruim para nomes — disse ela ao grego.

Observei Lindsay conversando com Charles Maitland. Outras vozes em meus ouvidos, um velho dedilhando uma guitarra junto aos tonéis de vinho. Lindsay era de longe a mais nova de todos nós. Cabelos claros, que usava compridos, olhos azuis, mãos cruzadas sobre a mesa. Uma disposição calma, o distanciamento marginal de quem está tomando um banho de sol. Tinha o rosto largo, obviamente americano, característico dos subúrbios distantes e ainda esperançosos, o rosto numa janela de trem, lavado, as faces coradas por algum esforço ao ar livre.

Charles disse algo que a fez rir.

Esse som límpido na música e a conversa densa me faziam lembrar as vozes de mulheres passando à noite sob meu terraço. Como é possível que uma sílaba de riso, um borrifo na escuridão, pudesse me dizer que uma mulher era americana? Esse som é exato, minuciosamente claro e revelador, e eu o ouvia erguer-se através dos ciprestes no outro lado da rua, americanos caminhando em fila ao longo do muro alto, turistas perdidos, estudantes desterrados.

— Viajar é uma espécie de fatalismo — estava lhe dizendo Charles. — Na minha idade, estou começando a sentir a ameaça à frente. Breve vou morrer, diz o refrão, por isso é melhor ver logo as malditas vistas. É por isso que só viajo a negócios.

— Você viveu em toda parte.

— Viver é diferente. Não é bem a mesma coisa que colecionar paisagens. Não há compilação de vistas. Acho que as pessoas começam a compilar quando envelhecem. Não somente visitam pirâmides como tentam construir uma com as paisagens do mundo.

— Viajar como quem constrói túmulos — disse eu.

— Ele fica ouvindo. O pior tipo de companhia num jantar. Escolhe seus momentos. — Ele cerrou o punho em torno do cigarro.

— Viver, você deve saber, é outra coisa. Estávamos preservando as paisagens para nossa velhice. Mas agora toda a idéia de viagem começa a feder a morte. Tenho pesadelos com ônibus repletos de cadáveres apodrecidos.

— Chega — disse ela.

— Guias de turismo e botas resistentes. Não quero dar-me por vencido.

— Mas você não *está* velho.

— Meus pulmões estão liquidados. Mais vinho — disse ele.

— Eu gostaria de ver um brilho alegre em seus olhos. Então saberia que você está brincando.

— Meus olhos também estão liquidados.

Lindsay era de certo modo o centro de estabilização de nossa vida em comum, nossa vida de companheiros de jantares, forçados por circunstâncias a seguir adiante. De certo modo, apesar de sua idade, isso tinha lógica. De nós todos ela era a mais recentemente removida de uma vida fixa. Isso tinha algo a ver com o mundo dos executivos em trânsito, e nós a víamos como uma força equilibradora. Sem dúvida, ela dava a David a latitude de que ele necessitava. Desfrutava dos momentos de perigosa diversão dele e não o criticava nos momentos em que ele caía em ruminações sobre isso.

Segundas esposas. Talvez elas sentissem que estiveram se preparando desde sempre para isso. Esperando para pôr em uso o dom, a aptidão de solucionar homens difíceis. E eu me perguntava se certos homens atravessavam seus primeiros casamentos acreditando que esse era o único meio de chegar à paz estabelecida que uma mulher mais jovem retinha em suas mãos impecáveis, sabendo que ele apareceria um dia, uma nódoa de sangue e graxa de eixo. Para mulheres, esses homens deviam ter o glamour de uma Ferrari acidentada. Eu podia ver como David seria um desses homens. Invejava-lhe aquela mulher tranqüilizadora, não me esquecendo ao mesmo tempo do quanto dava valor à profundidade da resolução de Kathryn, a suas escolhas rigorosas e à firmeza de suas crenças. Este é o estado natural.

O alemão, de nome Stahl, estava me falando sobre sistemas de refrigeração. Abaixo de nós, uma maré branda lambia a praia estreita. Um garçom trouxe melão, de um verde esbranquiçado e casca amarela malhada. Esses jantares coletivos tinham um padrão variável, mudanças direcionais de assuntos, e me vi envolvido num intricado cruzamento de conversas, com o alemão à minha direita, falando sobre ar refrigerado, e David Keller e Dick Borden, na outra ponta da mesa, sobre famosos *cowboys* do cinema e os nomes de seus cavalos. David partia no dia seguinte para Beirute. Charles estava indo para Ancara, Ann para Nairóbi, em visita à irmã. Stahl ia para Frankfurt. Dick se dirigia a Muscat, Dubai e Riad.

Duas crianças atravessaram correndo a sala, o guitarrista começou a cantar. No limite de minha capacidade auditiva, em meio ao cruzamento de conversas, ouvi Ann Maitland falando com o grego Eliades, passando por uns instantes da língua inglesa para a grega. Uma frase ou umas poucas palavras, só isso, e provavelmente ela não tinha nenhum motivo que não fosse tornar mais claro ou dar ênfase a um ponto de vista. Mas parecia uma intimidade, a maneira como sua voz se fechou em torno desse fragmento, como um contato confidencial. Era estranho que umas poucas palavras numa língua estrangeira (a língua local falada nas mesas ao redor) pudesse flutuar até meus ouvidos, sugerindo a natureza de uma confidência, fazendo o outro diálogo parecer apenas um ruído disperso no ar. Ann era provavelmente uns doze anos mais velha que ele. Atraente, brincalhona, tensa, às vezes insegura, com um jeito superior de caçoar de si mesma e lindos olhos melancólicos. Censurava-lhe eu uma frase dita em grego? Sobre Eliades eu nada sabia, nem mesmo de qual de nós era conhecido, ou em que medida. Ele chegara tarde, fazendo o habitual comentário a respeito da hora normal e da hora grega.

— Topper — disse Dick Borden. — Esse era o cavalo de Hopalong Cassidy.

— Hopalong Cassidy? — repetiu David. — Estou falando de *cowboys* meu caro. Os sujeitos que vão lá se afundar na merda, no esterco. Sujeitos com alquebrados companheiros bêbados.

— Hoppy tinha um companheiro assim, que mascava fumo.

David levantou-se para procurar a toalete, levando consigo um punhado de uvas pretas. Habilmente puxei Charles para uma conversa com o alemão e depois dei a volta à mesa para me sentar na cadeira de Charles, defronte a Ann e Eliades. Ele dera uma mordida num pêssego e estava cheirando a polpa raiada. Creio que sorri reconhecendo meu próprio maneirismo. Alguns desses pêssegos eram uma delícia estonteante, produzindo uma espécie de sensação de prazer tão inesperadamente profunda que parecia necessitar de outro contexto. Não se espera de coisas comuns que sejam tão gratificantes. Nada na aparência do pêssego revela que a fruta será tão embriagadora, úmida e aromática, o suco inundando nossas gengivas, ou tão sutilmente colorida por dentro, um dourado viço veiado de rosa. Tentei discutir isso com os rostos à minha frente.

— Mas acho que prazer não se repete com facilidade — disse Eliades. — Amanhã, você irá comer um pêssego da mesma cesta e se decepcionará. Então talvez ache que estava enganado. Um pêssego, um cigarro. Tenho prazer num cigarro em mil. Mas continuo fumando. Creio que o prazer está mais no momento do que na coisa. Continuo fumando para encontrar esse momento. Quem sabe vou morrer tentando.

Talvez fosse o aspecto dele que desse a essas observações a importância de um ponto de vista universal. Sua barba em desalinho cobria-lhe a maior parte do rosto. Começava logo abaixo dos olhos. Ele parecia estar sangrando aquele pêlo grosso e preto. Falava com os ombros curvados para a frente e balançava-se ligeiramente na ponta da cadeira. Vestia um terno castanho e gravata num tom pastel, um traje que não combinava com sua selvagem cabeçorra, sua rude superfície.

Tentei avançar a idéia de que alguns prazeres ultrapassam as condições que os cercam. Talvez eu estivesse um pouco embriagado.

— Vamos deixar de lado a metafísica esta noite. Sou uma moça simples de uma cidade do interior — disse Ann.

— Há sempre a política — disse Eliades.

Ele estava me olhando com uma expressão jocosa. Julguei ler nisso um desafio discreto. Se o assunto era demasiado delicado, ele parecia estar dizendo, eu podia voltar honrosamente aos *cowboys*.

— Política. Uma palavra grega, naturalmente.

— Conhece a língua grega? — perguntou ele.

— Estou tendo dificuldade em aprendê-la. Sinto-me constantemente em desvantagem desde que cheguei nesta parte do mundo. Na realidade, tenho me sentido estúpido. Como pode haver tanta gente falando três, quatro, cinco línguas?

— Isso também é política — disse ele, mostrando os dentes amarelados em meio à massa de pêlos. — A política de ocupação, a política de dispersão, a política de reassentamento, a política de bases militares.

O vento sacudiu a cobertura de bambu e espalhou no chão guardanapos de papel. Dick Borden, na cabeceira da mesa, à minha esquerda, falava por cima de mim com sua mulher, que se achava à minha direita, dizendo que estava na hora de ir para casa e dispensar a moça que cuidava das crianças. Lindsay passou raspando pela minha cadeira. Alguém começou a cantar com o velho guitarrista, um homem moreno e sério, voltando-se em sua cadeira para ficar de frente para o músico.

— Por muito tempo — disse Dot ao alemão — não sabíamos nosso endereço certo. Código postal, distrito, não sabíamos essas coisas. — Ela se voltou para Eliades. — E nosso número de telefone não era o número do nosso telefone. Não sabíamos como descobrir nosso verdadeiro número. Mas já lhe contei isso, não contei, aquela noite no Hilton?

O caroço do pêssego estava no prato de Eliades. Ele se debruçou para oferecer um cigarro de seu maço de Old Navy. Quando recusei sorrindo, ofereceu o maço para os outros. Ann conversava com Charles. Era esse o momento da noite em que maridos e mulheres tornam a se encontrar, engolindo bocejos, estabelecendo contato de olhos através da fumaça? Hora de partir, hora de retornar a nossas obscuras formas. O ego público está cansado de seu brilho.

— É muito interessante — dizia-me Eliades — como os americanos aprendem geografia e história universal enquanto seus interesses são prejudicados num país após outro. Isso é interessante.

Devia eu sair em defesa de meu país?

— Eles aprendem religião comparada, economia do Terceiro Mundo, a política do petróleo, a política das raças e da fome.

— Novamente política.

— Sim, sempre política. Não há onde se esconder.

Ele sorria polidamente.

— Quer uma carona, Andreas? — perguntou Ann. — Acho que vamos sair agora.

— Obrigado, estou de carro.

Charles tentava chamar o garçom.

— Creio que só nas crises os americanos vêem outras pessoas. É claro que tem de ser uma crise americana. Se dois países em guerra não fornecem aos americanos algum produto precioso, não há necessidade de se educar o público a respeito deles. Mas quando o ditador cai, quando o petróleo é ameaçado, então vocês ligam a televisão, que lhes informa onde fica o país, qual é sua língua, como pronunciar o nome de seus líderes, qual a importância de sua religião, e talvez vocês até recortem dos jornais receitas de pratos persas. É o que lhes digo. O mundo inteiro está interessado nessa curiosa maneira de os americanos educarem a si mesmos. TV. Vejam, este é o Irã, este é o Iraque. Pronunciemos corretamente a palavra. I-rã, i-ranianos. Este é sunita, este é xiita. Muito bem. No próximo ano, trataremos das Filipinas. OK?

— Conhece a TV americana?

— Três anos — disse ele. — Todos os países onde os Estados Unidos têm grandes interesses estão na fila para passar por uma terrível crise, pois assim os americanos os verão. Isso é muito comovente.

— Cuidado — disse Ann. — Ele está querendo chegar a algum ponto.

— Sei a que ponto ele quer chegar. Quando fala em luta entre dois países, entendo que está se referindo aos gregos e turcos. Quer chegar à pobrezinha da Grécia e como nós a maltratamos. Turquia, Chipre, CIA, bases militares americanas. Há pouco ele incluiu bases militares, e desde logo fiquei atento.

O sorriso de Eliades abriu-se mais, agora meio feroz.

— É interessante como um banco americano com agência em Atenas pode emprestar dinheiro à Turquia. Gosto muito disso. Está bem, os turcos são o flanco sudeste e há bases americanas lá, e os americanos querem espionar os russos. Suspendem o embargo, dão-lhes uma enorme ajuda. Isso é Washington. Depois vocês podem também emprestar-lhes enormes quantias particularmente, se é possível chamar um banco do tamanho dos seus de instituição privada. Vocês aprovam empréstimos de sua agência em plena Atenas. Mas a documentação é preparada em Nova York e Londres. Será isso para não ofender a sensibilidade dos gregos? Não, é porque os turcos se sentirão insultados, se os acordos forem assinados em solo grego. Com que cara um turco participaria de uma tal reunião? Isso demonstra consideração, penso eu. É muito compreensivo. — Ele curvou os ombros para a frente, a cabeça pendendo sobre a mesa. — Vocês fazem o empréstimo, e quando eles não podem pagar, o que acontece? Eu lhe digo o que acontece. Vocês têm uma reunião na Suíça e remanejam a dívida. Atenas dá a Ancara. Gosto disso. Acho muito interessante.

— Ai, meu Deus — disse Ann. — Acho que você se enganou de pessoa, Andreas. Este não é David Keller. Quem você quer é David. É ele o banqueiro.

— Sou James. O analista de risco.

Eliades curvou-se para trás em sua cadeira, de braços abertos, como se desculpando. Não era uma ofensa muito grande, considerando os fatos, mas o pequeno erro roubara-lhe a eficácia da força moral.

65

Um rapazola começou a limpar a mesa. Charles debruçou-se para o meu lado para pegar minha parte do dinheiro.

— Quer uma carona? — perguntou ele.

— Vim com David.

— Isso não responde à minha pergunta.

— Onde *está* o *cowboy*?

Eliades despejou o resto do vinho em meu copo. A nicotina dera um tom de cobre a seus dedos. Pela primeira vez durante toda a noite, ele relaxou sua atenção. Nomes, rostos, tendências de conversas. O velho cantava sozinho, um gato caminhou pelo parapeito acima da praia.

— O que é um analista de risco?

— Política — disse eu. — Positivamente.

— Ainda bem.

Dick e Dot ofereceram-se para levar o alemão ao hotel. Charles aproximou-se de mim enquanto esperava pelo troco. O homem que fazia o troco, o serviço mais importante no país a julgar pelo seu ar, estava sentado a uma mesa cheia de papéis, com a mão na calculadora e uma caixa de metal com dinheiro à frente. Usava gravata, jaqueta e um suéter tricotado com decote em V; seus cabelos eram grisalhos e o queixo, sombreado; era largo, grosseiro e despótico, a única presença a lidar com papéis naquele canto da sala, onde garçons e outros membros da família iam e vinham.

Eliades acompanhou, até o estacionamento de carros, as pessoas que saíam. Ouvi os Borden rindo lá fora. Os garçons usavam camisas brancas, justas, com as mangas curtas enroladas. Agora éramos três à mesa.

— Não foi uma má noite — disse Ann. — Do jeito como vão as coisas.

— O que está querendo dizer?

— Que não foi uma má noite.

— De que jeito vão as coisas? — perguntou Charles.

— Simplesmente do jeito que vão.

— O quê? Elas disparam para o infinito?

— Suponho que, em certo sentido, é o que acontece. James saberia.

— Nenhum francês esta noite para nos dizer como são matreiros os libaneses — disse ele. — Nenhum libanês para dizer como os sauditas esgravatam os pés durante reuniões de negócios. Ninguém

66

para mencionar sírios de Alepo. Conte seus dedos depois de apertar-lhes a mão.

— Ninguém do interior vendendo alarmes contra incêndios.

— Sim, lembrem-se de Ruddie.

— O nome dele era Wood.

— O sujeito com o olho de esguelha.

— O nome dele era Wood — disse ela.

— Por que acharia eu que era Ruddie?

— Deve ser porque está cansado.

— O que cansaço tem a ver com o nome Ruddie?

Charles tossiu na mão curvada em torno do cigarro.

— E você? — perguntou ele. — Está cansada?

— Não muito. Um pouco.

— Quando vai partir?

— No vôo das sete horas.

— Isso é loucura.

— Não é uma insanidade? Tenho de sair de casa às cinco.

— Mas é uma loucura — disse ele sem convicção.

— Não tem importância. Durmo em aviões.

— Sim, você dorme, não é mesmo?

— O que está querendo dizer? — perguntou ela.

— Com o quê?

— James ouviu. Um tom de acusação. As pessoas que dormem em aviões são mentalmente mais lerdas? Talvez mais próximas de nossa natureza primitiva? Com que facilidade nós declinamos! É isso o que você está dizendo?

— Santo Deus, que energia!

Houve um longo momento em que parecia que ouvíamos nossa própria respiração. Ann brincava distraidamente com os talheres que restavam na mesa, uma faca e uma colher. Depois parou.

— Alguém sabe por que continuamos sentados aqui? — perguntou ela.

— Aquele gângster está contando o troco.

Quando Eliades voltou, houve uma agitação numa mesa afastada, pessoas falando em voz alta, rindo, alguém levantando-se para apontar. Outros olharam por sobre o parapeito. Vi Andreas encaminhar-se para o parapeito e olhar para baixo. Chamou-nos com um gesto.

Uma mulher saiu do mar, os cabelos castanhos grudados nos ombros e no rosto. Era Lindsay, seu vestido de verão cor-de-jade, ligeiramente enrugado nos quadris, encharcado. Seu riso soou entre nossas vozes, nítido como um sino de metal, precisamente configurado. Usando ambas as mãos, ela afastou os cabelos do rosto, com a cabeça tombada para as costas. Uns cinco metros atrás vinha David, curvado, nauseado, com água até os joelhos.

Alegre falação na taverna.

Ele saía da água, ainda com *blazer*, calça italiana e lustrosos mocassins pretos, e Lindsay tornou a rir, vendo-o caminhar encharcado em pequenos círculos, fazendo aqueles ruídos vulgares. Movia-se pesadamente, como um homem engessado, os braços estendidos e afastados do corpo, as pernas muito abertas. Um garçom acendeu uma lanterna, ajudando Lindsay a encontrar seus sapatos, ela parou de rir o tempo suficiente para gritar *efharistó, merci, thank you,* e o som de sua voz a fez recomeçar a rir. Calçou os sapatos, e seu corpo, um pouco reluzente, começou a tremer. David agora estava quase retesado, ainda de pernas e braços abertos. Apenas mantinha a cabeça baixa, como se houvesse decidido estudar os sapatos de areia molhada em busca de uma explicação. Estava acometido de uma tosse rouca, e Lindsay voltou-se para apontar-lhe um caminho empedrado. As pessoas começaram a voltar para suas mesas.

— A água não serve para beber — gritou David.

— Oceanos geralmente não servem — disse Charles.

— Estou apenas advertindo as pessoas.

— Você nadou ou só caminhou? — perguntou Ann.

— Íamos nadar até a bóia, mas não havia bóia.

— Vocês erraram de praia. A que vocês queriam fica logo ao sul.

— Foi o que Lindsay disse.

Voltamos para a mesa enquanto eles começavam a subir pelo atalho entre as árvores. Charles recebeu o troco, e ele e Ann se despediram. Eliades desapareceu na cozinha, voltando um momento depois com quatro copos de conhaque nas mãos.

— O proprietário — disse ele. — Adega particular.

Pensei em Kathryn, que gostava de um dedo de Metaxa em noites frias, sentada na cama lendo e bebendo devagar, com a boca aquecida pela bebida, mais tarde, no escuro. Significação profética. Todas aquelas noites setentrionais, recobertas de neve, o mundo coberto de branco sob a estrela polar, nosso amor silencioso cheirando a bebida grega.

— Diga-me, Andreas, o que estava fazendo nos Estados Unidos?

— Sistemas de refrigeração.

— Saúde! — disse eu.

— Saúde!

Engolindo devagarinho.

— Então você tem ligações com o alemão.

— Stahl, sim, tenho.

— E Stahl está aqui para negociar com Dick Borden?

— Não, com Hardeman.

— Quem é Hardeman?

— É amigo do banqueiro. Pensei que também fosse seu amigo.

— Amigo de David.

— Mas ele não chegou. Acho que seu vôo atrasou. Uma tempestade de areia no Cairo.

Lindsay estava parada a três metros, timidamente, como se a tivéssemos mandado sair da sala. Torcera a barra do vestido, e o tecido estava marcado por espirais. Andreas estendeu-lhe um copo, e ela se aproximou, seguida por um menino com esfregão.

— Que gentileza! Obrigada. Saúde!

— Onde está David? — perguntei.

— No toalete dos homens, arrumando-se.

Isso desencadeou nela novas risadas. Mal acabou de pronunciar a frase e seu rosto se contraiu de alegria. Coloquei meu casaco em seus ombros. Ela se sentou, retesada pelo riso, parecendo sintética, um objeto sob pressão cadenciada.

— Arrumando-se — repetiu, tremendo de frio, chorando de rir.

Depois de um tempo, ela começou a acalmar-se, e apertando mais o paletó junto ao corpo murmurava agradecimentos pelo conhaque, e o casaco, num estado de espírito de brando retraimento. Estava muito inibida para corresponder aos sorrisos solícitos das pessoas nas outras mesas.

— Não preciso perguntar se você gosta de nadar — disse Andreas.

— Não sei o que fizemos foi realmente nadar. Não sei como chamar aquilo.

— Um David Keller — disse eu.

— Exato, foi um Keller. Mas fui por minha vontade.

— Já esteve nas ilhas? — perguntou ele.

— Apenas uma excursão de um dia — murmurou ela. — Estou esperando minhas cortinas.

— É o pretexto que ela usa — disse eu a Andreas. — Ninguém sabe o que significa.

— Na verdade ainda estamos nos mudando. Tudo é novidade para mim. Estou só começando a contar. Os números são engraçados. Conhece o alfabeto, James?

— Conheço, e também sei amarrar sozinho meus sapatos.

— Andreas, é absolutamente necessário saber os verbos? *Temos* de saber os verbos?

— Acho que ajuda — disse ele. — Você parece ser muito ativa.

Os dois homens tinham recomeçado a cantar. O freguês de cabeleira escura e fartos bigodes olhava diretamente para o guitarrista, que encostado aos tonéis de vinho, a cabeça ligeiramente apoiada na mão esquerda, tinha um pé pousado numa cadeira. A canção adquiriu volume, um vigoroso lamento. Seu tom evocava coisas inevitáveis. O tempo passava, o amor ia desaparecendo, a tristeza era profunda e total. Como numa conversa, esses homens pareciam ultrapassar o acabrunhamento sentimental dos versos banais. Os temas eram reminiscência e narrativa trágica e homens que punham suas vozes a cantar. O cantor moreno era intenso, com os olhos negros fixos no velho músico, dele não se desviando. Ele parecia carregado de sentimento, que fazia brilhar seus olhos. A canção evocava um fervor luminoso, levando-o a soerguer-se ligeiramente da cadeira. Os dois estavam a três metros de distância um do outro, suas vozes modulando-se em conjunto. Então o guitarrista ergueu os olhos, uma parca figura com a barba grisalha por fazer, o primo em segundo grau de alguém, o homem que vemos em mesas de canto por toda parte nas ilhas. Até o final da canção ficaram olhando um para o outro, como estranhos, para algo além. Uma memória no sangue, um passado em comum. Eu não sabia.

David e eu, sentados em seu terraço acima do Parque Nacional, do outro lado do Estádio Olímpico, olhávamos na direção da Acrópole, antigo e novo mármore pentélico. O primeiro-ministro residia num apartamento de dois quartos no edifício ao lado.

— Eles pagam uma nota preta por isso.

David começou a falar sobre seus postos mais difíceis. Ainda com as roupas úmidas, sem os sapatos e o *blazer*, bebendo cerveja. Era um homem bem grande, começando a engordar, movendo-se lentamente de uma maneira vagamente perigosa.

Motocicletas atravessavam a cidade escura produzindo ruídos intermitentes. Lindsay fora dormir.

— Quanto mais arriscado o lugar ou mais politicamente instável, ou mais dunas de areia por quilômetro quadrado, obviamente mais os nossos senhores de Nova York adoçam a pílula. As dunas no deserto da Arábia alcançam trezentos e cinqüenta, quatrocentos metros. Voei acima delas com um sujeito da Aramco. Esqueça.

Em Jidá, os morcegos de frutas surgiam da noite para tomar água na piscina dele, bebendo em pleno vôo. Sua mulher, a primeira, saiu de casa um dia e deparou com três babuínos esmurrando o capô e o teto de seu carro.

Em Teerã, entre esposas, ele inventara o nome Dia da Corrente. Esse era o décimo dia de Muharram, o período de luto e autoflagelação. Enquanto centenas de milhares de pessoas marchavam para o monumento de Shahyad, algumas usando mortalhas, espancando a si mesmas com barras de aço e lâminas de facas presas a correntes, David estava dando uma festa do Dia da Corrente em sua casa na zona norte de Teerã, uma área isolada dos manifestantes por tropas e barricadas de tanques. Os convidados podiam ouvir as multidões cantando, mas se entoavam "Morte ao xá" ou "Deus é grande", e se isso importava, ninguém sabia ao certo. A coisa que ele temia em Teerã era o tráfego. Um apocalíptico arrastar de massas compactas rosnando numa fila de carros de seis quilômetros. A displicência dos motoristas. Carros sempre indo de marcha à ré ao seu encontro. Ele sempre se via guiando por uma estreita rua abaixo, enquanto um carro vinha em marcha à ré na sua direção. O motorista esperava que ele avançasse, ou levitasse, ou sumisse. Afinal, ele descobriu o que era tão temível nisso, uma coisa tão simples que não conseguira distingui-la do assombro maior de uma cidade cheia de carros andando em marcha à ré. *Eles não reduziam a velocidade quando guiavam em marcha à ré.* Para David Keller, entre esposas, isso parecia um fato interessante. Havia aí uma cosmologia, algum tipo de complexa estrutura, um teorema de física das partículas. Marcha à ré ou à frente eram intercambiáveis. E por que não, qual era realmente a diferença? Um veículo em movimento não é diferente indo para a frente ou para trás, especialmente quando o motorista age como se estivesse andando a pé, capaz de tocar, esbarrar, abrir caminho por entre vagos obstáculos na rua. Esta era a segunda descoberta durante a permanência de David em Teerã. *As pessoas guiavam como se estivessem cami-*

nhando. Aqueles sujeitos, com suas jaquetas militares e sua curiosa noção de espaço, eram dados a guinadas idiossincrásicas.

Anteriormente, em Istambul, ele costumava dizer às pessoas que queria fazer com que a matriz em Nova York aprovasse a compra de um jipe com metralhadora, para ir e voltar do seu escritório. Além disso, falava seriamente em blindar seu carro.

— A blindagem de um carro — disse-me ele — é uma proposta encarada como despesa maior. Quarenta mil dólares. Permitir a seu motorista portar uma arma é considerado carregamento de armas portáteis para o Esquadrão Armado de Propaganda Marxista-Leninista. Não que o motorista fosse dar-lhes a arma. Eles a tomam depois de nos explodir com granadas antitanque e fuzis AK-47.

Esse verão, o verão em que nos sentamos em seu amplo terraço, foi a época em que o xá saiu do Irã, antes de os reféns serem seqüestrados, antes da Grande Mesquita e do Afeganistão. O preço do petróleo era um índice da ansiedade do mundo ocidental. Havia uma cifra, digamos vinte e quatro dólares o barril, contra a cifra do mês anterior, ou do ano anterior. Era uma maneira prática de se referir aos nossos complexos envolvimentos. Dizia-nos o quanto nos sentíamos mal em determinado período.

— Como vai Tap?

— Ele escreve romances, come polvo.

— Bom. Isso é muito bom.

— Como vão os seus? Onde estão morando?

— Michigan. Vão indo muito bem. Adoram o lugar. E *nadam.*

— Como é o nome de sua primeira mulher?

— Grace. É bem um nome de primeira mulher, não acha?

— Lindsay fala em ter filhos?

— Merda, Lindsay é capaz de tudo. É maluca. Contou-lhe que arranjou um emprego? Uma grande chance, ela estava com cócegas de fazer alguma coisa. Vai ensinar inglês numa dessas escolas de línguas. Assim escapa das mulheres de banqueiros e de suas reuniões.

— Não tenho notado vocês dois oferecendo jantares para o pessoal da matriz que vem aqui a negócios. Ou para os evacuados de zonas conturbadas. Você não é o chefe do departamento de crédito?

— Zonas conturbadas. É assim mesmo que as chamamos. Como tempestades de neve num mapa meteorológico. Jantares nessa divisão são famosos por relatos de testemunhas oculares de turbas marchando contra embaixadas e bancos. Também são famosos por sua inflexível polidez. Todos os grupos étnicos e subgrupos religiosos. Pode você colocar um druso ao lado de um maronita? Todos eles são mais ou menos multinacionalizados, mas quem sabe o que há por trás disso? Temos um sique que carrega consigo a faca obrigatória da seita. Às vezes tenho cautela no que digo sem saber precisamente por quê. Grace costumava manobrar as coisas durante o tempo que estivemos em Beirute, Jidá e Istambul. Na verdade, manobrava-as lindamente. Não creio que Lindsay esteja preparada para tanto. Acho que ela simplesmente começaria a rir.

— Que tal os americanos?

— Gente estranha. Geneticamente programados para jogar *squash* e trabalhar nos fins de semana. Nadar abriu-me o apetite.

David, sempre que possível, bebia lenta e ininterruptamente. No decorrer de um demorado almoço domingueiro na costa leste ou de uma noite em quase qualquer parte, sua voz ia-se tornando ribombante e monótona, amistosa, adotando tons paternais, e em seu largo rosto louro começava a aparecer um menino perdido, apenas discernível na carne frouxa, um observador remoto e contrito.

— Nosso escritório em Monróvia tem um sujeito na folha de pagamentos cujo serviço é apanhar cobras. É só o que ele faz. Vai regularmente à casa de funcionários, revista o quintal, o jardim, as cercas, caçando cobras.

— Como ele é oficialmente chamado?

— Caçador de cobras.

— Um título de grande precisão — disse eu.

— Parece que não encontraram uma palavra código para cobra.

Esse foi o verão antes de as multidões atacarem as embaixadas americanas em Islamabad e Trípoli, antes dos assassinatos de técnicos americanos na Turquia, antes da Libéria, das execuções na praia, do apedrejamento de cadáveres, da evacuação dos funcionários do Banco Mainland.

— Kathryn costuma vir a Atenas?

— Não.

— Encontro meus filhos em Nova York — disse ele.

— Isso é mais fácil do que ir à ilha.

— Comemos *banana split* no quarto do hotel. Custam oito dólares cada um.

— Grace algum dia o agrediu fisicamente?

— Grace nunca faria isso.

— E você já bateu nela? Estou falando a sério.

— Não. E você bateu já em Kathryn?

— Nós lutamos. Mas sem pancadaria. Ela uma vez correu atrás de mim com um utensílio de cozinha.

— Por quê?

— Descobriu que fui para a cama com uma amiga sua. Houve discussão.

— A amiga deu um jeito de ela ficar sabendo?

— De alguma forma ela deixou escapar. Deu indicações.

— Você quase foi espetado com um furador de gelo?

— Apenas um descascador de batatas. O que aborreceu a amiga foi minha perceptível indiferença. Foi uma daquelas situações. A gente de repente se vê numa delas. Sozinho com Antoinette. Ambos já havíamos sentido o habitual desejo secreto. As normais e saudáveis vibrações sensuais subatômicas. Esses são sentimentos que começam a agir quando marido e mulher se separam. De repente, surge uma Antoinette, o destino em seus olhos. Mas Kathryn e eu ainda não estávamos separados. Não havíamos feito nada. A situação simplesmente se apresentou. A combinação de circunstâncias.

— Que situação? Descreva o quadro.

— Não interessa o quadro.

— O apartamento dela?

— A casa. Em diagonal à nossa, no outro lado do parque.

— Verão? Inverno?

— Inverno.

— A sala de estar cheia de plantas. O copo de vinho.

— Mais ou menos isso.

— A conversa íntima — disse ele.

— Sim.

— Sempre a conversa íntima. A mulher é divorciada, certo?

— Certo.

— A tristeza — disse ele.

— Havia tristeza, sim. Mas não tinha nada a ver com seu divórcio. Ela acabara de perder o emprego. Na CBC. Fora despedida.

— A tristeza.

— Sim, a tristeza.

— O desejo.

— Sim, havia desejo.

— A necessidade — disse ele.

— Sim.

— Na noite estrelada, na sala de estar, sorvendo vinho branco seco.

— Era um bom emprego. Ela estava abalada.

— "Console-me, console-me."

— De qualquer modo, dei a impressão de hesitar. Devo ter recuado. Era indesculpável, naturalmente. Hesitei. Demonstrei incerteza. Finalmente, demos o passo. Não podíamos encerrar nossa amizade, cometer nosso crime, sem terminar o que tínhamos começado. Portanto, demos o passo. Trepamos. Que idiota eu fui! Antoinette teve sua doce vingança.

— Ela deu com a língua nos dentes.

— Deu com a língua nos dentes. E, ao falar, não deixou de comunicar minha falta de entusiasmo. Não sei como ela fez isso sem ser direta, que presumo não ter sido. Suponho que em fábulas e parábolas e alegorias. A linguagem de mulheres e crianças. Foi isso o que realmente enfureceu Kathryn, creio eu. Não apenas o sexo, a amiga. A maneira como agi. Cometi um crime contra a humanidade. Foi isso o que a fez querer furar minhas costelas.

— Isso desanuviou o ambiente? A briga de faca?

— O começo do fim.

— Nós nos casamos jovens — disse ele. — Éramos ignorantes. Você conhece a história. Pouca ou nenhuma experiência. Grace disse que eu era o primeiro, mais ou menos o primeiro, *realmente* o primeiro, o primeiro que fora mesmo importante.

Nós rimos.

— Soube que nosso casamento havia se acabado quando começamos a ver TV em salas diferentes — disse ele. — Se o som de sua televisão era bastante alto, eu podia ouvi-la mudar de canal na outra sala. Quando ela sintonizava o mesmo canal que eu estava vendo, apressava-me logo em mudar o que estava vendo. Não podia suportar estar assistindo à mesma coisa que ela. Creio que isso se chama separação.

— Você não vai se tornar um estereótipo, vai?

— O que está querendo dizer?

— Já não é nada bom você ter uma nova mulher jovem. Não quer ser tomado por um desses homens com mulher e filhos velhos, de volta aos Estados Unidos. Essas são as esposas que não foram suficientemente dinâmicas para se manterem ao lado de homens como você no grande momento de sua carreira multinacional. As mulheres e os filhos velhos são cinzentos e curvados, sentados defronte de aparelhos de TV em subúrbios. Estão sempre resfriados. Os velhos cães desanimados nos pátios.

— Pelo menos minha nova mulher jovem não é uma esposa de fantasia. Uma aeromoça ou manequim. Você conhece Hardeman? Sua segunda mulher costumava dançar nos jogos dos Atlanta Braves. Ficava sentada no banco das reservas à espera de alguma bola perdida. Encontrou uma em Hardeman.

David era descuidado a respeito da maioria dos assuntos bancários. Contou-me o que o banco estava fazendo na Turquia e passou-me algumas mensagens de telex e outros papéis que detalhavam propostas de empréstimos. Esses documentos impressionaram Rowser, especialmente os marcados CONFIDENCIAL em letras garrafais. Suponho que David julgou que havia pouco ou nenhum perigo em dar aquele material secreto a um amigo. Nossas finalidades eram mais ou menos as mesmas.

— Às vezes me pergunto o que estou fazendo em alguns desses lugares. Não consigo tirar da cabeça o deserto da Arábia. Meu caro, nós sobrevoamos as dunas, nada além de areia, quase meio milhão de quilômetros quadrados. Um planeta de areia. Montanhas de areia, planícies e vales de areia. Temperatura da areia, 45 a 50 graus, e nem posso imaginar como aquilo fica durante as tempestades de vento. Tentei convencer a mim mesmo que era uma beleza. O deserto, sabe? A vasta extensão. Mas me deu medo. O sujeito da Aramco me disse que, quando fica parado na pista de pouso no deserto, consegue ouvir o sangue circulando em seu corpo. Será o silêncio ou o calor que torna isso possível? Ou ambos? Ouvir o sangue.

— O que fazia você sobrevoando esse lugar?

— Petróleo, meu caro. O que mais poderia ser? Um campo enorme. Estávamos financiando uma construção.

— Sabe o que diz Maitland?

— O quê?

— Oportunidade, aventura, poentes, morte inglória.

David entrou para ir buscar cerveja para nós dois. Eu estava bem desperto e com fome. Uma luz tênue era visível no céu, o Partenon emergindo em duas dimensões, uma imagem suave porém estruturada. Segui-o até a cozinha e pusemo-nos a comer tudo o que havia ali, sobretudo massa e frutas. Lindsay apareceu para se queixar do barulho. Vestia uma camisola com babado na bainha e sorrimos ao vê-la.

Nessas primeiras horas o céu parece estar quase no nível da rua, que se estende de leste a oeste no céu. É sempre uma surpresa, entrar no bulevar com a primeira claridade, quando não há tráfego, poder ver coisas como as desconexas mansões das embaixadas, com seus detalhes de época, objetos surgindo da penumbra, amoreiras e quiosques, e delinear os contornos da própria rua, um lugar de limites claros, podemos ver, com sua própria forma e significado, parecendo na imobilidade da luz marinha ser quase um campo ondulado, um largo atalho para as montanhas. Tráfego deve ser um caudal que vincula as coisas a alguma perspectiva mais densa.

O bulevar estava só momentaneamente deserto. Um ônibus passou, rostos pressionados contra as janelas, e então os pequenos carros. Vinham quatro lado a lado, saindo dos buracos de concreto para leste, a primeira onda ansiosa do dia.

O caminho para casa se fazia encosta acima por ruas mais estreitas, fortemente inclinado para os bosques de pinheiros e as rochas cinzentas do Licabeto. Eu estava de pijama junto à cama, sentindo-me vagamente livre, meus hábitos não mais ligados aos dela. As tendências e comodidades do hábito. Nosso diário. Os canários nos balcões cantavam, as mulheres já batiam seus tapetes, e água caía no pátio das fileiras de vasos, tilintando na pedra luzidia.

Assim foi o meu dia.

4

O corpo foi encontrado na orla de uma aldeia chamada Mikro Kamini, um ancião, morto com um porrete. A aldeia fica a cerca de uns cinco quilômetros interior adentro, entre campos terraplenados que logo dão lugar a colinas desertas e, mais além, a maciços agrupamentos rochosos, pilares e formações acasteladas. A paisagem começa a adquirir uma força formal em Mikro Kamini. Há uma sugestão de distância intencional do mar, isolamento intencional, e os campos e bosques terminam abruptamente em suas proximidades. Aqui a ilha torna-se a escalvada rocha cicládica vista dos tombadilhos de navios que passam, um lugar de pedreiras exauridas, sinetas de cabras, ventos insanos. As aldeias aninhadas na costa não parecem tanto um refúgio para homens do mar, nem uma série de estruturas labirínticas planejadas para desencorajar alguma abordagem forçada, tornando a pilhagem uma penosa empreitada; daqui parecem relevos detalhados ou camafeus, desejando não atrair a atenção de quaisquer forças que assediem o interior. As ruas curvam-se sobre si mesmas ou desaparecem, as igrejas em miniatura e veredas estreitas parecem uma forma de auto-anulação, uma maneira de aparentar que não há nada ali que valha a pena. São um ajuntamento, um agrupamento contra as rígidas formações de terra e rocha vulcânica. Superstição, vendeta, incesto. Coisas que visitam o espírito em colinas solitárias. Bestialidade e assassinato. As caiadas aldeias costeiras são talismãs contra essas coisas, padrões mágicos.

Fala-se abertamente no medo do mar e das coisas que vêm do mar. O outro medo é diferente, difícil dar-lhe um nome, o medo de coisas às costas deles, a silenciosa presença do interior da ilha.

Estávamos sentados na sala de estar da casa, em cadeiras de vime baixas. Kathryn preparava o chá.

— Falei com pessoas no restaurante. Disseram que era um martelo.

— Pode-se pensar numa arma. Disputas de terras entre proprietários. Espingarda ou rifle.

— Ele não era agricultor — disse ela — e não era da aldeia. Morava numa casa no outro lado da ilha. Parece que era debilóide. Vivia com uma sobrinha casada e seus filhos.

— Tap e eu passamos por lá em minha primeira visita. Peguei a lambreta de Owen, lembra-se? Você nos passou um pito.

— Crimes sem sentido podem acontecer nos metrôs de Nova York. Tenho estado nervosa o dia inteiro.

— Onde está aquela gente da caverna?

— Também tenho pensado neles. Owen diz que foram embora.

— Onde está Owen?

— Na escavação.

— Nadando acima das ruínas submersas. Esta é a imagem que tenho dele. Um golfinho idoso.

— O curador voltou hoje — disse ela. — Ele tinha acompanhado alguém a Creta.

— O que faz ele?

— Cuida das descobertas. Junta os pedaços.

— Quais são as descobertas? — perguntei.

— Escute, esse trabalho é importante. Sei o que você pensa. Estou alimentando algum impulso fanático.

— Owen acha que é importante?

— Owen está em outro mundo. Ele deixou este para trás. Isso não significa que o trabalho seja fútil. Encontramos objetos. Eles nos dizem alguma coisa. Está bem, não há mais dinheiro para nada. Não há mais fotógrafos, nem geólogos, nem desenhistas. Mas desencavamos objetos, descobrimos características. A escavação foi planejada em parte como um curso prático. Um aprendizado para estudantes. E estamos aprendendo, os que ficamos.

— E depois, o que vai acontecer?

— Por que tem de acontecer alguma coisa?

— Meus amigos, os Maitland, têm discussões interessantes. Seria bom se aprendêssemos essa habilidade. Eles não se afastam de um tom uniforme. Levei todo esse tempo para me dar conta de que eles têm estado discutindo desde que os conheço. É um subtexto. Conseguiram se tornar muito hábeis nisso.

— Ninguém só escava — disse ela.

Sinos de igreja, janelas fechadas. Ela me olhou através da escuridão parcial, estudando algo que possivelmente não vira durante muito tempo. Eu queria provocar, fazer que ela questionasse a si mesma. Tap entrou com um amigo, Rajiv, filho do assistente do diretor de campo, e houve os ruídos de cumprimentos. Os meninos queriam mostrar-me alguma coisa lá fora e, quando eu ia saindo, ela servia uma segunda xícara de chá, debruçada sobre o banco onde estava a bandeja, e minha esperança era que esse não fosse o momento em que voltaríamos a ser nós mesmos. Os pequenos favores e imunidades não podiam ter acabado tão cedo. Fazer brotar algo novo. Depois que o choque intenso começa a desaparecer, depois da separação, há a fase mais profunda, a linguagem gradativa de amor e aceitação, pelo menos em teoria, em folclore. O ritual grego. Como fora adequado ela ter um filho homem, alguém a quem amar intensamente.

Os sinos pararam de dobrar. Tap e Rajiv conduziram-me por um atalho até o topo da aldeia. O colorido brilhante de portas e flores. As cortinas erguidas pelo vento. Eles me mostraram um cachorro de três pernas e esperaram por minha reação. Uma disforme velha de preto, com um rosto de argila vermelha, um lenço preto na cabeça, estava sentada do lado de fora de uma casa, descascando ervilhas. O ar acomodou-se num agitado silêncio. Eu lhes disse que toda aldeia tem um cachorro de três pernas.

Owen Brademas surgiu da escuridão, com passos largos, os ombros curvados contra a rampa íngreme. Carregava uma garrafa de vinho e ergueu-a na mão quando me viu à janela. Kathryn e eu saímos e o vimos subir os degraus dois a dois.

Tive uma repentina intuição. Ele é um homem que sobe degraus de dois em dois. Não tinha a menor idéia do que isso significava.

Eles passaram um momento juntos na cozinha, falando sobre a escavação. Abri o vinho, acendi as velas, e então nos sentamos bebendo à luz agitada pelo vento.

— Eles se foram. Estive lá. Deixaram lixo, bugigangas, restos.

— Quando o velho foi morto? — perguntei.

— Não sei, James. Nunca sequer estive naquela aldeia. Não tenho informações precisas. Só sei o que dizem as pessoas.

— Quando o encontraram, ele estava morto havia vinte e quatro horas — disse Kathryn. — Foi o que se calculou. Veio alguém de Siros. Prefeito de polícia, como creio que o chamam, e ao que parece um médico-legista. O velho não era agricultor, não era pastor.

— Quando aquela gente se foi, Owen?

— Não sei. Fui até lá só para conversar. Por curiosidade. Não tenho nenhuma informação especial.

— Um crime sem sentido.

— Um velho débil mental — disse ele. — Como foi parar no outro lado da ilha?

— Ele poderia ter caminhado — replicou ela. — É o que pensam as pessoas no restaurante. Há uma maneira de fazer o percurso a pé, desde que se conheça os atalhos. É possível. A suposição é que ele ficou vagando. Perdeu-se. E acabou lá. Era dado a perambular.

— Assim tão longe?

— Não sei.

— O que você acha, Owen?

— Eu os vi somente aquela vez. Voltei lá porque eles se mostraram muito interessados no que lhes contei. Não parecia haver perigo em voltar, e eu queria tentar descobrir mais a respeito deles. Obviamente, estavam resolvidos a falar grego, o que era um empecilho porém não algo crucial. O fato é que provavelmente não tinham intenção alguma de me dizer em qualquer língua quem eram e o que estavam fazendo ali.

Mas havia algo que Owen queria lhes dizer. Um fato estranho, um indício. Ele pensou que estariam interessados nisso, em se tratando de fanáticos do alfabeto, ou fossem o que fossem, e ele não se lembrara de mencionar tal coisa na primeira vez que tinham conversado.

Quando foi a Qasr Hallabat para ver as inscrições, ele tomara a estrada de Zarqa—Azraq, viajando de Amã para o norte, depois mudando de direção para leste e penetrando no deserto. Naturalmente, a fortaleza era uma ruína, com blocos de basalto espalhados por toda parte. Inscrições latinas, gregas, nabatéias. A posição das pedras gregas parecia totalmente revirada. Mesmo os blocos ainda de pé se achavam fora do lugar, de cabeça para baixo, rebocados por cima. Tudo isso feito pelos Omíadas, que usavam as pedras sem considerar as inscrições nelas gravadas. O que faziam era reconstruir a estrutura anterior, bizantina, que fora edificada a partir da estrutura romana, e o que queriam eram pedras para reconstrução, não editos entalhados em grego.

Tudo bem. Um lindo lugar para ser visitado, cheio de surpresas, maciças palavras cruzadas para alguém do Departamento de Antigüidades. E tudo isso, o castelo, as pedras, as inscrições, situa-se a meio caminho entre Zarqa e Azraq. Para Owen ou alguém com sua tendência para identificar tais coisas, esses nomes são imediatamente reconhecidos como anagramas. Era isso o que ele queria dizer àquelas pessoas na colina. Dizer-lhes como era estranho que o local que estavam procurando, que aquela evocativa ruína mal remendada se situasse entre dois pilares perfeitamente idênticos — nomes com as mesmas letras reagrupadas. Era precisamente um reagrupamento, uma reorganização, que estava se processando em Qasr Hallabat. Arqueólogos e trabalhadores tentando combinar os blocos com as inscrições.

O pequeno infinito da mente, era como ele chamava isso tudo.

Entrei para buscar frutas. Com a tigela na mão, parei à porta do quarto de Tap e olhei para dentro. Ele estava deitado com a cabeça voltada para mim, umedecendo os lábios no sono, um som como o de um beijo ruidoso. Voltei os olhos para os papéis em sua escrivaninha improvisada, uma tábua encaixada numa alcova, mas estava muito escuro para ler os esforçados garranchos.

No terraço, falamos um pouco sobre os escritos de Tap. Fiquei sabendo que poucos dias antes Owen soubera que os primeiros anos de sua vida eram o tema do romance. Não tinha certeza se isso lhe agradava ou aborrecia.

— Ele poderia encontrar muitos temas melhores. Mas fico satisfeito de saber que estimulei um interesse. Contudo, não sei se vou querer ler o resultado.

— Por que não? — perguntei.

Ele fez uma pausa para pensar no assunto.

— Não se esqueçam — disse Kathryn — de que estamos falando de ficção, ainda que seja do tipo não-ficção. Pessoas de verdade, falas inventadas. Tap tem uma fixação na mente moderna. Devemos demonstrar-lhe um pouco mais de respeito.

— Mas você disse que ele mudou meu nome.

— Eu o fiz mudar.

— Se eu fosse escritor — disse Owen —, como gostaria que me dissessem que o romance está morto! Que libertação, trabalhar nas margens, fora de uma percepção central! Ser o espírito maléfico da literatura. Maravilhoso!

— Você algum dia escreveu? — perguntou ela.

— Nunca. Eu costumava pensar que seria formidável ser poeta.

Era muito jovem, isso foi há muito tempo. Creio que pensava que um poeta era um sujeito pálido e delicado, com uma febrinha.

— E você era pálido e delicado?

— Desajeitado, talvez, mas forte, ou forte o bastante. Nas pradarias o que se fazia era trabalhar. Todo aquele espaço! Creio que arávamos e brandíamos a picareta e a foice para não ser tragados pelo espaço. Era como viver no céu. Eu não sabia o quanto era apavorante até o dia em que parti. A lembrança vai se tornando cada vez mais apavorante.

— Mas você lecionou no Centro-oeste e no Oeste.

— Lugares diferentes.

— Não em Kansas.

— Não na pradaria. Resta muito pouco. Faz trinta e cinco anos que não volto lá.

— E nunca escreveu um poema, Owen? Diga a verdade — disse ela, em tom de leve brincadeira.

— Eu era meio lerdo, creio, um desses meninos aparvalhados que ficam parados, apertando os olhos para a luz. Trabalhava, cumpria tarefas, um filho obediente, infeliz. Mas acho que nunca escrevi uma só linha de poesia, Kathryn. Nem uma única linha.

As chamas se achataram, abatidas, instáveis no vento. A luz trêmula parecia desejar uma urgência em nós. Eu estava bebendo vinho em goles de meio copo, cada vez mais sedento. Os outros divagavam calmamente rumo à meia-noite.

— Solidão.

— Durante um tempo, moramos na cidade. Depois fora, num lugar solitário, quase deserto.

— Nunca fiquei sozinha — disse ela. — Quando minha mãe morreu, acho que meu pai fez questão de encher a casa de gente. Era como uma dessas antigas comédias de teatro, em que os principais personagens estão prestes a viajar para a Europa. O cenário está cheio de bagagens. Amigos aparecem para desejar uma boa viagem. Surgem complicações.

— Estávamos no meio. Tudo estava à nossa volta, de um modo eqüidistante. Tudo era espaço, condições atmosféricas extremas.

— Continuamos nos mudando. Meu pai continuou comprando casas. Morávamos por um tempo numa casa, e então ele comprava outra. Às vezes conseguia vender a antiga casa, às vezes não. Nunca aprendeu a ser rico. As pessoas podiam desprezá-lo por causa disso, mas todos gostavam dele. Sua mania de comprar casas não era em absoluto ostentação. Havia nele uma profunda inquietação, uma insegurança. Era como alguém tentando escapulir da noite. Parecia pensar que a solidão era uma doença que estivera o tempo todo ameaçando-o. Todos gostavam dele. Creio que isso de certa forma o preocupava. A amizade o entristecia. Meu pai não devia ter uma boa opinião de si mesmo.

— Então eu já era homem. Na realidade, tinha quarenta anos. Compreendi que estava encarando os quarenta anos do ponto de vista de uma criança.

— Conheço essa sensação — disse eu. — Quarenta anos era a idade de meu pai. Todos os pais têm quarenta anos. Estou sempre lutando contra a idéia de que me aproximo rapidamente da idade dele. Como adulto, só tive duas idades. Vinte e dois e quarenta. Continuava com vinte e dois, quando já passara muito dos trinta. Agora estou começando a ter quarenta, faltando dois anos para chegar lá de fato. Daqui a dez anos, estarei ainda com quarenta.

— Na sua idade, comecei a sentir a presença de meu pai em mim. Eram momentos irreais.

— Eu sei, você sentiu que ele o estava ocupando. De repente, ele está presente. Você até acha que se parece com ele.

— Momentos breves. Senti que ia me tornar meu pai. Ele se apoderou de mim, me invadiu.

— Você entra num elevador e de repente é ele. A porta se fecha, a sensação desaparece. Mas agora você sabe quem ele era.

— Amanhã falaremos das mães — disse Kathryn. — Mas não contem comigo. Mal me lembro da minha.

— A morte de sua mãe foi o que o deixou assim — disse eu. Ela me olhou.

— Como poderia você saber? Ele lhe falou a esse respeito?

— Não.

— Então como pode saber?

Levei um longo momento enchendo os copos e compus minha voz para falar no novo tema.

— Por que falamos tanto aqui? Faço o mesmo em Atenas. Inconcebível, toda essa conversa, na América. Falando, ouvindo os outros falarem. Keller pôs-me para fora às seis e meia da manhã outro dia. Deve ser a vida ao ar livre. Alguma coisa no ar.

— Você está o tempo todo meio alto. Essa é uma possibilidade.

— Quando falamos mais, bêbados ou sóbrios? — disse eu. — O ar está cheio de palavras.

Owen fixou firmemente os olhos mais além de nós, uma tristeza lunar. Eu cogitava sobre o que ele via lá longe. Tinha as mãos apertadas contra o peito, grandes mãos, arranhadas e com cicatrizes, um escavador e um goiveiro de pedras, outrora um lavrador. Kathryn e eu nos entreolhamos. A compaixão dela pelo homem talvez fosse grande o bastante para permitir ao marido algumas gotas na súplica que ele fazia. Misericordioso, generoso sexo. A pequena cama no quarto no fim do corredor do hotel, lençóis bem esticados. Isso também poderia ser uma gentileza e um favor da ilha, uma suspensão temporária do passado.

— Creio que eles estão no continente — disse Owen.

Como podem vocês compreender, ele parecia estar nos perguntando. Seu drama doméstico, seu tépido idioma de censura e ofensa. Essas fileiras de casais inocentes com seus ferimentos matrimoniais. Ele continuava olhando além de nós.

— Eles mencionaram algo sobre o Peloponeso. Nada muito claro. Um deles parecia saber de um lugar lá, alguma parte onde poderiam ficar.

— Isso é uma coisa de que a polícia deveria ser informada — disse Kathryn.

— Não sei. Acha mesmo? — O movimento de sua mão em direção ao copo de vinho trouxe-o de volta. — Ultimamente tenho pensado em Rawlinson, o inglês que queria copiar as inscrições do rochedo de Behistun. As línguas eram persa antigo, elamita e babilônica. Manobrando nas escadas que ligavam o primeiro ao segundo grupo de rochas, ele quase levou um tombo fatal. Isso o fez decidir-se a usar um menino curdo para copiar as inscrições babilônicas, que eram as menos acessíveis. O menino escalou a rocha usando reentrâncias quase invisíveis como apoio para as mãos e os pés. Talvez tenha se apoiado nas próprias letras. Gostaria de acreditar nisso. Foi como ele avançou, aos poucos, agarrado ao rochedo, passando abaixo do grande baixo-relevo de Dario à frente de um grupo de rebeldes acorrentados. Uma queda a pique. Mas o menino conseguiu avançar milagrosamente, segundo Rawlinson, e finalmente copiar o texto, balançando numa espécie de cadeira de contramestre. Que tipo de história é essa e por que tenho pensado nela ultimamente?

— É uma alegoria política — disse Kathryn.

— Será mesmo? Acho que é uma história sobre até onde os homens são capazes de ir para satisfazer um padrão, ou encontrar um padrão, ou encaixar os elementos de um padrão. Rawlinson queria decifrar a escrita cuneiforme. Precisava desses três exemplos. Quando o menino curdo desceu são e salvo do rochedo, foi o começo da tentativa do inglês de descobrir o grande segredo. Todo o ruído e falação das três línguas haviam sido dominados e codificados, subdivididos em sinais cuneiformes. Com suas tabelas e listas, o decifrador pesquisa relações, estruturas paralelas. Quais são as freqüências de sinal, os valores fonéticos? Ele procura um padrão que fará com que essa disposição de caracteres fale com ele. Depois de Rawlinson, veio Norris. É interessante, Kathryn, que ambos esses dois homens tenham trabalhado algum tempo para a Companhia da Índia Oriental. Aqui, um padrão diferente, de novo uma época fala à outra. Podemos dizer dos persas que eles eram conquistadores esclarecidos, pelo menos nessa circunstância. Preservaram a língua dos povos subjugados. Essa mesma língua elamita foi uma das decifradas pelos agentes políticos, intérpretes da Companhia da Índia Oriental. Será esta a face científica do imperialismo? A face humana?

— Dominar e codificar — disse Kathryn. — Quantas vezes já vimos isso?

— Se é uma história sobre até onde os homens podem chegar — disse ele —, por que tenho estado pensando nisso? Talvez tenha algo a ver com o assassinato do velho. Se suas suspeitas a respeito do culto têm fundamento, e se se trata de um culto, posso dizer-lhe que provavelmente não era um crime sem sentido. Não foi casual. Eles não mataram só pela emoção do crime.

— Você os viu e falou com eles.

— É isso o que acho. Posso estar enganado. Todos podemos estar enganados.

Olhei para as paredes de meu quarto de hotel. Em pé junto à cama, de pijama. Sempre me senti ridículo de pijama. O nome do hotel era Kouros, como o da aldeia, da ilha, do navio que ligava a ilha ao continente. Uma única trama. A jornada que compartilha as orlas das destinações. Mikro Kamini, onde o ancião fora encontrado, significa pequena fornalha ou pequeno forno. Sempre senti uma certa onda de orgulho infantil por saber tais coisas ou por descobri-las, mesmo quando um cadáver era o motivo de meus esforços. O primeiro fragmento de grego que traduzi foi uma pichação num muro no centro de Atenas. MORTE AOS FASCISTAS. Uma outra vez, levei uma hora consultando um dicionário e uma gramática para traduzir as instruções de uma caixa de Aveia Quaker. Dick e Dot tiveram de me informar onde eu podia comprar cereal com instruções multilíngües na caixa.

— Tenho uma sensação com a noite — disse Owen. — As coisas do mundo deixam de ser separadas. Todas as camadas e distinções do dia somem na escuridão. A noite é contínua.

— Não faz diferença se mentimos ou dizemos a verdade — disse Kathryn.

— Formidável, sim, exatamente.

De pé, postado junto à cama. Kathryn lia. Quantas noites, em nossa lânguida pele, sem vontade de conversar ou amar, as horas densas ficando para trás, compartilhamos esse momento, ignorando que era para ser compartilhado. Parecia não ser nada, mais uma vez hora de ir para a cama, a cabeça dela no travesseiro sob cinqüenta watts, exceto que essas particularidades, homem em pé, páginas virando, detalhes repetidos quase todas as noites, começavam a adquirir uma força misteriosa. Aqui estou eu de novo, parado junto à cama, de pijama, revivendo uma lembrança. Era uma lembrança que não existia isoladamente. Eu relembrava o momento somente quando o estava repetindo. O mistério criado em torno desse fato, creio, que ato e recordação constituíam uma só coisa. Um momento de autobiografia, um friso mínimo. O momento se referia ao seu próprio passado ao mesmo tempo que apontava para o futuro. *Aqui estou eu.* Uma curiosa advertência de que eu ia morrer. Foi a única vez em meu casamento que me senti velho, um espécime de velhice, um marco, parado ali naquele pijama um pouco folgado para mim, um pouco ridículo, revivendo o mesmo momento da noite anterior, Kathryn lendo na cama, um gole de conhaque grego na mesa-de-cabeceira, outra referência ao futuro. Vou morrer sozinho. Velho, geologicamente. O baixo-relevo da forma da terra. Olduvai.

Quem sabe o que significa isso? A força do momento estava no que eu não sabia a esse respeito, parado ali, as correntes noturnas retornando, as respigas mortais que preenchiam o espaço entre nós, inenarráveis, nos corpos prontos para sonhar em roupas frouxas.

Vivendo sozinho, nunca senti isso. De certa forma, a referência dependia da mulher na cama. Ou talvez fosse apenas porque meus dias e noites houvessem se tornado rotineiros. Viagens, hotéis. Os ambientes mudados com demasiada freqüência.

— Um começo de noite para Owen.

— Talvez seja um começo de temporada — disse ela. — O presidente do programa universitário veio fazer uma visita. Ele tem estado em Atenas confabulando com a universidade. Está havendo uma reavaliação. Mas talvez venha a ser uma boa notícia. Poderíamos recomeçar logo no próximo abril. No máximo, maio. É o que estão dizendo.

— Com Owen?

— Com ou sem. Provavelmente sem. Ninguém sabe quais são os planos de Owen. É essa estrutura indefinida que tem causado tantas perturbações por aqui.

— Perturbação para todo mundo, exceto para você.

— Exatamente. Sou a beneficiada. E Owen tem certeza de que poderei voltar. Assim temos mais ou menos uma idéia de como as coisas ficam. É o que você estava querendo.

Como era fácil sentarmo-nos ali e reorganizarmos nossa vida através de uma sucessão de vôos e estações do ano. Estávamos cheios de idéias, tendo aprendido a interpretar o casamento fracassado como uma ocasião para empreendimento e ousadia pessoal. Kathryn era especialmente adepta disso. Adorava enfrentar um problema e fazê-lo funcionar a seu favor. Discutimos suas propostas vendo nelas não somente distância e separação como a chance de explorá-las. Pais são pioneiros dos céus. Pensei em David Keller voando para Nova York a fim de comer *banana split* com os filhos num hotel da cidade. Depois a viagem de volta atravessando o oceano para o consolo e a luz, Lindsay com os seios nus tomando banho de sol no terraço.

Kathryn e eu concordamos. Ela e Tap iriam para Londres no final do verão. Ficariam com Margaret, a irmã dela. Encontrariam um colégio para Tap. Kathryn faria cursos de arqueologia e outros correlatos. E eu acharia fácil, ainda que dispendioso, visitá-los. Londres ficava a três horas de vôo de Atenas, umas sete horas mais perto do que a ilha.

— Em abril, você volta.

— Talvez encontre uma casa melhor para alugar, agora que conheço as pessoas aqui. E Tap virá assim que terminarem as aulas. Podia ser pior.

— Vou poder ver os mármores de Elgin — disse eu.

Concordamos também em que naquela noite eu dormiria no sofá. Não queria deixá-los sozinhos depois do que acontecera na outra aldeia.

— Preciso arrumar lençóis limpos. Podemos colocar uma cadeira numa ponta do sofá. Ele não é comprido o bastante.

— Estou me sentindo como um garoto dormindo fora de casa.

— Como é excitante! — disse ela. — Não sei se conseguiremos dominar a situação.

— Será que estou ouvindo um sinalzinho de desejo?

— Não sei. Será mesmo?

— Incerteza, *suspense*?

— Isso não é algo para ficar se discutindo, não acha?

— Bebendo o vinho local. Parece que estamos no meio de um campo minado. Admito que fica mais fácil quando Owen está aqui.

— Por que nos incomodarmos?

— No casamento, éramos um casal prático. Agora estamos cheios de aspirações desajeitadas. Nada mais tem uma conseqüência. Tornamo-nos vagamente nobres, os dois. Recusamo-nos a fazer o que é conveniente.

— Talvez não sejamos tão ruins quanto pensamos. Que idéia! É revolucionária.

— Como seus minóicos teriam agido numa situação como esta?

— Provavelmente um divórcio rápido.

— Gente sofisticada.

— Certamente foram os afrescos que os tornaram assim. Senhoras imponentes. Graciosas e de cintura fina. Totalmente européias. E aquelas cores brilhantes. Tão diferentes do Egito e de todos aqueles sombrios arenitos e granitos. Ego perpétuo.

— Eles não pensavam em termos monumentais.

— Eles decoravam objetos caseiros. Viam beleza nisso. Simples objetos. Não eram só jogos e roupas e tagarelice.

— Creio que me sentiria em casa com os minóicos.

— Encanamentos excelentes.

— Eles não eram excessivamente reverentes. Não levavam as coisas muito a sério.

— Não vá muito adiante — disse ela. — Há o Minotauro, o labirinto. Coisas mais sombrias. Sob os lírios e antílopes e macacos azuis.

— Não vejo isso de forma alguma.

— Onde você procurou?

— Somente nos afrescos de Atenas. Reproduções em livros. A natureza era para eles um prazer, não uma força irada ou divina.

— Uma escavação no centro-norte de Creta desvendou sinais de sacrifício humano. Ninguém se dispõe a afirmar muita coisa. Creio que está sendo feita uma análise química dos ossos.

— Um local minóico?

— Todos os sinais habituais.

— Como foi morta a vítima?

— Foi encontrada uma faca de bronze. Quarenta centímetros de comprimento. Sacrifício humano não é novidade na Grécia.

— Mas não os minóicos.

— Não os minóicos. É uma discussão que levará anos.

— Os fatos são fáceis de serem determinados? Há apenas três mil e quinhentos anos?

— Três mil e setecentos — disse ela.

Estávamos sentados defronte à colina que dominava a aldeia. Não levei muito tempo para ver como era superficial minha resistência a essa revelação. *Sempre ansioso por acreditar no pior.* Mesmo enquanto ela falava, senti as primeiras ondinhas rebentarem na praia. Satisfação. Os meninos cor-de-canela lutando boxe, as mulheres brancas e altivas com saias como sinos pregueados. A criatura sempre encontra um lugar para suas satisfações, mesmo no ermo cretense, fora do tempo e da luz. Ela dissera que a faca fora encontrada com o esqueleto da vítima, um jovem em posição fetal numa estrutura elevada. Foi encontrado também o sacerdote que o matou. Usara a mão direita e sabia como seccionar com precisão a artéria do pescoço.

— Como morreu o sacerdote? — perguntei.

— Sinais de um terremoto e fogo. O sacrifício estava ligado a isso. Encontraram também uma pilastra com uma canaleta ao redor para reter o sangue. Criptas de pilastras foram encontradas em outros locais. Pilastras maciças com o sinal do machado duplo. Aí está a solidez que você procurava, James. Escondida na terra.

Ficamos um momento em silêncio.

— O que diz Owen?

— Tentei discutir isso com Owen, mas parece que ele está cansado dos minóicos. Diz que todo o tremendo tema de touros e chifres de touros se baseia em maridos chifrudos. Todas aquelas mulheres elegantes estavam esgueirando-se pelos labirintos para trepar com algum marujo líbio.

Ri. Ela estendeu a mão por sobre as velas, tocou em meu rosto, debruçou-se, de pé, e beijou-me lentamente. Um momento que transmitia apenas seu próprio pesaroso ardor. Bastante doce e quente. Uma reminiscência.

Observando as regras, fiquei lá fora até ela arrumar o sofá para mim e depois fui me deitar. De manhã, teríamos o cuidado de falar de coisas rotineiras.

Tap veio a Atenas por dois dias com seu amigo Rajiv e o pai do menino, que era ligado ao departamento de história da arte da Michigan State. Conversei várias vezes com ele no sítio das escavações. Chamava-se Anand Dass, um homem encorpado, austero e amistoso, que se movimentava com energia, de *shorts* e impecável camisa de algodão, pelas pedras espalhadas. O filho parecia estar sempre dançando ao redor dele, fazendo perguntas, agarrando-lhe o braço, a mão, até mesmo o cinto, e me perguntei se os catorze meses de Rajiv na América e cinco semanas na Grécia não o haviam colocado a uma tão desnorteante distância da soma de coisas conhecidas que somente a âncora do sombrio volume de seu pai podia tranqüilizar-lhe a inquietação.

Ele era um menino simpático, saltitante quando andava, da idade de Tap porém mais alto, e estava usando calças de boca larga para sua viagem a Atenas. Encontrei-os no Pireu, num dia claro, vazio e silencioso. Minha idéia era proporcionar aos meninos um passeio de carro por Atenas, mas estava sempre me perdendo. A não ser pelos marcos centrais, as ruas pareciam idênticas. Os modernos edifícios de apartamentos, os vistosos toldos sobre os terraços, os muros marcados com siglas de partidos políticos, um ocasional prédio de cor sépia com telhado de terracota.

Anand estava sentado a meu lado, falando sobre a ilha. Faltara água durante dois dias. Um seco vento sul soprava areia fina em cima de tudo. Os únicos vegetais e frutas nas bancas da aldeia eram os cultivados na própria ilha. Só dali a um mês ele estaria de volta a East Lansing. Verde. Árvores e gramados.

— Vocês poderiam ter escolhido um sítio mais fácil para as escavações.

— Isso é Owen — respondeu ele. — Owen é famoso por causa disso. Ele está pensando em ir para a Índia em seguida. Eu lhe disse que desistisse da idéia. "Você não vai conseguir fundos, não conseguirá permissão, vai morrer de calor." Mas esse homem não se importa com a temperatura.

— Ele gosta de uma provação.

— Ele gosta. É a pura verdade.

Percorremos ruas infindáveis, quase desertas. Dois homens caminhavam juntos, mordendo pêssegos, com as cabeças inclinadas para frente, e os corpos desajeitadamente recuados para evitar os pingos da fruta.

— Você sabe o que aconteceu — disse Anand.

Ele mudou a voz de um jeito tal, que imediatamente eu soube a que estava se referindo.

— Eu estava lá.

— Mas não foi o primeiro. Houve outro há cerca de um ano. Outra ilha. Donoussa.

— Não conheço o nome.

— Fica nas Cíclades. Pequena. Um barco de correspondência uma vez por semana, de Naxos.

Os meninos conversavam em ob no assento traseiro.

— Um martelo — disse ele. — Era uma garota. De família muito pobre. Era aleijada. Tinha algum tipo de paralisia. Soube do caso logo antes de partir. Alguém de Donoussa estava na aldeia perto das escavações.

Dobrei uma esquina e caí num congestionamento de tráfego. Um homem saíra de seu carro e de mãos nos quadris olhava em frente para ver o motivo do congestionamento. Uma figura de transcendente aborrecimento. Havia ônibus, bondes, táxis, buzinas soando, depois parando quase simultaneamente, tornando a soar, como se para sugerir uma forma para esse problema — um imponente pânico. Rajiv perguntou ao pai onde estávamos.

— Perobdidobs nob esobpaçob — disse Tap.

Levei meia hora para encontrar nosso primeiro destino, o prédio de apartamentos em que residiam os amigos de Anand e onde ele e o filho iam pernoitar. Na noite seguinte, iríamos todos ao aeroporto. Rajiv estava voando para Bombaim com esses amigos, um jovem casal. Sua mãe o encontraria lá e iriam para Cachemira, onde a família de Anand possuía uma casa de verão.

— Podemos dar mais umas voltas de carro? — perguntou Tap, depois que os deixamos no prédio.

— Comprei comida. Acho que devemos voltar para casa e comer.

— Gosto de passear de carro.

— Eu lhe mostrei as coisas erradas. Da próxima vez será melhor.

— Não podemos só passear de carro?

— Você não quer ver coisas?

— Veremos coisas enquanto passeamos. Gosto de guiar.

— Você não está guiando. Eu é que estou. E sem rumo. A ilha ainda será divertida depois da partida de Rajiv?

— Eu vou ficar.

— Logo você estará voltando para o colégio.

— Eles continuam escavando. Quando pararem, volto para o colégio.

— Você gosta da vida dura. Vocês dois são uma dupla rija. Logo ela o estará vestindo com peles de animais.

— Terá que ser de burros e gatos. Deve haver um milhão de gatos na ilha.

— Posso ver vocês dois navegando ao redor do mundo num barco feito de junco e couro de gato. Quem precisa de colégio?

Ele ficou um tempo olhando para fora da janela.

— Como é que você não precisa trabalhar?

— Amanhã, no início da tarde, vou dar uma passada no escritório. Está tudo parado agora. É o Ramadã. Isso afeta a ritmo das coisas nos países onde temos a maior parte de nossos negócios.

— Espere, não me diga.

— É um mês islâmico.

— Eu disse espere. Você não podia esperar?

— Está bem, o que as pessoas são proibidas de fazer durante o Ramadã?

— Não podem comer.

— Não podem comer até o pôr-do-sol. Só depois.

— Pense em mais coisas.

— Estamos quase em casa. Notei que você e Rajiv falavam *em* ob. Sua mãe não acha que você está se excedendo um pouco?

— Ela não disse nada. Não se esqueça de que foi ela quem me ensinou.

— Se você ficar ob-sedado, vou culpá-la. É esta a idéia?

Ele se voltou bruscamente para mim, um pouco arredio.

— Não me diga como isso se chama. Estou pensando. Espere um pouco, está bem?

Quando estacionei o carro, já começava a escurecer. O zelador estava na frente do prédio, um homem mais ou menos da minha idade com o ar compenetrado de sua profissão, ociosidade organizada. Os zeladores se enfileiram na calçada, uns quatro ou cinco, desfiando suas contas de âmbar, homens de inevitabilidade, de sina, presenças. Ficam de olhos fixos numa meia distância, às vezes reúnem-se na barbearia, conversas sérias, cada qual por sua vez dobrando os joelhos. Cuidam das portas de entrada, ficam sentados nos saguões de mármore. Um homem ou uma mulher passando na rua, alguém que por alguma razão tenha interesse para os zeladores, e logo a informação é transmitida de um para outro. Não que sejam curiosos. O mais leve desvio de um centro comum só os faz sentir desconfiança. Carros vão e vêm, pessoas esperam na parada de ônibus, um homem pinta um muro no outro lado da rua. Isso basta para qualquer um.

Mas Niko nunca tinha visto meu filho. Ele se adiantou para abrir a porta com um sorriso aberto. Crianças eram totalmente aprovadas. Despertavam uma alegria mística nas pessoas. Eram centralizadas, sempre em luz, em aura, abrigadas, acalentadas, embaladas, adoradas. Niko falou com Tap como nunca falara comigo, com vigor e afeto, de olhos brilhando. Contemplo meu filho no pequeno tumulto do momento. Ele sabe que tem de lidar com isso sozinho e o faz bastante conscienciosamente, apertando a mão do homem, sacudindo a cabeça. Não tem experiência em comunicação entusiástica, claro, mas seu esforço é meticuloso e comovente. Ele sabe que o prazer do homem é importante. Viu isso por toda parte na ilha e ouviu a mãe. Devemos ser mais precisos nos detalhes de nossas reações. É assim que fazemos as pessoas entenderem a seriedade e a dignidade de seus sentimentos. A vida aqui é diferente. Devemos estar à altura da grandeza das coisas.

No aeroporto, na noite seguinte, eu estava com Rajiv e Tap sob o painel de horários, falando sobre o local de destino das viagens e pensando no que Rajiv achava quando esbarrava com palavras como Bengazi e Cartum. Pensava no que Tap poderia achar.

— Você vai gostar de voltar de vez para a Índia? — perguntei. — Seu pai acredita que será no ano que vem.

— Sim, vou gostar. Não é tão frio, e gosto do colégio lá. Apostamos corridas, e sou muito rápido.

— Ele é rápido, Tap?

— É bem rápido. É mais rápido do que um cão de três pernas.

— Então isso é bom. O cão tem uma perna a mais que eu.

— O que você vai estudar quando voltar? — perguntei.

A maioria das perguntas fazia com que ele retivesse a respiração. Seu rosto se tornava intenso, ele avaliava as implicações, a profundeza do significado. Notei que estufava o peito ao preparar-se para dar uma resposta.

— Matemática, hindi. Sânscrito, inglês.

Mais tarde, observei à distância Anand despedir-se do menino. Ser pai parecia seu talento natural. Havia algo tranqüilizador nele, uma forte presença apaziguadora, que deve ter feito Rajiv sentir que seu avião iria deslizar rumo ao mar da Arábia no ar macio do comando de seu próprio pai. O menino preparava-se para entrar em lugares silenciosos. Saindo do tumulto de viajantes e de vozes que o cercam, ele vai descer pela escada rolante até a área reservada aos passageiros. As pessoas com documentos, a sala de espera, as poltronas mais macias. A espera mais determinada. No portão de embarque, o último dos compartimentos estáticos, o silêncio mais compacto, a espera mais estreita. Ele notará mãos e olhos, capas de livros, um homem de turbante e barba trançada. A tripulação é japonesa, assim como a segurança, tudo planejado por seu pai. Ele ouve tâmil, hindi e, curiosamente, começa a ter a sensação de isolamento, algo no cheiro do lugar, a voz amplificada na distância. Não se sente como *terra*. E então, a bordo, poltronas ainda mais macias. Ele sentirá o avião sendo penetrado por sistemas de força, luz, ar. Na borda da estratosfera, zunido do mundo, a súbita noite. Mesmo a noite parece dirigida, japonesa; seu breve sono acalmado pelas pulsações maciças do avião. A viagem é uma pausa em surdina entre o barulho de Atenas e a voz tonitruante de Bombaim.

Nós fomos para a plataforma de observação.

Estava viajando com dois conhecidos. Ainda assim, era um evento considerável para um menino de nove anos, uma separação baseada em impulso, velocidade e altitude, e, por isso, uma separação mais violenta, mais intensa do que a do dia seguinte, quando Tap retornaria à ilha com Anand.

Faltava uma hora para o crespúsculo. Tap observava secretamente um grupo de homens com roupas de lazer e trajes árabes, falando em voz baixa. Uma luz densa estendia-se no golfo. Vagas formas no nevoeiro, contratorpedeiros e navios mercantes. Olhamos os aviões decolarem.

— Ouvi mais uma coisa — disse Anand. — Eles estiveram lá por muito tempo. Sabe a respeito da caverna?

— De que ilha estamos falando?

— Kouros. Havia três homens, uma mulher. Numa caverna.

— Owen contou-me.

— Eles permaneceram lá por muito tempo. O inverno inteiro, se você pode imaginar. O assassinato em Donoussa foi há um ano. Não sei ao certo se havia estrangeiros em Donoussa na ocasião. Houve um assassinato, é tudo o que sei. O mesmo tipo de arma.

Ele olhava para a pista de decolagem.

— Várias perguntas — disse eu. — Você chegou a ver aquela gente? Perto das escavações, na aldeia mais próxima? Chegou a subir a colina em direção ao mosteiro? Owen não lhe disse como são eles, como se vestem?

— Nunca vi gente parecida em parte alguma da ilha. A ilha é um lugar danado de desinteressante. Quem vai lá? Há uma aldeia bastante agradável, onde Kathryn alugou a casa. Mas o que mais tem lá? Nunca se vê ninguém. De vez em quando aparecem gregos. Velhos casais de franceses ou alemães. Aquelas pessoas se destacariam. Pode acreditar.

— Como sabe que eles passaram o inverno naquela caverna?

— Owen me contou. Quem mais poderia ser? Ele é o único que os viu.

— Eles não caíram do céu, Anand. Outras pessoas devem tê-los visto. Tiveram de desembarcar na ilha, de caminhar até a caverna.

— Talvez tivessem chegado em ocasiões diferentes, um a um, e não eram tão desalinhados então, ou sujos e esfomeados. Ninguém os notou.

— Owen não me disse que eles permaneceram lá por tanto tempo.

— Owen é seletivo — disse Anand. — Você não deve se magoar.

Nós rimos. Tap aproximou-se, apontando para a pista de decolagem. Vimos um 747 erguer-se lentamente na névoa prateada, rajadas de vento alcançando-nos antes de o avião inclinar-se acima do golfo. Anand ficou olhando-o desaparecer. Depois encaminhamo-nos para o carro e voltamos a Atenas.

— Eles estavam comendo — disse Tap.

— Quem estava comendo?

— Os árabes no aeroporto, enquanto esperávamos que o avião decolasse. Eles tinham comida.

— E daí?

— É Ramadã.

— Sim, é verdade — disse eu.

— O sol ainda não tinha se posto.

— Mas talvez eles não fossem muçulmanos.

— Pareciam muçulmanos.

— Como é um muçulmano?

— Não se parece com você ou comigo.

— O primeiro ano que lecionei nos Estados Unidos — disse Anand —, todos queriam que eu lhes desse aulas de meditação. Um hindu. Queriam que eu lhes ensinasse como respirar.

— E você sabia como respirar?

— Não sabia nada sobre respiração. Continuo não sabendo. Que piada! Queriam controlar suas ondas alfa. Pensavam que eu podia ensinar-lhes como conseguir isso.

Durante todo o jantar, Anand conversou com Tap sobre religião. Visões jamais imaginadas. Abutres girando em torno de torres de silêncio, onde parses deixam seus mortos. Jainistas tapando a boca com gaze para impedir-se de aspirar insetos e matá-los. Tap via que se tratava de gente séria. No jardim da taverna, com o garfo espetado numa fatia de pão, entretinha-se. Atento e calado, ouvia Anand descrever homens cor-de-cinza vagando nus e pedindo esmola com uma tigela e um cajado, homens santos, passando a vida na lama e na poeira.

Eu estava esperando que Tap perguntasse a respeito de sua própria religião, se ele já tivera alguma, ou se seus pais eram religiosos, e se o eram, o que acontecera com a religião deles. Eu poderia ter-lhe dito que éramos descrentes. Céticos do tipo ligeiramente superior. A dispersão cristã. Era uma das muitas coisas em que Kathryn e eu concordávamos. Uma dúvida sólida que jamais discutíamos. Simplesmente estava presente, ou não estava, algo que sabíamos um sobre o outro. O objeto quase-estelar, o evento *quantum.* Tais eram as fontes de nossa especulação e pasmo. Nossos ossos eram feitos de material que vinha nadando através da galáxia de estrelas explodidas. Esse conhecimento era nossa oração partilhada, nosso cântico. O sinistro inexplicável lá estava, a divindade-massa se agigantando. Eu poderia dizer a Tap que se vemos Deus como um ser, a única verdadeira resposta é a peregrinação do santo homem. Caminhe nu em meio de cinzas esparsas, exponha-se ao sol ardente. Se existe *Deus,* como poderíamos deixar de nos submeter totalmente? A existência seria decréscimo, purificação. E acrescentar beleza ao mundo, poderia

Kathryn concluir. Para ela o espetáculo tinha mérito, mesmo que a fonte fosse obscura. Seriam belos de se ver, apoiados em cajados, com suas mentes chamuscadas e olhos vazios, aqueles homens na poeira da Índia, lábios movendo-se com o infindável nome de Deus.

O alfabeto.

Mais tarde, sentado lá fora, eu ouvia morrer lentamente os ruídos do fim do dia, vozes nos terraços de restaurantes, o zumbido de insetos nos ciprestes. Verdadeira noite. O efeito Doppler dos estouros de escapamento das motocicletas subindo a colina.

Anand dissera que a ilha era segura, tinha certeza disso, eles haviam partido. Perguntei-lhe quantas vezes Owen estivera na caverna. Muitas. Mas Owen me tinha dito que os vira apenas uma vez; quando retornou à caverna, não os encontrou mais. Anand disse que estava em condição de saber a respeito das ausências de Owen do sítio das escavações. Owen vira-os mais de uma vez. Quanto a isso não restava dúvida.

Cedo, na manhã seguinte, fiquei vendo o barco deles afastar-se. Um dia inteiro de viagem, mesmo que o barco não atrasasse. Kathryn já estaria nas escavações, trabalhando com uma faca de toranja e pinças. Chamavam isso de "descascar". Lavar as peças encontradas. Encaixotá-las. Etiquetar os caixotes. E ela estaria no telhado quando o navio aparecesse, com uma lanterna elétrica montada acima de suas fichas de controle, de seus desenhos de perfis do terreno.

A cada dia resplandescente ela se tornava algo ligeiramente mais novo. O vento soprava tão quente que arrancava as flores das buganvílias. Havia racionamento de água e os telefones estavam mudos. Mas o curador voltara, colando potes, dando-lhes banhos químicos. Havia atividade. Um dos estudantes cavava uma vala no bosque de oliveiras. Trabalhos por terminar. Havia sempre descobertas a serem feitas.

Ela desceria até as docas e o veria desembarcar com a mochila e seu meio sorriso.

De volta ao lar.

Por Istambul circulavam na penumbra os velhos táxis, Oldsmobiles 88, Buicks Roadmasters, limusines Chrysler, DeSotos com amortecedores arrebentados, sobras de décadas de estoques de Detroit, uma cidade de carros mortos. Do avião, todas as cidades pareciam tempestades marrons formando-se, armadilhas de calor e poeira.

Rowser mandou-me para o Cairo por um dia a fim de concluir os negócios pendentes de um associado local, um homem que sofrera uma hemorragia cerebral no saguão do Sheraton. Cairo, o aeroporto sem radar, Cairo com rebanhos de carneiros tingidos de vermelho atravessando as ruas comerciais do centro, com ônibus sem teto, pessoas penduradas do lado de fora. Em Carachi, havia arame farpado, cacos de vidro cimentados no topo dos muros, caminhões transportando árvores embrulhadas em sacos. Governos militares sempre plantam árvores. É uma demonstração do seu lado brando.

No Hilton de Istambul, deparei com um homem chamado Lane, um advogado que trabalhava para o Banco Mainland. No dia anterior, ele tinha encontrado Walid Hassan, um dos operadores de crédito de David Keller em Amã. A última vez que eu vira Hassan fora em Lahore, na portaria do Hilton, quando ambos assinávamos um documento que nos permitiria tomar um drinque no bar que ficava atrás de uma porta sem indicação, contígua ao saguão. No bar, encontramos um homem chamado Case, que era o chefe de Lane.

Case chegara de Nairóbi com uma história de apenas uma frase. Quando as forças tanzanianas tomaram Campala, o povo recebeu-as com flores e frutas e linchou na rua suas próprias tropas capturadas.

Todos aqueles lugares eram para nós histórias de uma só frase. Alguém aparecia, pronunciava uma frase sobre lagartos de trinta e cinco centímetros de comprimento em seu quarto de hotel em Niamei, e isso se tornava a verdade sobre o lugar, o meio que usávamos para fixá-lo em nossa mente. A frase era eficaz, sobrepujando os mais profundos temores, hesitações, uma freqüente inquietação. Ao nosso redor não havia quase nada que considerássemos familiar e seguro. Somente nossos hotéis erguendo-se dos abrigos de perene renovação. O senso das coisas era de tal maneira diferente, que só podíamos registrar as fímbrias de algum segredo minucioso. Parecia que tínhamos perdido nossa capacidade de selecionar, de deslindar particularidades e ligá-las a algum centro que nossa mente podia recolocar em adjacências reconhecíveis. Não havia núcleo equivalente. As forças eram diferentes, as ordens de reação nos frustravam. Tensões e inflecções. A verdade era diferente, o universo falado, e por toda parte havia homens com armas.

As histórias de uma só frase versavam sobre nossas queixas do passado, ou pequenos estorvos. Era esse o humor do medo secreto.

De volta a Atenas, fui visitar Charles Maitland em seu apartamento. Ele residia numa rua tranqüila com espirradeiras a um quarteirão e meio de mim, logo abaixo da biblioteca da Escola Americana de Estudos Clássicos. Era seu hábito, ao abrir a porta para
alguém, voltar-se imediatamente e encaminhar-se, arrastando os pés,
para a sala de estar, deixando o visitante sem saber direito se era
bem-vindo. O gesto tinha atrás de si a segurança e a precisão de
uma educação superior, mas só significava que Charles se impacien-
tava com conversas à soleira de portas.

Era um apartamento pequeno, com muitos objetos da África e
do Oriente Médio. Ali acabava de voltar de Abu Dabi, onde estivera
discutindo sistemas de alarme para refinarias.

— Estão matando americanos? — perguntei.

Ele se sentou junto à janela, a camisa desabotoada, de chinelos,
bebendo cerveja. Um exemplar da *Jane's Fighting Ships* estava no
chão a seus pés. Preparei um drinque para mim e comecei a examinar
as estantes de livros.

— Quero que eles usem sensores magnéticos — disse ele. —
Mas parece que estão relutantes. A confusão burocrática habitual.
Passei por uma centena de escritórios divididos em compartimentos.
O que está bebendo? Fui eu que preparei?

— Você não sabe como prepará-los.

— Não olhe para meus livros. Fico nervoso quando as pessoas
fazem isso. Acho que tenho de acompanhá-las, apontando os que ga-
nhei de presente de imbecis e desajustados.

— A maioria deles é de Ann.

— Quando vai finalmente pôr de lado essa sua maneira de ver
as coisas? Sabe que é frustrante?

— Vocês são duas pessoas distintas, não são? Na maioria, são
livros dela. Você lê manuais, publicações especializadas.

— Fale-me sobre o Cairo — disse ele. — É uma cidade para
você.

— Quarenta graus centígrados.

— Nove milhões de habitantes. Uma cidade precisa de pelo
menos nove milhões de habitantes antes de ter o direito de se considerar cidade. O calor não é impressionante?

— A areia é mais. Havia um velho com uma vassoura varrendo
areia de um dos caminhos do aeroporto.

— Diabo, sinto falta da areia! Ele a estava varrendo de volta
para o deserto? Um bom homem.

— Só passei um dia lá.

— É o que basta. As grandes cidades só requerem um dia. Esse é o teste de uma grande cidade. O trânsito, os esgotos, o calor, os telefones. Maravilhoso! Faça David contar-lhe a respeito do trânsito em Teerã. Aquilo sim é trânsito. Aquilo é que é cidade.

— Ele já me contou.

Uma risada seca.

— Eles todos estão vindo, sabe?

Estavam vindo nos 747 da Pan Am, nos vc-10, nos Hércules C-130, nos StarLifters C-141. Voavam para Roma, Frankfurt, Chipre, Atenas.

Tennant ouviu um tiroteio ao deixar Teerã em direção ao aeroporto. Segundo ele, era o décimo dia consecutivo de tiroteios. Pessoas em Mashhad contavam seis dias consecutivos. A Iran Oil Services fretava aviões para seus funcionários e famílias. Num só dia, quinhentas pessoas chegaram a Atenas. Trezentas no dia seguinte.

Atenas adquiriu a suave elegância de um refúgio de executivos, um antigo reino de contadores de histórias, onde homens de muitas terras se reuniam para relatar tiroteios e descrever multidões entoando cantos. Nós, que ali morávamos, começamos a sentir que não tínhamos apreciado devidamente o lugar. Ao que parecia, estabilidade era uma raridade nas cidades do Oriente Médio, do golfo Pérsico e mais além. Aqui era nosso próprio modelo de calma democrática.

Eles chegavam em aviões de carreira vindos de Beirute, Trípoli, Bagdá, de Islamabad e Carachi, de Barein, Muscat, Kuwait e Dubai, as esposas e filhos de homens de negócios e diplomatas, provocando falta de quartos nos hotéis de Atenas, acrescentando histórias, novas histórias o tempo todo. Isso acontecia no primeiro mês do novo ano islâmico. Os homens que ficavam para trás eram incentivados por suas embaixadas a tirar férias, ou pelo menos manter-se dentro de casa sempre que possível. O primeiro mês era o mês sagrado.

Da janela, observei um sacerdote descer uma rua lateral em direção ao prédio. Esses homens com suas batinas pretas e chapéus cilíndricos moviam-se como navios, largos e balouçantes. Domingo.

— Por que não está fazendo voar seu avião?

— E eu deveria?

— Desde que estou aqui, você tem feito isso aos domingos.

— Ann acha que estou tentando desenvolver um senso de dignidade arruinada. Esse senso seria prejudicado se eu fosse me colocar num campo poeirento com um aeromodelo zunindo em torno de minha cabeça. Não há nada de arruinado em tal cena. É meramente patético. Quando homens mais velhos fazem certas coisas sozinhos, isso significa que se deve ter pena deles. Coisas que são próprias de meninos. Há algo suspeito nesse meu avião rodopiante. Esta é a teoria.

— Não a teoria de Ann.

— É uma teoria. Não terminei de me barbear, minha camisa está desabotoada. Tudo para intensificar minha dignidade arruinada, segundo ela.

— E ela tem razão?

— Os livros são dela — disse ele, tranqüilo.

— Problemas de negócios. Você está tendo problemas com os contratos?

Ele abanou a mão.

— Porque posso falar com Rowser.

— Poupe-me disso.

— Ele não é tão mau! Desde que se compreenda como sua cabeça trabalha.

— Liga-desliga, zero-um.

— Binário. Como as cabeças trabalham em geral? Qualquer cabeça. Meu Deus, a cerveja acabou. Será que depois da morte as lojas ficam abertas os sete dias da semana?

A máscara tribal era de madeira e pêlo de cavalo, uma careta. Olhos de pálpebras pesadas, nariz geométrico. Quase contei a Charles os crimes nas Cíclades. Mas repassando mentalmente os casos, achei que eram tão intimamente ligados a Owen Brademas que pouco poderia dizer sem o implicar. Teria sido necessário um estudo do caráter de Owen. O material era dele, a sugestão de um sentido por trás dos crimes. Achei que não estava apto a fornecer um cenário, numa sonolenta tarde de verão, e Charles não parecia disposto a ouvir.

— Não me importo em absoluto de trabalhar para Rowser — comentei. — Disse isso a Kathryn. É aqui que quero estar. História. Ela está no ar. Acontecimentos que vinculam todos esses países. Sobre o que todos nós falamos ao jantar? Basicamente, política. Resume-se nisso. Dinheiro e política. E este é o meu trabalho. O seu também.

— Concordo que estou no mundo. Sempre estive no mundo. Mas acho que não gosto mais dele.

— Todos nós. De repente somos importantes. Não é uma coisa que você sente? Estamos bem no centro. Somos os manipuladores de enormes quantias de dinheiro embaraçoso. Recicladores de petrodólares. Construtores de refinarias. Analistas de risco. Você diz que está no mundo. O que diz é profundo, Charles. Um ano atrás, eu não teria reagido a isso. Vim para cá a fim de ficar perto de minha família e estou descobrindo algo mais. Poder vê-los. Mas também o fato de estar aqui. O mundo está aqui. Você não sente isso? Em alguns desses lugares, as coisas têm um poder enorme. Têm impacto, são misteriosas. Os acontecimentos têm peso. Tudo é concentrado. Disse isso a Kathryn. Homens correndo nas ruas. Povo. Não quero dizer que desejo que tudo exploda. Está adquirindo peso, só isso. Quando o Banco Mainland faz uma proposta a um desses países, quando David voa para Zurique a fim de se encontrar com o ministro das Finanças turco, ele sente algo, fica mais vermelho do que já é, sua respiração se acelera. Ação, risco. Não é um empréstimo a algum empreiteiro do Arizona. É muito mais amplo, tem conseqüências bem maiores. Tudo aqui é sério. E estamos no centro.

— Como funcionam as cabeças? — perguntou ele.

— O quê?

— O que mostra a última pesquisa?

— Não sei do que está falando.

— Está no ar. É história. Está ficando cada vez mais avermelhada.

Sua voz tinha o tom abrupto de quem fala com estranhos no metrô. Era nua. Havia nela um elemento de quem se sente pessoalmente ofendido. Fosse o que fosse que o tom indicava, não achei que convinha replicar.

Saí para o terraço. Era um desses dias acossados pela areia. A cidade estava acromática, muito densa e imóvel. Uma mulher saiu de um prédio e desceu lentamente a rua. Era a única pessoa à vista, a única coisa a mover-se. No vazio e na claridade, havia um mistério ao seu redor. Alta, de vestido escuro, bolsa a tiracolo. Cigarras zoando. A luminosidade, a tarde lenta. Observei-a. Ela desceu do meio-fio sem olhar para trás. Nenhum carro, nenhum som de carro. Seria a rua deserta que a tornava uma figura tão erótica, o calor e a hora do dia? Ela atraía coisas para si. Sua sombra dava-lhes profundidade. Estava caminhando na rua, e até isso era vigoroso e sedutor, um ato que tinha força erótica. O corpo abusa da máquina. Uma arrogância que é sensual. O fato de que nada à vista se movesse, que ela caminhasse com um insolente balanço, que o tecido de seu vestido fosse do tipo que adere ao corpo, que suas nádegas fossem rijas e comprimidas, que o momento de sua passagem ao sol fosse tão lento, tudo isso formava um drama sexual. Pesava em mim. Deixava-me num quase êxtase de desejo. Isso é o que ela era, hipnótica, caminhando pelo meio da rua, longos, lentos, silenciosos domingos. Quando menino, esses eram os dias que eu odiava. Agora, esperava desejoso por eles. Momentos prolongados, calma absoluta. Descobrira que precisava de um dia assim, de simplesmente ser.

Ann estava na sala quando tornei a entrar. Seu rosto parecia descorado, olhos grandes e pálidos. Ela tinha um drinque na mão.

— Não me olhe.

— Pensei que tivesse saído — disse eu. — Ao telefone, Charles disse que você tinha ido ao mercado de flores.

— O mercado de flores fecha às duas. Cheguei aqui antes de você.

— Esteve se escondendo de mim.

— Suponho que sim.

— Onde está Charles?

— Tirando uma soneca.

— Que casal interessante! Desaparecem, um de cada vez.

— Desculpe, James.

— Acho que de qualquer modo devo retirar-me.

— Não seja tão mal-humorado. O que está bebendo?

— Então vocês estão tendo problemas.

— É o que está parecendo, não é? Peter, nosso filho, está planejando visitar-nos. Até lá, consertaremos as coisas. Nosso dever é claro. Não notou que ele nem terminou de se barbear? Sempre parece estar à beira de fazer algo cômico. Desvia o tempo todo para a comédia. Charles é na realidade um cômico talentoso. Quero dizer, com a barba feita pela metade. Não quer me deixar ir com ele brincar com seu avião. Não quer ser *visto*.

Havia algo banal na maneira como falava. Uma fatigada fluência ininterrupta. As palavras saíam os borbotões. Tensão e cansaço tornavam-na excessivamente brilhante, desesperadamente ansiosa por juntar frases, quaisquer frases. Usava a entonação como um elemento de significado. O que dizia era irrelevante. O que importava eram as cadências, o erguer e baixar da voz irônica, as modulações, as ênfases.

— Não conversamos desde Nairóbi. Voltei com alguns maravilhosos palavrões. Minha irmã coleciona-os para Charles. A vida que eles levam, vocês não vai acreditar! Um criado, um jardineiro, um cavalariço, um guarda noturno, um guarda diurno. Mas não há manteiga, não há leite.

Seus olhos desviavam-se dos meus.

— Como sabe, os Tennant estão aqui. Vamos todos jantar juntos esta semana. Eles não gostam muito daqui. Querem voltar para Teerã. Estão decididos, apesar dos perigos.

Ela os conhecera em Beirute. Eles tinham residido antes em Nova York. Disseram que durante os quatro anos que ficaram lá, ninguém os incomodara. Ninguém fora rude ou ofensivo. Nunca haviam sido ameaçados ou agredidos. Andavam por toda parte, diziam eles num tom de pretenso espanto, porque isso devia ser considerado uma coisa notável. Era o que as pessoas diziam, quando queriam homenagear formalmente Nova York.

Andávamos por toda parte.

— Tenho pena deles — disse Ann. — Estão apenas começando a sentir o clima. Leva mais tempo em certos lugares do que em outros. Quero dizer, é claro, quando as pessoas não estão disparando tiros. Quando estão atirando, você simplesmente segue em frente, de cabeça baixa. Não tem de se preocupar em sentir o clima ou aprender o ritmo. Tudo é feito um tanto dramaticamente para você. Aonde pode ir, quando pode ir.

Em Beirute, ela costumava fazer todo o percurso até o aeroporto para pôr uma carta no correio. Às vezes eles a punham numa caixa, outras vezes devolviam-na a ela. No final, foi o que os fez partir. Não a hepatite local, a cólera que ocorria no norte, nem mesmo o tiroteio permanente. Foi a natureza arbitrária das coisas. Venetas e caprichos. Nada igual em dois dias consecutivos. Acontecimentos desconexos. A vida moldada por homens, cujas ações tinham a força irresponsável de alguma brusca mudança na natureza. Freqüentemente os próprios homens não sabiam como agiriam de um momento para outro, e isso a deixava em perene expectativa. Ela não podia seguir os pensamentos por trás dos olhos. Barreiras, os olhos dos homens. As mulheres ficavam lavando o chão. Parecia que era o que elas faziam em tempos difíceis. Durante os combates mais violentos, elas se punham a lavar o chão. Continuavam lavando por muito tempo, mesmo depois de o chão já estar limpo. Os movimentos uniformes, os gestos invariáveis. Ela via que coisas invariáveis deviam ter um valor mais profundo do que suspeitávamos.

— Não me olhe — repetiu ela.

— Você não é tão desagradável de se olhar, sabe?

— Pare com isso. Qualquer dia desses, vou ser avó.

— Peter está casado?

— É pouco provável. Ele tende a ser um pouco confuso em seu relacionamento com as pessoas. Eu própria gostaria de aprender esse tipo de indecisão. Sempre mergulhando de cabeça. Assim é sua amiga Ann Maitland.

— Vamos conversar, você e eu?

— Pensei que homens conversavam apenas com outros homens. Sabe, tomam juntos canecas de cerveja espumante, dão palmadinhas nas costas uns dos outros. Assim, as coisas parecem melhores na manhã seguinte.

— Charles não está falando.

— Não, não fala, não é mesmo? Prefere dormir.

— Charles está perplexo.

— É só um caso — disse ela. — Já tive outros.

— Não sei o que dizer.

— Nada. Vamos superar isso. Já consertamos no passado. Isso requer seqüências que têm de ser completadas, uma após outra. Estágios distintos de evolução. A coisa engraçada é que não estou tão bem-treinada quanto ele. Não me saio bem. Torno as coisas difíceis para todos os implicados. Pobre James, desculpe-me.

A voz agora era a sua própria, pensativa e equilibrada, ligada a alguma coisa. Debruçou-se para tocar-me na mão. O mundo está aqui, pensei.

A princípio, calculei que o zelador era dez ou quinze anos mais velho do que eu, e que a garotinha agarrada a sua perna fosse sua neta. Levei algum tempo até perceber que teria de ajustar os níveis relativos, baixar a idade dele, subir a minha. Em sua maioria, os homens gregos aos quarenta anos parecem totalmente estáveis, parte da terra consolidada, designados pelo tempo e costumes para determinado tipo de dever, um certo rosto, maneira de andar, um modo de falar e agir. Eu ainda esperava ser surpreendido pela vida. Estava sempre indo ou vindo, e ele *lá*, na calçada ou atrás de sua mesa no vestíbulo escuro, fazendo seus registros, bebendo café.

Ele não sabia uma palavra de inglês. Meu grego era tão pouco fluente e inseguro que comecei a ter vontade de evitar o homem. Mas não era possível passar por ele sem trocarmos uma frase. Ele poderia perguntar por Tap, falar sobre a temperatura. Compreendê-lo, responder corretamente era para mim como abrir caminho num sonho. Eu costumava apertar os olhos para examinar-lhe o rosto, tentando escolher uma palavra entre muitas outras, algo que pudesse me dar uma pista sobre qual era o assunto.

Quente.

Quente.

Fervendo.

Se eu entrava no vestíbulo com mercadorias num saco de plástico transparente, ele levantava os olhos de sua mesa e dizia um a um os nomes das mercadorias. Às vezes, eu me via repetindo o que ele dizia ou até enunciando as palavras antes dele, quando as conhecia. Ao passar, erguia um pouco o saco para que ele o enxergasse melhor. Pão, leite, batatas, manteiga. O zelador tinha esse poder sobre mim. A vantagem, a língua, e o que eu mais freqüentemente sentia, quando passava por ele, medo e culpa infantis.

Além do vocabulário limitado, eu tinha sérias deficiências em relação à pronúncia. Nomes de lugares eram particularmente problemáticos. Sempre que eu saía do elevador com uma mala, Niko me perguntava aonde eu ia. Às vezes a pergunta era feita com um ligeiro gesto de mão. Uma coisa simples, meu destino, mas freqüentemente eu tinha dificuldade em dizê-lo. Esquecera a palavra grega, ou sua pronúncia era muito difícil. Colocava o acento fora do lugar, errava o som do *x*, o *r* que se segue ao *t*. A palavra saía achatada e pálida, uma cidade de Minnesota, e eu seguia para o aeroporto sentindo que fora incapaz de satisfazer alguma obscura exigência.

Passado um tempo, comecei a mentir, a dizer-lhe que ia para um lugar com um nome que eu sabia pronunciar com facilidade. Que truque simples, parecia até elegante. Deixar que a natureza do nome determinasse o lugar. Sentia-me infantil, é claro. Isso era parte do poder dele sobre mim. Mas depois de um tempo, as mentiras começaram a me preocupar de uma maneira que nada tinha a ver com infantilidade. Havia nelas algo de metafisicamente perturbador. Um sério deslocamento. Elas não eram simples mas complexas. O que estava eu perturbando, a fé humana nos nomes, o sistema perene de imagens na mente de Niko? Estava deixando para trás na pessoa do zelador uma enorme discrepância entre minha viagem anunciada e os verdadeiros rumos que eu tomava no mundo exterior, uma ficção de mais de seis mil quilômetros, uma profunda mentira. A mentira era mais profunda em grego do que teria sido em inglês. Eu sabia disso, sem poder explicar por quê. Poderia a realidade ser fonética, uma questão de vogais e consoantes? Os lugares apinhados e enfumaçados onde tratávamos de negócios não eram sempre para nós tão diferentes quanto os nomes a eles atribuídos. Precisávamos dos nomes para distingui-los, e eu estava brincando com essa curiosa verdade. E, na volta, como me sentia ridículo quando ele me perguntava como iam as coisas na Inglaterra, Itália ou Japão. Punição. Eu poderia estar desejando um desastre de avião para mim ou um terremoto numa inocente cidade, aquela cujo nome eu pronunciara.

Mentia também quando ia para a Turquia. Podia pronunciar a palavra Turquia, era uma das minhas melhores palavras, mas não queria que Niko soubesse que eu tinha ido para lá. Ele parecia politizado.

Nessa noite pensei em Ann, nas cidades onde ela vivera, que espécie de compromissos estabelecera com seu marido e seus amantes. Pensei nos seus casos, sentimentalmente, como preparativos para a perda que ela sabia ser inevitável. Era o trabalho de seu marido que a levava para um lugar, depois tirava-a de lá. Lugares, sempre lugares. Sua memória era parte da consciência de lugares perdidos, uma escuridão que era profunda em Atenas. Havia ali cipriotas, libaneses, armênios, alexandrinos, os gregos das ilhas, os do norte, os velhos e velhas da épica partilha, seus filhos, netos, os gregos de Esmirna e Constantinopla. A verdadeira terra deles era no espaçoso Oriente, o sonho, a grande idéia. Por toda parte, a pressão das recordações. A memória negra da guerra civil, crianças esfaimadas. Pelas montanhas, vemos isso no rosto descarnado de homens de barba crescida em aldeias infestadas de moscas. Eles se sentam sob o relógio na parede do café. Há uma desolação, uma inquietação em seus olhares. Quantos mortos em sua aldeia? Irmãs, irmãos. As mulheres passam conduzindo burros carregados de tijolos. Houve ocasiões em que julguei que Atenas era uma negação da Grécia, literalmente pavimentada sobre essa memória sangrenta, os rostos a fitar paisagens pedregosas. À medida que a cidade crescesse, iria consumir a amarga história ao seu redor até não restar nada a não ser as ruas cinzentas, os prédios de seis andares com roupas esvoaçantes secando nos telhados.

Então me dei conta de que a própria cidade era uma invenção de pessoas vindas de lugares perdidos, gente forçada a fixar-se de novo, fugindo de guerras e massacres e umas das outras, esfomeadas, precisando de emprego. Eram exiladas de sua própria terra, para Atenas, que se estendia em direção ao mar e por sobre colinas até a planície da Ática, procurando uma direção. Uma bússola aflorou na lembrança.

5

As pessoas estavam sempre lhe dando camisas. Na maioria das vezes, as suas próprias. Ela ficava bem com qualquer coisa, tudo lhe assentava. Se a camisa era muito larga, muito grande, o contexto se alargava com o tecido e isso passava a ser o certo, o que caía bem. A camisa ficava graciosamente frouxa, revelando a menina levada e jovial, enfiada em roupas de segunda mão. Ela costumava arrancar coisas de cabides de saldos dos porões em Yonge Street, o tipo de roupas sem talhe usadas pelos homens do norte. Lojas cujas vitrinas mostravam facas de caçador em bainhas desbotadas, imensos casacões cáqui de capuz forrado de pele, e ela agarrava um par de calças de veludo cotelê de doze dólares, que imediatamente passava a ser seu, fazendo sobressair sua graciosidade, a sensação intimamente física que ela expressava mesmo quando se esparramava numa poltrona, lendo. Seu corpo tinha linhas firmes que se adaptavam melhor a roupas desbotadas, surradas, encolhidas, disformes. As pessoas gostavam de vê-la em suas camisas de trabalho, em velhos suéteres. Ela não era uma amiga que pedisse muitos favores ou requeresse de outros uma constante compreensão. As pessoas se sentiam lisonjeadas quando ela se apossava de suas camisas.

Do convés, eu fitava a leste o sol que se inclinava, desaparecendo no nebuloso horizonte cinza-azulado. Avançávamos ao longo da costa rochosa e dobramos o promontório impelidos por fortes rajadas de vento. A aldeia dançava em luzes. Tudo parecia imobilizar-se para deixar que os tons de pele aflorassem. Contornos definiam-se, muros brancos amontoados ao redor da torre do sino. Tudo era próximo e profundo.

O navio transformou-se no silêncio, agora protegido. Velhos adiantaram-se para apanhar as amarras.

Eu a vi entrar na praça com Tap. A camisa que usava podia ser identificada à distância. Comprida, reta, parda, com botões de metal e dragonas debruadas de vermelho, que usava por fora dos *jeans*. Uma camisa de *carabiniere*. Mangas compridas, tecido grosso. As noites começavam a esfriar.

Fazia anos que eu não via aquela camisa, mas lembrei-me facilmente de quem Kathryn a ganhara.

Ela perguntou sobre o Cairo. Deixei minha maleta no balcão do hotel. Subindo as ruas de paralelepípedos, jasmim e bosta de burro, a conversa estridente de mulheres mais velhas. Tap caminhava na frente, sabendo que ela tinha algo a me dizer.

— Recebemos uma visita estranha. Uma figura do passado. Surgindo só Deus sabe de onde.

— Todo mundo é do passado.

— Nem todo mundo é uma figura — disse ela. — Essa pessoa pode ser qualificada assim.

Estávamos subindo com passos excepcionalmente largos os degraus extensos. Meninas entoavam uma canção que começava com as palavras *um dois três*.

— Volterra — disse eu.

Ela me lançou um olhar.

— Você está usando a camisa dele. Praticamente uma declaração. Não só isso. Do momento em que começou a falar, soube que era sobre ele. Compreendi que a camisa queria dizer mais do que a mudança de estação.

— Isso é espantoso! Porque o engraçado é que eu nem sequer sabia que tinha a tal camisa. Frank se foi há três dias. Encontrei a camisa esta manhã. Tinha-me esquecido totalmente que ela existia.

— Uma herança de zombaria, se bem me lembro. Naquele tempo ele não sabia ao certo o que queria parecer aos olhos dos outros. O rapaz obsedado por cinema. O que estava ele fazendo aqui? Ande mais devagar, detesto esta subida.

— Estava de passagem. O que mais? Ele aparece, segue em frente. É dessa maneira que Volterra funciona.

— Exatamente.

— Ele esteve na Turquia. Pensou em vir até aqui. Trouxe sua atual mulher. Ela disse repetidas vezes: "Pessoas com câncer sempre querem me beijar na boca". De onde ele as desencava?

— É pena. Gostaria de tê-lo visto. Ele vindo para cá, eu indo para lá.

— Você está alegando presciência. Sabia que eu ia falar nele.

— O velhor motor psíquico continua funcionando. Quando a vi com essa camisa, pensei imediatamente nele. Depois Tap saiu andando na frente com aquele jeito meio deprimido de quem sabe de tudo. Você começou a falar e imediatamente me ocorreu, ela teve notícias de Frank. Como ele sabia que você estava aqui?

— Eu lhe escrevi uma ou duas vezes.

— Então ele sabia que estávamos separados.

— Sabia.

— Acha que foi por isso que ele veio?

— Imbecil!

— Como vai ele? Continua a apoiar as costas nas paredes dos restaurantes?

Um homem e seus filhos menores remendavam uma rede. Kathryn parou para cumprimentá-los da maneira habitual, as perguntas simples que resultavam em respostas satisfatórias, a cerimônia de bem-estar. Pisando entre as dobras da rede amarela, com esforço alcancei Tap.

Volterra nascera numa velha cidade têxtil da Nova Inglaterra, um lugar com um armazém geral, um ou dois bonitos edifícios públicos em decadência. Um homem de botas puxou a alavanca da máquina de cigarros à entrada de um café. Mulheres guiavam camionetes, às vezes ficavam só sentadas ao volante, estacionadas, tentando lembrar-se de alguma coisa. Era a última geração de camionetas. O pai dele fazia trabalhos avulsos, o cinema fechado. Mas havia cachoeiras, o som de água correndo. Era um som do norte, cheirava a norte. Havia algo puro nisso.

A mãe tinha problemas mentais. Frank era o caçula de quatro filhos. Ela estava com trinta e sete anos quando ele nasceu e parecia agora ansiosa por chegar à senilidade. Queria sentar-se a um canto aquecido e deixar que o passado deslizasse lentamente sobre seu corpo. Confusas recordações eram um estado que ela julgava ter sido conquistado, uma punição gratificante, um mergulho para longe da luta da vida. Sua situação era exemplar. Que os filhos vissem as coisas que Deus faz com as pessoas.

O moinho de tijolos escuros tinha turnos reduzidos, estava sempre prestes a fechar as portas. Homens usavam botas reforçadas, botas de andar no mato, botas impermeáveis.

Em Nova York, ele entrou para uma escola de detetives particulares, trabalhando durante o dia no depósito da loja de departamentos Macy's. A escola, que se denominava academia, era localizada ao lado do saguão de um hotel cheio de antilhanos. Era uma idéia maluca e um desperdício de dinheiro, dizia ele, porém isso caracterizava sua liberdade, identificada com Nova York. Sendo um estranho, podia fazer tais coisas. Dois meses depois, matriculou-se no curso de cinema da Universidade de Nova York.

Montou filmes de noticiário para uma cadeia de emissoras em Providence. Depois de escrever uma série de roteiros não terminados, ele seguiu para o oeste a fim de rodar filmes para companhias com nomes como Signetics e Intersil. A Califórnia estava cheia de assombros tecnocráticos. Era lá que se achavam os visionários, desenvolvendo um dialeto, divertindo-se com jogos de guerra galáctica nas telas de computadores dos centros de pesquisa. Kathryn e eu vivíamos em Palo Alto nessa ocasião, felizes à margem das coisas, lixando nossas cadeiras de segunda mão. Ela trabalhava para a Stanford University, no centro de processamento de dados, onde ajudava estudantes do corpo docente a usar computadores em suas pesquisas. Eu fazia o habitual trabalho mal pago de *freelance,* a maior parte para empresas de alta tecnologia da área.

Escrevi o roteiro de um filme que Volterra dirigiu. Ele era rápido e inventivo, com tendência para a improvisão no trabalho e muitas idéias sobre cinema, a situação do cinema, o significado do cinema, a linguagem cinematográfica. Passava muito tempo conosco. Íamos ao cinema e participávamos de manifestações contra a guerra. As duas coisas tinham conexão. Os jovens vestidos com bandeiras, as ruas, a música, a maconha, tudo estava conectado. Deixei de fumar maconha quando a guerra terminou.

Ele era cheio de tristezas cômicas, impulsos autodramatizantes, uma aparência desanimada que caracterizava um estilo mais do que um conjunto de circunstâncias deprimentes, e parecia mais contente consigo mesmo amaldiçoando a névoa gélida que soprava das colinas. Tinha o rosto estreito e os olhos selvagens de um menino absorto na tarefa de sobreviver. O estilo, as intrigas psicológicas eram elementos com que camuflava esse lado mais profundo. Mais tarde, quando engordou e deixou crescer a segunda ou terceira de uma série de barbas experimentais, pensei que ainda fosse capaz de detectar aquele pavor inicial dele, a lógica flexível do intrigante, o que quer que seja que se use para conseguir uma vantagem. Ele organizou uma cooperativa de cineastas em San Francisco. O grupo dividia todas as tarefas, fez dois documentários. O primeiro mostrava os protestos contra a guerra e a polícia. O segundo era a história de um caso de amor, fora do casamento, de uma mulher de meia-idade muito conhecida na sociedade de Hillsborough. Por essa razão, o filme tornou-se famoso localmente, e também conhecido em círculos mais amplos devido a uma seqüência de quarenta minutos detalhando uma tarde de sexo e conversas. Por questões legais, o filme teve apenas uma distribuição intermitente e afinal absolutamente nenhuma, mas as pessoas o discutiam, escreviam a seu respeito e houve exibições particulares durante meses por todo o país. O tempo de duração era de duas horas, o amante da mulher era Volterra.

Cinema. Era isso o que interessava, filmar, montar filmes, exibi-los nas telas, discuti-los.

A cooperativa desfez-se quando uma firma comprou os direitos do segundo documentário, mudou o título, trocou os nomes, contratou estrelas e refilmou tudo como um longa-metragem, usando um diretor veterano e quatro escritores. Era uma daquelas estranhas transferências em que pessoas conspiram para perder a visão de uma realidade fundamental. Mas o que era a realidade nesse caso? Havia uma dúzia de questões sobre ética, manipulação, os motivos da mulher. O documentário era imbuído de política e ódio. Frank era um nome na indústria.

Naturalmente, ele próprio passou a fazer longas-metragens, desaparecendo por longos períodos, insistindo em estúdios fechados quando trabalhava. Muito antes disso, era uma força em nossa vida. Fazia-nos pensar a respeito de nossas modestas expectativas. Sua energia para fazer filmes era tão poderosa que não podíamos deixar de sentir ansiosas esperanças com relação a ele. Vivíamos envolvidos com Volterra. Queríamos defendê-lo, explicá-lo, desculpávamos suas obsessões, acreditávamos em suas idéias para filmes intransigentes. Ele fornecia ocasião para lealdades imprudentes.

Quando lhe dissemos que Kathryn estava grávida, ele demonstrou uma emoção profunda que ajudou a confirmar nossos próprios temores, a notabilidade do que tínhamos feito em comum, aquela curva amendoada, detalhada e viva. Não sabíamos que estávamos prontos para um filho até a reação de Frank nos mostrar o quanto pode ser irrelevante estarmos ou não preparados.

Finalmente, a paternidade aprofundou nosso senso de moderação, nossa falta de vontade de fazer alguma coisa. Foi Frank quem nos deixou em dúvida quanto a esse modo de vida, mas afinal nos confirmou nele. Este é um dos equilíbrios de uma amizade estimulante.

Não havia como negar o efeito que ele causava em Kathryn. Ele ultrapassava as padrões dela referentes ao valor de uma pessoa. Fazia-a rir, ela brilhava para ele. O meigo rosto estreito, o cabelo em desalinho. Ele era um talento genuíno, um compromisso, a única pessoa cujos excessos e personagens ela precisava se permitir. Era estimulante ver seus princípios desafiados. Elucidava sua visão das coisas, a fim de poder defendê-lo para si mesmo, aquele homem que se sentava num restaurante com ela e narrava com a mais séria cara-de-pau os detalhes e as inclinações, as *agarrações* de alguma mulher com quem ele ultimamente passara uma noite. A exceção era válida se suficientemente grande. Ele possuía o fascínio de um vasto e inocente ego.

Isso fora antes do filme sobre a mulher de Hillsborough. Kathryn recusara-se a assistir ao filme.

Ele gostava de aparecer inesperadamente e criava dificuldades para as pessoas o encontrarem quando queriam. Vivia a maior parte do tempo em apartamentos emprestados. Já estava construindo túneis para suas entradas e saídas. Nossos sentimentos com relação a ele eram por vezes desviados por causa disso. Suas ausências estendiam-se por longos períodos. Ouvíamos dizer que ele estava fora do país, na clandestinidade, de volta ao Oriente. Então ele surgia da escuridão noturna, curvado, passando pela porta, balançando a cabeça, comovido por ver que parecíamos os mesmos.

Um olhar amoroso.

— Há mais ainda — disse Kathryn. — Ele falou com Owen.

Campos de estrelas, tempo desperdiçado. Nas proximidades, um homem com uma lanterna elétrica e um burro transportava lixo em sacos pretos. A colina era profundeza vazia contra o fluxo da noite, o céu medieval em arábico e grego. Bebemos vinho tinto de Paros, muito envoltos em céu e noite para usar velas.

— Só ouvi umas poucas coisas. Era quase tudo sobre a seita. Owen agora está menos vago a respeito deles. São pura e simplesmente adeptos de uma seita. São suspeitos. Não gosto de ouvir isso.

— Eu sei.

— Ele faz disso um exercício. Toda aquela especulação. Sabe que estou cansada disso, mas neste caso não posso realmente censurá-lo por ir tão longe. Frank ficou totalmente fascinado. Estimulou Owen a falar, interrogou-o interminavelmente. Os dois passaram umas sete ou oito horas conversando sobre a seita. Uma noite aqui, outra na casa das escavações.

— Por que Frank foi para a Turquia? Estava fazendo algum filme?

— Está se escondendo de um filme. Abandonou o estúdio, a locação, sei lá o quê. Não disse onde estavam filmando, mas sei que é o quarto projeto consecutivo que ele abandona. O segundo a chegar ao estágio de filmagem.

— Onde está ele agora?

— Não sei. Embarcou no vapor de Rodes, que pára em duas ou três ilhas ao longo do percurso.

— Você viu seu último filme?

— Maravilhoso! Um trabalho magnífico. Era todo Frank. Ninguém mais poderia tê-lo feito. No filme havia aquela sua tensão, sabe? A maneira que ele tem de montar extravagantes coisas curtas. Adorei o filme!

— Isso foi mais ou menos na ocasião em que nós estávamos decidindo nos separar.

— Fui àquele cinema de reapresentações em Roncesvalles. Caminhei. Quantos quilômetros?

— Passando por Bathurst.

— Passando por Dufferin.

— Indo ao cinema. O que eu estava fazendo?

— Sabe que me fez muito bem ir ao cinema sozinha?

— Acho que eu devia estar vendo televisão. Que diferença crucial!

— Você estava trabalhando em sua lista.

— *Sua* lista.

— Nunca sistematizei suas assim chamadas depravações em minha cabeça. Aquele era um jogo seu.

— Sim, é verdade. Eu devia estar me sentindo péssimo para ficar vendo televisão. E lá estava você, passando por Dufferin com suas botas e roupas acolchoadas como alguma lésbica numa história infantil moderna.

— Obrigada.

— Indo ao cinema!

— Eu me sentia bem andando.

— E tampouco era qualquer filme.

— Lembra-se da discussão por causa do carro?

— O esquilo no porão. Aquela única árvore que brilhava no outono.

— Que estranho ter nostalgia do final de um casamento.

Eu o vi antes de ouvi-lo. Owen Brademas (seu perfil) subia devagar os degraus, os joelhos bem altos a cada passo, cauteloso, os membros alongados, arrastando atrás de si o facho de luz de sua lanterna elétrica.

— Mas vocês estão sentados no escuro!

— Por que estava apontando sua luz para trás?

Falamos quase simultaneamente.

— É mesmo? Não reparei. Conheço tão bem o caminho!

— A escuridão nos torna sentimentais.

Kathryn trouxe com copo, eu servi o vinho. Ele apagou a luz e acomodou-se numa cadeira, estirando-se.

Uma voz de contador de histórias.

— Finalmente me dei conta de qual é o segredo. Todos estes meses estive me perguntando o que era que eu não conseguia identificar bem em meus sentimentos a respeito deste lugar. Uma qualidade de coisas de profunda abrangência. Formas de rochas, vento. Coisas vistas contra o céu. A luz clara antes do crepúsculo quase me rompe o coração. — Rindo. — Depois compreendi. Essas são todas as coisas de que parece que me *lembro*. Mas de onde me lembro delas? Sim, já estive antes na Grécia, mas nunca aqui, nunca num lugar tão isolado, nunca essas paisagens e cores e silêncios. Desde que cheguei à ilha estive recordando. A experiência é familiar, embora esta não seja a maneira certa de me expressar. Há ocasiões em que você faz a coisa mais simples, e ela o atinge de uma maneira que não lhe ocorreria ser possível, de uma maneira que você conheceu outrora, mas que há muito estava esquecida. Come um figo, e há algo mais *elevado* a respeito desse figo. O primeiro figo. O protótipo. A aurora dos figos. — Deu uma risada. — Sinto que já conhecia a claridade especial desse ar e dessa água. Já percorri colina acima esses atalhos pedregosos. É estranha essa sensação. Metempsicose. É o que venho sentindo o tempo todo. Mas só agora descobri isso.

— Há uma qualidade genérica, um absoluto — disse eu. — As colinas escalvadas, uma figura à distância.

117

— Sim, e parece ser uma experiência relembrada. Quando você começa a esmiuçar a palavra "metempsicose", creio que encontra não apenas *transferência de alma,* como chega à raiz indo-européia de *respirar.* Parece-me correto. Estamos de novo respirando isso. Há uma certa qualidade na experiência que vai mais fundo do que permite o mecanismo sensorial. Espírito, alma. De certa forma, a experiência está ligada à autopercepção. Creio que você só sente isso em determinados lugares. Talvez seja este o meu lugar, esta ilha. Sim, a Grécia contém esse misterioso absoluto. Mas talvez você tenha que vagar para se encontrar nele.

— Um conceito indiano — disse Kathryn. — Ou não? A metempsicose.

— Uma palavra grega — disse ele. — Olhe diretamente para cima, o universo é pura possibilidade. James diz que o ar está cheio de palavras. Talvez esteja também cheio de percepções, sentimentos, lembranças. Será que é a lembrança de outra pessoa que às vezes temos? As leis da física não distinguem entre passado e futuro. Estamos sempre em contato. Existe todo o tempo uma interação aleatória. Os padrões se repetem. Mundos, agrupamentos de estrelas, talvez até mesmo lembranças.

— Acenda as luzes — disse eu.

De novo, ele riu.

— Será que estou ficando de miolo mole? Pode ser. Estou ficando velho.

— Todos nós estamos. Mas eu gostaria que você se mantivesse nos figos. Isso eu compreendi.

Ele raramente defendia suas opiniões ou pontos de vista. O primeiro sinal de discussão fazia que se retraísse totalmente. Kathryn sabia disso, é claro, e protetoramente mudava de assunto, sempre pronta a zelar pelo seu bem-estar.

Terrorismo. Foi este o assunto que ela escolheu. Na Europa, eles atacam suas próprias instituições, polícia, jornalistas, industriais, juízes, acadêmicos, legisladores. No Oriente Médio, atacam americanos. O que isso significa? Ela queria saber se o analista de risco tinha uma opinião.

— Empréstimos de bancos, créditos para armas, bens de consumo, tecnologia. Os técnicos são os infiltradores de sociedades antigas. Falam uma linguagem secreta. Trazem consigo novos tipos de morte. Novos usos para a morte. Novas maneiras de pensar sobre a morte. Toda a atividade bancária, a tecnologia e o dinheiro proveniente do petróleo criam um fluxo inquietante em toda a região, um complexo conjunto de dependências e temores. Naturalmente, todo mundo está ali. Não apenas americanos. Estão todos ali. Mas aos outros falta uma certa qualidade lendária que os terroristas acham atraente.

— Muito bem, continue.

— A América é o mito vivo do mundo. Ninguém acha que praticou uma má ação quando mata um americano ou acha que errou ao culpar a América por algum desastre local. Essa é a nossa função, ser tipos característicos, personificar a repetição de temas que as pessoas podem usar para se reconfortar, se justificar etc. Estamos aqui para conciliar. Fornecemos qualquer coisa de que as pessoas necessitem. Um mito é uma coisa útil. As pessoas esperam que absorvamos o impacto de seus agravos. Interessante, quando falo com um homem de negócios do Oriente Médio, que expressa afeição e respeito pelos Estados Unidos, automaticamente concluo que ele é um idiota ou um mentiroso. De uma forma ou de outra, o senso de injustiça afeta a todos nós.

— Que percentagem dessas queixas é justificada?

Fingi calcular.

— Naturalmente, somos uma presença militar em alguns desses lugares — disse eu. — Outro motivo para sermos visados.

— Vocês são uma presença em quase toda parte. Têm influência em qualquer lugar. Mas só sofreram atentados em locais selecionados.

— Parece que estou notando um tom de lamentação. Canadá. É isso o que quer dizer? Onde operamos com impunidade.

— Não há dúvida de que vocês também estão por lá — disse ela. — Dois terços das maiores corporações.

— Eles são um país desenvolvido. Não têm qualquer supremacia moral. As pessoas que possuem e fornecem tecnologia são as que negociam com a morte. Todos os outros são inocentes. Essas sociedades do Oriente Médio estão passando por um momento especial. Não há nenhuma dúvida ou ambigüidade. Elas se consomem numa clara visão. Deve haver ocasiões em que uma sociedade considera que a mais pura virtude é matar.

Conversando com minha mulher numa noite estrelada no arquipélago grego.

— Os canadenses estão abatidos pela inevitabilidade — disse ela. — Não que eu defenda a capitulação. Mas é isso. Patética rendição.

— Na América, praticamos o tipo errado de matança. É uma forma de consumismo. É a extensão lógica de fantasia do consumidor. Gente disparando tiros de pontos elevados, de barricadas. Pura imagem!

— Agora é você quem parece melancólico.

— Nenhuma conexão com a terra.

— Acho que há alguma verdade nisso. Um pouco.

— Gosto de uma pequena verdade. Uma pequena verdade é tudo o que espero. Sabe o que quero dizer, Owen? Onde está você? Faça algum barulho. Gosto de tropeçar nas coisas.

Derrubei um copo e gostei do ruído que fez rolando pela madeira rústica. Kathryn apanhou o copo na borda da mesa.

— Por falar em tropeçar — disse ela.

— A pior coisa a respeito deste vinho é que se acaba gostando dele.

Uma luz no alto da colina. Esperamos em meio a um silêncio.

— Por que a linguagem da destruição é tão linda? — disse Owen.

Não entendi o que ele queria dizer. Estaria falando em armas de fogo — granadas, pistolas? Ou o que um terrorista de Adana, um jovem de olhar terno, poderia estar carregando a tiracolo, Kalashnikov, suave sussurro no escuro, com um silenciador e coronha dobrável. Owen ficou sentado, quieto, elaborando uma resposta. O caminho estava aberto para a interpretação, panoramas mais amplos, *Wehrmacht, Panzer, Blitzkrieg.* Ele teria uma paciente teoria a nos propor sobre a força inquestionável de tais sons, como eles agitam a química do cérebro primitivo. Ou estaria se referindo à linguagem da matemática de guerra, teoria dos jogos nucleares, aquele espinhoso país dos dados tecnológicos e das pequenas palavras combinadas?

— Talvez eles tenham medo da desordem — disse ele. — Tenho tentado compreendê-los, imaginar como suas cabeças funcionam. O velho Michaeli pode ter sido vítima de algum instinto de ordem. Talvez tenham sentido que estavam caminhando em direção a algum tipo de perfeição estática. Os cultos tendem naturalmente a ser fechados. A interioridade é muito importante. Cada mente, uma loucura. Ser parte de alguma visão unificada. Agrupada, densa. A salvo do caos e da vida.

— Tenho uma coisa a dizer, apenas uma — disse Kathryn. — Pensei nisso depois de conversar com James sobre as descobertas na Creta central, sacrifício humano, o sítio arqueológico minóico. Será possível que essa gente esteja levando a cabo uma versão atualizada daquele sacrifício? Você se lembra da tábua de Pilo, Owen. Linear B. Um apelo à intervenção divina. Uma lista de sacrifícios que incluía dez seres humanos. Poderia esse crime ser um apelo agora renovado aos deuses? Talvez o culto deles seja apocalíptico.

— Interessante. Mas algo me impede de achar que eles aceitariam um ser superior. Eu os vi e lhes falei. De certa forma, sei que não eram gente obcecada por alguma divindade, e se acreditavam na iminência de uma catástrofe final, estavam esperando por ela, não tentando impedi-la, não tentando aplacar os deuses ou dirigir-lhes súplicas. Definitivamente esperando. Fui-me embora com a sensação de que eles eram imensamente pacientes. E onde está o ritual em seu sacrifício? Um ancião morto a marteladas. Nenhum sinal de ritual. Que deus poderiam eles inventar que aceitasse tal sacrifício, a morte de um deficiente mental? Na verdade, um crime de rua.

— Talvez o deus deles seja débil mental.

— Conversei com eles, Kathryn. Queriam saber sobre alfabetos antigos. Discutimos a evolução das letras. A forma que lembra um homem orando, do Sinai. A pictografia do touro. *Aleph, alfa.* Da natureza, compreende? O boi, a casa, o camelo, a palma da mão, a água, o peixe. Do mundo exterior. O que os homens viam, as coisas mais simples. Objetos corriqueiros, animais, partes do corpo. Para mim isso é interessante, de que modo essas marcas, esses sinais que a nós parecem tão puros e abstratos, começaram como objetos no mundo, coisas vivas em muitos casos. — Uma longa pausa. — Seu marido acha que isso tudo é literatice.

Nossas vozes no escuro. Kathryn tranqüiliza, James nega em tom conciliatório. Mas ele não estava muito enganado. Eu tinha bastante dificuldade em aprender os caracteres gregos, e os pitorescos alfabetos do deserto eram demasiado remotos para atrair meu interesse. Contudo, eu não queria me tornar um adversário. Provavelmente, ele não revelara certas coisas, desorientara-nos um pouco, mas não achei que fossem estratégias tanto quanto exemplos de confusão pessoal. E em seu presente silêncio senti algo sonhador, uma deriva para a memória. Os silêncios de Owen eram problemas a serem decifrados. A noite é contínua, dissera ele. Os lapsos, as pausas medidas, eram parte da conversa.

— É possível que eles tenham matado outra pessoa — continuou ele após um tempo. — Não aqui, Kathryn. Não em parte alguma da Grécia.

Era a sua vez de tranqüilizar. Isso era atencioso de sua parte, a pressa em dissipar os temores de Kathryn pela segurança de Tap. Eu podia imaginar que daquele ponto em diante ela não iria mais se sentir tão protetora e afetuosa. Owen era o amigo que trazia más notícias.

— Recebi uma carta de um colega na Jordânia. Ele está lá, no departamento de antigüidades. Sabe a respeito da seita, eu lhe escrevi. Disse que houve um assassinato há dois ou três meses que, sob vários aspectos, assemelha-se ao daqui. A vítima era uma velha, às portas da morte, moribunda desde algum tempo. Ela vivia numa aldeia na orla do Wadi Rum, o grande deserto de arenito no sul do país.

Kathryn estava de pé, encostada no muro branco. Queria um cigarro. Duas vezes por ano, desde que deixara de fumar, tinha vontade de acender um. Eu sempre sabia. Momentos de tensão irremediável, um desequilíbrio no mundo. Eles desobedeceram às regras, portanto também desobedecerei. Ela costumava percorrer a casa procurando em armários escuros um cigarro solitário esquecido no bolso de algum casaco.

— Eles a encontraram do lado de fora da casa de taipa, onde ela vivia com parentes. Fora assassinada com um martelo. Não sei se o martelo era do tipo comum, de garra, como o que foi usado aqui.

— Foi sobre isso que você e Frank Volterra passaram duas noites falando? — perguntei.

— Em parte. Sim, ele queria falar. Falar e ouvir.

— É para lá que ele foi?

— Não sei. Ele parecia estar cogitando de ir. Alguma coisa naquele lugar o excitava. Eu próprio fiz essa viagem uma vez, alguns anos atrás; há inscrições, na maioria simples grafitos, condutores de camelos riscando seus nomes em pedras. Eu lhe descrevi isso. Conversamos bastante sobre o assunto, a idéia dessa gente, a cena desenrolando-se num vasto e belo cenário silencioso. O homem quase me assustou com seu ar atento. Ser ouvido com tal intensidade pode ser desconcertante. Implica uma obrigação da parte de quem fala.

— Frank não é seu turista habitual. Você lhe falou de Donoussa?

— Não sei nada a respeito disso. Só que uma jovem foi morta. Meu assistente soube por alguém.

— Também com um martelo — disse eu.

— Sim. Há um ano.

Um martelo de unhas. Seria isso o que ele queria dizer quando falou sobre a linguagem da destruição? Uma simples ferramenta de ferro e madeira. Ele parecia gostar do som das palavras, ou do aspecto delas, talvez da maneira como eram ligadas, sua conjunção compacta, como a própria ferramenta, ferro e madeira.

Se você acha que o nome da arma é bonito, está implicado no crime?

Servi mais vinho, subitamente fatigado, atordoado e mudo. Não parecia lógico, a ressaca antes da bebida, ou em conjunto com ela. Owen disse algo sobre loucura e tristeza. Tentei ouvir, percebendo que Kathryn se retirara, devia estar lá dentro sentada no escuro ou já na cama, querendo que levássemos para longe dela aqueles crimes. Eu desceria a colina com ele no pequeno facho de sua lanterna elétrica, esperaria até vê-lo afastar-se em sua lambreta, com as pernas encostadas no guidom. Depois voltaria ao hotel, um andar acima, o quarto no fim do corredor.

Owen recomeçara a falar.

— Neste século, o escritor travou uma conversa com a loucura. Poderíamos quase dizer, do escritor do século xx, que ele aspira à loucura. Naturalmente, alguns alcançaram, e são merecedores de nossa especial admiração. Para um escritor, a loucura é a destilação derradeira do ego, uma última revisão crítica. E o afogamento de falsas vozes.

Nos dias quentes, o costume é pendurar cortinas diante das portas. O acabamento sólido da aldeia rende-se às necessidades humanas. As formas de superfície são atraentemente perturbadas. O vento sopra, casas abrem-se para o transeunte. Não há uma clara impressão de convite misterioso. Somente a calma move-se lá dentro, calma obscurecida, a esssência do dia interior.

Os cômodos são simples e quadrados, imediatos, sem corredores ou espaços contíguos, construídos no nível da rua, tão perto de nós que, ao caminharmos pela passagem estreita, sentimo-nos constrangidos pela intrusão. Ao conversar, os gregos monopolizam o interlocutor, e ali encontramos o mesmo exercício ilimitado de vida. Famílias, gente reunida, crianças por toda parte, velhas de preto sentadas imóveis, mãos calosas dobradas em sono. O brilhante, o vasto e o profundo estão por toda parte, claridade recortada pelo sol, o mar aberto. Esses modestos cômodos demarcam um refúgio em relação às coisas eternas. É essa a impressão que Tap e eu temos, um senso de modéstia, do indefinível, apenas lançando um olhar ao passarmos com o cuidado de não parecermos demasiado curiosos.

Acima das ruas íngremes havia ocasionais espaços abertos, vento mais forte. Segui Tap, passando por um grande poço com tampo cônico de ferro. Uma mulher de guarda-chuva aberto estava montada numa mula, esperando. Gatos caminhavam pelos muros, espiavam da borda de telhados, ulcerosos, estropiados, sarnentos, alguns deles pequeninos, do tamanho de uma luva de lã.

Subindo. O mar apareceu, o moinho de vento em ruínas a leste. Paramos para tomar fôlego, olhando uma igreja abaixo com campanário de madeira esculpida matizada de tonalidades rosa, uma rústica e bonita nota em todo o branco caiado. Uma única igrejinha poderia misturar meia dúzia de superfícies de formas inesperadas, ondeadas, abobadadas, pontiagudas, arredondadas, uma patética ordenação de formas e arranjos e influências diversas. Ouvimos o zurro rouco de um burro, um som violento. O calor estava agradável.

Mostrei a Tap um cartão-postal que meu pai mandara. Era uma foto do Café Ranchman, em Ponder, Texas. Que eu soubesse, meu pai nunca tinha estado no Texas. Ele vivia numa pequena casa em Ohio com uma mulher chamada Murph.

Tap recebera a mesma espécie de cartão-postal. De fato, todas as comunicações de meu pai em dois ou três anos tinham sido na forma de cartões-postais mostrando o Café Ranchman.

A mensagem em seu cartão, disse Tap, era a mesma escrita no meu. Isso não parecia surpreendê-lo.

Um zumbido distante, indolente. Cigarras. Nós as tínhamos visto sair rodopiando das oliveiras para se atirar contra os muros, caindo num seco e aturdido farfalhar. O vento tornou-se mais forte.

Tap conduziu-me para uma área não pavimentada de casas com quintais, o limite mais alto da aldeia. Havia ali altos portões, alguns localizados a uma boa distância das casas a que pertenciam. Vistos de certos ângulos, esses portões enquadravam um topo árido de colina ou o céu vazio. Eram arranjos toscos, livres dos temas que eles colocam à nossa frente, material nitidamente fragmentado do mundo.

Subimos por um atalho pedregoso que se estendia sinuoso para fora da aldeia. Uma capela caiada do outro lado de um desfiladeiro abrupto de terra parda. Estávamos agora no alto, no âmbito do vento e do mar, parando freqüentemente em busca de novas perspectivas. Sentei-me num estreito banco de pinho e lamentei que não houvéssemos trazido água. Tap dirigiu-se a um campo pedregoso logo abaixo. O vento vinha do desfiladeiro com um som que a corrente ganhava velocidade e alcançava as árvores, precipitando-se, de um puro surto repentino de ar para algo como uma voz, uma emoção urgente. Tap ergueu os olhos para mim.

Dez minutos depois, levantei-me e saí caminhando ao sol. O vento cessara. Eu o vi a uns vinte metros de distância no campo íngreme. Ele estava absolutamente imóvel. Chamei-o, ele não se moveu. Aproximei-me perguntando o que acontecera, gritando as palavras no imenso silêncio ao nosso redor, o mergulho na distância. Ele estava com os joelhos levemente dobrados, um pé para a frente, a cabeça baixa, as mãos à altura do cinto um pouco afastadas do corpo. Movimento suspenso. Eu as vi imediatamente, lustrosas abelhas negras, enormes, talvez uma dúzia delas, girando no ar em torno dele. A dez metros, podia-se ouvir o zunido.

Eu lhe disse que não se preocupasse, elas não iam picá-lo. Aproximei-me lentamente, tanto para tranqüilizar Tap como para evitar que as abelhas se irritassem. Brunhidas, de um negrume esmaltado. Elas se ergueram ao nível dos olhos, afastaram-se, zumbindo ao sol. Pus o braço ao redor dos ombros dele. Disse-lhe que podia mover-se, que nos afastaríamos lentamente em direção ao atalho. Senti-o ainda mais tenso. Era naturalmente sua maneira de dizer não. Estava com medo até de falar. Eu lhe disse que não havia perigo, as abelhas não o picariam. Não me haviam picado, e eu passara no meio delas. Só o que tínhamos a fazer era subir lentamente até o atalho. As abelhas eram lindas, disse eu. Nunca vira uma abelha daquele tamanho e cor. Elas reluziam. Eram magníficas, fantásticas.

Tap ergueu a cabeça, voltou-se. Esperava eu alívio, vergonha? Junto de mim, ele me lançou um olhar que expressava alguma decepção final. Como se me fosse possível convencê-lo, picado duas vezes antes. Como se me fosse possível arrancá-lo de seu medo, uma coisa tão grande e profunda como o medo, tagarelando a respeito da beleza daquelas abelhas. Como se me fosse possível lhe dizer qualquer coisa, pai fraudulento, mentiroso.

Mantivemos aquela postura absurda por mais um momento. Então segurei-lhe o braço e o levei para fora do campo

Kathryn e eu jantamos no cais com Anand Dass. Ela sabia o que havia na cozinha do restaurante e fez nossos pedidos a um rapaz que se postou ao seu lado, com os braços cruzados sobre o peito. À medida que ela enumerava os itens, ele ia fazendo gestos afirmativos de cabeça. O navio que trazia os suprimentos estava atracado perto, um barco de trave grossa, um só mastro, e trazia pintados na proa uns olhos místicos. Ninguém queria falar na seita.

— É perfeito. Um vôo impecável. Esses japoneses me impressionam. Quando eu soube que eles tinham sua própria segurança no aeroporto de Atenas, decidi que ele viajaria pela JAL.

— Você irá logo para os Estados Unidos — disse eu.

— A família inteira, vamos nos reunir, que acontecimento — disse ele. — Até minha irmã também irá.

— E vai voltar na primavera?

— Para cá? Não. A Pennsylvania University se encarrega de tudo. Eu voltarei para a Índia.

Kathryn ofereceu-nos pão.

— De qualquer modo, não estou interessado em trabalho submarino — disse ele. — Fora da minha alçada.

— O que está querendo dizer? — perguntei.

Ele olhou para Kathryn.

— Eles vão se concentrar em ruínas submersas — disse-me ela.

— Na próxima estação, trabalho debaixo d'água. No ano seguinte, de volta às valas.

— Isso é novidade — disse eu.

— Sim.

— Mas não creio que jamais iremos alternar — disse Anand.

— Penso que o trabalho está terminado nesta estação, ou década, ou século.

Ele tinha uma risada forte. Pessoas agrupavam-se ao longo do cais, conversando à última claridade do crepúsculo. Curvei-me para trás em minha cadeira e fiquei vendo Kathryn comer.

A discussão foi longa e detalhada, com pausas naturais, e passou da rua para o terraço e para dentro da casa, finalmente para o telhado.

Era cheia de mesquinhez e rancor, as formas domésticas de ataque, as simplificações convencionais. Era essa a idéia, reduzir um ao outro e tudo o mais. Segundo ela, o casamento é para isso mesmo. Nossa raiva era imensa, mas a única maneira que tínhamos de demonstrá-la, só o que podíamos proferir eram aquelas zombarias e réplicas. E isso, fazíamos mal. Não conseguíamos tirar vantagem das aberturas. Parecia não importar quem sairia ganhando. A discussão tinha uma vida própria, um ímpeto distinto dos temas. Havia surtos repentinos, hesitações, vozes altas, risadas, arremedos, momentos em que tentávamos lembrar o que íamos dizer em seguida, um ritmo, uma amplitude. Após um tempo, isso passou a ser nosso único motivo, prolongar a discussão até seu fim natural.

Começou na subida para a casa.

— Sua puta, você sabia.

— Tenho tentado encontrar uma alternativa.

— Isso significa que não haverá Inglaterra.

— Ainda poderíamos ir para a Inglaterra.

— Conheço você.

— Conhece o quê?

— Você quer escavar.

— Eu não queria lhe dizer que o plano estava desfeito até ter alguma alternativa.

— Quando vai me dizer qual é a alternativa? Quando surgirá a alternativa?

— Cale a boca, seu imbecil!

— Sei o que isso significa.

— Não sei o que significa. Como pode você saber?

— Sei como você pensa.

— O que isso significa? Não sei o que significa.

— Você não irá para a Inglaterra.

— Ótimo. Não iremos para a Inglaterra.

— Tudo se baseava na sua volta para cá.

— Ainda assim, poderíamos ir. E fazer um plano para o verão enquanto estivermos lá.

— Mas você não irá.

— Por que não iremos?

— Porque você não irá. É muito óbvio e simples. O projeto não é intrépido. Era no começo, quando você o inventou. Agora é óbvio e simples e chato.

— Você queria ver os mármores de Elgin.

— É uma decepção. Você detesta isso.

— Você é uma decepção.

— E você, o que é?

— Quer ver os mármores de Elgin, mas se recusa a ir ver a Acrópole. Quer ver a depredação, o roubo imperialista em seu devido ambiente.

— É inútil. Que diabo! Como imaginei que poderia voltar aqui?

— Trouxa. Aprendi com Tap.

— Odeio esta subida.

— Está sempre repetindo a mesma coisa.

— Não sou o homem... Esquece.

— Você nunca foi. Não é o homem que nunca foi.

A discussão tinha ressonância. Tinha níveis, recordações. Referia-se a outras discussões, cidades, casas, quartos, aquelas lições desperdiçadas, nossa história em palavras. De certa maneira, nossa maneira especial, estávamos discutindo assuntos próximos ao cerne do que significava ser um casal, compartilhar aquele risco e distância. A dor da separação, a lembrança antecipada da morte. Momentos de recordá-la, Kathryn morta, estranhas meditações, lamentemos o triste sobrevivente. Tudo o que dizíamos negava isso. Estávamos empenhados em ser mesquinhos. Mas lá estava, o amor desesperado, a soma consciente das coisas pairando no ar. Era parte da discussão. Era a discussão.

Percorremos em silêncio o resto do caminho, e ela entrou para ir ver Tap, que dormia. Depois, sentamo-nos no terraço e começamos a sussurrar um para o outro.

— Quando ele irá para o colégio?

— Voltando a falar na mesma coisa?

— Sim, a mesma coisa.

— Ele está muito mais adiantado do que os outros. Poderá começar um pouco mais tarde, se for preciso. Mas não creio que seja. Daremos um jeito.

— Ele não está tão adiantado assim. Não acho que esteja adiantado.

— Você desconfia do que ele escreve. Algo em você repele isso. Acha que ele devia estar fazendo análise sintática.

— Você é louca, sabe? Estou começando a perceber isso.

— Admita.

— Por que levei tanto tempo para ver o que você é?

— O que sou eu?

— O que é.

— Gosta de me dizer que saber o que eu penso. Como penso. O que sou eu?

— O que você é.

— Sinto as coisas. Respeito a mim mesma. Amo meu filho.

— Por que isso agora? Quem perguntou? Você sente coisas. Mas quando elas são de seu interesse, quando estimulam sua energia, sua vontade de fazer algo.

— Você é o imbecil do universo.

— Pura vontade. Onde está o coração?

— Onde está o fígado? — retorquiu ela.

— Não sei por que vim .para cá. Foi uma loucura, pensar que resultaria em alguma coisa. Como pude esquecer quem você é, seu modo de considerar as coisas mais simples que as pessoas dizem como uma afronta ao seu destino? Tem essa faceta, você sabe. Um senso de destino pessoal, como um alemão nos filmes.

— O que significa isso?

— Não sei.

— Que filme, seu imbecil?

— Venha para o meu quarto. Venha, vamos já para o hotel.

— Fale baixo — disse ela.

— Não me faça odiar a mim mesmo, Kathryn.

— Você vai acordá-lo. Fale baixo.

— Estou puto da vida. Como posso falar baixo?

— Já tivemos essa discussão. — Entediada.

— Você faz com que eu odeie a nós dois.

— Esta é uma velha discussão, e cansativa. — Entediada. As piores observações eram tediosas. As melhores armas. Sarcasmo entediado, inteligência entediada, tons entediados.

— Mas e Frank? Faz tempo que não temos essa discussão, não é? Como aconteceu de justamente ele aparecer aqui? Será que queria conversar sobre os velhos tempos?

Ela estava rindo. Do que estaria rindo?

— Que dupla, vocês dois! O maltrapilho artista ensimesmado, a moça secretamente abastada. Quantos pequenos almoços íntimos tiveram você e Frank, enquanto eu fazia meus livretos e panfletos? Todas aquelas coisas diminutas que eu fazia tão bem! Aquele *status* menor que você tanto odiava e ainda odeia em mim. Que correntes *sexy* passaram no ar? Amigos íntimos. Ele a convidou a ir a algum daqueles apartamentos melancólicos onde sempre se metia? Ele passava a metade da vida procurando abridores de garrafa em cozinhas alheias. Isso tornava a coisa mais desinibida, mais *sexy?* Você falava no dinheiro de seu pai? Não, isso faria com que ele a odiasse. Faria com que ele quisesse trepar com você de todas as maneiras erradas, por assim dizer. E quanto a Owen, o jeito como você cuida dos interesses dele, dos seus curiosos interesses, o ar meio de flerte que tem com ele. — Adotei meu recurso de voz feminina, uma tática que não usava desde a recitação das 27 Depravações. — "Tem certeza, Owen querido, que nunca escreveu uma só linha de poesia quando era um solitário menino de fazenda no vasto céu dos prados?"

— Fobda-se vobcê.

— Isso mesmo.

— Seu estúpido!

— Isso mesmo. Bilíngüe.

— Você é um merda.

— Baixinho, fale baixinho.

Ela entrou. Decidi segui-la, tateando o caminho no escuro. Um leve ruído, uma luz no contorno de um canto. Ela estava no banheiro, de calças arriadas, sentada, quando apareci na porta. Tentou fechá-la com um pontapé, um braço agitou-se no ar, mas suas pernas estavam presas nos *jeans* e o braço não era bastante comprido. Música de água. Muito urgente para ser contida.

— Do que você estava rindo antes?

— Fora!

— Quero saber.

— Se você não sair!...

— Diga isso em ob.

— Seu calhorda.

— Gostaria de uma revista?

— Se você não sair... Se não sair agora...

A discussão tomou tal rumo que perdemos a seqüência. Às vezes recuava, depois avançava abruptamente, passando por cima de assuntos. Havia freqüentes mudanças de tom, que duravam apenas segundos. Aborrecimento, hipocrisia, mágoa. Os momentos de mágoa eram tão gratificantes que tentávamos prolongá-los. A discussão era cheia de compensações, e a principal era que não precisávamos pesar o que dizíamos.

— Falta audácia.

— Saia!

— Você construirá um barco de junco.

— James, filho da mãe, quero você fora daqui.

— Você viverá num balão de gás que dará a volta à terra. Um balão de sete andares com samambaias no vestíbulo.

— Estou falando a sério. Se você não sair...

— Você o levará ao Museu dos Buracos. Assim ele terá uma melhor compreensão do trabalho de sua vida. Buracos de terra, buracos de lama, buracos fundos, buracos rasos.

— Seu calhorda! Você me paga.

— Pi-pi-pi-pi-pi-pi-pi-pi.

— Seu estúpido!

— Não percebe que enquanto você tiver de se sentar para fazer pipi, nunca será uma força dominante no mundo? Nunca será uma tecnocrata convincente ou uma empresária bem sucedida. Porque as pessoas saberão. Ela está lá dentro *sentada*.

Permaneci um tempo no terraço. Depois subi a pequena escada para o telhado. Luzes faiscavam no porto. Ele estava acordado. Eu podia ouvi-los falando e rindo. De que estariam rindo? Ela subiu, jogou-me um suéter e sentou-se na borda do telhado.

— Seu filho tem medo que você possa conobgeoblar.

— O quê?

— Conobgeoblar. — Rindo.

— Gostaria que vocês dois parassem com isso.

— Dê uma ordem formal.

— Por que você veio até aqui?

— Seu filho me mandou. — Rindo.

— Quero vê-lo. Aonde quer que vocês acabem indo. Mande-o para mim.

— Dê uma ordem. Nós a encaminharemos pelos canais competentes.

— Safada! Você sabia.

— Como acha que me sinto? Eu queria voltar para cá.

— Para escavar.

— Às vezes você me deixa doida.

— Ótimo.

— Cale a boca.

— Cale você.

— Tem medo de seu próprio filho. Perturba-o que sempre haja uma conexão.

— Que conexão?

— Encontramos coisas. Aprendemos.

— O que aprendem?

— Nunca me importei com o que você fazia. Sei que sempre arranjou a sua vida em torno de coisas que lhe seria impossível perder. O obstáculo nesse plano é sua família. O que fazer de nós? Mas nunca fiz objeção ao que você escrevia. É seu trabalho atual que desprezo. Eu odiaria a vida que você leva. Odiaria fazer o que você faz. Aquele homem horrível!

Com voz estridente.

— Aquele homem horrível!

— Viajar sozinha me enlouqueceria. Não sei como você agüenta. E o trabalho.

— Já ouvimos isso tudo. — Caceteado.

— O que sou eu, quem sou eu, o que quero, o que amo? Um romance de Sabrina.

— Seja razoável.

— Razoável! Se ao menos você soubesse! Mas é tão egoísta e tão lamuriento!

— Sou o imbecil do universo. Isso implica certa amplitude, uma dimensão.

— Você vai virar um alcoólatra. É isso o que vai ser. Eu lhe dou um ano. Especialmente se não voltar para a América. Vai mergulhar no alcoolismo aqui. Logo vai colocar na sua bagagem uma garrafa para levar para a Arábia Saudita. Se passar melhor sem ela, é um alcoólatra. Lembre-se disso.

— Isso é coisa de seu pai.

— Exatamente, mas ele não ficava melhor sem a garrafa. De qualquer modo, era uma alma morta. Você é diferente.

— Gosto do que faço. Por que não consigo fazer que entenda isso? Você não ouve. Seu ponto de vista é o único. Se não gosta de alguma coisa, como pode alguém gostar? Se você passa melhor sem isso, diria seu pai, servindo mais um *bourbon*. E *gosto* do que Tap escreve, acho fantástico. Eu lhe disse isso. Encorajei-o. Não é só você que o encoraja. Não é o seu único apoio. Vou lhe dizer como você pensa. Vou dizer exatamente. Precisa de coisas nas quais se envolver. Precisa acreditar. Tap é o mundo que você criou e em que pode acreditar. É seu, ninguém pode tirá-lo de você. A arqueologia é sua. Você é uma amadora formidável. A melhor, acho eu. Faz com que os profissionais pareçam insignificantes, superficiais, indolentes. É o seu mundo agora. Puro, excelente, radioso. Seu pai serviria outro *bourbon*. Se você passa melhor sem beber. Ele bem que gostava do seu *bourbon.* Como era o nome daquele barco onde conversamos? O pescador sovando o polvo. Barcos são santos ou mulheres, exceto quando têm nomes de lugares.

Vesti o suéter.

— Você sabe como são os canadenses — disse ela. — Gostamos de nos decepcionar. Tudo o que fazemos acaba de maneira decepcionante. Sabemos disso, esperamos por isso, portanto fizemos da decepção parte do requisito íntimo de nossa vida. Decepção é nossa emoção natural. O espírito que nos guia. Arranjamos as coisas de modo a tornar inevitável a decepção. É assim que nos sentimos no inverno.

Ela parecia estar me acusando de alguma coisa.

O terraço era em forma de L. Do mais comprido dos segmentos, o leste, onde eu me achava sentado fazendo um exercício de pronomes em meu livro sobre grego moderno, vi uma figura conhecida de *shorts* vermelhos e camiseta correndo pela rua ao longo do muro do restaurante e desaparecendo rapidamente de minha visão, a primeira de duas figuras conhecidas que eu veria nesse dia.

Era David Keller, exercitando-se. Larguei o livro, contente por ter uma desculpa para isso. Depois saí e me dirigi para um pequeno parque empoeirado rumo aos bosques de pinheiros que formam uma faixa ao redor da encosta do Licabeto. Ao atravessar uma abertura na cerca, ouvi alguém gritar meu nome. Lindsay estava atrás de mim, também seguindo o corredor.

Penetramos no bosque e encontramos um atalho que parecia conveniente para alguém que estivesse correndo, pois tinha um declive mais lateral do que os outros. O solo era seco e descorado. Não havia arbustos ou moitas e era possível ver a uma boa distância.

— Por que ele sobe até aqui para correr?

— Ele gosta dos bosques. Alguém lhe disse que era melhor correr em terreno desigual.

— Um enfarte menor.

— Ele leva o esporte a sério. Diz que precisa ouvir a própria respiração. Era doido por futebol, basquete.

— Os cachorros vão atacá-lo aqui.

— Os cachorros gostam dele — disse ela.

Ela caminhava com um lento balanço, de mãos cruzadas nas costas. De uma abertura entre as árvores, vimos parte do trecho na direção do Himeto, prédios brancos, uma cidade branca ao sol de setembro. Muitas vezes, ela parecia estar tendo pensamentos divertidos, talvez algo quase tão inseparável de uma percepção íntima que lhe era difícil compartilhá-la. Era tímida com as pessoas mas ansiosa por acolher, nunca precavida ou desconfiada. Seus olhos eram cheios de humor, lembranças afetuosas. Suas histórias prediletas referiam-se a homens fazendo heroicamente papel de tolos.

— Gosto daqui. É tão quieto!

— Ele tem um jeito especial para lidar com cães.

— É verdade. Eles o seguem.

Nós o vimos voltando pelo atalho estreito, recurvado, saltitando sobre raízes de árvores e pedras. Afastamo-nos do caminho. Ele passou bufando, respirando com esforço, o rosto contorcido e tenso, parecendo inconcluso. Encontramos um banco rústico ao sol.

— Quanto tempo você vai ficar? — perguntou ela.

— Algum tempo. Até sentir que conheço isto aqui. Até começar a me sentir responsável. Lugares novos são uma espécie de vida artificial.

— Não tenho certeza se sei o que você quer dizer. Mas creio que é uma observação do tipo Charles Maitland. Um pouco deprimido. Acho também que as pessoas guardam observações como essa à espera de que eu entre em cena.

— A culpa é sua.

— Claro. Sou tão inocente!

— Como vão suas aulas de inglês de fachada?

— Elas não são de fachada, e creio que estou aprendendo mais grego do que eles aprendem inglês, mas fora isso vão bem.

— Não é que pensemos que vemos inocência. O que vemos é generosidade e calma. Alguém que se mostra compreensiva com nossos erros e azares. É daí que vêm todas essas observações. Erros na vida. Tentamos fazer observações oportunas sobre as confusões que criamos. Uma segunda chance. Uma vida que por fim acaba bem.

Abaixo de nós, dois cães *doberman* se emparelharam ao longo de um bueiro. A mata era riscada por valas rasas e canais bem fundos, abertos para drenar as chuvas do inverno. De novo, ouvimos David se aproximar. Os cães se retesaram, olhando para aquele lado. Ele passou logo acima de nós, resfolegando, e Lindsay voltou-se para atirar-lhe uma pedrinha. Uma menina com um avental escolar falou alguma coisa com os cães.

— Quando vamos ver Tap?

— Eles ainda estão na ilha. Fazendo planos.

— Você faz isso parecer sinistro.

— Os dois estão sentados na cozinha, evitando mencionar meu nome.

— Faz tempo que não jantamos juntos — disse ela.

— Então vamos jantar.

— Vou chamar os Borden.

— E eu chamo os Maitland.

— Quem mais está na cidade?

— Dê uma olhada na piscina do Hilton — disse-lhe eu.

Nós três fomos andando vagarosamente em direção à rua. David falava aos arrancos.

— Será que há uma cantina? Que espécie de amigo?

— Para o que está você treinando?

— Uma descida noturna de pára-quedas no Irã. O banco está decidido a que sejamos os primeiros a voltar. Estarei comandando um pequeno grupo de elite. Funcionários da área de crédito com os rostos pintados de preto.

— Ainda bem que estamos aqui e não lá — disse Lindsay. — Acho que não quero estar lá nem mesmo depois que acabar a confusão.

— Não vai acabar tão cedo. É por isso que vou realizar essa missão.

Um velho com um cão *setter* atravessou o cruzamento de uma senda. Lindsay curvou-se para o cão falando-lhe em voz baixa, um pouco em inglês, um pouco em grego. David e eu continuamos andando e entramos numa trilha que corria paralelamente à rua, cinco metros acima. Uma mulher caminhava abaixo de nós, na direção oposta, carregando pastéis numa caixa branca. A respiração de David voltou ao normal.

— Vestidos com alças finas — disse ele. — Um corpete franzido, sabe? O tipo de vestido em que a alça escorrega o tempo todo, e ela só nota depois de dois ou três passos e então torna a colocar a alça no lugar, casualmente, como quem afasta uma mecha de cabelo da testa. Só isso. A alça escorrega. Ela continua andando. Temos um momentâneo ombro nu.

— Um corpete franzido.

— Você precisa conhecer melhor Lindsay. Ela é fantástica.

— Eu sei.

— Mas você não a conhece. Ela gosta de você, James.

— Também gosto dela.
— Mas não a conhece.
— Conversamos de vez em quando.
— Escute, tem que ir conosco para as ilhas.
— Ótimo.
— Queremos visitar as ilhas. Quero que você conheça Lindsay.
— David, eu a conheço.
— Você não a conhece.
— E gosto dela. Verdade.
— Ela gosta de você.
— Todos nós gostamos uns dos outros.
— Calhorda. Temos que visitar as ilhas.
— O verão está terminando.
— Há o inverno — disse ele.

Seu olhar inquiridor desarmou-se. Era uma prática sua examinar o rosto das pessoas, resolvido a encontrar uma resposta a seus sentimentos veementes. Então exibia seu grande sorriso cansado, seu sorriso de ator. Era interessante a estima que ele tinha por Lindsay, quase uma veneração. Queria que todos a conhecessem. Iria ajudar-nos a compreender como ela mudara sua vida.

— São todos tão amáveis! — disse ela quando nos alcançou.
— Se você lhes fala umas poucas palavras na língua deles, logo querem levá-lo para jantar em suas casas. Este é um dos aspectos da vida no estrangeiro. Leva-se um tempo para descobrir quem são os loucos.

Próximo às folhas espalmadas de uma pita verde-azul, ela se voltou para falar com David, e sua orelha esquerda parecia translúcida ao sol.

Depois, na mesma tarde, perto de um quiosque onde costumava comprar o jornal, vi Andreas Eliades num carro com outro homem e uma mulher. O carro tinha parado num sinal e lancei um olhar para aquele lado. Ele estava sozinho no assento traseiro. Era um desses Citroëns medievais de perfil baixo, pára-brisa amplo, faróis rasgados, balanceamento pesado, uma castigada engenhoca para assédios. Acima da farta barba preta, seus olhos escuros pousaram em mim. Cumprimentamo-nos com a cabeça, sorrimos polidamente. O carro se afastou.

Procurando cacos, agachada na terra áspera, à sua volta formas suaves, com veios rosados, encrespadas, revirando-se, aqui na zona B, abaixo da deterioração negra. Ela está cavoucando a quadra. Cantos de ângulo reto, lados retilíneos. Seu suor é um malcheiroso lembrete, o único, de que ela existe, que é separada das coisas que a cercam. Cavando em torno de uma pedra. Ela se lembra de alguém dizendo-lhe que as pedras gradativamente se afundam no humo e no barro. Podar as raízes, deixar as pedras no lugar. Parte de uma lareira, talvez, ou muro. Um desenho entalhado. Um vestígio de vida política, roedores, vermes da terra revolvem o solo. Ela sente a inteireza da vala. É do seu tamanho, ajusta-se. Raramente ela olha por cima da borda. A vala é suficiente. Um bloco de dois metros de tempo abstraído do sistema. Seqüência, ordem, informação. Tudo o que ela precisa de si mesma. Nada mais, nada menos. Em seus limites, a vala lhe possibilita ver o que realmente ali está. É um meio de testar os sentidos. Nova visão, novo tato. Ela ama sentir a terra maleável, o almiscarado aroma úmido. A vala passou a ser seu meio ambiente. É mais do que a ilha, como esta é mais do que o mundo.

Eu estava indefeso, arrasado. A mera existência dessa situação me desencorajava. Não podia ver o que o trabalho significava ou representava para ela. Seria a luta que contava, a sensação de um teste ou missão? Qual era, exatamente, a metáfora?

No final, vi-me forçado a aceitá-la literalmente. Ela estava escavando para encontrar coisas, para aprender. Os próprios objetos. Ferramentas, armas, moedas. Talvez os objetos sejam consoladores. Sobretudo os antigos, textura de argila, feitos por homens de outra mentalidade. Objetos são o que não somos, o que não podemos nos expandir para ser. Será que as pessoas fazem coisas para definir seus próprios limites? Objetos são os limites de que necessitamos desesperadamente. Mostram-nos onde terminamos. Dispersam nossa tristeza, temporariamente.

Ela telefonou aquela noite para dizer que arranjara um emprego no Museu Provincial da Colúmbia Britânica. Falou meio hesitante, com uma voz preocupada. Eu poderia quase acreditar que morrera alguém chegado a mim. O Museu Provincial da Colúmbia Britânica. Eu lhe disse que isso era ótimo, ótimo, que devia ser um museu formidável. Fomos polidos, cordatos. Falamos em tom brando, impelidos a uma gentileza que claramente achávamos que devíamos um ao outro. Owen tinha ajudado a arranjar o emprego por meio de contatos. O museu ficava em Vitória e especializava-se na cultura dos índios da costa noroeste. Eu queria que ela tivesse certeza de que o emprego era mesmo bom, o que ela queria, embora nesse ponto não soubesse ao certo qual seria seu trabalho. Pediu desculpas por ter de levar Tap para tão longe e prometeu que daríamos um jeito de nos ver, apesar da distância. Combinar nossos encontros, viagens juntos, longas conversas, pai e filho. Sua voz era densa, tolhida, o telefone, um sinal e instrumento de distância familiar, a condição de estarmos separados. Todos os sentimentos ternos passados entre nós, que em meses recentes eu tanto procurara reavivar através de alguma combinação de sorte, vontade e dissimulação, eram transportados agora na estática de nossas vozes sob a água. Houve muitos silêncios. Dissemo-nos boa-noite, sombrios, tristes, fazendo planos de nos encontrarmos no Pireu para a ida ao aeroporto. Depois disso tornaríamos a nos falar, faríamos isso com freqüência; iríamos nos manter mutuamente informados. Ficar o mais possível em estreito contato.

Cinzas.

Na noite colorida, eles passam caminhando pelo moinho de vento. Ele aponta para o mar, a uns cem metros, o local onde os golfinhos, uma semana atrás, tinham saltado para fora d'água, numa bola de luz violeta. É um desses momentos gravados na memória, e agora fazia parte dele, contido em tempo de ilha. Um barco de pesca aproxima-se na calmaria que se estabelece nessa hora. É o *Katerina,* pintado de vermelho-sangue, um salva-vidas preso ao mastro. Ela sorri enquanto ele lê o nome. O motor produz um ruído cadenciado.

Os pequenos tapetes cretenses. Os soalhos de pranchas. O velho abajur de cúpula sépia. A sacola de burro na parede. As flores em latas enferrujadas no telhado, degraus, beiradas de janelas. A marca dos dedos de Tap no espelho. A cadeira de vime num retângulo de luz.

De manhã, eles partem. Do convés superior do navio, contemplam a aldeia branca balouçando na névoa. Como ela é intrépida e comovente, casas enfeixadas num rochedo ventoso, notícias e reafirmação. Os dois comem o lanche que ela preparou, sentados num banco de ripas ao abrigo do vento. Ele lhe pergunta nomes de coisas, partes do navio, equipamentos, e mais tarde descem ao convés inferior para examinar o sistema de cordas e correntes da âncora.

O sol é obscurecido em densa nuvem ascendente. Logo a ilha é uma silhueta, uma conjectura no tom de luz, reduzida e pálida no mar férreo.

A MONTANHA

6

O avião guinou para se colocar em posição, parou. Esperamos pela autorização de decolagem. Olhei pela janela, tentando encontrar alguma coisa que me distraísse do pânico meditativo que sempre sinto, o fluxo de sonho antes da decolagem, todas as medidas de auto-percepção da semana, concentradas num único momento. A pálida areia estendia-se nivelada à distância. Havia lá uma figura, um homem com uma túnica de linho. Eu o vi caminhar para o nada. Consumido em chama química. O avião moveu-se na pista e retesei-me na poltrona, olhando diretamente para a frente.

Palavras soavam incompletas em meus ouvidos. Os começos e paradas nas vozes das pessoas pareciam-me inesperados. Eu não conseguia entender o ritmo. Mas, naturalmente, a escrita fluía. Parecia ter um movimento de alto a baixo bem como da esquerda para a direita. Se as letras de grego ou latim são paralelepípedos, o árabe é chuva. Eu via escrita em toda parte. O cursivo, ornamentado traço oblíquo em ladrilho, tapeçaria, cobre e madeira, em mosaicos de louça e nos véus brancos de mulheres comprimidas numa carroça puxada por um cavalo. Erguia os olhos e via palavras ao dobrar esquinas, dispostas geometricamente em muros de taipa, intrincadas e confusas, estucadas, pintadas e encrustadas, subindo por portões e minaretes.

No vôo da Yemen Airways de San'a para Dhahran, eu estava sentado no outro lado da passagem onde havia um homem morto. Ele morrera quinze minutos depois de embarcar, e as pessoas que viajavam em sua companhia tinham começado a chorar e a gritar. Sua bagagem eram trouxas de pano, e elas se lamentavam em altos brados. Um homem atrás de mim observou ao companheiro: "Mas nesse caso não se trata de estender o crédito". Agarrei o braço da poltrona e fixei os olhos à minha frente. Estávamos sobrevoando o deserto da Arábia.

Eu me vi estudando portas, persianas, lâmpadas de mesquitas, tapetes. As superfícies eram densas e abstratas. Onde havia coisas figurativas, elas eram expressas com nuanças de linha ou curvas, transferidas da natureza para o nível da repetição perfeita. Até a escrita era desenho, destinada a não ser lida, como se fosse parte de alguma revelação intolerável. Eu não sabia o nome das coisas.

Quarenta homens e mulheres vestindo imaculadas túnicas brancas e lenços amarrados na cabeça enchiam a parte do fundo do avião, um vôo da Tunis Air, Cairo—Damasco. As mãos das mulheres estavam cobertas de pequenas marcas vermelhas, uma espécie de desenho. A princípio, pensei que se tratava de letras do alfabeto. Não que eu soubesse qual era o alfabeto. Possivelmente, a linguagem obscura de alguma seita religiosa. Finalmente, decidi que os desenhos eram cruzes, embora alguns pudessem ser divisas e outros, variações de ambos. Não consegui distinguir se as marcas eram tatuadas ou simplesmente pintadas na pele. Essa gente já estava no avião quando embarquei, todos quietos em seus lugares, esperando. Depois de aterrizarmos, ao levantar-me a caminho da saída da frente, olhei para trás. Eles continuavam sentados em seus lugares.

As mulheres desviavam os olhos, as janelas eram falsas. Sombras cruzavam o muro em desenhos malhados, planos arquitetônicos recuavam, nichos de oração se alinhavam com Meca. Esse último fato proporcionava um eixo ao vapor de formas fugazes. Tanta coisa acontecia, que tudo parecia ocorrer simultaneamente. Animais por toda parte. As passagens exíguas do mercado eram os lugares menos secretos. Vozes altas, carnes penduradas. No entanto, a turba era branda, flutuando em túnicas, de sandálias, tecidos esvoaçantes tocados pela luz que vazava através de rombos no telhado.

Fiquei esperando na seção de bagagem no aeroporto, em Amã. O rei ia chegar no final da tarde, após dezessete dias no exterior. Sempre que o rei volta para a Jordânia após um viagem, dois camelos e um touro são abatidos no aeroporto. Em seguida, a volta ao palácio.

Eu estava hospedado no Inter-Con, que ficava próximo ao palácio e defronte à embaixada dos Estados Unidos, uma disposição bastante comum no Oriente Médio. Apanhei o enorme mapa que comprara no saguão e abri-o em cima da cama. Lá estavam eles, como dissera Owen, os anagramáticos nomes dos lugares. Zarqa e Azraq. Entre eles, a oeste do ponto estabelecido como meio do caminho, numa colina, a fortaleza de pedras esculpidas. Qasr Hallabat.

Não significava nada. Subindo no elevador, me ocorrera a idéia de verificar esses lugares no mapa. Era uma curiosidade, apenas isso. Mas eu estava interessado em apurar se ele não os tinha inventado.

Volterra estava usando um surrado casaco militar. O marrom paramilitar sempre fora sua cor. Estava com uma barba de duas semanas e tinha um ar matreiro e abatido. Abraçamo-nos em silêncio. Ele me fitou, abanando a cabeça, seu gesto bíblico de amizade, lembrança e lapso de tempo. Depois entramos no restaurante.

Era um restaurante indiano, vazio exceto por nós e dois rapazes, os garçons, que anotaram nossos pedidos e depois ficaram imóveis no final do salão comprido e estreito. Sentados em cadeiras de espaldar alto, falamos de Kathryn. Fora ela quem lhe dera meu número em Atenas. Quando lhe disse que esperava estar em Amã dentro de três semanas, ele respondeu que tentaria encontrar-se comigo. Estava vindo de Aqaba.

— Pensei que você tivesse uma companheira de viagem, Frank.

— Ela está no quarto vendo televisão.

— Onde estão hospedados?

— Num pequeno hotel perto do quarto círculo. Você já esteve em Amã?

— É a primeira vez.

— Trânsito infernal, táxis buzinando — disse ele.

— Passou todo esse tempo em Aqaba?

— Indo e vindo. É nossa base. Fazemos viagens de três dias a Wadi Rum com um guia e uma perua. Acampamos fora, do nosso jeito. Depois voltamos a Aqaba para praticar esqui aquático.

— Não imagino você num esqui aquático.

— É um código. "Esqui aquático." É taquigrafia. Significa tudo no mundo que não envolva sair à procura de um bando de gente maluca numa terra árida e com um guia cujo verdadeiro objetivo é nos fazer andar em círculos.

— Por que está procurando essa gente?

— Esta é uma entrevista? — replicou Frank e soltou uma risada.

Os garçons empurraram uma grande e ornamentada mesa de servir ao longo do chão atapetado. Nela havia duas latas de cerveja.

— Owen parecia achar que a seita despertou uma nota romântica no fundo de seu peito.

145

— Quando você fala nesses termos, Jim, não creio que eu seja obrigado a discutir o assunto, quer sejamos amigos ou não.

— Retiro o que disse.

Ele encheu de cerveja seu copo, olhando-me.

— Estou procurando algo fora do âmbito de expectativas, compreende? É somente uma investigação. O Wadi Rum já foi filmado antes, tela panorâmica, música celestial. O local me intriga de maneira totalmente diferente. Tem que estar ligado a esse cálculo homicida. Aquelas pequenas figuras na paisagem. Brademas diz que essas pessoas são caçadores atrás da presa. Escolhem uma vítima e ficam à espreita. Esperam por alguma coisa. Há uma lógica particular.

— Kathryn me disse que você abandonou três ou quatro projetos.

— Eram projetos *seguros* — disse ele.

Algo transpareceu em seus olhos, uma luz fria que reconheci como o desprezo de que ele freqüentemente se servia para enfrentar um desafio.

— Não valia a pena eu continuar participando desses projetos. Eram apenas exercícios. Percebi que estava me interessando por aquelas coisas porque elas apresentavam um tema ou assunto familiar que eu pensava poder tratar de maneira diferente. Pensei que podia abordá-los do meu jeito. Estilo de merda. Estava tentando forçar essas idéias e produzir riquezas que elas não continham.

Seu estado de espírito foi se abrandando à medida que falava.

— Admito que a pressão me incomoda. Gente descendo de helicópteros. Produtores exaustos. Advogados com óculos escuros de nazistas. Eles despencam do céu. Ninguém gosta de minha maneira de trabalhar. Estou sempre banindo as pessoas do estúdio. Sabe como é tola essa atitudezinha napoleônica? Mas é o que faço. Gosto de fazer coisas em segredo. Não falo com pessoas que querem escrever a meu respeito. Dois filmes bons, renderam dinheiro. Acontece que gosto de fazer negócios. Hoje em dia fazemos negócios. Não se tem mais de fingir que dinheiro é coisa suja. Ou que um memorando sobre dinheiro é demasiado complicado para a nossa sensibilidade. É uma ciência judaica, o negócio de cinema, como a psicanálise. Só que. . . onde está a conexão?

— Não sei.

— Intimidade. Ambos envolvem intercâmbios íntimos. O fato é que eu estava começando a ouvir coisas a meu respeito, ouvindo passos. Eu era o homem que abandona o próprio estúdio, o homem que encerra produções. Comecei a ter a sensação de que tramavam minha derrubada nas principais capitais do mundo. Chegara a hora de Volterra, sabe? Não iam sequer ter para comigo a cortesia de um desastre encerrado. Eu estava me desgastando além do limite. Vamos cercar a área e deixar que ele morra em relativa privacidade.

— Com que você esbarrou lá?

— Não muita coisa. Primeiro, a patrulha do deserto sabe o que eu *pretendo*. Eles não gostam que eu esteja metendo o nariz em cada tenda negra na área, fazendo perguntas. Segundo o meu guia, Salim, não ajuda em nada. Ele se vê como um banqueiro suíço. Terrivelmente discreto e precavido. "Não se fala nessas coisas." "Não posso fazer tais perguntas a essa gente." E também há Del, minha companheira de viagem. Ela chama os árabes de cabeças de trapo. Grande ajuda. Mas alguma coisa está acontecendo. Esses beduínos falam com Salim, percebo que eles se dizem coisas que não são traduzidas. Há uma estação de repouso num lugar chamado Ras en-Naqab. Estivemos lá uma vez quando voltávamos para Aqaba. A estação fica numa colina, e o vento vem do deserto como um exaustor de jato. Del não estava conosco nessa jornada, e Salim correu direto para o toalete, por isso entrei sozinho. Só há uma pessoa no local, um homem branco. A princípio, calculei que ele fosse circassiano. Está curvado sobre o prato, comendo com os dedos, somente a mão direita, veste-se com camadas de camisas e túnicas frouxas, a cabeça descoberta. Sento-me, examino melhor o sujeito, digo para mim mesmo que ele é europeu. Portanto, resolvo lhe falar, faço alguma pergunta inócua. Ele me responde em árabe. Continuo falando, ele segue comendo. Fui buscar Salim, aquele safado inútil, para traduzir. Quando voltamos, o homem se fora.

— Um reconhecimento.

— Acho que fiz um reconhecimento.

— Circassianos falam a língua árabe?

— Perguntei a Salim. Sim. Mas continuo achando que fiz um papelão.

— Tem certeza de que o que ouviu foi árabe?

— Primeiro você me entrevista. Depois passa ao interrogatório.

— O que você sabe?

— Brademas deu-me um nome no departamento de antigüidades. Da primeira vez que estivemos em Amã, fui procurá-lo. Trata-se de um homem de fala macia, muito culto. Dr. Malik. Ele está trabalhando com uma equipe holandesa que se encarrega de pesquisar sítios arqueológicos próximos da cidade Tentou desencorajar-me. Só o que consegui dele foi indicar-me a área onde se deu o crime.

— Parece lógico que eles fossem embora depois do crime.

— Brademas me disse que ficaram. Estão em alguma parte no Rum.

— Ele não me disse isso.

— Mudaram de lugar mas continuam lá, segundo Brademas. O dr. Malik contou-lhe que eles foram vistos por lá. Mas a *mim* ele nada disse. Fui procurá-lo de novo esta manhã, logo depois que chegamos. Ele me disse que se realmente quero descobrir coisas sobre a seita, terei de ir a Jerusalém. "Você deverá perguntar por Vosdanik", disse-me ele.

Volterra gostava de mostrar ceticismo inclinando a cabeça para lançar olhares de esguelha a quem estivesse à sua frente. Agora descrevia sua conversa no departamento de antigüidades, repetindo as opiniões melindradas e descrentes que comunicara ao dr. Malik.

Ele fora aconselhado a ir à cidade velha, o bairro armênio. Devia perguntar por Vosdanik. Esse homem tinha três, quatro nomes. Aparentemente, Vosdanik é o primeiro nome de um desses três ou quatro sobrenomes. É guia na cidade velha. Esse era absolutamente tudo o que o dr. Malik sabia.

Frank gostava de imitar sotaques.

Ele pediu ao dr. Malik que lhe fornecesse alguns nomes na própria Jordânia. Não queria ir a Jerusalém. Não queria se envolver com outro guia. Foi informado de que Vosdanik sabia a respeito da seita. Seria fácil encontrá-lo. Ele era armênio. Morava no bairro armênio. Frank pediu mais informações sobre o Wadi Rum. Afinal, tratava-se de um assassinato. Na verdade, mais de um. O dr. Malik respondeu: *"É melhor não falarmos nessas coisas".*

Volterra deixou cair a mão que gesticulava. Os garçons trouxexeram a comida, depois se postaram na obscuridade do fim da sala. Ninguém mais entrou ali.

— Não posso entregar-me aos lugares — disse Frank. — Estou sempre separado. Estou sempre ocupado comigo mesmo. Nunca entendi a atração de lugares fabulosos. Ou a idéia de alguém se entregar a um lugar. O deserto em certos momentos é assombroso. Formas e tons. Mas eu jamais poderia deixar-me afetar por ele de uma maneira pessoal e profunda, nunca poderia vê-lo como um aspecto de mim mesmo e vice-versa. Preciso dele para algo, quero-o como uma moldura e um segundo plano. Não consigo me ver possuído pelo deserto. Nunca me entregaria a ele ou a qualquer outro lugar. Eu sou o lugar. Creio que essa é a razão. Sou o único lugar de que necessito. Ele queria saber a respeito de minhas viagens. Eu lhe disse que era um viajante somente no sentido de que cobria distâncias. Viajava entre lugares, nunca neles.

Rowser me mandara a essas jurisdições para executar vários trabalhos, para cobrir uma ausência aqui, inspecionar ali, reestruturar algum escritório, estimular o moral. Era um período que pouco prometia. Nosso controle iraniano estava morto, alvejado por dois homens na rua. Nosso sócio na Síria e Iraque enviava de Chipre mensagens enigmáticas pelo telex. Cabul estava tensa. Em Ancara faltava aquecimento nas casas, famílias estavam se mudando para hotéis. Em toda a Turquia, as pessoas não podiam votar a não ser que tivessem os dedos pintados. Assim não poderiam votar mais de uma vez. Nosso associado nos Emirados encontrou, ao acordar, um cadáver em seu jardim. Os Emirados estavam com excesso de caixa. O Egito tinha tensões religiosas. Executivos estrangeiros na Líbia voltavam do escritório para suas casas e as encontravam ocupadas por trabalhadores. Era o inverno em que foram feitos reféns em Teerã. E Rowser resolveu redobrar a vigilância em toda a região. Isso significava que todos os registros tinham de ser copiados e remetidos a Atenas. Um de nossos vice-presidentes, em visita a Beirute, ao sair do hotel viu seu carro sendo desmontado por milicianos. Abri um escritório no Iêmen do Norte.

Frank pediu mais duas cervejas. Conversamos sobre Kathryn. Depois de terminar o jantar, vagueamos por uma hora. Táxis seguiam-nos buzinando. Estávamos numa zona residencial, deserta, ninguém mais a pé. Um homem uniformizado saiu da escuridão e disse alguma coisa que não compreendemos. Outra figura apareceu um pouco adiante na calçada, empunhando um fuzil automático. O primeiro homem apontou para o outro lado da rua. Era para continuarmos nossa caminhada no lado oposto.

— Alguma coisa me diz que viemos ter no palácio. O rei está em casa — disse Frank.

Em dois dias conseguimos autorização para a viagem a Jerusalém. Quando chegamos à área de segurança da Jordânia, Volterra e nosso motorista levaram todos os documentos para dentro do posto. Apoiei-me a um poste sob o telhado corrugado e fiquei vendo Del

Nearing bafejar as lentes de seus óculos escuros e limpá-las, fazendo movimentos circulares com um pano macio.

— Há uma letra do alfabeto árabe chamada *jim* — disse ela.

— Como é a letra?

— Não me lembro. Estudei a língua durante um hora.

— É possível que fosse importante — disse eu. — Poderia me dizer tudo o que preciso saber.

Ela ergueu os olhos, sorrindo, uma figura delicada com um rosto bem-delineado, os cabelos escuros curtos e alisados para trás. Passara os cinqüenta minutos da viagem arrumando-se, aproveitando o tempo para pôr em dia as precauções que em viagem costuma-se tomar contra o ambiente. O creme nas mãos. Umedecer o rosto e o pescoço. A delicada operação de pingar colírio nos olhos. Ela desempenhava tais tarefas sem lhes dar atenção, mergulhada em pensamentos. Dava a impressão de que estava sempre atrasada, habituada a fazer as coisas em etapas. Esses momentos de atividade física introspectiva se destinavam apenas à reflexão.

— Estou me sentindo esquisita nessa viagem — disse ela. — É como se eu estivesse flutuando. Não sabia que íamos a Jerusalém até entrarmos no táxi e ir buscá-lo. Pensei que estivéssemos indo para o aeroporto. Ele alega que me disse a noite passada. Não uso mais drogas. Frank ajudou-me com isso. Mas ainda assim sinto-me desencarnada. Sinto falta de meu apartamento, de meu gato. Nunca pensei que ia sentir saudades de meu apartamento. Parece que meu corpo ficou por lá.

Volterra apareceu.

— Olhe só para ela! Esses óculos enormes! Com seu rosto magro e cabelo curto. Tudo errado. Ela parece um inseto de ficção científica.

— Vá se roçar, Jojo!

Tomamos um ônibus com um grupo de batistas da Louisiana e atravessamos o rio até o posto israelense. Procedimentos complicados. Del saiu da cabina onde as mulheres eram revistadas e juntou-se a nós no controle de passaportes, perscrutando a área.

— Vejam como eles se apóiam naqueles M-16. Pensei que seriam diferentes dos árabes e dos turcos. Têm um ar desleixado, vocês não acham? E ficam brandindo essas armas para todo lado, sem se importar com quem possa estar na frente. Não sei o que esperava. Gente mais aprumada.

— Vai chover — disse Frank. — Quero que chova.

— Por quê?

— Para você tirar esses óculos.

— Não sei o que eu esperava — disse ela.

— Para que caminhemos encharcados na cidade velha. Para que você apanhe outro resfriado igual ao de Istambul. Para que o desastre seja completo.

Partilhamos um táxi de oito assentos com freiras da igreja ortodoxa russa. O sol irrompeu através de uma nuvem carregada ao nos aproximarmos de Jerusalém, meio dourado nas colinas castanhas, nos prédios de calcário e nos baluartes otomanos. Nosso hotel ficava ao norte da cidade velha. Volterra demorou-se no balcão para colher informações.

Entramos pelo Portão de Damasco e imediatamente nos vimos envolvidos numa onda poliglota. Senti-me assoberbado por línguas, surpreendido e empurrado por mulas carregadas de produtos, por meninos correndo. Os soldados usavam quipás, um homem arrastava uma cruz de dois metros e meio. Volterra conversou em italiano com algumas pessoas que pediam informações. Mercadores carregavam peças de tecido escarlate e sacos de batatas em carroças de madeira, com as quais meninos abririam caminho entre a multidão. Sacerdotes coptas de azul, monges etíopes de cinzento, o missionário católico em sua impecável túnica. O importante era a religião ou a linguagem? Ou seriam os trajes? Freiras de branco, preto, hábitos completos, capuzes escuros, vistosas toucas de asas. Mendigos enrolados em mantos, sentados imóveis. Rádios tocavam, *walkie-talkies* latiam e sibilavam. A chamada para as orações era um cântico amplificado que só brevemente eu podia separar dos outros sons. Depois era parte do tumulto e da pulsação, uma única voz viva, como se caída do céu.

Del foi a primeira a afastar-se, desaparecendo numa viela que estava sendo destruída por trabalhadores. Depois Volterra balbuciou alguma coisa sobre o bairro armênio. Fizemos vagos planos de nos encontrarmos no Muro Ocidental.

Encontrei um café e sentei-me do lado de fora para tomar uma xícara de café turco e observar os comerciantes. As vitrinas estavam repletas de *souvenirs* religiosos, fileiras de objetos produzidos em série. Achei essa presença uma força estimulante. Todos os peregrinos aleijados na Via Dolorosa, os *hasidin* de chapéu preto, os sacerdotes gregos, os monges armênios, os homens orando em tapetes estampados nas mesquitas — essas torrentes de crença me constrangiam. Era tudo uma censura ao meu ardente ceticismo. Comprimiame, pressionava e impelia. Assim minha tendência era olhar com certa dose de apreciação irônica os objetos ordinários nas vitrinas. Madeira de oliveira, vidro e plástico. Neutralizavam, até certo ponto, o impacto das figuras maiores que se moviam pelas ruas após as cerimônias religiosas.

Vi Del conversando com um velho apoiado a uma bengala em frente a uma banca de especiarias. Ele tinha barbas brancas e usava um boné e suéter tricotados, uma túnica com uma faixa preta, e havia à sua volta uma aura de tranqüilidade que era uma forma de beleza. Seus olhos eram suaves, meio sonhadores, e em seu semblante, que parecia um rosto do deserto, havia toda uma era de memória e luz. Ocorreu-me que Del estava lhe dizendo algo assim. Eu mal a conhecia, é claro, mas pensei que era uma coisa que ela faria. Aproximar-se de um ancião na rua e dizer-lhe que gostava de sua fisionomia.

Ela me viu e veio ter comigo, abrindo caminho por entre um grupo cujo líder carregava um estandarte ostentando a letra *sigma*. Del empurrara os óculos escuros para cima da testa e estava descascando uma laranja verde. Havia nela uma malandragem de rua, um elemento de cativante agressividade. Movia-se como um garoto desajeitado num corredor de escola, relaxado e mal-humorado. Até então, eu não tinha reparado como ela era bonita. O rosto era bem-proporcionado e fresco, olhos desdenhosos, uma curva temperamental na boca. Ela me deu um pedaço da laranja e sentou-se.

— Acho que ele não me compreendeu.

— O que você estava lhe dizendo?

— Como ele era bonito, ali parado! Que lindos olhos! É o que guardo na memória. Os rostos. Até mesmo daqueles homossexuais machos da Turquia. Rostos incríveis. Quanto tempo vamos ficar aqui?

— Vou-me embora de manhã. À tarde, tenho de apanhar um vôo para Amã. Quanto a vocês dois, não sei. Terão de verificar seus vistos de permanência.

— Por que estamos aqui?

— Estou fazendo turismo. Vocsê estão procurando um armênio.

— Gosto deste casaco. É um casaco com muito caráter.

— Antigamente, ele era de *tweed*.

— Gosto de coisas velhas.

— A erosão está dando cabo dele. Pode ficar com ele.

— Muito grande, mas obrigada. Frank diz que você vive em solidão.

— Frank e eu nem sempre nos entendemos. Nossa amizade dependia em grande parte de Kathryn. Mesmo antes, quando ele e eu estávamos sozinhos, o assunto era Kathryn, o elo que nos ligava era ela.

— Você não consegue arranjar mulher em Atenas?

— Adquiri um ar preocupado. As mulheres pensam que quero levá-las a museus.

— Não gosto de museus. Os homens sempre me seguem em museus. O que há com lugares assim? Cada vez que me viro, há alguém me observando.

— Gosto muito de Frank. Não é que não o ame. Mas o fato é que não vivemos mais no mesmo mundo. Gosto dos momentos que passamos juntos. Tínhamos vinte e poucos anos, e aprendíamos coisas importantes. Mas era realmente Kathryn quem fazia tudo funcionar.

Eu estava esperando que Del me perguntasse se ele tinha dormido com Kathryn. Ela tinha uma maneira de ir além do que se dizia, esperando que se concluísse o assunto para que ela pudesse chegar ao que achava que era a questão. Sua voz não combinava muito com o rosto inexpressivo. Era algo ardente em sua leve perturbação, a primeira faixa de luz no início da manhã. Nós nos entreolhamos. Ao invés disso, ela me perguntou sobre o almoço.

Mais tarde, esperamos por Volterra sob um chuvisco. Homens lavavam-se na fonte fora de el-Aqsa, pés descalços enfileirados junto às torneiras. Homens oscilavam junto ao Muro sob as compridas passarelas de alvenaria, calcários lunares com margens delicadamente buriladas, plantas agrestes cascateando das rachaduras. Estávamos parados perto de uma cerca adornada com braços estilizados de um castiçal. Quando ele finalmente apareceu, com a gola do casaco levantada para se proteger do frio, puxou Del de lado e tiveram uma breve discussão. Ele parecia querer que ela fosse ao Muro para o setor reservado às mulheres. Ela desviava os olhos, com as mãos enfiadas nos bolsos do casaco.

No caminho de volta ao hotel, ele me disse que encontrara Vosdanik.

Dirigimo-nos no escuro para um restaurante perto do Portão de Jaffa. Ele não me disse por que Del não vinha conosco. O tempo estava enevoado e frio, custamos muito a encontrar o lugar.

Vosdanik entrou no restaurante. Era baixo e moreno e usava um chapéu de feltro um tanto pequeno para sua cabeça. Tirou o chapéu e o capote, ofereceu-nos cigarros, declarou que pombos recheados eram a especialidade da casa. Havia um tom sério de negócio em suas maneiras, uma nota modulada, mais suave quando cumprimentava pessoas que passavam pela nossa mesa. Bebemos araque e fizemos-lhe perguntas.

Ele falava sete línguas. Quando menino, seu pai atravessara a pé o deserto sírio, uma marcha forçada, os turcos, 1916. O negócio de seu irmão em Beirute era entulho. Ele nos contou a história de sua vida com naturalidade. Parecia pensar que nós esperávamos isso dele.

Antes de ser guia, trabalhara como intérprete para uma equipe de arqueólogos num sítio próximo ao mar da Galiléia. Equipes vinham escavando o local havia décadas. Finalmente, tinham sido descobertos vinte níveis, quase quatro mil anos de povoamentos. Uma vasta catalogação de fragmentos.

— Eles construíam templos voltados para o leste. No Egito, naquele tempo, chamavam o leste de terra de Deus. *Ta-netjer*. O oeste é morte, crepúsculo do sol. Os mortos são enterrados na margem oeste. O oeste é a cidade dos mortos. O leste é o canto do galo, onde o sol nasce. Esta parte é onde se deve viver, na margem leste. Construa a casa no leste, ponha túmulo no oeste. Entre as duas margens haverá o rio.

Ele atacou para valer o pombo, o arroz caindo do garfo. Suas observações eram bem espaçadas, pausas de efeito, para garfadas de comida, gestos de saudação às pessoas que entravam.

Ele era o guia como contador de histórias. Mesmo os incidentes de sua própria vida eram relatados com um pouco de assombro, como se chamasse a atenção para a técnica de fabricação de um ladrilho multicolorido. Havia um ressalto no alto de seu nariz. Todas as suas roupas pareciam encolhidas.

Fora na escavação que ouvira pela primeira vez falar de um grupo, uma seita, aparentemente sem nome. Um arqueólogo francês chamado Texier falara neles. No início, Vosdanik pensou que se tratava de uma antiga seita cujos membros tinham vivido naquela região. Era a terra dos cultos e seitas de monges do deserto e estilistas. Cada grupo que se instalava produzia uma quantidade de dissidências rivais. Destas um homem ou homens saíam, procurando uma visão mais pura.

— Onde quer que você encontre uma terra deserta, há homens tentando se aproximar de Deus. São pobres, comem muito pouco e se mantêm afastados de mulheres. Monges cristãos, sufis que se vestem com camisas de lã, que repetem as palavras sagradas do Corão, que dançam e rodopiam. As visões são reais. Deus está envolvido com homens vivos. Quando Maomé vivia, ainda havia homens que se afastavam dele. Mais próximos de Deus, sempre lembrando-se de Deus. *Dhikr allah*. Havia sufis na Palestina, monges gregos no Sinai. Sempre alguns homens se afastam.

O arqueólogo Texier, meio esfomeado e ele próprio um pouco distante, ofereceu esclarecimentos, sentado à noite sob uma lâmpada oscilante no teto da escavação. Um bloco de anotações e cachimbo de urze. Ele estava trabalhando retroativamente através de curvas de tempo, arco após arco de fragmentos colocados no chão ao redor de sua cadeira. A intervalos, falava com voz abafada na direção de Vosdanik, abrigado à sombra de uma parede a uns oito metros de distância, atrás dos fragmentos, um homem pouco habituado a ouvir.

Pelo que Texier sabia, a seita não era antiga. Estava viva. A última vez que seus membros haviam sido vistos, um punhado deles, foi em certa aldeia num penhasco alguns quilômetros ao norte de Damasco — um povoado cristão onde as pessoas às vezes ainda falavam aramaico (ou aramaico ocidental ou siríaco), que era a linguagem de Jesus.

Espere, espere, mais devagar, dissemos nós.

Ele comia duas vezes mais rápido do que nós, falava mil palavras para cada uma das nossas. Era seu ofício, contar histórias, fornecer nomes e datas, classificando as diversas calamidades de sua cidade, as vielas e criptas onde tinham acontecido coisas profundas.

O aramaico não era uma das sete línguas de Vosdanik, mas ele a ouvira na liturgia natalina. Os membros da seita viviam em duas cavernas acima da aldeia. Eram homens esquivos, raramente vistos, exceto um deles, que ocasionalmente aparecia nas ruas e falava com as crianças. A língua das ruas e das escolas era o árabe. Mas esse homem esforçava-se para falar o aramaico, divertindo as crianças. Bom motivo para os outros se manterem acima da aldeia. Estavam de vigília, esperando por alguém ou alguma coisa.

— Eles seguem as pessoas como uma sombra tortuosa — disse ele.

Depois que partiram, o corpo de um homem, um aldeão, fora encontrado numa das cavernas, como o peito retalhado e cheio de perfurações, sangue por toda parte. A princípio, pensou-se que eram drusos, alourados, alguns deles de olhos azuis — membros de uma seita muçulmana que viviam nas montanhas no Sul do país. Ao que parecia, um assassinato baseado em divergências religiosas. Mas sem motivo. Não houvera nenhum problema, nenhuma provocação. E por que as iniciais da vítima haviam sido talhadas na lâmina da rústica ferramenta de ferro usada para matá-lo?

Vosdanik fez uma pausa, o rosto tristonho anuviado pela fumaça.

— Sempre que se quer ferir o inimigo, está na história que é preciso lhe destruir o nome. Os egípcios fabricavam peças de cerâmica em que os nomes de seus inimigos eram gravados com caniços afiados. Depois quebravam os potes, grande mal para os inimigos. O mesmo dano que sofreriam se tivessem o pescoço cortado.

Era difícil acompanharmos tudo isso. Vosdanik estava envolvido em texturas de locais, histórias, rituais, dialetos, cor de olhos e de pele, procedimento e postura, infindáveis combinações de peculiaridades características. Debruçávamo-nos para a frente, num esforço de ouvir, de compreender.

Ele pediu mais araque. Misturei um pouco de água no araque, vendo a bebida se turvar, um rebuliço sedimentário. A narrativa dele retornou à escavação, o segundo plano eclipsado, sussurros de Islã, doutrina rabínica oculta, uma enredada bruma de preceitos e sonhos. Ícones resplendentes, fios de cabelo da barba do Profeta. Ele acreditava em tudo.

Devagar, dissemos-lhe. Mais devagar, dê-nos a chance de entender direito.

Ele espantava-se com a intensidade do interrogatório de Volterra. Era evidente que tinha poucas respostas. Não pensara naquelas coisas e não havia razão para ter pensado nelas. O culto era apenas outro mistério no panorama. Para ele, aqueles homens não eram notáveis, considerando-se o lugar onde vivia, o que sabia de lugares sombrios, assassinos encapuzados, mortos que caminhavam. Contou-nos sobre mais dois assassinatos por gente da seita, de um nós sabíamos, o Wadi Rum, embora sua versão fosse diferente sob certos aspectos.

Ele liquidou os últimos vestígios de comida com uma meticulosidade quase desprovida de prazer e sabor. A um árabe na mesa ao lado, disse algo que soava como "pastor alemão". Um menino trouxe mais araque.

— Com palavras afáveis, você os deixa desnudos — disse-nos.

— Quem?

— Os árabes. Com gentileza, consegue-se tudo deles.

Ele nos ofereceu cigarros. Um homem com metade do rosto encoberta por um lenço saiu do toalete, vestido de preto e trazendo um bastão. A fumaça acumulava-se no teto.

— Onde estão eles agora? — perguntou Frank.

— Não ouvi nada.

— Acha que é um grupo, dois?

— Ouço falar de três assassinatos. Vejo um par de olhos azuis.

— As iniciais na faca eram em aramaico?

— Isso não sei.

— Existe um alfabeto aramaico ou coisa parecida?

— Ninguém mais pode escrevê-lo. — Dando de ombros. — São apenas sons. A língua viajou na história com os judeus. Desgastou-se por conta própria, misturou-se com outros línguas. Aramaico macarrônico. Foi mantido por religião, mas agora desaparece por causa de religião, por causa do islamismo, do árabe. É a religião que sustenta uma língua. O rio das línguas é Deus.

E mais.

— O alfabeto é masculino e feminino. Sabendo a ordem correta das letras, pode-se fazer um mundo, criar. É por isso que eles escondem a ordem. Sabendo a combinação, faz-se toda vida e morte.

Acendeu outro cigarro, deixando um no maço.

— Comida para amanhã — disse. Um sorriso tímido.

No dia seguinte, ele ia nos mostrar uma inscrição aramaica no muro da igreja síria, se por acaso estivéssemos interessados. Nos levaria a Belém, a Jericó. As colunas em el-Aqsa, disse ele, são colunas de cruzados. Maomé voou do Domo do Rochedo para o céu.

Depois que ele se foi, continuamos no restaurante, bebendo e conversando, e quando saímos à rua tivemos um pouco de dificuldade em encontrar nosso caminho de volta ao hotel.

— Vamos entender isso — disse eu. — Havia aquele homem, Texier.

— Ele não é importante.

— Vá mais devagar. Devíamos ter saído com Vosdanik. Sempre se deve sair com o guia. Esses becos estão cheios de religiosos fanáticos.

— O arqueólogo. Esqueça-o.

— Está bem. Vamos nos concentrar na seita. Onde estão eles?

— Em alguma parte na Síria.

— O que é um druso?

— Quais eram as outras palavras para a língua? — perguntou ele. — Merda, perguntei algo sobre martelos?

— Pensei que ele falasse hebraico.

— Quem?

— Jesus.

— Ele não tem importância. Esqueça-o, esqueça que língua ele falava. Estou tentando concentrar-me no que é essencial. Perguntei sobre a saúde da vítima?

— A vítima estava morta, Frank.

— Antes de o matarem. Eles escolheram um imbecil, um canceroso?

— A saúde dele não era boa. Esta é uma das qualidades que associamos à morte. Falando sério, onde estamos? Devíamos ter saído e imediatamente tomado um táxi.

— Pensei que a caminhada desanuviaria nossa cabeça.

Ele se pôs a rir.

— Não acho que eu esteja bêbado — disse eu. — É o efeito da fumaça, só isso, e depois sair para o ar livre. Aquele lugar era muito enfumaçado.

Ele achou isso muito engraçado. Parou de andar, dobrando-se de tanto rir.

— O que disse ele?

— Quem? — perguntei.

— Não sei o que Vosdanik disse. Talvez fosse a fumaça. Era muita fumaça.

Ele falava e ria ao mesmo tempo. Teve de se apoiar numa parede para rir.

— Você lhe pagou?

— Claro que paguei. Discutimos o preço. O safado!

— Quanto lhe pagou?

— Não importa. Só me conte o que ele disse.

Então cruzou os braços sobre o estômago, curvado contra a parede, rindo. Era uma risada em *staccato,* que ia crescendo, ampliando-se até um engasgo, a risada que marca uma pausa no progresso do mundo, a risada que ouvimos uma vez em cada vinte anos. Fui até um beco para vomitar.

Durante a noite, acordei várias vezes. Cenas do restaurante, trechos dos monólogos de Vosdanik. Seu rosto veio-me à memória como uma imagem composta, cinematográfica, bronzeada e sombreada. O nariz proeminente, as entradas de cada lado da testa, os dedos tortos tirando um cigarro do maço de Montana, o sorrisinho no final. Ele parecia uma figura judiciosa e compreensiva nessa projeção da madrugada, hiper-realista. Na terceira ou quarta vez que acordei, pensei nas iniciais do morto entalhadas na lâmina. Velhos *westerns*. Se uma dessas balas leva seu nome, Cody, não há nada que você possa fazer. Cuspindo na poeira. Madrugada em Montana. Era isso o que eu queria isolar de tudo o mais que ele tinha dito, era isso que eu estava tirando do sono para dizer a mim mesmo que não esquecesse? Iniciais. Era a única coisa que ele dissera que parecia significar algo. Havia alguma coisa no limiar de tudo isso. Se conseguisse ficar acordado e me concentrar, se conseguisse pensar com clareza, se conseguisse ter a certeza de que estava acordado ou dormindo, se conseguisse despertar totalmente ou cair num profundo e tranqüilo sono, então poderia começar a compreender.

Deal Nearing e eu, sentados no interior do comprido Mercedes, esperávamos por Volterra. Um camelo estava parado perto da entrada do hotel, e os batistas da Louisiana montavam cada um por sua vez no animal e fotografavam uns aos outros.

— Frank está com um olhar alucinado esta manhã. De vez em quando ele fica assim. O sangue abandona seus olhos. Mortal.

— Onde estava você a noite passada?

— Vendo TV.

— Você perdeu a conversa do guia, o lingüista.

— Não estou interessada.

— Bebemos demais.

— Não é isso — disse ela. — É a velha doença. A doença que a ciência ainda não notou. Ele está obcecado.

O dono do camelo posou com uma mulher chamada Brenda.

— Por que ontem ele ficou aborrecido com você?

— Ele tem essa idéia sentimental. Pelo lado materno, tenho algum sangue judeu, e ele espera que eu pense que estou voltando às origens. Ele me acha uma idiota por não explorar minhas raízes, por não dar maior atenção às ruínas judaicas. Sou sobretudo originária do Meio-Oeste. Nós nos mudávamos muito. Quando eu era pequena, vivíamos num acampamento de *trailers*. Eu me metia em muitas encrencas, fugi duas ou três vezes. Fiquei meio maluca no Haight. Era muito jovem para compreender o que se passava. Frank diz que se não fosse pela escora judaica, eu seria uma total errante de Oklahoma. É uma estupidez dele. Eu seria a garota de um desses bandos de motociclistas, uma dançarina num café. Para ele, qualquer lugar entre a costa leste e a oeste é Oklahoma. Grande, poeirenta, solitária.

— Ele faz filmes lá.

— Ele faz filmes. Adoro seus filmes. Compreenda, num certo nível, ele é fascinado pela pura coisa americana. A vida errante. Isso o fascina de certa forma. Motéis, casas transportáveis, e tudo o mais. Mas me abandonaria no mesmo minuto, se eu nunca tivesse mencionado que era meio judia. *Isso* é o que tem valor. Isso é que merece respeito. Uma judia.

Frank não abriu a boca até atravessarmos o rio e nos sentarmos sob o telhado corrugado no posto jordaniano, depois de passarmos pelos embasamentos de canhões, esperando pelo nosso motorista

— Temos de ir a Amã?

A pergunta era mais dirigida a si mesmo. Ele estava de óculos escuros e mordiscava a pele do polegar. O motorista apareceu, de *jeans* e saltos de meia altura, oferecendo seu maço de cigarros.

Amã fica sobre sete colinas. Em árabe, a palavra para colina ou montanha é *jebel*. Quando estávamos a quinze minutos da cidade, eu disse ao motorista que nos levasse a Jebel Amã, onde estava localizado o Inter-Continental. Eu queria apanhar a mala que deixara lá e depois ir para o aeroporto com Frank e Oel, onde tomaria o avião para Atenas, e eles seguiriam para Aqaba, num vôo de trinta minutos.

— Temos de ir a Aqaba? — perguntou Del.

A maioria das roupas deles lá estavam, assim como duas câmeras, um gravador e outros equipamentos em duas malas e uma sacola de lona.

Cinco minutos depois, Volterra falou pela segunda vez.

— Já tenho tudo calculado. Quando isso desabar. Quando a carreira toda entrar pelo cano. Sei exatamente o que farei pelo resto de minha vida. Tenho tudo planejado desde o começo. Porque sempre soube. Venho planejando desde o começo. Quando a poeira assentar depois do último fracasso. Quando eles cessarem de falar de mim no tom que usam para os novatos outrora promissores que se dedicaram demais, que se queimaram, que calcularam mal, que não cumpriram o que se esperava deles, que tiveram azar. O tom de compaixão tépida, sabe? O tom de quem quer dizer que aqueles primeiros sucessos eram obviamente acidentais. Sei aonde vou quando isso acontecer, sei o que farei. — Deixou cair a mão do canto da boca. — Abrirei uma lavanderia de lavagem a seco com pronta entrega. Com o dinheiro que não joguei fora explorando o mundo em busca de temas, vou me instalar em algum lugar tranqüilo, uma dessas comunidades bem planejadas com ruas curvas e lampiões pitorescos, uma série de residências urbanas, embora não haja cidade, eles a esqueceram. Um lugar modesto. Casais idosos. Mulheres divorciadas com filhos ansiosos. Despretensioso. A minha lavandaria a seco de pronta entrega ficará na rua comercial assim como a *boutique,* o supermercado, a oficina de consertos de rádio e TV, o conjunto de três cinemas, as lanchonetes, a agência de viagem, tudo isso. Uma comunidade onde ninguém saiba o nome dos diretores de filmes. As pessoas simplesmente vão ao cinema. É lá que vou me esconder para o resto da vida. Lavanderia Frank — Lavagem a Seco e Pronta Entrega. As roupas sairão aos borbotões, mil calças xadrez, mil trajes de tênis, tudo embrulhado em plástico luzidio. Alguém quer sua calça axadrezada? Tudo o que tenho a fazer é apertar um botão atrás do balcão e a esteira entrará em ação, indo jogar a roupa pedida, revoluteando sobre o balcão. O plástico farfalha, gruda, gruda em tudo — roupas, assentos de carro, metal, carne humana. E eu atrás do balcão, feliz por estar ali. As pessoas me chamam de Frank. Eu as chamo sr. Mitchell, sra. Green. "Olá, sr. Mitchell, acho que conseguimos tirar a mancha de *piña colada* de suas calças." Moro nos fundos da loja. Tenho um fogão portátil, uma pequena TV Sony, minhas revistas pornográficas, meu germe de trigo e meu shampoo de mel, o único luxo de minha vida, porque tenho mais medo da calvície do que da morte. Mas há uma pessoa que conhece minha identidade, que conseguiu me descobrir. Um ex-nova-iorquino, quem mais? Um pervertido de cinemateca, que me reconhece por fotos antigas de sua coleção de revistas cinematográficas. A coisa se espalha. Pessoas começam a dizer: "Ele foi famoso por dez minutos na década de 70". "Quem era ele?" "Um ator, um gângster, não me lembro." Eles se esquecem. No final, esquecem-se até das coisas erradas que lhes disseram a meu respeito. Que lindo! Afinal, é por isso que estou aqui.

No Inter-Continental, soube que meu vôo estava atrasado cinco ou seis horas. Voltei ao carro e enfiei a cabeça na janela. Ele estava sentado com um braço nos ombros dela, ainda de óculos escuros, com sua jaqueta do exército, a barba por fazer. Del parecia estar dormindo.

— Venha para Atenas — disse eu.

— Não sei.

— Que outras possibilidades há?

— Tenho que pensar no assunto. A Califórnia, talvez. Por enquanto, não vou fazer nada.

— Você não é conhecido na Califórnia. Venha para Atenas. Tenho um quarto para hóspedes.

— Não sei, Jim.

— E quanto à seita?

— Tenho que pensar a esse respeito.

— Você está maluco — disse eu. — Esqueça a seita.

Ele olhou direto para a frente, a mão curvada sobre o ombro dela, e falou pausadamente num tom que não aprovava minha insistência em falar de coisas evidentes em si mesmas.

— Não me diga que sou louco. Estou farto de saber que sou louco. Diga-me que sou um pouco corajoso, um pouco decidido. Quero ouvir alguém dizer que vou até o fim das coisas.

Quando os dois se foram, voltei à recepção do hotel, tirei o mapa de minha maleta e rumei para a cidade. Dos espaços e altitudes de Jebel Amã era uma longa caminhada até a multidão em torno dos pontos de táxi próximos ao teatro romano. O sol estava quente. Homens levantavam suas túnicas para subir em lotações. Passei pelas colunas e subi lentamente para o topo do teatro. Na outra extremidade, dois homens estavam sentados a várias fileiras de distância um do outro, lendo jornais. Não havia mais ninguém. A pedra era de uma brancura de areia, as curvas prolongavam-se na subida. Sentei-me numa fileira abaixo do topo. O trânsito era um barulho remoto, outra cidade. Senti a solidão começando a voltar, uma sensação de elementos que se juntavam, primeiras coisas. Passou-se muito tempo. Esse teatro, aberto para a cidade, estava ao mesmo tempo separado dela, um espaço mental, um parque feito de nada a não ser degraus. Perfeito. Meu espírito se desanuviara. Eu me sentia vazio, alerta. Apanhei o mapa e desdobrei-o. Um dos homens na segunda fila desdobrou o jornal para virar uma página. No reverso do mapa da Jordânia havia um outro, detalhado, de Amã. Procurei um caminho de volta ao hotel que não fosse o mesmo da ida. Mas encontrei algo mais. Algo me ocorreu. Não tive que me concentrar ou dirigir meus pensamentos. Como se sempre houvesse sabido. Como se meu sono interrompido da noite anterior tivesse sido um mecanismo de clarificação do pen-

162

samento. Iniciais, nomes, lugares. No vazio daqueles instantes, na razão e na naturalidade dessas curvas majestosas, compreendi que a manhã inteira eu estivera me aproximando desse ponto. Dobrei o mapa e coloquei-o de novo no bolso. Um dos homens, o mais alto dos dois, pôs-se de pé e desceu lentamente os degraus. Ruído abafado vindo da cidade distante.

Jebel Amã/James Axton.

7

Eu a encontrei num café na praça Kolonaki, um local onde todos os atenienses que se acham dignos de ser vistos acabavam aparecendo para se exibir, onde as mulheres têm mal-humorados lábios ultravioleta, o uniforme é de couro, as correntes, de ouro, o objeto futurista estacionado na esquina é um De Tomaso Pantera, o carro de comando da fantasia ociosa, e os esguios homens de barba ajeitam-se em suas cadeiras, por trás de óculos escuros, com suéteres jogados nos ombros.

Ann, aproximando-se, curvou a cabeça para atrair meus olhos. O sorriso amistoso tinha uma ponta de censura.

— Onde você tem andado? — disse ela, num tom acusador?

— Circulando. O golfo e idas ao norte. Coisas espantosas.

— Podia ter nos informado, seu mau-caráter.

— Sinceramente, foi um caos. Mal tive tempo de providenciar os vistos.

— Você queria que nos preocupássemos — disse ela.

— Ridículo.

— Queria que pensássemos que simplesmente se foi, fugiu, abandonou tudo, todos nós.

— Você ligou para minha secretária?

— Charlie ligou.

— Então você sabia.

— Finalmente — disse ela, usando a palavra para indicar que eu estava levando a conversa mais a sério do que devia.

Os cafés principais e os outros menores se comprimiam num ruidoso espaço inclinado que incluía um pequeno parque, tráfego congestionado, três ou quatro quiosques cobertos de revistas vistosas. O primeiro dia ameno depois de um período de mau tempo. Os toldos estavam enrolados para deixar penetrar a claridade, as mesas estendiam-se pelas calçadas. Comemoração e alívio. Uma velha girava a manivela de um realejo, enquanto seu marido circulava entre as mesas recolhendo moedas. As pessoas tinham o ar feliz de sobreviventes ansiosos por discutir sua provação comum. Garçons caminhavam de banda. Um vendedor postara-se ao lado das mesas com bilhetes de loteria.

— Como é bom estar de volta! — disse eu. — Quero não fazer nada, ir a parte alguma. Um inverno ensolarado. É isso o que quero. Laranjeiras em cada rua. Mulheres de botas metidas a importantes.

— Espere até o vento começar a soprar. Você está bastante alto no Licabeto para sentir todo o efeito.

— Quero passar o tempo. Sentar-me em lugares como este, falar sobre nada.

— Devo confessar que acho difícil passar o tempo no centro da cidade. Preciso de uma paisagem ou perspectiva.

— Eu poderia facilmente cair nisso — disse eu. — Passar a vida na ociosidade. Café aqui, vinho ali. É possível canalizar coisas significativas para a banalidade. Ou pode-se evitá-las por completo.

— Jamais imaginaria que você fosse um vadio de cafés.

— Todos nós somos. É só uma questão de reconhecê-lo. Estou me preparando para os anos áridos que me esperam. Um solitário, melancólico expatriado. Sem vida. Vagueando por cafés sórdidos. Ontem mesmo, um amigo meu imaginou um destino semelhante, no qual havia uma lavanderia a seco. O que significa tudo isso?

— Não sei. Essa coisa de depreciar a si mesmo é uma linguagem que acho que não entendo. Tantas vezes é uma forma de egoísmo, não é mesmo? Uma forma de agressão, um desejo de ser notado até mesmo pelas próprias falhas. Não conheço essas linguagens modernas. Na verdade, posso ser a pessoa em sua fantasia. A melancólica expatriada. A verdadeira.

Homens paravam defronte dos quiosques lendo as manchetes do dia. O garçom abriu uma meia garrafa de vinho. Sorri para Ann, voltando a cabeça, fazendo que parecesse um olhar de medição, avaliação, um olhar do olho esquerdo.

— Será possível, casos amorosos como funções da geografia?

Ela me devolveu o olhar, mostrando um interesse divertido.

— Possivelmente, você quer aprofundar a vivência de um lugar. Um lugar que sabe que terá de deixar algum dia, mais provavelmente não por sua escolha.

— Isso não tinha me ocorrido — disse ela. — Sexo adúltero como uma função de geografia. Terei eu motivos tão obscuros?

165

— A perda do Quênia, a perda de Chipre. Quer guardar algo para si mesma que não seja uma máscara ou uma estatueta tribal. Uma Chipre particular, uma meditação. Como uma mulher faz seus tanto esses lugares quanto os de seu marido, quando afinal é o trabalho dele que determina para onde vão e quando vão.

— Uma função da memória. Isso eu posso aceitar. Algumas mulheres arrumam um jeito de planejar suas memórias.

— Haverá uma conexão? Geografia e memória?

— Você está se afastando de mim.

— Já sei. Você é uma moça simples de uma cidade do interior.

— Naturalmente há a pura sensação de prazer. Podemos levar isso em consideração? Excitação.

— Isso é outro assunto. Não acho este assunto agradável.

— Você quer manter um certo decoro.

— Um certo nível. Não quero sucumbir ao ciúme. Um homem tem pensamentos enciumados sobre uma mulher com quem ele nunca fez amor, uma mulher que é simplesmente uma amiga. Ele não quer ouvir a respeito de prazeres dos sentidos. Interessa-se pelos casos da mulher como temas, motivos em sua vida.

— Uma conversa apropriada para a praça Kolonaki — disse ela.

— Não é preciso odiar um homem para se comprazer com sua má sorte. Verdade? E não é preciso amar uma mulher para ser possessivo para com ela ou ressentido em relação a seus casos de amor.

— Não sei o quanto você está falando a sério. Está falando a sério?

— Claro que estou.

— Então acho que é uma gentileza.

— Não pensei em termos de gentileza.

— Ou será que estou cometendo o erro de me considerar especialmente favorecida?

— Provavelmente você está cometendo um erro. Tenho um histórico de inveja patológica.

Ela riu.

— Tem tempo demais para pensar, James. É sozinho demais, não é mesmo?

— E você?

— Onde quer que estivéssemos sempre dei um jeito de encontrar coisas para fazer. Não muito, mas o suficiente. Aulas de inglês no começo. É claro que passei uns bons anos sendo só mãe e dona-de-casa. Trabalho ocasionalmente para o Conselho Britânico aqui. Sobretudo traduções. Faz diferença. Preciso sentir que estou construindo pequenos blocos de tempo. É por isso que a vida nos cafés nunca irá me conquistar.

— Algum dia pensou que estar sozinha poderia ser de certo modo uma plenitude, um completamento?

— Não, nunca.

— Acredito profundamente na idéia de dupla. Duas pessoas. É a única sanidade. A única riqueza.

— É claro.

— Ontem eu estava em Amã, sentado no teatro romano, e tive uma estranha sensação. Não sei se posso descrevê-la, mas creio que compreendi a solidão mais como uma coleção de coisas do que como a ausência delas. Estar só tem componentes. Senti que estava me completando com essas coisas sem nome. Isso era novidade para mim. É claro que tinha estado viajando, andando por aí. Aquele era o primeiro momento tranqüilo que eu tivera. Talvez fosse só isso. Mas senti que estava me completando. Sozinho e totalmente eu mesmo.

— Apavorante. Não que eu saiba do que você está falando — disse ela.

Um rapaz deixou-se cair numa cadeira ao lado de Ann, cruzou as pernas, dobrou os braços e se ajeitou na postura relaxada de quem tem dez horas de espera pela frente, a postura de vôos cancelados, cochilos em salões enormes.

Era Peter, o filho dela, um rosto pronunciado, cabelo ruivo encaracolado, óculos de aro de metal. Vestia um casaco esporte axadrezado dois números maior do que o seu, o traje de um proprietário rural com bolsos para balas de espingarda ou espigas de milho para jogar aos porcos. Ele queria ver o cardápio.

— Nas viagens modernas não há artistas, somente críticos — disse-me ele.

— Você está cansado — disse Ann.

— Por um lado, não há nada de novo a se deduzir de tudo isso. Por outro, há tanta coisa a descartar como exagero ou simplesmente porcaria. Meu senso crítico recebeu uma carga de confiança nestas últimas semanas. É estimulante para a auto-estima de alguém ser capaz de julgar continentes inteiros como de segunda categoria.

O Extremo Oriente de onde Peter viera, colocava-o num especial estado de censura. Havia muito vigor em suas observações, que parecia pairar sobre o corpo caído como um brilho póstumo.

— Incidentalmente, o telefone tocou quando eu ia saindo. Atenas é um lugar onde você tira o fone do gancho e o telefone continua tocando.

Perguntei-lhe que tipo de matemática ele estudava. Não conseguiu decidir se me dizia ou não. Mencionou contudo que em Berkeley se achava numa posição favorável para estudar dois dos prodígios esotéricos de nossos tempos. Matemática pura e o Estado da Califórnia. Não havia analogias de espécie alguma do mundo real que pudessem ajudá-lo a explicar qualquer um dos dois. Ele começou a desaparecer embaixo da mesa.

— Quem era? — perguntou ela.

— O quê?

— Quem era ao telefone?

— Bem, quando percebi que o telefone não ia parar de tocar, desliguei-o. Mas ele tornou a tocar. Um sujeito grego. Era engano.

Ela inclinou a garrafa de vinho para ler a etiqueta.

— Ligações erradas são um sistema de vida — disse eu. — Telefones mudam constantemente de mãos. Pessoas os compram, herdam. Já aprendi mais grego com pessoas que ligaram errado. . .

Por fim, Charles apareceu, fazendo-nos voltar momentaneamente ao nosso ritmo descuidado. Falou de pessoas que haviam partido ou chegado, política local. Maldições e obscenidades em suaíli, rosnando-as dentro da mão que segurava o cigarro. A peculiaridade que ele transmitia, um homem que se mantém forte enquanto se desgasta, um aspecto de robusta corrosão, tornava-se sempre mais evidente quando eu o via depois de certo tempo.

— Seu filho recusa-se a me dizer a que espécie de matemática se dedica. Se você lhe explicar que eu costumava escrever textos técnicos de vez em quando, talvez ele se decida a falar comigo.

— Textos técnicos. Ele lida com a verdade e a beleza. Está dizendo a coisa errada, James. Textos técnicos!

— Só quero dizer que estou familiarizado com parte da nomenclatura. Posso ser capaz de distinguir uma disciplina da outra.

— Isso não o impressiona — disse Charles. — Olhe só para ele.

— Não se impressiona. O que posso fazer para provar quem sou? Faça um teste comigo.

Ann conversava com alguém na mesa ao lado. Estávamos todos passando o tempo.

— Não há nenhum teste — retorquiu Charles. — O único teste é a matemática. Você tem de saber os segredos. Olhe só para ele. Não fala com ninguém. Diz que não é capaz de falar sobre o assunto. Há certas coisas que não pode discutir com seus *professores*. É demasiado rarefeito. Não há sentido algum se não se conhecem os segredos, os códigos. Não significa nada, não diz nada, refere-se a nada, é de fato absolutamente inútil.

Peter Maitland comeu seu almoço.

— Não se relaciona com experiência humana, progresso humano, linguagem comum humana — disse Charles. — Deve ser uma forma de zoologia, algum ramo da zoologia. O ramo dos grandes macacos. É por isso que os homens estão ensinando macacos a se comunicar. Para que possamos discutir matemática com eles. — Já tinham discutido isso antes. — É interessante por si só. Refere-se a si mesma e só a si mesma. É o puro exercício da mente. Rosa-crucianismo, druidas encapuzados. Os equilíbrios formais, é isso o que conta. Os padrões, as estruturas. São as coerências internas que temos de procurar. As simetrias, as harmonias, os mistérios, os sussurros. Santo Deus, Axton, não pode esperar que um homem fale de tais coisas!

— Acha que ele está fazendo um de seus números circenses? — perguntou Peter à mãe, enquanto dava uma garfada na torta de espinafre. — Depois vai fazer malabarismo com laranjas?

Ela não estava ouvindo.

— Como ele fica feliz por estar errado — disse Peter. — É sua origem especial. Adora voltar a ela. Naturalmente, sabe quão profundamente sua interpretação é errada. Isso é parte do prazer da coisa. O que importa mesmo é fingir não saber. Assim como algumas pessoas protegem sua inexperiência ou seu medo, esse homem protege seu conhecimento da verdadeira situação. É uma maneira de desdobrar a culpa. A inocência dele, a culpa dos outros. Há uma relação proporcional. Esse é o tema de sua vida, fingir a ignorância. É o que realmente o impele para a frente.

Peter falava para mim. Charles fixava os olhos no trânsito como se nada daquilo tivesse a ver com ele ou como se fosse, na pior das hipóteses, uma extensão da dissertação sobre matemática.

— Estou esperando pela aposentadoria deles. Querem ir viver na Califórnia. Nós nos veremos nos feriados americanos. Charlie irá beber cerveja leve e assistir ao campeonato de futebol. Comeremos peru no Dia de Ação de Graças. Minha querida mãe finalmente poderá fazer seu passeio pelas casas das estrelas de cinema. É claro que todas as estrelas de quem ouviu falar já morreram há muito, quer ela saiba ou não. Enquanto ela se achava nas florestas, pântanos e colinas, todas as luzes néon foram, uma a uma, se apagando.

De novo eles estavam se sentindo felizes. Peter tomou um gole do vinho de sua mãe, depois dirigiu outro olhar para o meu lado, esquisito, fingindo zanga.

— Quem é você, afinal — disse ele —, para que eu deva lhe contar nossos segredos?

Enquanto ríamos, pensei que talvez jamais tornasse a ver aqueles dois da mesma maneira. Peter alterara-os não somente pelo que dissera mas por uma simples extensão física da imagem local que transmitiam. Ele era o ápice, a revelação plena. Sabia dos casos da mãe, das fraquezas do pai, e senti que em certo sentido ele me roubara essas coisas. Eu queria esquecê-lo, o rosto proeminente, o curioso ar antiquado, a voz com tom queixoso auto-referente. Eu temia que meu romance com Ann Maitland terminasse, meu romance de palavras, o agradável, distante, especulativo desejo.

Ann e Peter resolveram dar um passeio a pé. Vimo-los cruzar o pequeno parque, onde esperaram por uma chance para enfrentar o tráfego.

— Lá vão eles — disse Charles. — As vinte e quatro horas de minha vida. Dia e noite.

— Ele algum dia lhe disse o que está fazendo?

— Em matemática? Suponho que algo impressionante. Ele espera estar liquidado aos vinte e cinco anos. Veremos como irá se adaptar a isso.

Havia em Peter um ar antiquado de celibato. Tinha a força teimosa de algum juramento que um menino poderia ter feito aos catorze anos, arrogante, sua vida subitamente desembocando numa poderosa indecisão — um compromisso que o homem, em seu espaço escrupulosamente esculpido, poderia decidir-se a honrar. Tive um de meus pensamentos sentimentais. Um dia, muito breve, ele encontraria uma mulher e imediatamente se transformaria. O aparato de queixa se desfaria. Sua sagacidade seria superada pelo poder do amor.

Minha secretária, a sra. Helen, usava fixador no cabelo amarelo e tinha as maneiras ultrapolidas de alguém que desejaria que a atmosfera fosse um pouco mais formal. Um delicado perfume de pó-de-arroz assinalava suas idas e vindas. Ela gostava de se preocupar com o chá e os verbos gregos, que estava me ajudando a entender, e tinha uma predileção por tudo o que fosse britânico, ou quase, ou que aspirasse a sê-lo.

Ela achava que Owen Brademas pertencia a essa categoria. Ele estivera no escritório me procurando e embora ela o tivesse convidado a esperar ele disse que tinha umas coisas a fazer e voltaria mais tarde.

Li os telex, rubriquei-os e coloquei nas respectivas caixas vários memorandos de opção. A sra. Helen descreveu-me as mãozinhas de seu neto recém-nascido. Ela me chamava de sr. Oxtone.

Era versada em todos os códigos e costumes sociais. Aconselhava-me sobre as respostas corretas em grego a cumprimentos habituais ou a perguntas sobre minha saúde e sugeria frases que eu deveria usar com alguém que estivesse fazendo aniversário, alguém que se achasse doente. Sobre comida e bebida, ela era firme, insistindo em que havia uma ordem certa para se tomar o café, a água e as ricas compotas que provavelmente me seriam oferecidos nas casas. Havia até um lugar correto para deixar a colher quando terminasse de usá-la.

Ela praticava um asseio demoníaco no escritório. Era duas vezes divorciada, uma vez viúva, e referia-se a esses eventos com um bom humor mais ou menos idêntico.

Quando Owen apareceu, vi por que ela o imaginara britânico ou alguém que aspirasse a essa posição. Owen usava um chapéu de aba larga de feltro peludo, um cachecol de lã enrolado duas vezes no pescoço com uma ponta pendurada no ombro, um casaco cinturado de veludo cotelê meio ensebado, com botões de couro e reforços nos cotovelos. Parecia, se não um britânico, um ator britânico interpretando seu personagem, um expatriado exausto num país qualquer.

— Justo o homem que quero ver.

— Eu não poderia passar por esta cidade sem vir lhe dar um alô, James.

— Preciso que você confirme uma teoria.

Dirigimo-nos para uma *ouzerí* nas imediações, uma velha e enfumaçada sala de teto alto e cartazes nas colunas e paredes anunciando biscoitos ingleses e uísque escocês. Bebemos e conversamos durante três horas.

— Por onde tem andado?

— Passei um tempo na ilha. Depois viajei pelo Peloponeso. Tomei ônibus, caminhei, apanhei resfriados.

— Onde, exatamente?

— O sul do Peloponeso. A teta do meio.

— O Mani.

— Conhece o lugar?

— Só de reputação — disse eu. — O que está fazendo em Atenas?

— Quero dar outra espiada na coleção epigráfica do Museu Nacional. Um local que me interessa. Na verdade, é uma biblioteca de pedras. Uma imensa sala com quatro prateleiras de alto a baixo em duas compridas paredes.

— Prateleiras cheias de pedras.

— Muitas centenas de pedras, numeradas. Partes de colunas, paredes, placas, relevos comemorativos. Todas com inscrições, é claro. Em alguns casos tudo o que resta são umas poucas letras. Há pedras com palavras, fragmentos maiores. Os gregos fizeram do alfabeto uma arte. Davam às letras uma simetria e um sentido de que algo definitivo fora feito com os riscos de figuras de várias formas primitivas. Moderno. As pedras são de muitos formatos e tamanhos. Ninguém nunca vai lá. O guarda segue-me a uma distância discreta. Há uma mesa e uma lâmpada. Você apanha uma pedra da prateleira, coloca-a na mesa, depois se senta e lê o que está inscrito, estuda as formas.

Ele sorriu inclinando a cadeira contra uma coluna. Senti que essa era a imagem que queria me deixar. Um homem numa sala cheia de pedras, lendo.

— Fui a Jerusalém com Volterra.

— Jerusalém.

— Você sabia?

— Não, não sabia.

— Voltei com algumas perguntas para você.

— Ótimo — disse ele. — Farei o que puder.

— As perguntas não se referem à viagem, mas ao que julgo que aprendi lá, ao que ouvi.

— Esta é a teoria que quer que eu confirme.

— Exatamente.

— Muito bem — disse ele.

— Primeiro o velho na ilha.

— O assassinato.

— O velho deficiente mental. Seu corpo não foi encontrado na aldeia onde ele morava, mas em outra parte da ilha.

— Correto.

— Por acaso sabe o nome do velho? Eu não sei.

— Chamava-se Michaeli. Passei a semana inteira ouvindo esse nome.

— Qual era seu sobrenome?

Estávamos nos entreolhando. Seu rosto mostrava um melancólico alívio, quase uma libertação. O barulho das conversas aumentava ao nosso redor.

— Seu nome todo era Michaelis Kalliambetsos.

— Ambos sabemos o nome da aldeia — disse eu. — Mikro Kamíni.

— Correto.

— O que significa tudo isso?

— Eu não procuraria significados, James.

— Eles encontraram um homem cujas iniciais combinavam com a primeira letra de cada palavra de um determinado nome de local. Ou levaram o velho até esse local ou esperaram que ele passasse por lá. Então o mataram.

— Sim. Parece que foi isso o que aconteceu.

— Por quê?

— As letras combinavam.

— Isso não é resposta.

— Eu não buscaria respostas — disse ele.

— O que você procuraria, Owen? Disse uma vez que estava tentando compreender como funcionava a cabeça deles. Padrão, ordem, alguma espécie de luz unificadora. É com isso que devemos nos contentar?

Ele ergueu os olhos para o sótão desabitado, ainda inclinado na cadeira, segurando junto ao peito o copo de uísque.

— E quanto à outra ilha? — perguntei. — E houve a mulher no Wadi Rum.

— Não sei os detalhes desses crimes. Martelos. É só o que sei.

— Houve um assassinato numa aldeia cristã na Síria. Alguns homens viviam numa caverna lá por perto. Um deles tentou falar aramaico. As iniciais da vítima estavam entalhadas na faca que usaram para matá-lo. Sabe algum coisa a esse respeito?

— Não sei o nome da vítima, mas creio que posso lhe dizer que seu prenome e o sobrenome começavam com a mesma letra, um *M*.

— Como sabe disso?

— A aldeia se chama Malula. Fica abaixo de várias saliências rochosas. Estive lá há trinta anos. Há inscrições nas cavernas.

— Você tem se mantido a par das coisas. Andou falando com eles, não é mesmo? O que mais sabe?

— James, por que me atacar? Não reconhece a impotência quando a vê? Olhe para um homem que há muito desistiu de si mesmo. Um homem que se entrega à turba mais próxima. Para quê, não tenho certeza.

— Alguém tem que demonstrar alguma cólera.

— Considere que cumpriu sua tarefa. O que mais sei sobre a seita? Basicamente, o que você sabe.

— Podemos presumir que as iniciais na faca eram em aramaico?

— O pessoal da seita parece decidido a usar a linguagem local. Tenho a impressão de que ninguém hoje em dia escreve em aramaico.

— Tenho certeza de que eles usaram algum antigo manuscrito que conheciam ou puderam encontrar. O *M* aramaico de 800 a.C. era uma letra pontuda, um raio bifurcado. Por volta do século IV a letra evoluíra para uma curva graciosa, lembrando a forma arábica, embora ainda bem diferente. Seja qual for a versão que gravaram na arma, era um *M* ou um duplo *M*.

— Por que usaram uma faca e não um martelo?

— Uma unidade ou grupo diferente. Possivelmente, a arma é irrelevante. Eles usam o que têm à mão. Não sei.

— Ninguém jamais mencionou iniciais das vítimas nos martelos que foram encontrados.

— Um grupo diferente, práticas diferentes.

Silêncio. Fiquei esperando que dissesse alguma coisa sobre minha descoberta. Afinal, eu me entusiasmara quando me ocorreu a intuição, no teatro romano, de que havia algum elo alfabético entre o nome da vítima e o lugar em que ele ou ela fora assassinado. Um terrível entusiasmo. Uma constatação ligada ao vazio e ao medo. O que esperava eu, congratulações?

Contei a Owen sobre Vosdanik, suas referências a santos homens, mito e história; ao antigo costume de riscar o nome de um inimigo em alguma peça de cerâmica, depois despedaçá-la; à escavação onde ele ouvira pela primeira vez falar da seita; às visões religiosas e à língua que Jesus falava.

— Nada disso tem a ver — disse Owen.

Ele sabia da vasta escavação perto do mar da Galiléia. Era em Megiddo, disse ele, que pensam ter sido o Armagedon bíblico. Alusivo, sugestivo. (*Eu sou alfa e omega.*) Quase tudo que Vosdanik dissera, quase todas as pistas relevantes que se poderia seguir para chegar à origem ou finalidade do culto pareciam significar alguma coisa, ter um sentido, um conteúdo. Owen desconsiderou tudo isso. Eles não estavam repetindo costumes antigos, não eram influenciados pelo simbolismo de livros sagrados ou terras estéreis, não estavam apelando para deuses egípcios ou minóicos, ou um sacrifício, um gesto para impedir catástrofes.

Mas tampouco eram o produto de seus próprios delírios, esses genocidas que agora conhecemos tão bem, os comunicadores de massa, funcionando aparentemente de dentro de uma tela particular, conscientes da platéia que sabem excitar de modo agradável.

— Achamos que conhecíamos esse cenário. O genocida em seu quarto mobiliado, um homem de seu próprio século, dando rações a seu pastor alemão. Os noticiários estão cheios de cenários, não é mesmo, James? Você mesmo me disse isso ontem à noite. Homens disparando armas de passagens elevadas, de águas-furtadas. Desconectados do mundo. Penso que foi a isso que você se referiu como apolítico no sentido mais amplo. Os assassinatos se afastam de nós. Que desperdício!

Conhecemos essas famílias emaciadas cujas explorações noturnas nos lembram tanto nossas brincadeiras infantis. Conhecemos o homem que estrangula com meias, o pistoleiro de olhos sonolentos, o matador de mulheres, o assassino de velhos vagabundos, o assassino de negros, o atirador solitário, o esfaqueador vestido de couro, o sodomita dos telhados que atira crianças no estreito beco abaixo. Essas coisas estão na literatura, juntamente com os gritos das vítimas, em alguns casos, que seus assassinos julgaram instrutivo gravar em fita.

Aqui, disse ele, temos uma série de crimes que nos levam mais além de tudo isso. Aqui há uma assinatura diferente, um cálculo mais profundo e austero. Os assassinatos têm um planejamento tão surpreendente que tendemos a desconsiderar o próprio ato, as repetidas marteladas e facadas, o sangue jorrando. Mal levamos em conta as vítimas, exceto como elementos na configuração.

Não há nada na literatura, nada no folclore. E que uso notável para seus impulsos humanitários esses cultistas descobriam. Liquidando o pária débil mental, o que está para morrer. Ou será que a escolha das vítimas quer significar uma declaração de que esses atos são cometidos fora da estrutura social aceita, fora das rotinas úteis que nós próprios habitamos, e não deve ter maior importância? O que foi perdido? Pense nisso como um experimento que a mente solitária faz com seus afiados recursos.

Mas isso não é a natureza humana que poderíamos estudar em algum menino vivendo sozinho na floresta. A seita compõe-se de pessoas que em determinado ponto de suas vidas foram educadas. Lêem, conversam umas com as outras. Não são totalmente isoladas, não é assim?

Assim falávamos, assim discutíamos, desempenhando papéis, descartando-os, o teórico social, o interrogador, o criminologista.

Ele recolocou a cadeira na posição normal como se demonstrasse alguma coisa (imagino isso), por exemplo, o que estávamos tentando fazer com toda essa conversa, estabelecer uma premissa para o ato, colocá-lo em algum nível fixo com relação à terra. Mas o que disse em seguida saiu de parte alguma ou de ondas de outra ocasião. Momentos passados tinham um jeito de aflorar-lhe ao rosto, em reconhecimentos retardados, e ele simplesmente entrava no pensamento falado.

— Sempre acreditei que podia ver coisas que os outros não viam. Elementos que se encaixam. Um padrão, um contorno no caos das coisas. Acho esses momentos preciosos e tranqüilizadores, pois acontecem fora de mim, fora da grade silenciosa, porque sugerem um estado exterior que funciona mais ou menos como minha mente mas sem a inflexibilidade, a predeterminação. Sinto que estarei a salvo de mim mesmo enquanto houver padrões aleatórios no mundo físico.

Perguntei-lhe se ele vinha sentindo aquilo há muito tempo, a necessidade de estar a salvo de si mesmo. A pergunta o surpreendeu. Parecia acreditar que todo mundo sentia a mesma coisa, o tempo todo. Contou que quando era menino, o lugar seguro era uma igreja, junto a um rio, entre choupos, à sombra das longas tardes. A galeria do coro estendia-se na parede dos fundos, os bancos eram estreitos e duros. O ministro gesticulava, cantava e orava à maneira promocional de um líder cívico, suado e vermelho, um homem grande de cabelos brancos, retumbando junto ao rio. A luz banhava os bancos com a misteriosa suavidade de alguma bênção relembrada, algum sério e feliz lampejo de outro mundo. Era uma *lembrança* de luz, uma lembrança que se podia ver no momento presente, sentir no calor das mãos, era uma luz demasiado densa para ser uma exposição imediata das coisas, levava em si história, era uma luz filtrada através da poeira do tempo. Jesus Cristo era o nome de dois gumes, meio militante, meio amoroso, que fazia com que as pessoas se sentissem tão bem. A esposa do ministro conversava freqüentemente com ele, uma mulher miúda, de mãos sardentas.

Quando as coisas pioraram, eles se mudaram para as pradarias, seus pais se filiaram à igreja pentecostal. Não havia nada seguro nessa igreja. Era velha, banal, isolada, tinha goteiras, deixava entrar tudo, menos luz. Uma congregação de gente pobre, e a maior parte dela entrava em transe e falava línguas desconhecidas. Era terrível de se ver e ouvir. Seu pai havia partido para algum lugar distante e a mãe batia palmas e chorava. A voz das pessoas variava de sussurros a alaridos, uma cantinela titubeante, uma busca de melodia e fôlego, corpos erguiam-se, tentativas de sanar uma fragmentação. Olhos fechados, cabeças sacudindo. Os que estavam em pé e os ajoelhados. O som arrevezado, o jorrar de palavras descobertas, os braços erguidos, o frêmito. Que singularidade para o menino em seu anseio solitário, sua necessidade de segurança e luz duas vezes vista.

— Você também entrava em transe? — perguntei.

Seus olhos no habitual espanto, seu brando temor, agora tornaram-se atentos, como se ele houvesse se detido para analisar o que estava sentindo e seu significado. Não, não tinha entrado em transe. Nunca falara. Não conhecia a experiência. Não que fosse uma experiência confinada a alguma categoria estrita, o camponês pobre, os despossuídos. Muitos tipos de pessoas conheciam a experiência. Executivos de Dallas entravam em transe nas assembléias evangélicas no opulento Hyatt. Os católicos conheciam a experiência, e os negros da classe média dos carismáticos cultos renovados e as associações de dentistas cristãos. Imagine a surpresa daqueles contribuintes, disse ele, daqueles veteranos de churrascos ao ar livre, ao saber que eram portadores do êxtase.

Não havia porém razão alguma para a experiência ocorrer apenas num contexto religioso. Era uma experiência neutra. Aprende-se, disse ele, ou se deixa de aprender. É comportamento adquirido, linguagem fabricada, sem significado. Segundo os psicólogos, trata-se de um foco vital para pessoas deprimidas.

Ele media o que dizia como um homem decidido a ser objetivo, absolutamente convencido da sensatez de uma proposição, mas perguntando a si mesmo vagamente (ou tentando lembrar-se) se alguma coisa não ficara para trás.

— O que ficou para trás, Owen?

— Ah, é o que me pergunto.

— Onde está hospedado?

— Uns colegas me cederam um quarto na Escola Americana. Conhece o lugar?

— Moro um pouco adiante, na mesma rua.

— Então tornaremos a nos ver. Ótimo. Vou passar uma semana aqui. Depois partirei para Bombaim num cargueiro.

— Então, depois é a Índia.

— Índia.

— Você nos disse uma vez.

— Sânscrito.

— Sâncrito, pali, tâmil, oria, bengali, telegu. É uma loucura, James. Editos em pedra em línguas antigas. Vou ver o que posso fazer antes que o dinheiro acabe ou as chuvas comecem. Quando começam as chuvas?

— Outra coisa que você nos disse numa daquelas noites na ilha. Eles estão no continente. No Peloponeso.

— Uma suposição.

— De certa forma, você quer que outras pessoas se envolvam nisso, não é exato? Não tenho certeza se tem mesmo consciência disso mas não quer ficar sozinho nesse empreendimento. Com Kathryn não havia chance alguma — ela estava resolvida a se manter distante. No meu caso, havia apenas um interesse relativo, só pela conversa. Mas em Volterra você encontrou um ouvinte disposto, de certo modo um ouvinte participante. Ele não demonstrou relutância alguma, nenhum escrúpulo sobre o que eles fizeram. É um homem cujo interesse pelas coisas pode ser quase mortífero. Ele queria saber mais, queria *encontrá-los*. Você lhe apontou uma certa direção. Não tenho certeza se era a melhor direção e a mais simples. Suspeito que você tenha querido guardar para si o grupo local. Não que você tenha enganado Frank. Disse-lhe a verdade, a verdade parcial. Mandou-o em busca de um segundo ou terceiro grupo, seja lá qual for o número correto. Qual é o número correto?

— Provavelmente três. Não mais do que quatro.

— Um está na Grécia.

— Você está supondo — disse ele.

— Outro está na Jordânia. Um terceiro esteve na Síria — não sei há quanto tempo. Vosdanik mencionou a Síria, mencionou a Jordânia, falou-nos também de um assassinato ritual no norte do Irã. Mas não ficou claro a quantos grupos ele estava se referindo.

— Esqueça — disse Owen.

— Foi o que eu disse a Frank. Esqueça.

Eles estão empenhados numa trabalhosa negação. Podemos vê-los como pessoas dispostas a ritualizar uma negativa de nossa natureza básica. Comer, defecar, sentir coisas, sobreviver. Fazer o que é necessário, satisfazer o que em nós é animal, seres orgânicos, comedores de carne, tudo sensação de sangue e digestão.

— Por que a negação dessas coisas deveria acabar em assassinato?

Sabemos que vamos morrer. Em certo sentido esta é nossa graça salvadora. A não ser nós, nenhum animal sabe disso. É uma das coisas que nos destaca. É nossa tristeza especial, esse conhecimento, e portanto uma riqueza, uma santificação. A negação última de nossa realidade básica, nessa esquematização, é produzir uma morte. Esse é o drama implacável de nossa condição. Uma morte inútil. Uma morte por sistema, por intelecto-máquina.

Assim falamos, assim discutimos, o antropólogo, o narrador de histórias, o lógico doido. Estranho que quando tornamos a nos ver não tivesse sido naquela semana, em Atenas, com apenas meio quarteirão nos separando. Talvez todas aquelas conversas tenham nos aproximado mais de um entendimento, de uma cumplicidade, do que queríamos ter.

À luz do céu baixo, a cidade é próxima e esculpida. Nada das mortalhas brancas do verão, suas falhas de distância e perspectiva. Há ângulos de sombra, superfícies iluminadas, áreas de arcos acinzentados e canais. Roupas lavadas agitam-se ao vento nos telhados e nas varandas das casas. Contra um céu urgente, com trovoadas ecoando no golfo, essa roupa lavada esvoaçante pode ser uma coisa emblemática e comovente. Sempre a lavagem de roupas, sempre a solitária velha de preto num infindável luto. Ela perturba a compostura do edifício moderno com seu interfone e vestíbulo atapetado, seu revestimento de mármore.

Em certas noites o vento nunca cessa, começando com uma rajada estridente, que se amplia e se aprofunda numa força descuidada e promissora, sacudindo venezianas, derrubando objetos das sacadas, criando uma pausa em nosso espírito, uma espera-da-plena-força-prestes-a-golpear. Dentro do apartamento, portas de armários escancaram-se, fecham-se bruscamente. No dia seguinte, ele volta a soprar, uma algazarra nas aléias.

Uma única nuvem, baixa, serpenteante, adere às encostas do Himeto. A montanha parece acumular atmosfera, dar-lhe uma estrutura, um aspecto além do físico, da ameaça meteorológica, ou seja, a luz interior das coisas. O sol e lua erguem-se atrás da montanha e nos últimos instantes de certos dias um lindo colorido aparece nas alturas, passando ao violeta, rosa queimado. A nuvem está agora lá, uma forma, densa e branca, escondendo o radar voltado para o leste.

Garotas usam impermeáveis com alamares. Quando as chuvas são pesadas há enchentes, gente morre. Um certo tipo de velho é visto de boina preta, caminhando com as mãos cruzadas nas costas.

Charles Maitland veio me visitar, produzindo uma série de efeitos sonoros ao despir sua impermeabilizada. Encaminhou-se para uma poltrona e se instalou.

— Está na hora da minha xícara de chocolate da meia-noite.

Eram sete horas e ele queria uma cerveja.

— Onde estão seus tapetes? — perguntou.

— Não tenho nenhum tapete.

— Todo mundo nesta zona tem tapetes. Todos nós temos tapetes. É o que *fazemos*, James, comprar tapetes.

— Não estou interessado em tapetes. Não sou dado a tapetes, como diriam os Borden.

— Estive ontem lá. Eles têm alguns do Turquistão e do Baluchistão, recém-saídos da alfândega. Muito bonitos.

— Não significam nada para mim.

— As regiões de tecelagem estão se tornando inacessíveis. Até mesmo países inteiros. É quase tarde demais para se ir à fonte. Tarde demais em muitos casos. Parece que andam juntos, tecelagem de tapetes e instabilidade política.

Detivemo-nos pensando no assunto.

— Ou lei marcial e mulheres grávidas — disse eu.

— Sim — respondeu ele lentamente, olhando-me. — Ou sobremesas pegajosas e filas para gasolina.

— Sandálias de plástico e decapitações públicas.

— Piedosa preocupação com o futuro dos beduínos. Isso vai com o quê?

Ele inclinou-se para a frente, folheando as páginas de uma revista sobre a mesa baixa. Um som de chuva nas grades do terraço.

— Quem você acha que é? — perguntei. — Será o grego? Eliades?

Ele ergueu bruscamente os olhos.

— Só uma suposição — disse eu. — Notei os dois durante o jantar aquela noite.

— Você não notou nada. Ela nunca daria a ninguém motivo para notar. Seja o que for que ela esteja fazendo, garanto-lhe que não está sendo notado.

— Sei que não devia ter falado nisso. Não tenho o direito. Mas está pairando no ar. Até seu filho faz referências. Não quero ter de adotar uma linguagem críptica ou um jeito de evitar que nos olhemos nos olhos.

— Que grego? — perguntou ele.

— Eliades. A noite em que David e Lindsay tomaram o famoso banho de mar. Um homem forte, de barba negra.

— Com quem ele estava?

— Com o alemão. Havia um alemão. Ele fora lá para encontrar alguém que nunca apareceu. Alguém que David conhece. Sistemas de refrigeração.

— Você não viu nada. Eu nunca acreditaria que ela deu motivo a alguém para notar.

— Não foi o que vi. Foi o que ouvi. Ela falou com ele em grego.

Fiquei esperando que ele me dissesse a estupidez que era acreditar que isso significasse alguma coisa. Senti-me estúpido dizendo isso. Mas o som da voz dela, o jeito como soou, a maneira como insinuou uma intimidade, uma mútua confiança, afastando-os do resto de nós, a maneira como baixou para um sussurro — o momento me obsedava.

Charles não me disse que eu era estúpido. Continuou virando as páginas, possivelmente pensando naquela noite, tentando relembrar. Eram tantos jantares, amigos, gente de passagem, tantos nomes e sotaques. Eu podia vê-lo tentando criar uma noite de verão em torno de uma única imagem, Lindsay na praia, à meia-luz, rindo. Ele não conseguia fazer a conexão. Mais uma tristeza no meio das coisas.

— Em Port Harcourt eu fiquei alucinado. Sabe que ela me deixou?

— Sei.

— Não foi por causa de outro. Simplesmente, ela me deixou.

— Ela sentia solidão. O que esperava você?

— O grego — disse ele, como se fosse um nome extraviado.

— Foi na Tunísia que o conheci? Vimo-nos mais tarde no aeroporto, voltamos para Atenas juntos? Levei-o a minha casa para um drinque. Sentamo-nos todos e conversamos. Não acha que é um cenário aceitável? Não tornei a vê-lo até a noite que você descreveu.

181

Fomos ao cinema juntos, depois jantamos, vimos um homem tão gordo que teve de descer de lado um lance de escada. O vento manteve-me acordado essa noite até duas ou três horas da manhã, um ruído persistente, um rugir nos muros.

Quando entrei no vestíbulo na noite seguinte, Niko estava no balcão com uma xícara de café e o jornal. Tinha a filhinha no colo e deslocava-a de um lado para outro a fim de ler o jornal.

— Frio.
— Frio — disse eu.
— Chuva.
— Garoa.

Enquanto esperava o elevador, falei um pouco com a garotinha. Disse que ela tinha dois sapatos. Um, dois. Disse que seus olhos eram castanhos, assim como o cabelo. Ela derrubou a xícara vazia de café no pires. A mulher do zelador apareceu, volumosa, de chinelos.

— Frio.
— Frio.
— Muito frio.

Mais tarde, meu pai telefonou.

— Que horas são aí? — perguntou ele.

Falamos sobre a hora, sobre o tempo. Ele tinha recebido uma carta de Tap e um cartão de Kathryn. Disse que no final do cartão estava impressa a seguinte frase: *Nenhuma árvore foi destruída para fabricar este cartão.* Isso o aborreceu. Típico de Kathryn, disse ele. A maior parte de sua raiva era dirigida contra a TV. Toda aquela violência, crime, covardia, política, impostura do governo, toda aquela conciliação, pusilanimidade oficial. Isso o amargurava, transformava-o numa bola de fúria, um feto de pura cólera. O noticiário das seis horas, o noticiário das sete horas, o noticiário das onze horas. Ele ficava lá sentado, acumulando sua ira, curvado, com seu pudim de tapioca. A TV era uma máquina de fabricar raiva, agindo o tempo todo sobre ele, dando-lhe direção e escopo, ampliando-o num sentido, enchendo-o de uma raiva mundial. Um grande pretexto para sofrimento e rancor.

— Eles têm pedágio de troco certo? — gritou-me ele. — E quanto a queijo de cabra, Murph quer saber. No caso de lhe fazermos uma visita, o que acho bem pouco provável.

Quando a luz violeta cai sobre o Himeto, quando o céu subitamente se enche de pássaros, altas colunas ondulantes em espiral, às vezes quero me afastar. Essas formações de pássaros misturam-se, lampejam, planam, passam do claro para o escuro, revolvem e treme-luzem, lenços de seda adejam ao vento. Faixas de luz vazam de maciços de nuvens. A montanha é um carvão ardente. Como pode a cidade continuar funcionando, ônibus abrindo caminho através da poeira, enquanto essas forças convergem no ar, radiâncias e leis naturais, esse vôo codificado de pássaros, um dia de inverno? Às vezes penso que sou o único a ver isso. Às vezes, também, retorno a alguma coisa que estivera fazendo, à minha revista, meu dicionário inglês-grego. Saio do terraço e sento-me de costas para a porta corrediça. *Você não permite a si mesmo o pleno prazer das coisas.*

Um guarda de trânsito de manga branca está parado no escuro, gesticulando, mandando avançar a aglomeração de vultos. Ouço o silvo cadenciado de uma ambulância retida no tráfego. Como é difícil encontrar a forma lírica que planejamos para acompanhar nossas cidades à sua nostálgica perdição. Uma evolução da visão. A sensibilidade que nos capacita a ver a beleza arruinada desses lugares não pode ser facilmente adaptada a Atenas, onde a superfície das coisas é em grande parte nova, onde a ruína é administrada de forma diferente, a extinção indiscernível da construção e demolição literais. O que acontece quando uma cidade não pode seguir ansiosamente para o seu fim, não pode ser abandonada pouco a pouco à sua verdade danificada, às suas antigas camadas de tijolo e ferro? Quando contém apenas a tensão e a paralisia do novo superficial? Paralisia. É isto o que a cidade nos ensina a temer.

A ambulância continua retida, gemendo na noite. Os quiosques estão agora iluminados.

8

Estávamos parados à margem da estrada, urinando ao vento. Um caçador vestido com um blusão de camuflagem saiu da mata e nos gritou uma saudação. Vapor subia do leito do rio.

— E agora aonde vamos?

— Atravessamos essa cordilheira, almoçamos, seguimos de carro para o sul.

— Tudo bem — disse ele.

— Você gosta da idéia.

— Desde que seja de carro. Quero continuar guiando. Gosto de dirigir.

Estas montanhas contêm um sentido de tempo, tempo geológico. Arredondadas, desprovidas de cor e de vegetação. Elas permanecem em embrião, um processo de desdobramento, ou talvez morrendo engelhadas. Tinham um ar de acontecimentos brutos. Mas o que mais? Levei algum tempo para compreender de que maneira precisa essas pálidas massas, a sudoeste de Argos, pareciam tão estranhas e irredutíveis, de que modo provocavam em mim um esforço mental, obrigando-me a desviar repetidamente os olhos, mantê-los atentos ao volante, fixos na estrada. Eram montanhas enquanto rudimentos semânticos, as mais simples definições de si mesmas.

— Talvez lá embaixo esteja mais quente.

— Embaixo até onde?

— Até o final — disse eu. — Onde termina a Europa.

— Não me importo com o frio.

Tap nada tinha a dizer sobre a paisagem. Parecia interessado no que víamos, às vezes até fascinado, mas nada dizia, olhava pela janela, contemplava as colinas. Acabei fazendo o mesmo, falando sobre qualquer coisa a não ser o que via lá fora. Deixamos que os traços se compusessem, os céus de teto baixo e a névoa, os cumes guarnecidos por quilômetros de antigas muralhas, ameias tombadas, aquela melancolia típica do Peloponeso. Por quase toda parte paira a lembrança de guerra, um pesadume e morte. Castelos francos, fortalezas turcas, cidades medievais em ruínas, os pórticos e as cisternas abobadadas, os maciços muros de calcário, as sepulturas de coruchéu, as igrejas vazias com seu desbotado Todo-Poderoso flutuando no domo, o Senhor curvado, o não-euclidiano, e abaixo as lamparinas votivas, o trono de carvalho, os ícones nas galerias laterais, sangue e ouro bizantinos. Só o que fizemos foi subir, guiar e subir. Durante três dias o tempo esteve encoberto e frio. Escalamos as trilhas de cascalho, as picadas de cabras e jumentos, as escadas de túnel, as sulcadas veredas em espiral para as cidades acima, escalamos as torres góticas, as largas rampas dos outeiros de palácios micênicos.

— Quando estou nadando, papai. . .

— Sim?

— E enfio minha cabeça debaixo d'água. . .

— Sim.

— Por que a água não entra em meus ouvidos e nariz e enche todo o meu corpo, levando-me para o fundo, onde sou esmagado pela pressão?

Sul. Planícies e pomares. À distância, álamos desfolhados, um brilho difuso de seda cardada. Esta não era uma estrada ruim. Outras eram irreconhecíveis, algumas quase desmoronadas na borda das montanhas, desfeitas pelas chuvas, ou cheias de pedras, ou terminando numa pilha de seixos, máquinas cobertas de lama cinzenta.

— Pronto — disse ele. — Esta é a questão. Estou acabado.

Agora, adiante e acima de nós, o vasto cume nevado do Taigeto. Essa é uma cordilheira que desce pelo Mani, a península central do sul do Peloponeso, a teta do meio, como a chamara Owen, só montanha e costa selvagem.

Durante toda a tarde, vimos meia dúzia de carros e outros tantos homens com cães e espingardas. Um homem montado a cavalo, uma mulher que caminhava atrás dele segurando o rabo do animal.

As aldeias eram pequenas, com ruas e praças vazias. O vento soprava nas oliveiras, causando um tremor desordenado, uma espécie de pânico, prateando o topo das oliveiras. Passamos por campos de cascalho, muros de pedra, grupos de matacões, encostas recobertas de pedras desiguais.

185

Numa praça deserta de aldeia, esperamos que passasse um aguaceiro. Uma velha igreja, um poço, uma amoreira podada. A chuva era contínua, uma superfície toda ondulante, batendo no teto do capô. Era dia de Natal.

Uma nuvem montanhosa rolava para uma aldeia branca, depois misturou-se com o ar mais quente e sumiu. Depois, desceu de novo, como um intempestivo deslizamento de neve, desaparecendo no ar acima da aldeia.

Em nossa atitude de reticente observação, de falar de outras coisas, a jornada através do Mani passou a ser algo como um puro ritual para os olhos. Achei apropriado que fosse assim. Se Atenas é um lugar onde as pessoas respiram a palavra falada, se grande parte da Grécia é isso, então o Mani constitui um argumento em favor do silêncio, da descoberta de um meio para se reconhecer a desolação que carrega em si algo de humano. Tap espiou pela vidraça, contemplando as coisas com um ar estranhamente pensativo. Veríamos o que havia ali, enxergando claramente através da cortina de chuva que pairava nos desfiladeiros, através da fumaça azulada que se elevava na costa.

Chegamos a uma aldeia maior do que as outras, erigida numa encruzilhada, com um hotel na sua orla, uma construção de cimento de dois andares, fechada com tapume. Entrei guiando devagar numa rua estreita para ir dar no que pensei ser a praça principal, apesar de pequena, pouco animada, com uma forma estranha, uma pausa histórica. Na estreiteza desse local avultavam-se casas de pedra. Descemos do carro sob uma chuva fina, flexionamos as pernas, e caminhamos em direção a uma rua calçada de paralelepípedos que parecia descer para a água. Portas sacudidas pelo vento abriam-se em casas abandonadas. Ouvimos nas proximidades sinetas de cabras e passamos por uma igreja, vendo três cabras saltarem um muro arruinado. Havia mais casas com portas balançando, um açougue sem carnes, um homem na penumbra junto ao balcão.

Quando começamos a descer a trilha empedrada, um vento investiu contra nós, e nos entreolhamos e fizemos meia-volta. No final de uma rua, projetando-se para o alto acima da estrada que tínhamos acabado de percorrer, um rochedo em forma de bigorna com cerca de duzentos metros de altura, uma presença escura, uma potência semelhante a uma voz vinda do céu. Avistei um café, janelas altas, alguém movimentando-se lá dentro. Disse a Tap que esperasse no carro e entrei no lugar.

Era um café muito pobre, duas mesas ocupadas. Nos fundos, havia um homem postado junto a uma porta. Não dava para saber se ele tomava conta ou estava apenas parado ali. Era o tipo de estabelecimento dirigido por alguém que aparece quando tem vontade. Perguntei em grego ao homem sobre hotéis nas imediações. Ele fez um sinal apenas perceptível, um movimento de cabeça, uma ação mínima de olhos e lábios. Desdém completo. Total, distante e final encerramento do assunto referente à pergunta, agora e para sempre. Um dar de ombros da alma. Um gesto que colocava a questão fora do ambiente humano, as coisas que os homens se inflamam para discutir.

Era um homem grave, com uma barba preta crespa, bigodes espessos. Eu me aproximei dele, como tendia a fazer quando falava grego, a fim de evitar que outros me ouvissem, e disse de um modo tenso e vacilante que tinha três mapas da região situada ao sul daquela ponto, a área ao final da estrada principal, que depois faz uma curva para ascender à costa oposta. Os mapas eram todos diferentes. Será que ele podia examiná-los e me dizer qual era o certo, se é que havia um certo? As pessoas na mesa mais próxima, que não eram gregas, calaram-se quando eu estava no meio de minha exposição. Isso, naturalmente, deixou-me nervoso. Não que fizesse diferença para o homem da barba preta. Ele disse algo que não compreendi, três, talvez quatro palavras, olhando por cima de meu ombro para a janela da frente.

As vozes recomeçaram. Comprei alguns tabletes de chocolate para Tap. Depois perguntei se havia um toalete. O homem olhou para a esquerda; perguntei se isso significava lá fora; ele olhou de novo e compreendi que era isso mesmo.

Caminhei por uma aléia, atravessando um quintal enlameado até o toalete. Era a latrina terminal do Peloponeso. As paredes estavam respingadas de merda, o vaso, entupido, havia merda no chão, no assento do vaso, nos acessórios e encanamentos. Havia uma lagoa de urina em torno da base do vaso, um pequeno pântano entre os escombros e a imundície geral. No vento frio, na chuva branda, essa lastimosa casinha era outro nível de experiência. Tinha uma história, um odor de exércitos agachados, séculos de guerra, pilhagem, cerco, feudos sangrentos. Coloquei-me a um metro e meio do vaso e urinei na ponta dos pés. Era estranho que ainda houvesse gente que usava essa casinha. Era como uma oferenda à Morte, estar ali dirigindo meu jato na direção daquele buraco de louça.

Guiando devagar, ao sair da cidade, passei pelo café, consciente de que estávamos sendo observados, embora não estivesse certo quanto a quem. Retomamos o caminho para o sul, em meio à luminosidade enevoada, partilhando os chocolates. Breve começamos a ver casas torreadas, altas e estreitas estruturas, de telhado achatado exceto quando quebrado no topo. As casas erguiam-se na paisagem deserta, peças solitárias, peças de xadrez, inconcebíveis, eretas na tarde morta. Pareciam ser menos casas, antigas casas, do que algum uso misterioso das pedras locais.

— Eu nasci durante a guerra do Vietnã?

— Não fale de modo tão deprimido! Não creio que isso o tenha marcado para o resto da vida.

— Mas nasci?

— Nasceu. Foi a guerra predileta de sua mãe e minha. Éramos ambos contra, mas ela insistia em ser mais contra do que eu. E passou a ser uma disputa, um debate constante. Costumávamos ter discussões terríveis.

— Não muito inteligente.

Era isso que ele dizia nessas ocasiões, quando um outro garoto poderia dizer "bobagem" ou "bem estúpido". Não muito inteligente. Existia todo um mundo nessa distinção.

Ele estava com o cinto de segurança preso e usava uma viseira, absorto naqueles estados introspectivos. Possuía uma calma soturna nessas ocasiões e era capaz das perguntas mais inquietantes a respeito de si mesmo, seu grau de sanidade, suas chances de viver além dos vinte anos, calculadas de acordo com conflitos mundiais, novas doenças, num tom cuidadosamente monótono. Era quase um talento, um jeito seu, essas elaboradas ponderações, a maneira como sua mente funcionava como um estatístico, um avaliador neutro de destinos.

— O que fazem os *sherpas*? — perguntei.

— Escalam montanhas.

— O que há em Arecibo?

— O rádio-telescópio. O prato grande.

— Deixe-me pensar em outras coisas.

— Pense em outras coisas.

— Deixe-me pensar — disse eu.

Num platô à distância, separados pelo céu aberto, havia dois ajuntamentos de casas torreadas, longas formas cinzentas erguendo-se das rochas e do cerrado. As casas tinham várias alturas, de modo que, agregadas, apresentavam o perfil de uma cidade moderna vista de certa distância, de alguma elevação, sob chuva e névoa, em ruínas. Tive a impressão que de que íamos nos deparar com alguma coisa da qual ninguém havia se aproximado por mil anos. Uma história perdida. Um par de cidades torreadas situadas no fim do continente. É claro que se tratava apenas de aldeias, e não havia nelas nada de muito perdido. Só pareciam assim ali, no Mani, numa paisagem de rochas. Encontramos uma estrada de terra batida e, percorrendo-a, entramos na primeira das cidades. A estrada continuava pela cidade adentro, sem pavimentação, transformava-se em lama em alguns lugares e em poças fundas em outros. Alguns dos prédios eram visivelmente habitados, embora não víssemos ninguém. Havia várias estruturas recentes, feitas da mesma pedra, entre as torres ruídas. Jardins de cactos cercados por muros. Números das casas em tinta verde. Postes.

— Por causa de quem recebi meu nome?

— Você sabe.

— Mas ele morreu.

— Não tem nada a ver uma coisa com a outra. Quando voltar para Londres, peça a sua mãe e a sua tia que lhe contem as excentricidades dele. Tinha uns ditos saborosos. Esta é uma fruta local que você deveria experimentar. E quando voltar para Vitória, escreva-me de vez em quando uma carta.

— Mas por que me deram o nome dele?

— Tanto sua mãe quanto eu o amávamos. Seu avô era um homem afável. Até o apelido você herdou dele. Alguns de seus sócios chamavam-no de Tap. Thomas Arthur Pattison, entendeu? Mas a família não costumava chamá-lo pelo nome. Nós os chamávamos Tommy. Ele era Tommy, você era Tap. Uma dupla engraçada. Ainda que você seja Thomas Arthur Axton e não Pattison, quisemos chamá-lo de Tap por causa de seu avô.

— Como ele morreu?

— Quer saber como ele morreu para que possa decidir se será ou não como você vai morrer. Mas não há conexão alguma, portanto esqueça.

Um cão dormia num monte de bagaço de azeitonas. Percorremos uma distância curta, depois tornamos a sair da estrada principal, desta vez rumando para a esquerda, e dirigimos o carro lentamente para o outro povoado de torres. Vimos uma mulher com uma criança retirar-se de uma soleira, ouvimos disparos nas colinas, dois tiros, novamente caçadores. Pedras estavam dispostas em figuras circulares, eiras. Algumas casas tinham telhados de ripas encimadas por pedras. Pedras enchiam os espaços das janelas.

— Tenho uma para você. O que se passa nas salinas de Bonne-ville?

— Carros-foguetes. Testes de alta velocidade.

— O que lhe ocorre quando digo Kimberley?

— Espere, deixe-me pensar.

Quem pode ser aquela gente no café? Serão *membros*? A uma mesa um velho, uma xícara branca lascada. Em outra mesa, um grupo, três ou quatro, não gregos. Prestaram atenção quando perguntei a respeito dos mapas. Como sei que não são gregos? Quem serão eles, o que estarão fazendo no café, nesse lugar desolado, no inverno? O que estou eu fazendo aqui? Esbarrei neles por acaso. Será que quero voltar para olhar melhor, para ter certeza de uma ou de outra coisa, acompanhado de meu filho?

— África do Sul.

— Agora, se eu acertar, é porque você me deu uma pista.

— Mineração.

— Obrigado por praticamente me dizer.

— O que é então?

— Mineração de diamantes — disse ele chateado, afundando no assento.

Instantes depois, tornamos a nos aproximar da costa. O último pico do Taigeto descia numa linha nítida direto para o mar na luz mortiça do crepúsculo. Parei o carro para examinar os mapas. Tap apontou para o norte, avistando algo pela vidraça do meu lado, e após um momento pude ver um escuro amontoado de torres erguen-do-se entre colinas.

— Acho que devemos procurar um hotel ou hospedaria. Pelo menos, ter uma idéia de onde estamos.

— Só mais este último lugar — disse ele.

— Você gosta das casas torreadas.

Ele continuou espiando pela janela.

— Ou gosta é de andar de carro?

— Só mais este lugar — disse ele. — Depois prometo parar.

A estrada era de terra batida, cheia de pedras e lama. Três ou quatro córregos desciam espirrando água no carro, juntavam-se em alguns lugares, e comecei a pensar em pedras pontiagudas, lama funda, a força da água descendo, a noite caindo. Tap quebrou uma parte do tablete de chocolate, depois subdividiu-a, um pedaço para cada um de nós. Recomeçara a chover forte.

Nenhuma indicação. Se soubéssemos o nome desse lugar poderíamos encontrá-lo no mapa. Então, por uma vez, saberíamos onde estávamos.

— Talvez haja alguém lá em cima a quem se possa perguntar.

— Embora provavelmente não haja menção no mapa.

— Podemos perguntar — disse ele.

Os riachos lamacentos saltavam por cima de sulcos e pedras menores. Avistei acima de nós ciprestes mortos. A estrada continuava em curvas, havia cactos pendurados em suas bordas, moitas mirradas.

— Primeiro a gente vê alguma coisa adiante do carro, e então ela vai além do que realmente é.

— Como uma árvore — disse eu.

— Depois a gente olha pelo espelho e vê a mesma coisa, só que parece diferente e se move mais depressa, muito mais depressa. Queob obé issob.

— Pena que sua mãe não esteja aqui. Vocês dois poderiam ter uma longa conversa na sua língua natural. Já deram a ela um buraco na terra?

— Ela tem um escritório.

— É só uma questão de tempo. Há um buraco na terra em alguma parte na Colúmbia Britânica para onde ela quer ir. Era uma pergunta que você estava fazendo?

— Não há perguntas em ob. Você pode fazer uma pergunta mas não a formula como uma pergunta em inglês. Você a faz como se fosse uma frase comum.

A última curva na estrada nos afastou momentaneamente de nosso rumo e nos mostrou outro povoado de torres, situado num topo distante, e mais outro, menor, em silhueta num promontório abaixo de nós. Entramos então num longo trecho reto que ia dar na aldeia, e foi aí que vi uma coisa que me deu um calafrio, um calafrio retardado (tive de pensar para traduzir). Parei o carro e fiquei olhando os campos cheios de pedras.

Era uma rocha tombada, uma pedra de três metros junto ao leito da estrada à nossa esquerda, um bloco avermelhado com duas palavras pintadas com tinta branca, que escorrera das letras em gotas, o acento da palavra claramente no lugar certo.

Ta Onómata.

— Por que paramos?

— Foi uma estupidez vir até aqui. Minha culpa. Devíamos estar procurando um lugar para ficar, algo para comer.

— Quer dizer que vamos voltar quando já estamos chegando?

— Você teve seu passeio encosta acima. Agora vai tê-lo encosta abaixo.

— O que está pintado naquela pedra? Acha que é o que eles usam aqui como sinalização de estrada?

— Não. Não é sinalização.

— O que é, então?

— Só uma pichação. Vimos coisas escritas em muros e prédios por toda parte onde estivemos. Política. Vimos até coroas, viva o rei. Se não há muros por perto, acho que usam qualquer outra coisa. Neste caso foi uma pedra.

— É sobre política?

— Não, não é política.

— O que é?

— Não sei, Tap.

— Sabe o que significa?

— Os Nomes — disse eu.

Conseguimos um quarto em cima de uma mercearia numa modesta aldeia à beira-mar, com praia de cascalhos, penhascos a pique sobre o mar. Fiquei aliviado de estar ali. Sentamo-nos cada um numa cama no quarto escurecido, tentando nos colocar a uma distância mental do carro sacolejante, dos desvios e voltas do dia. Levou algum tempo para acreditarmos que havíamos saído daquele último trecho inundado.

O velho merceeiro e sua mulher nos convidaram para jantar. A sala simples nos fundos da mercearia tinha um teto de vigas, lampião de querosene e uma arca entalhada onde guardavam a roupa branca, e essas coisas criavam uma certa ordem e calor, um conforto espiritual após todas aquelas pedras. O velho sabia um pouco de alemão e o usava sempre que percebia que eu não estava entendendo o que ele dizia. De quando em quando eu traduzia suas palavras para Tap, inventando a maior parte. Isso parecia satisfazer a ambos.

A mulher tinha cabelos brancos e límpidos olhos azuis. Havia retratos de seus filhos e netos presos ao redor de um espelho. Viviam todos em Atenas ou Patras, exceto um filho, enterrado ali perto.

Depois do jantar, passamos meia hora vendo televisão. Um homem com uma vareta na mão, diante de um mapa, explicava as condições do tempo. Tap achou isso muito engraçado. A cena evidentemente lhe era familiar. O mapa, os gráficos, o homem falando e gesticulando. Mas ele falava uma língua que não era a inglesa. E isso era engraçado, mudava as expectativas de Tap estar ouvindo aquelas palavras esquisitas num cenário familiar, como se o próprio tempo tivesse enlouquecido. O merceeiro e sua mulher aderiram às risadas. Possivelmente, para Tap, a linguagem estranha tornava todo o programa uma tagarelice sem sentido, a idéia de previsão do tempo, a idéia de falar diante de uma câmera sobre o tempo. Em inglês, era igualmente tagarelice. Mas até então ele não se dera conta disso.

Sentados ao redor da luz azulada, ríamos.

O que sabe sobre eles?

Não eram gregos.

Como sabe disso?

Dá para perceber imediatamente. Rostos, roupas, maneirismos. Está na cara. Um conjunto de coisas. Uma história. Estrangeiros praticamente reluzem em certos contextos. Sabe-se imediatamente.

Quantos eram?

Uma mesa cheia. Mas as mesas daquele café eram pequenas. Eu diria quatro pessoas. Pelo menos uma mulher. No curto espaço de tempo em que lá estive, o que vi num relancear de olhos, a *impressão* física que tive deles, creio que senti uma cautela, uma suspeita. É possível que eu esteja transmitindo essa impressão depois do fato, mas não creio. Estava ali. Não apreendi isso plenamente no momento. Estava atento a outras coisas. Não sabia que podia significar algo.

Que língua eles falavam?

Não sei. Ouvi as vozes apenas como uma entonação, uma influência oculta na sala. Estava atento em fazer minhas perguntas sobre hotéis e mapas.

Poderia ser inglês?

Não. Não era inglês. Eu teria reconhecido o inglês só pelo tom, pela particularidade do sotaque.

Qual era o aspecto deles, uma impressão geral?

Pareciam gente vinda de não importa que lugar. Escapavam a todas as associações usuais. Não eram gregos, mas o que eram? Em certo sentido, pertenciam àquele mísero café tanto quanto qualquer

193

freqüentador local. Não estavam apressados, creio eu, para encontrar outro lugar onde se sentar, outro lugar onde viver. Eram gente que achava um lugar quase tão bom quanto qualquer outro. Não faziam distinções.

Tudo isso num relance, ao atravessar a sala?

A sensação que se tem. Eu não poderia destacá-los no meio de uma multidão de pessoas similares. Não sei como eles são individualmente, mas o reconhecimento geral, a percepção de uma identidade coletiva — sim, pode-se ver num relance.

Como se vestiam?

Lembro-me de um velho blusão de aviador usado por um dos homens. O couro descascava. Um chapéu, positivamente. Alguém com um gorro tricotado na cabeça, diversas cores escuras, um desenho circular. Creio que a mulher usava uma echarpe e botas. Posso ter visto as botas quando passei de carro pelo café, ao sairmos da cidade. Janelas do teto ao chão.

O que mais?

Apenas uma impressão de roupas velhas, coisas misturadas, talvez alguns toques de colorido, uma sensação de camadas, qualquer coisa que eles podiam acrescentar para se abrigar do frio.

O que mais?

Nada.

De manhã, uns dois minutos depois de sairmos da cidade, vi uma forma escura saindo de uma moita perto da estrada, um instante que tinha uma velocidade e um peso, uma coisa perto da roda direita dianteira, e bati nela, um som mole foi ficando para trás, e continuei guiando.

— O que era?

— Um cachorro — disse ele.

— Eu o vi tarde demais. Atirou-se contra o carro.

Ele nada disse.

— Você quer voltar?

— De que adianta? — disse ele.

— Talvez não esteja morto. Podemos levá-lo a algum lugar.

— Aonde poderíamos levá-lo? De que adiantaria? Vamos continuar. Quero ir em frente. Só isso.

A chuva agora era uma torrente, e pessoas começavam a sair dos campos, gente que eu não sabia que estivera ali, na maioria velhos ou muito jovens, enrolados em capotes e xales, montados em burros, caminhando de cabeça baixa, montados em tratores. Famílias inteiras em tratores, com guarda-chuvas, cobertores e pedaços de plástico sobre a cabeça, comprimindo-se entre os pneus maciços, dirigindo-se lentamente para suas casas.

Eu estava sozinho no escritório, despachando mensagens por telex, usando a máquina calculadora. Minha impressão era que desde a primeira daquelas noites na ilha eu estivera travando uma discussão com Owen Brademas. Não tinha certeza de qual era exatamente o assunto, mas sentia pela primeira vez um enfraquecimento de minha posição, um perigo.

Sentia também que me situara adiante de mim mesmo, fazendo coisas que não correspondiam a algum modelo razoável e que me fosse familiar. Teria de esperar para compreender.

Por que fora eu ao Mani, sabendo que eles poderiam lá se achar? E por que com Tap? Era ele minha proteção, minha fuga?

Li relatórios, rascunhei cartas. A sra. Helen chegou, repreendendo-me por ter chegado tão cedo, por parecer tão cansado. Foi fazer um chá que alguém trouxera do Egito.

Trabalhei até as dez da noite, gostando do trabalho, sentindo um profundo e constante prazer em lidar com papéis, detalhes, o quase infantil brinquedo do telex, a máquina de escrever. Até pôr em ordem minha escrivaninha foi uma satisfação e um estranho conforto. Para variar, pilhas arrumadas. Etiquetas em pastas. A sra. Helen concebera para si mesma uma total teologia de ordem e decoro, com textos e punições. Eu podia entender vagamente.

Fui para casa e fiz uma sopa. Tap deixara para trás seu chapéu. Resolvi parar de beber, embora só tivesse tomado uns dois copos de vinho na última semana. Era o estabelecimento de limites: achei que estava precisando. Uma firmeza e clareza, um senso de que eu podia definir a forma das coisas.

Lindsay Whitman Keller, comendo uma azeitona.

Vozes ao nosso redor, alguma vaga cerimônia do Banco Mainland, uma suíte no Hilton. Pessoas em pé, com as mãos no ar, comendo, bebendo, fumando, ou segurando os próprios cotovelos ou trocando entre si prolongados e significativos apertos de mão.

— Este é um dever formal? — perguntei.

— Esposas não têm direitos. Ainda bem que tenho meu emprego de professora.

— Ainda bem que David não é durão.

— A esta reunião eu tinha de comparecer. É algo que tem a ver com o futuro da Turquia. Claro que não é oficial.

— O banco decidiu deixá-los viver?

— Bancos, no plural.

— Ainda mais sinistro.

— Qual é sua desculpa? — perguntou ela.

— Bebida forte. Tenho trabalhado dia e noite, sem me importar em absoluto. Isso me preocupou.

Dois homens pareciam estar vociferando um para o outro, mas eram apenas risadas, uma história sobre um avião que escorregara para fora da pista em Cartum. As mulheres dos funcionários de bancos reuniam-se em grupos de três ou quatro, com sua aura corporativa, tolerantes, duráveis, envoltas numa luz de moderado privilégio que era quase sensual em seu efeito, no sentido de que os arranjos de uma mulher com um homem são uma coisa mundana, negociada, manipulada e bem entendida. A forçada vida suburbana dessas mulheres, os guetos sociais da década de 50 em algum sonolento interior americano, aqui era um deslocamento com certos atributos e equilíbrios sedutores. O carro isento de taxas, as licenças remuneradas, o subsídio para moradia, despesas, educação, a equiparação de impostos, a bonificação por serviços no exterior. Freqüentemente as mulheres tinham um empregado para servi-las, um impecável paquistanês ou libanês vestido com um terno bem-talhado. Os banqueiros de países pobres vestiam-se como militares. Pareciam alertas e precisos e levemente incomodados e falavam um inglês animado e seguro com um misto de formas abreviadas. JDs eram dinares jordanianos, DJs eram *dinner jackets.*

David atravessou a sala em nossa direção. Perguntei a Lindsay o que havia nele que sempre me dava a impressão de estar empurrando as pessoas para abrir caminho. Ele ofereceu à sua mulher um pedaço de queijo e tomou-lhe da mão o drinque.

— Sempre perto de uma mulher — disse-me David, voltando-se depois para Lindsay. — Não se deve confiar em homens que conversam com mulheres.

— Tentei falar com você ontem — disse eu.

— Eu estava em Tunis.

— Eles estão matando americanos?

Ele não devolveu o copo a Lindsay.

— O produto nacional *per capita* é o quinto maior na África. Gostamos deles. Queremos atirar-lhes algum dinheiro.

Fiz um gesto abrangendo a sala.

— Vocês decidiram deixá-los viver? Os turcos? Ou vão sufocá-los por dez ou vinte anos?

— Vou lhe contar do que se trata. É sobre duas espécies de disciplina, duas espécies de fundamentalismo. Por um lado, você tem bancos ocidentais tentando exigir austeridade de países como a Turquia, como o Zaire. Depois tem a OPEP, de outro, fazendo sermões ao Ocidente sobre consumo de combustível, nossos hábitos vorazes, nossa auto-indulgência e desperdício. Os bancos calvinistas, os produtores islâmicos de petróleo. De um lado e de outro, estamos falando com surdos e cegos.

— Eu não sabia que você se via como uma força íntegra, uma presença íntegra.

— Uma voz no deserto. Quero voar para Frankfurt e assistir à final do campeonato na TV.

— Você está louco.

— Podemos assistir num monitor nos estúdios do exército. Nenhum problema. O banco pode arranjar isso.

— Ele está falando a sério — disse Lindsay.

— Todos nós somos sérios — disse ele. — É o começo de uma nova década. Somos pessoas sérias e queremos ver os jogos.

— Vamos passar o ano-novo tranqüilamente — disse ela. — Naquele lugarzinho francês mais adiante na rua.

— Teremos um ano-novo tranqüilo, depois tomaremos todos o avião para Frankfurt a fim de assistir à partida de futebol na TV. Os Huskers contra Houston. Recuso-me terminantemente a perder isso.

Por que estava eu tão feliz, em meio àquela multidão de corpos? Conversaria com as mulheres dos funcionários do banco. Conversaria com Vedat Nesin, um dos muitos turcos que conheci aquele ano e que tinha um nome com sílabas intercambiáveis. Falaria com um sujeito do Fundo Monetário Internacional, um irlandês que se queixava de estar sempre deparando com cenas de destruição e derramamento de sangue que nunca são noticiadas. Em Barein, ele se viu no meio de um motim xiita. Em Istambul, fugiu de seu hotel pelo elevador de serviço durante uma demonstração que ninguém sabia que ia acontecer, que ninguém compreendeu, de que nenhum jornal local ou de qualquer outra parte tomou conhecimento. Era como se a coisa nunca tivesse acontecido, como se os corredores não tivessem se enchido de fumaça e de homens enfurecidos. Cidade após cidade, seu medo deixava de ser documentado. Perturbava-o a expectativa de que o motim ou ato terrorista que causasse sua morte não seria mencionado pela imprensa. A própria morte parecia não ter muita importância.

Abracei as esposas e olhei em seus olhos, procurando sinais de inquietação, ressentimentos abafados contra o sistema de vida de seus maridos. Estas são coisas que levam a tardes de amor cortês. Falei com um kuwaitiano sobre a graça e a forma dos caracteres em arábico, pedindo-lhe que pronunciasse para mim a letra *jim*. Contei histórias, bebi *bourbon*, comi salgadinhos. Ouvi o que se dizia.

— Você tem sorte — disse Vedat Nesin. — É um alvo somente fora de seu país. Sou um alvo tanto fora como dentro. Faço parte do governo. Isso faz de mim um homem marcado. Armênios fora, turcos dentro. Na próxima semana irei ao Japão. É um lugar relativamente seguro para um turco. Muito ruim é Paris. Pior ainda é Beirute. Lá o Exército secreto é muito ativo. Todos os serviços secretos do mundo mantêm uma caixa de correio em Beirute. Vou comer esse camarão ao alho e manteiga. Depois comerei *profiteroles* com calda grossa de chocolate. Depois do Japão, irei para a Austrália. É um país que deveria ser seguro para um turco. Não é.

Parti à primeira luz do dia, parando somente uma vez, em Tripolis, para comer alguma coisa. As mesmas nuvens azuladas amontoavam na costa, acima das baías e dos promontórios processionais, mas dessa vez não estava chovendo quando cheguei ao local onde a trilha esburacada curva-se até a grande pedra e a aldeia torreada mais além. Ainda faltavam horas até o cair da noite.

Subi lentamente a encosta e deixei o carro atrás de uma pedra. Alguém recobrira com piche a inscrição que tínhamos visto seis dias antes, tapando-a totalmente. Era um trecho plano até a aldeia, uns cinqüenta metros, e o céu era tão baixo e próximo que tive a impressão de estar penetrando nele, num mar de névoas e luz esparsa.

Sacos de cimento no chão, pilhas de engradados com garrafas vazias. Uma mulher de preto estava sentada num banco, numa área aberta de lama e pedras. Seu rosto ossudo era emoldurado por um xale que trazia à cabeça. Um de seus sapatos se rompera no peito do pé. Cumprimentei-a, apontei na direção da aléia que leva à aldeia, pedindo-lhe licença para entrar. Ela não me deu atenção e nem sei se me viu.

Segui pelo estreito caminho de terra. Havia uma pedra de moinho na primeira torre em ruína e cactos se projetavam de outras casas, pedras empilhadas em fendas de janelas e portas. A todo momento eu esbarrava em becos sem saída, lama e entulho, mato, opúncias.

Havia andaimes em várias estruturas, o que era surpreendente, e números de casas pintados em vermelho, assim como marcas de levantamentos topográficos.

Eu andava lentamente, sentindo necessidade de me lembrar de tudo isso, e toquei nos muros, estudei as inscrições acima de uma porta, 1866, examinei os degraus rústicos, o pequeno campanário tosco, e notei as cores das pedras como se tivesse que descrevê-las com precisão no futuro, o tom claro daquele marrom, a cor-de-ferrugem, o céu cinza.

Ao longo de intricadas e retorcidas sendas, entre torres arruinadas, comecei a pensar se tudo isso não poderia ser uma estrutura, a aldeia inteira, uma formação complexa cujas partes estariam ligadas por arcos, muros, os cômodos térreos que cheiravam a animais e forragem. Parecia não haver uma separação clara e nítida entre a parte da frente e os fundos da aldeia, entre essa torre oblonga e outra.

Era o lugar deles, disso eu tinha certeza. Um lugar de hesitações e texturas. Um avanço incerto que era como a obscura elaboração de algum raciocínio. A janela com grades, as abelhas negras que conhecíamos da ilha. Um local que era uma pergunta abafada, como outros são gritos ou preleções formais. Todos os prédios se juntavam. Uma mente, uma loucura. Estava eu começando a saber quem eram eles?

Acima do declive de uma plataforma, deparei com o mar vazio. Diversas árvores tinham crescido emaranhadas, os galhos desfolhados se engalfinhavam e contorciam, e os lisos troncos cinzentos se abraçavam no que parecia uma fúria apaixonada e humana. Como esse elemento de humanidade parecia forte naquela severa união! A madeira parecia pedra polida. Uma luta mortal, uma nudez, sexo e morte juntos.

Voltei por um atalho para o outro lado da aldeia. Esta era pedra calcária, aquelas, figueiras, aquele, um compartimento com abóbada em forma de barril. Os nomes. Senti-me estranho, consciente de minha solidão. Esse lugar estava me devolvendo um sentido de minha própria movimentação através dele, enquanto eu me abaixava para penetrar nos cômodos, minhas pausas para calcular o caminho.

Agora havia duas mulheres. Uma delas, muito velha, tentava separar os gomos de uma laranja. Parei diante delas, perguntando se alguém vivia na cidade. Estrangeiros. Há estrangeiros vivendo aqui? A mais velha fez um gesto que podia significar que não sabia do que eu estava falando ou que tinham partido, as pessoas de quem eu falava já não estavam mais ali.

Vive sozinha aqui?

Mais alguém, disse ela. O homem e a outra mulher.

Do carro eu podia ver o povoado na crista mais além. Tap e eu havíamos passado por ele na viagem de volta, depois de percorrer a estrada que levava à costa laconiana, e pensei que talvez encontrasse lá algo para comer, casas habitadas. Retornei à estrada pavimentada e por fim, rumei para noroeste, tornando a subir.

Deixei o carro junto a uma torre, na qual recentemente fora acrescentada uma varanda azul, e com a indicação de algumas crianças desci uma ladeira íngreme até um café com um pequeno pinheiro na frente, enfeitado com balões. A terra aí era mais vermelha, as torres tinham uma luminescência ocre. Volterra estava parado à porta. Tinha as mãos enfiadas nos bolsos. Sua respiração transformava-se em vapor.

Decidi que a única coisa a fazer era sorrir. Ele me lançou um olhar que parecia me medir. Mas abriu um sorriso quando trocamos um aperto de mãos, um sorriso de banda, especulativo, sugerindo certa apreciação. Segui-o para dentro, uma sala escura com um forno de lenha aceso, e comi uma omelete enquanto ele me observava.

— Essas torres são estranhas — disse ele. — As mais antigas têm trezentos, quase quatrocentos anos. Essa gente passava o tempo todo matando. Quando não estavam matando turcos, matavam-se uns aos outros.

— Onde está Del?

— Num hotel na costa.

— Vendo TV.

— Veio aqui para escrever alguma coisa, Jim?

— Não.

— Sabe como sou a respeito de privacidade. Odiaria pensar que você veio aqui para escrever sobre mim. Uma reportagem de fundo, como dizem. Cheia de perspicácia. O homem e sua obra.

— Eu não escrevo, Frank. Tenho um emprego que não implica escrever nada além de relatórios e memorandos.

— Você costumava escrever. Todo tipo de coisas.

— Eu não escrevo mais, Frank. Meu filho escreve.

— É um assunto que tenho de comentar de quando em quando com certas pessoas.

— Com relutância.

— Com relutância. Até mesmo amigos nem sempre sabem o quanto encaro isso com seriedade. O diretor de cinema em locação. O diretor de cinema em reclusão. Reportagens de fundo. Sempre são reportagens de fundo.

— Só vim porque Owen deu a entender mais ou menos que eles se achavam aqui. Foi só para ver.

— O que você viu?

— Nada.

— Desde o início, Brademas falou sobre um plano. Foi isso o que despertou meu interesse. Dessa última vez ele pareceu quase disposto a me contar o que é. A espera deles, a maneira como selecionam uma vítima. Mas mudou de idéia ou talvez eu não tenha manobrado direito a conversa. Talvez haja um conjunto de formas, uma maneira certa e outra errada de prosseguir no assunto.

Um homem trouxe café para nós dois. Duas crianças apareceram na soleira da porta, espiando-me. Quando eu lhes sorri, elas se foram.

— Pobre diabo! — disse Frank.

— Quando falou com ele esta última vez?

— Em Atenas.

— Obrigado por ter entrado em contato.

— Eu sei. Você nos ofereceu hospedagem. Mas só passamos lá um dia, só o tempo suficiente para eu falar com ele. Essa coisa está crescendo. Quero isso. Estou começando a ver do que se trata. Somente Del, ela é a única pessoa que suporto perto de mim por períodos longos sem sentir que estou sendo pressionado, que a única finalidade de todos na vida é livrar-se de mim, pôr obstáculos em meu caminho. — Rindo. — Que cadela!

— Você achava que o deserto era uma moldura. O que acha do Mani?

— O deserto se encaixa na tela. É a tela. Horizontal baixo, verticais altos. As pessoas falam de *westerns* clássicos. A coisa clássica sempre foi o espaço, o vazio. As linhas são desenhadas para nós.

201

Tudo o que temos de fazer é colocar as figuras, homens com botas empoeiradas, certos rostos. Figuras em espaços abertos sempre foram a essência do cinema. Cinema americano. Esse é o ponto. Pessoas numa imensidão, um espaço agreste e árido. O espaço é o deserto, a tela de cinema, a tira de filme, de qualquer maneira que você a veja. O que as pessoas estão fazendo aqui? Esta é a existência delas. Estão aqui para cumprir seu destino. Este espaço, este vazio é o que elas têm de confrontar. Sempre amei os espaços americanos. Pessoas no final de uma comprida lente. Nadando em espaço. Mas esta situação não é americana. Há algo tradicional e próximo. O segredo retorna. Acredito que retorna. E essas casas torreadas, elas são perfeitas, elas me dão minha vertical. Velha pedra gasta e áspera da cor da terra. Linhas de terra plana. Linhas movendo-se em diagonal para o mar. Linhas subindo e descendo montes, aquelas paredes de pedra, como cicatrizes. E as torres erguendo-se por toda parte, inesperadamente. Preto e branco. As cores naturais, aliás, mal saem disso. Você poderia contar hoje cinqüenta tipos de cinza.

— Como faz disso um filme, dessa situação. Onde está o filme?

— Olhe. Você tem um espaço vazio e nítido. Quatro ou cinco fisionomias interessantes e misteriosas. Uma trama ou esquema estranho. Uma vítima. Uma tocaia. Um assassinato. Pura e simplesmente. Quero voltar a isso. Será um ensaio sobre cinema, sobre o que é cinema, o que o cinema significa. Será diferente de tudo o que você já viu. Sem narrativa. Quero rostos, terra, tempo. Gente falando quaisquer línguas. Três, quatro diferentes línguas. Quero fazer com que as vozes sejam parte de um panorama de som. A palavra falada será um elemento na paisagem. Usarei vozes como som sincrônico e como narração em *off*. As vozes serão vozes *filmadas*. O vento, os burros zurrando, cachorros caçando. E então essa linha que atravessa o filme. Uma tênue linha narrativa. Tudo o mais se reúne ao redor dessa linha, pendura-se nela. Alguém está sendo vigiado, está sendo seguido. Há um padrão, algo inevitável e louco, alguma horrível lógica fechada, e esse culto está preso nela, alucinado com ela, porém calmo, muito paciente, rostos, olhos, e a vítima está à distância, sempre à distância, entre as pedras. Todos os elementos estão aqui. Alguns fortes e nítidos como as torres. Outros afastados, como a vítima, talvez um pastor de cabras aleijado, uma vaga figura atirando pedras em seu rebanho, vivendo em algum abrigo de telhado de zinco no alto de uma encosta.

— Você vai mostrar o crime?

— Coma seus ovos.

— Ainda não pensou tão adiante.

— Não haverá um assassinato. Ninguém se machuca. No final, eles erguem os braços, segurando as armas, martelos, facas ou pedras. Erguem os braços. É só o que vemos. Não sabemos o que significa. Estão eles rendendo suas armas? Estão se preparando para atacar? Será um gesto que significa que terminou a ilusão, vocês podem prosseguir com sua vida, nós lhes damos permissão para continuar vivendo, o filme terminou, a missa terminou, *Ite, missa est*. A imagem tem estado em minha cabeça. Os membros do culto erguem os braços. Irão matá-lo quando a câmera parar de rodar? Quero que essa pergunta paire no ar.

— Como sabe que eles não vão matá-lo? Afinal, é o que fazem.

— Obviamente fazemos um acordo. Teremos de concordar. Se eles têm algum interesse em fazer o filme, creio que aceitarão esta condição. Irão ver que esta é a única maneira de eu poder fazê-lo. O que quer que eles sejam, têm instrução, quase quero dizer que são razoáveis. Tenho uma percepção dessa gente. Passei tempo suficiente com Brademas para entender certas coisas sobre eles. Minha convicção é que vão querer fazer o filme. A vida que levam aqui, o que fazem, tudo parece tão próximo de algo que está sendo filmado, tão natural ao cinema, que acredito que ao falar com eles, irão ver a proposta como uma idéia em que poderiam ter pensado por si mesmos, uma idéia implicando línguas, configurações, formas extremas, maneiras extremas de ver. O cinema é mais do que a arte do século xx. É o mundo visto de dentro. Chegamos a um certo ponto na história do cinema. Se uma coisa pode ser filmada, o cinema está implicado na própria coisa. É aqui que estamos. O século xx está *sendo filmado*. É o século filmado. Você tem que perguntar a si mesmo se existe sobre nós alguma coisa mais importante do que o fato de que estamos constantemente sendo filmados, o tempo todo. Satélites espiões, antenas microscópicas, fotos do útero, embriões, sexo, guerra, assassinatos, tudo. Não posso acreditar que eles não percebam que pertencem ao cinema. Instantaneamente. Quero que eles próprios filmem algumas coisas. Já está em tempo de eu voltar a partilhar deveres, colaborações anônimas, um esforço coletivo. Quero que eles operem a câmera, apareçam na câmera, ajudem-me a planejar tomadas e seqüências. Quero que recitem alfabetos. Coisas estranhas. Qualquer coisa que façam, qualquer coisa que digam e façam. Vai ser diferente de tudo o que você já viu, Jim. Eles filmam uma parte, eu filmo outra.

Talvez eu mesmo filme os segundos planos, paisagens. Todos faremos alguma coisa. Essa idéia é atraente, exatamente agora.

— Como vai dar andamento a tudo isso?

— Encontrei um — disse ele. — Tenho um.

Não tenho certeza se entendera o que ele queria dizer, exceto pelo olhar, o prazer soturno da vontade transparecendo. Um *o quê?*, eu devia ter perguntado.

Ele me levou para fora, onde paramos entre duas alfarrobeiras e olhamos adiante do vale a aldeia torreada que eu estivera percorrendo. Ela se situava entre bancos de terra serpenteantes, platibandas de arvoredos que pareciam uma tentativa lírica de circundar a colina com degraus, uma ondulante descida de árvores oníricas e tons lunares. Formava-se névoa em torno das torres. Dessa distância e perspectiva, a aldeia era uma fantasia etérea. Tinha um elemento de lenda medieval, algo que eu não encontrara no cacto e na lama, onde havia mistério de verdade mas não de folclore ou verso narrativo.

— Há quatro dias. Aquelas torres. Encontrei-o dormindo num porão úmido cheirando a cabras. Andahl. Ele conhecia meu trabalho.

Fazia frio. Voltamos para dentro.

— Ele estava com os outros na ilha. Continua com eles, mas a situação não é a mesma. Tiveram de deixar a aldeia e agora estão um pouco espalhados mas ainda nessa área, no Mani. Cinco pessoas. Andahl gosta de recitar. Eu o deixo recitar. Não estou aqui para discutir com os patifes.

— Por que eles tiveram de deixar a aldeia?

— A aldeia está se desenvolvendo. Está tudo sendo reformado. Qualquer dia começam a chegar os operários. Alguém quer transformar as torres em hospedarias. Abrir a região para turistas.

— Vida real — disse eu. — Onde está ele agora?

— Existem cavernas na costa messiniana. Algumas muito conhecidas, muito extensas. Outras apenas buracos na rocha marítima. Eu o deixo no caminho que leva às cavernas. Depois disso, não sei para onde ele vai. Tem sido essa a rotina nos últimos três dias. De manhã, apareço em algum lugar. Finalmente ele também aparece. Eles estão conversando. Ele está tentando arranjar um encontro.

— Você lhe perguntou qual é o plano? Por que eles estão à espreita? Como decidem quem e onde atacar?

— Ele põe o dedo nos lábios — disse Frank.

Como a costa leste não tem estradas de espécie alguma, tivemos de atravessar duas vezes a península antes de chegar a Gition, adiante das torres, uma cidade portuária em platibandas que se abre diretamente, quase bruscamente, para o mar. Crepúsculo. Encontramos Del Nearing num café do porto, escrevendo um cartão-postal para seu gato.

— Se você perguntar a um homem quantos filhos ele tem, ele dirá dois, orgulhosamente. Depois você fica sabendo que ele tem uma filha que não se deu ao trabalho de mencionar. Só os filhos contam. Isso é o Mani.

— Não sei se jamais tornarei a ver meu apartamento — disse Del. — Tenho tentado reconstruí-lo em minha cabeça. Há grandes lacunas. É como se parte da minha vida houvesse derretido.

— Morte e vingança — disse Frank. — Muitas matanças estiveram rondando a família. A casa era também a fortaleza. Esta é a razão dessas torres. Intermináveis *vendettas*. A família é a guardiã da vingança. Mantém a idéia viva. Alimenta, promove as condições. É como essas sagas de famílias criminosas no cinema. As pessoas se deixam atrair pelas sagas de gângsteres italianos, não apenas pelo crime e a violência, mas pelo senso de família. Italianos fizeram da família um grupo extremista. A família é o instrumento de vingança. Vingança é um desejo que raramente se torna um ato. É algo que quase todos nós nos limitamos a gozar somente na contemplação. Ver essas famílias, famílias do crime, muitas delas do mesmo sangue, vê-las sancionar sua vingança é uma experiência estimulante, praticamente uma experiência religiosa. A família Manson era a tentativa mórbida da América de formar uma unidade instintiva mais vigorosa, uma unidade literalmente consangüínea. Mas eles se esqueceram de uma coisa. O motivo da vingança. Nada tinham para vingar. Se vai haver sangue, tem que ser por alguma ofensa, alguma morte. Do contrário, o ato violento é horrendo e doentio, que é exatamente como vemos os assassinatos Manson.

— A família de Frank é originária da Toscana. Sempre lhe pergunto por que fala como um siciliano.

— Olhe só para ela. Eu amo esse rosto. Esse rosto obtuso, vazio, perfeito. Tão adequado para os dias de hoje.

— Vá se roçar.

— Criado por ela mesma — disse ele. — É um vazio que ela tira de seu âmago. Insípido. Será que insípido diz o que é? Talvez diga demais.

— Se Manson é horrendo e doentio — disse eu —, o que temos aqui, com nossa própria seita?

— Totalmente diferente. Diferente sob todos os aspectos. Eles são monges, monges seculares. Querem passar para a eternidade.

— A mesma coisa mas diferente.

— Um filme não faz parte do mundo real. É por isso que pessoas fazem sexo em filme, suicidam-se em filme, morrem de alguma doença devastadora em filme, assassinam em filme. Estão acrescentando material ao sonho público. Há um sentido na afirmação de que o filme é independente do cineasta, das pessoas que aparecem nele. Há uma nítida separação. É isso o que quero explorar.

Era uma comprida sala escura. Um rapaz ia trazendo bules de chá, *ouzo* para Frank. Del observava um velho sentado a um canto, com um cigarro pendurado na boca.

— Filme — disse ela distraidamente. — Filme, filme. Como insetos fazendo um ruído. Filme, filme, filme. Mais e mais. Esfregando uma na outra suas asas dianteiras. Filme, filme. Um dia de verão na campina, o céu cheio de calor e luz. Filme, filme, filme, filme.

Foi só quando terminou de falar que ela se voltou para Frank, agarrando um punhado de cabelo da nuca dele e torcendo-lhe a cabeça para fazer com que a olhasse direto nos olhos cinzentos. A afeição do casal em público era reservada a ocasiões em que trocavam piadas e caçoavam um do outro. Era um equilíbrio automático, as mãos e os olhos como reveladores de amor, as coisas que redimem o que dizemos.

Fomos a um restaurante duas casas adiante. Do lado de fora havia um cesto com um punhado de salmonetes vermelhos. Estávamos começando a comer quando o velho entrou capengando, cansado de discutir consigo mesmo, o cigarro ainda pendurado na boca. Isso deixou Del feliz. Ela decidiu que não queria mais falar conosco. Queria falar com ele.

Nós a observamos à mesa dele, gesticulando elaboradamente enquanto falava, pronunciando com cuidado as palavras, algumas em inglês, umas poucas em italiano e espanhol. Frank parecia estar olhando do através dela para algum objeto interessante fixado na parede.

— Ela não é parte de nada — disse ele. — Não sabe ainda sequer crescer e assumir responsabilidades no mundo. Foi muito infeliz a maior parte de sua vida. Tem uma tendência a ceder ao destino ou a outras pessoas. Mas nós dois nos dizemos tudo. Existe uma tranqüilidade entre nós. Nunca conheci uma mulher com quem pudesse ter tanta intimidade. É nosso talento como casal. Intimidade. Às vezes tenho a impressão de que nos conhecemos há três vidas. Eu lhe conto tudo.

— Você contava tudo a Kathryn.

— Ela nunca retribuiu contando-me alguma coisa.

— Contou a Kathryn mais do que contei a ela. Era uma espécie de desafio, não é mesmo? Era esse o mecanismo entre vocês dois. Você a desafiava a fazer parte de alguma coisa totalmente alheia. Queria mistificá-la, chocá-la. Ela achava isso interessante, creio eu. Algo que sua formação não tinha abrangido.

— Kathryn estava à altura de qualquer desafio que eu lhe fizesse. Não que eu saiba o que você quer dizer com ousadias e desafios.

— Lembra-se da camisa? Ela ainda a conserva. Sua camisa de *carabiniere*.

— Ela ficava bem naquela camisa.

— E ainda fica. Ainda me incomoda como ela fica bem naquela camisa.

— Termine seu vinho. Esta é a conversa mais estúpida que tive nos últimos dez anos.

Del, o garçom e o velho estavam conversando. O garçom equilibrava um cinzeiro nas costas de cada mão.

— Ela é linda, Del é linda.

— Sim, é linda. Eu adoro seu rosto. Apesar do que disse. Um rosto que nunca muda. É extraordinário como nunca muda, por mais que ela esteja cansada ou doente.

Sentamos no saguão do hotel, quase em total escuridão, conversando. Quando Frank e Del subiram, caminhei pelas ruas acima da orla marítima. Um vento forte começou a soprar, diferente do vento em espaço aberto. Percorria com estrondo a cidade, perturbando a superfície das coisas, agitando, arrastando coisas consigo, expondo a fragilidade das coisas, sujeitas a um súbito disparate. Havia sacadas de madeira, galinheiros. Os muros estavam ruindo em alguns trechos e cactos cresciam por toda parte. Figuras na luz, em pequenos cômodos, sombras de parede, rostos.

Eles querem passar para a eternidade.

Eu iria me esconder na obsessão de Volterra como o fizera na dor desprotegida de Owen, seus lamentos de desamparo.

9

Segui meu caminho pelas ruas enlameadas, a mesma complicada solidão. Quase podia ver a mim mesmo, reluzindo sob uma luz emprestada. Uma voz, a minha mas fora de mim, falando alguma coisa que não eram palavras, de certa forma comentava a ação.

Eu vestia brim e couro de carneiro. Meus sapatos eram impermeáveis, minhas luvas, forradas de lã.

É assim que as coisas acontecem. Entro num café numa cidade batida pelo vento, e eles lá estão ainda que na hora eu não os reconheça. Agora passo por baixo de uma viga de pedra numa fria manhã enfumaçada na aldeola de torres, onde ninguém (quase ninguém) mora e ele está sentado num engradado azul, um engradado de garrafas de refrigerantes, e há um também aprumado para mim. Uma fogueira arde, quase só gravetos, e ele ergue os pés do chão de terra, aproximando-os das chamas, e não é nada, uma conversa num porão com um homem de estatura média que está resfriado. Mas de que outra maneira poderia ser? O que esperava eu? A única verdadeira surpresa é que estou presente na cena. Devia ser outro, sentado aqui, um homem que se viu sem disfarces.

— O que temos aqui? — diz ele. — Primeiro, um diretor de cinema, agora um escritor. Na verdade, não é tão estranho assim.

— Frank pensa que quero escrever sobre ele.

— Sobre ele ou sobre nós?

— Sou amigo de Owen Brademas. Só isso. Conheço Owen. Conversamos muitas vezes.

— Um homem que conhece línguas. Um homem calmo, muito humano, creio eu. Ele tem uma enorme e tolerante compreensão, uma capacidade para o pensamento civilizado. Não é apressado, não está correndo atrás de satisfações. É isso que significa conhecer línguas.

Ele tinha um rosto comprido, começava a ficar calvo, havia sardas pálidas no alto da testa. Mãos pequenas. De certa maneira misteriosa, o tamanho das mãos me tranqüilizou. Seu rosto era impassível. Ele vestia uma túnica preta esgarçada no ombro direito. Eu estudava, anotava mentalmente.

— Pensei que preferia falar grego — disse eu. — Ou a língua de algum lugar determinado.

— Não estamos mais *num* lugar. Estamos um pouco desorganizados. Logo estará tudo bem de novo. Todo esse negócio com Frank Volterra é incrível. O que temos nós? Uma situação inusitada para nós. Assim, estamos tentando nos acostumar.

— Os outros estão interessados? Concordam em participar de um filme?

— Existem problemas. Trata-se do nosso objetivo principal. Temos muitas coisas a considerar. Uma delas é se somos o material cinematográfico que Frank Volterra supõe. Talvez não sejamos. Falta a Volterra uma compreensão completa.

— Owen Brademas tinha essa compreensão.

— E você tem? — perguntou ele.

— Se estamos falando de uma coisa solucionável, um enigma ou um quebra-cabeça, então sim, eu o solucionei.

— Qual é a sua solução?

— As letras combinam — disse eu. — Nome da pessoa, nome do lugar.

Ele estava inclinado para trás, equilibrando-se, com as mãos segurando os joelhos, os pés ainda balançando acima das chamas. Eu me agachei para a frente, procurando sentir o calor em meu rosto. Ele não mudou de expressão, embora seja possível dizer que minha observação, minha resposta, fez com que ele renovasse seu semblante estóico, para me apreender mais totalmente. Eu o deixara consciente da expressão que havia em seu rosto.

— Parece-lhe que somos improváveis?

— Não — respondi.

— Gostaria de saber por quê.

— Eu não sei.

— Devíamos parecer improváveis. Qual é a sua opinião?

— Não tenho certeza. Não sei.

— Alguma coisa em nosso método combina com algo em seu inconsciente. Um reconhecimento. Esse curioso reconhecimento não está sujeito a um exame consciente. Nosso programa evoca algo que você parece compreender e achar familiar, algo que não pode analisar. Estamos trabalhando num nível pré-verbal, embora naturalmente usemos palavras, que são usadas o tempo todo. Isso é um mistério. Os olhos dele eram opacos, salpicados de sangue. Sua barba de dois dias era de um louro avermelhado, mais escuro do que o cabelo. As unhas eram amareladas e grossas.

— Em certo sentido, mal existimos — disse ele. — É uma vida difícil. Muitos contratempos. Os grupos perdem contato uns com os outros. Surgem diferenças de teoria e prática. Passam-se meses sem que nada aconteça. Perdemos nossa determinação, adoecemos. Alguns morreram, outros se foram. Quem somos nós, o que estamos fazendo aqui? Não há sequer uma ameaça da polícia para nos dar identidade criminosa. Ninguém sabe que existimos. Ninguém está nos procurando.

Ele se deteve por um instante para tossir.

— Mas em outro sentido, temos um vínculo permanente. Como poderia ser de outra maneira? Temos em comum aquela primeira experiência, entre outras, a experiência do reconhecimento, de saber que esse programa atinge algo em nós, saber que todos nós imediatamente quisemos fazer parte dele. A primeira vez que ouvi falar nisso, antes de me tornar um membro, oito anos atrás, eu estava em Tabriz. Pessoas num hotel falaram de um culto de assassinatos em alguma parte da região. Muito mais tarde, não posso lhe contar como, fiquei sabendo quais eram as pessoas. Imediatamente isso me atingiu, alguma coisa a respeito da natureza do ato final. Pareceu-me certo. Extremo, insano, seja lá como você queira expressá-lo em palavras. Números são previsíveis, palavras não. Eu sabia que era certo. Inevitável, perfeito e certo.

— Mas por quê?

— As letras combinavam.

— Mas matar?

— Nada menos — disse ele. — Tinha de ser assim. Eu soube imediatamente que era direito. Não posso descrever como me convenci. Não como uma resposta, não como uma pergunta. Uma coisa totalmente diversa. Uma coisa terrível e definitiva. Eu sabia que era certo. Tinha de ser. Espatifar-lhe o crânio, matá-lo, esmagar seus miolos.

— Porque as letras combinavam.

— Creio que você entende isso, que nada mais seria suficiente. Tinha de ser aquilo, feito com nossas mãos, em contato direto. Nada mais, nada menos. Você percebe que é correto. Vê sua integridade. Sabe intuitivamente. O programa todo leva a isso. Só uma morte. Ele pôs os pés no chão para tossir, de cabeça baixa, as mãos cobrindo-lhe o rosto. Quando terminou, voltou a se inclinar para trás, equilibrando-se. Apanhei mais uns gravetos, atirei-os no fogo. Ficamos assim em silêncio durante um tempo. Andahl reclinado, de pés erguidos. Axton agachado, olhando o fogo.

— Caminhamos por essas montanhas de norte a sul. Quando chegamos ao Mani, soubemos que era aqui que íamos ficar. Estamos imobilizados mas só por algum tempo. O que há aqui. Esta é a força do Mani. Não nos sugere coisas. Nem deuses, nem história. O resto do Peloponeso é cheio de associações. O Mani, não. Somente o que há aqui. As rochas, as torres. Um silêncio morto. Um lugar onde é possível os homens pararem de fazer história. Estamos inventando uma saída.

Ele tornou a se abaixar, tossiu na axila. Estava usando um estranho par de botas de camurça debruadas no cano com pêlo sintético — botas femininas, pensei. Suas calças eram frouxas e pardas, presas nos tornozelos.

— Aquela pedra grande fora da aldeia — disse eu. — Por que aquelas palavras foram pintadas nela?

— Alguém, ao partir, pintou as palavras.

— Quando vocês as encontraram, cobriram-nas com tinta, deixaram-nas ilegíveis.

— Não somos pintores. Não era uma boa pintura.

— Por que ele fez aquilo?

— Há muitos contratempos. Falta-nos determinação, adoecemos. Alguns morrem, outros se vão. Há diferenças de significados, diferenças de palavras. Mas saiba disso. A loucura tem uma estrutura. Poderíamos dizer que a loucura é só estrutura. Poderíamos dizer que a estrutura é inerente à loucura. Não existe uma sem a outra.

Ele tossiu na axila.

— Ninguém é obrigado a ficar. Não há correntes nem portões. Mais membros morrem do que se vão. Estamos aqui para levar avante o plano. Uma pequena tarefa paciente. Vocês têm a palavra em sua língua. Abecedarianos. Isso é o que nós somos.

— Não conheço a palavra.

— Estudantes do alfabeto. Principiantes.

— E como vocês começaram? Como começou a seita?

— Isso pode ficar para outra vez. Conversaremos de novo, se houver ocasião.

Durante o resto da conversa, eu me vi eliminando contrações da minha fala. Não para ridicularizar ou imitar Andahl. Era como uma rendição à predominância que essas palavras completas pareciam possuir, sua formação mais forte, dita em voz alta.

— A seita tem um nome?

— Tem.

— Pode me dizer qual é?

— Não, impossível. Formas de nome são um elemento importante em nosso programa, como deve saber. O que temos nós? Nomes, letras, sons, derivações, transliterações. Com formas de nomes, lidamos cautelosamente. Que poder secreto! Quando o próprio nome é secreto, o poder e a influência são ampliados. Um nome secreto é uma maneira de escapar ao mundo. É uma abertura para o ego.

De alguma parte sob a túnica, ele tirou uma echarpe marrom e enrolou-a em torno da cabeça. Tomei o gesto como significando que tínhamos chegado ao fim.

— O que não falamos foi sobre a experiência de matar — disse ele. — Como ela confirma a sensação inicial de reconhecimento, a percepção de que o programa deve terminar dessa maneira. Confirma tudo. Diz-nos o quanto nos aprofundamos. — Enquanto falava, ele me observava. — Não falamos do som, dos martelos, um ruído úmido, a maneira como ela tombou, como foi macio. Não falamos da maneira como ela tombou ou como continuamos batendo, Emmerich soluçando, o alemão construtor de palavras, ele só conseguia gemer e soluçar. Nem conversamos sobre quanto tempo durou. Ou como batemos com mais força porque não podíamos suportar o som, o som úmido dos martelos no rosto e na cabeça dela. Como Emmerich usou a ponta fendida da cabeça do martelo. Qualquer coisa para mudar o som. Ele arrancou-lhe os olhos, sabe? Estávamos histéricos. Era um frenesi, mas não de sangue. Um frenesi de conhecimento, de terrível confirmação. Sim, estamos aqui, estamos realmente matando, é o que estamos fazendo. Foi além de qualquer horror, mas foi precisamente o que sempre tínhamos visto e sabido. Tínhamos nossa prova. Como tínhamos razão de tremer quando soubemos pela primeira vez qual era o programa. Não falamos na maneira como ela tombou ou como nos ajoelhamos ao lado de seu corpo, tendo-a encontrado semanas antes, determinado seu estado, seguindo-a, esperando na poeira, nos silêncios, no sol ardente, vendo-a arrastar a perna, vendo-a aproximar-se do local, o nome, o local, tudo isso, tendo combinado as letras gregas, ou como ela tombou, a princípio apenas aturdida, um só golpe, ou como nos ajoelhamos junto dela com os martelos, esmagando, batendo-se na cabeça, ou como ele cavou com a ponta fendida do martelo, arrancando miolos, ou a visão de tudo isso. Não falamos sobre o que vimos, como a carne perdeu seu viço e o vigor, como as funções cessaram gradualmente, como nos vimos enquanto causávamos o término das funções, uma após outra, metabolismo, reação a estímulos, sentindo de fato aqueles progressivos fins na maneira como ela desabava. E como era pouco o sangue, em absoluto o que esperávamos. Entreolhamo-nos, espantados com essa parcimônia de sangue. Isso nos fez sentir que tínhamos cometido alguma falha no decorrer da ação.

Ele saiu do porão para tossir. Passou algum tempo lá fora, expectorando e cuspindo. Fez-me lembrar aquele horrível pombo que vomitei numa viela em Jerusalém, um episódio que agora eu via como uma clara separação, um espaço entre maneiras de existir. Não admira que eu tivesse vomitado. Com que pressa meu sistema rejeitou tudo aquilo, que vômito ansioso, borbulhando para fora como alguma morte química. Suando frio, eu me apoiara ao muro, de cabeça baixa, ouvindo Volterra rir.

— Isso lhe serviu de ajuda? — perguntou Andahl, tornando a entrar, lacrimejante com o esforço.

— De ajuda?

— A conversa que tivemos. Serviu para um começo? O que acha? Há algum interesse, alguma coisa aqui? Se Frank Volterra chegar a uma melhor compreensão, se aprender qual é o método, talvez decida que isso não é uma coisa que se adapte ao cinema. Não é um filme. É um livro.

— Estou entendendo. Você está me ajudando a tomar um rumo, o de escrever um livro.

— Você é um escritor.

— Se perder um homem, tem outro de reserva.

— Não é uma questão de perder — disse ele. — É apenas uma questão de como vamos decidir no final.

— Mas por que, de uma forma ou de outra, está interessado?

— Em certo sentido, mal existimos. Há muitos contratempos. Pessoas morrem, saem um dia e desaparecem. Surgem diferenças. Durante meses, nada acontece. As células perdem contato umas com as outras. Ninguém sabe que estamos aqui. Falei com os outros sobre um filme. Eu próprio defendi a idéia de um filme. Agora vejo que há mais coisas a discutir. Estamos ainda em entendimentos. Há uma oposição violenta. É preciso que eu lhe diga isso. Estamos falando sobre o valor de um objeto externo. Não um documento da seita, mas uma coisa fora dela. Uma superfície em comum com o mundo. O que é um livro? O que é a natureza de um livro? Por que deve ter a forma que tem? Como a mão interage com os olhos quando alguém lê um livro? Um livro lança uma sombra, um filme é uma sombra. Estamos tentando definir coisas.

— Você quer um objeto externo. Estou procurando compreender.

— Irá sobreviver a nós. Este é o argumento que lhes dou. Alguma coisa que sobreviva a nós. Algo que contenha o padrão. Nós mal existimos. Ninguém saberá disso quando morrermos. O que acha, Axstone?

Eu o estudei em busca de mais detalhes, uma marca nas costas da mão, uma maneira de se pôr de pé, embora não tivesse motivo algum para coligir tais eventualidades além de um desejo incerto de devolver uma verdade ao próprio panorama, o lugar assombrado pelos nomes.

Estava mais quente agora. Segui-o para fora da aldeia, apressando-me a acompanhar seu passo. Uma mulher, a anciã, apareceu sob uma inclinação na rampa abaixo de nós, imóvel entre cabras pastando brotos de cardos, trezentos metros acima do mar.

O carro de Frank estava estacionado atrás do meu. Era um Mazda preto, trazendo no pára-brisa o decalque quadriculado que indicava ser o carro de aluguel. Andahl entrou no carro, e eles partiram.

Ao meio-dia eu já acertara a conta no hotel e estava sentado do lado de fora, em meu carro. Um navio mercante se achava ancorado no porto. Del, sentada ao meu lado, limpava com uma escova as lentes da máquina fotográfica. Peças do equipamento espalhavam-se no chão, em cima do painel, no porta-luvas aberto. Falávamos sobre os filmes de Frank, os dois longa-metragens. Um chapéu de homem apareceu voando na rua.

— Perdi o segundo filme — disse eu. — Vi o primeiro quando estávamos morando numa ilha no lago Champlain. Atravessa-se o lago numa balsa que funciona com um cabo estendido de uma margem a outra.

— Não deixe que ele saiba.

— O que está querendo dizer?

— Ele vai ficar aborrecido — disse ela.

— Por eu não ter visto um de seus filmes? Ele não se importaria. Por que haveria de se importar?

— Ele vai se aborrecer. Leva a sério coisas assim. Tem expectativas em relação aos amigos e não pode compreender, é inaceitável para ele, que um amigo não fizesse tudo, fosse a qualquer parte, assaltasse e roubasse, para ver um de seus filmes. Faria isso por eles, e então espera deles a mesma coisa. Às vezes, Volterra pode ser de difícil convivência, especialmente quando seu cérebro está enraivecido, como agora, ele é o incrível raio mortífero, o matador das profundezas, mas você sabe que ele fará o que puder por você, sem exceção. É tudo parte da mesma coisa.

— Eu ficava vendo televisão, Kathryn ia ao cinema. Essa era nossa metáfora particular.

— Frank é leal — disse ela. — Leva isso a sério. Tem um lado que as pessoas ignoram. Ele salvou mais ou menos, literalmente, minha vida. Tem esse lado. Eu não diria que é exatamente um lado protetor. É uma coisa mais profunda. Ele queria me mostrar que eu podia ser melhor do que era. Fez isso em parte porque achava que a maneira como eu estava vivendo era uma forma de auto-indulgência, que é algo que ele odeia. Mas também queria me tirar de lá. Eu estava me cercando de gente marginalizada. Eram pessoas com furgões emprestados. Todo mundo tinha um furgão emprestado ou sabia onde conseguir um. Eu estava sempre atravessando uma ponte no furgão de alguém que o tomara emprestado. Vivi por um tempo com um pintor num furgão. Ele pintava desenhos místicos em furgões e barracas de acampamento. Dizia que estava a fim de um ambiente totalmente desenhado. Sua casa, seu furgão, sua garagem. Era essa sua visão. Na ocasião, eu trabalhava em televisão, um emprego provisório. TV é um veículo da coca. O ritmo é o mesmo. Frank ajudou-me com isso. Eu sempre o aborreci um pouco. Como podia ter uma opinião tão péssima a respeito de mim mesma para me desperdiçar assim?

Ela usava papel para lentes umedecido em álcool.

— Quando você vai voltar?

— Quando ele estiver pronto — disse ela.

— Onde mora?

— Oakland.

— Onde vive Frank?

— Ele não gostaria que eu dissesse.

— Ele sempre foi assim. Engraçado, nunca soubemos onde vivia! Pelo menos eu nunca soube.

— Ele me levou ao hospital para ver meu pai, quando ele estava morrendo. Tive que ser arrastada, imagine você a cena patética. Fazer o que deve ser feito. Esta é uma capacidade que jamais quero adquirir.

Vi o carro de Volterra no espelho retrovisor. Ele estacionou atrás de nós, saltou para fora, abriu a porta traseira de meu carro e entrou sem olhar para nenhum de nós dois.

— O que ele queria?

— Falar sobre livros — disse eu.

— Ele se recusou a me dizer por que queria ver você.

— É apenas uma intuição, Frank, mas acho que ele está fazendo tudo isso por conta própria. Não creio que os outros saibam. Penso que talvez seja um desertor. Ou quem sabe foi expulso. Não acho que gente que acredita no que eles acreditam e faz o que eles fazem consideraria a idéia de fazer parte de um filme, de um livro.

— Vamos saber amanhã — disse Frank.

— Ele providenciou um encontro?

— Vou falar com eles amanhã de manhã.

— Não creio que compareçam.

— Vão comparecer. E me ouvir. Verão imediatamente o que quero fazer e por que devem aceitar meu projeto.

— Talvez. Mas ele estava sozinho quando você o encontrou. E continua sozinho. Qualquer coisa fora da seita nada significa para eles. Estão presos nela. Inventaram seu próprio sentido, sua própria perfeição. A última coisa que desejam é uma relato de suas vidas.

— Qual é seu interesse nisso tudo?

— Vou embora — disse eu. — Vi Andahl com suas botas de duende. Agora posso voltar. Se está confuso com minha presença aqui, também estou. Mas vou-me embora e não voltarei.

— O que você faz em Atenas? Qual é o seu emprego?

— Continua pensando que estou aqui para escrever um livro sobre você.

— Em que você trabalha? — insistiu ele.

— Sou chamado de analista de risco.

— Uma história provável — disse Del espiando pelo visor.

— Preciso organizar uma enorme massa de previsões e dados. Seguro de risco político. As empresas não querem ser apanhadas desprevenidas.

Eu falava com a cabeça voltada para Del.

— Soa vago — disse ela. — Soa vago, Frank. O que acha?

Ele se instalara no meio do assento traseiro. O tom da voz dela o desnorteou. A urgência que ele trouxera consigo, o senso de propósito imperativo, começaram lentamente a se dissolver, e com isso sua desconfiança. Reclinou-se no encosto, pensando. Um dia de espera.

— Como vai fazer isso? — perguntou Del.

Alcançara-o precisamente no momento certo de sua meditação; ele respondeu imediatamente.

— Duas pessoas em Roma. É só do que preciso. Dois garotos. Eles trazem o equipamento de Brindisi na balsa. Vêm de Patras para cá de carro. Começamos a trabalhar. Não quero necessariamente rodar vinte e duas horas de filme, depois acertar tudo na mesa de montagem. Filmamos seja o que for aqui. Não me importo se tudo não passar de meia hora. Seja qual for o resultado. De qualquer modo, não importa. Chegou a minha hora. Tenho sentido isso nos últimos dezoito meses. Pessoas cheiram a mofo. Projetos inteiros fedem. Você não pode imaginar o prazer que elas terão. Uns poucos segundos de puro prazer. Um orgasmo platônico. Depois esquecerão por completo. Uma vez que fracasse, você está de novo bem. E este é o momento. É possível sentir essas coisas. Eu as sinto através de malditos oceanos.

— Você vai lhes dar material para enterrá-lo — disse eu.

— Vou ultrapassar os limites. Eles podem me enterrar ou não. Algumas pessoas vão ver imediatamente. Saberão exatamente o que estou fazendo, fotograma por fotograma. O resto não importa.

Talvez acontecesse do jeito que ele acreditava que ocorreria. Iria encontrá-los numa torre em ruínas perto do mar. Estranhos semblantes num círculo. Existe o tempo e existe o tempo do filme. Era uma extensão natural. A mais simples das transferências, fazer a travessia, saltar para o quadro. O cinema estava implicado em tudo o que eles faziam.

Mas havia Andahl. Ele introduzira um elemento de motivação, de atitudes e necessidades. O poder da seita, seu domínio psíquico, sem vínculo histórico, sem significado ritual. Owen e eu tínhamos passado horas elaborando teorias, envolvendo o puro ato em especulações desesperadas, sobretudo para nos reconfortarmos.

217

Sabíamos que no final íamos ficar sem nada. Nada significava, nada tinha sentido.

Com Andahl, delineava-se um rosto quase humano nesta dura superfície vazia. Como podia ainda ser um membro da seita? Ele queria alguma coisa. Tentara me atrair, fornecendo-me umas poucas informações, retendo outras temporariamente. Manobrava para conseguir algum outro contato.

Dissera-me que aquelas palavras na pedra haviam sido deixadas lá por alguém que partira. O apóstata prepara sua própria fuga revelando um segredo da organização, rompendo o elo que o prende a ela. Fora Andahl quem pintara as palavras — palavras que talvez fossem mais do que uma referência ao que faziam, que podiam ser o nome deles. Alguém as havia encoberto. Era possível que estivessem à procura dele.

Tudo o que queria de nós era uma chance para explicar. Esses encontros eram uma maneira de ele se voltar para a atmosfera da razão mundana, do senso comum e suas manipulações. Ele estava clamando por compaixão humana e perdão.

— Estou aprendendo a conhecer esta montanha — disse Frank. — Outro dia, eu subia a pé um estreito atalho acima de uma das aldeias. Havia lá em cima uma casa que parecia desabitada. Espio para dentro de toda construção que parece desabitada. Na minha burrice, imagino que cedo ou tarde vou deparar com eles. Isso foi antes de Andahl ter combinado o encontro. Eu estava esquadrinhando os vales, esquadrinhando os montes. Então me vejo neste atalho e subitamente ouço atrás de mim o som de sinetas de cabras. Lá vinham elas, sem exagero, oitenta e cinco cabras subindo o atalho atrás de mim, andando rápido demais para cabras. De cada lado do caminho há plantações de opúncias. Campos inteiros delas. Apresso o passo. Ainda não estou correndo. Não quero me embaraçar correndo. A idéia é alcançar o alto, onde o terreno se abre e há bastante espaço para as cabras pastarem sem me espezinhar. Mas o que acontece? A menos de cinqüenta metros do fim do atalho, ouço um barulho dos infernos, um martelar no chão. Toda uma tropa de burros e mulas vem galopando pelo atalho abaixo ao meu encontro. Um sujeito está sentado na mula que vem na frente. É o arrieiro, um sujeito com ar alucinado, sentado de banda na sela, voltando-se para trás para chicotear a mula nas ancas com uma vara comprida. E está soltando o que tomo pelo grito tradicional dos arrieiros, que soa como o grito de um barqueiro veneziano ao dobrar uma curva forte. Um som bárbaro de vogais.

Um grito de mil anos. Tive a nítida impressão de que era para apressar a tropa. Enquanto isso, as cabras saltam às minhas costas, num frenesi de cascos e chifres recurvados, empilhando-se umas por cima das outras. Como uma cópula coletiva no auge do cio. E os burros e as mulas desembestando ladeira abaixo. É a única vez na semana que correm. A semana inteira penaram sob pesadas cargas. Agora finalmente têm uma chance de correr, soltar-se, sentir-se livres, o vento em suas crinas, se tivessem crinas, e lá estava eu, no caminho deles, e as cabras empilhando-se atrás de mim. — Pensativo, ele fez uma pausa. — Não sabia se ia me borrar ou ficar cego.

Frank nunca iria terminar a história. Del começou a rir e não conseguia parar. Eu não tinha imaginado que ela alguma vez pudesse rir, mas a última frase de Frank iluminou seu rosto, quase o rompeu numa espécie de riso soluçante. Logo Frank também começou a rir. Pareciam levar sua hilaridade além da história que ele estivera contando. Sentada diante do pára-brisa, ela simplesmente não podia conter aquele riso. Os risos tinham pontos de contato. Encontravam-se como instrumentos num quinteto de metal, comunicando lindas coisas sutis. Frank estendeu os braços e colocou as mãos nos seios dela, desajeitadamente, apertando com força. Seu prazer tinha de encontrar algo que agarrar, tinha de aderir a alguma parte dela. Ele apertou os olhos, os dentes cerrados. Era seu velho ar esfomeado, fome do limite das coisas. Finalmente tornou a se acomodar no assento, com as mãos atrás da nuca. Eu precisava de Kathryn para me ajudar a vê-lo completo, sentir o que todos havíamos sentido juntos anos atrás.

A água além do quebra-mar explodia em espuma. Eles desceram do carro, Del com o equipamento fotográfico pendurado nos ombros. Frank fez-me um sinal de cabeça. Parados na calçada, disseram-me adeus, e saí da cidade com o carro, rumo ao norte, vendo imediatamente o cume do Taigeto, lá na frente, como o vira com Tap do outro lado, quando fui pela primeira vez ao Mani, uma enorme massa dominando colinas e pomares, neve dourada sob o sol que se erguia no céu.

Os Borden, Dick e Dot, receberam-me à porta. Na sala de estar havia algumas pessoas com drinques na mão. Dick disse que queria mostrar-me uma coisa antes da chegada dos outros e me conduziu por um comprido corredor ao seu estúdio. O chão estava coberto de tapetes. Havia tapetes pendurados nas paredes e outros cobrindo sofás e cadeiras. Ele me mostrou tapetes enrolados dentro de armários e enfiados debaixo da escrivaninha. Fez-me dar a volta à sala, contando-me sobre a aquisição de determinados tapetes. Visitas a negociantes em Dubai, a depósitos em Lahore, a regiões turcas de tecelagem. A cor desse *kilim* de oração é extraída das raízes de certas ervas. Pode-se ver que crianças teceram este *bokhara* porque os nós não estão bem apertados. Dot entrou para me perguntar o que eu queria beber, depois demorou-se um pouco, feliz de juntar sua voz à do marido para contar histórias sobre barganhas de tapetes, tomando chá de jasmim, sobre as dificuldades de passar tapetes pelas alfândegas, sobre as fotografias exigidas pela companhia de seguro. Investimentos, disse ela. Os estoques escasseavam, os preços iam subir, e eles estavam comprando o máximo que podiam. Guerra, revolução, revoltas separatistas. Valor futuro, ganho futuro. E nesse meio tempo, veja como são lindos! Quando ela saiu, Dick pôs-se de joelhos para erguer as pontas de tapetes arrumados em pilhas no chão. Hexágonos. Pássaros estilizados voando. Palmeiras de folhas em leque. Ele afastou as pontas para mostrar mais, as cores suaves de um velho *kilim* feito por tecelões nômades, um outro, duplo, que permitia a duas pessoas fazerem juntas suas orações. Ele atirou para trás tapetes inteiros para mostrar seu avesso, e os padrões multiplicaram-se. Agora não estava pensando em investimentos. Havia gradeados e arabescos, jardins em seda e lã. Ele apontou-me múltiplos avessos, bordados com formais caracteres cúbicos, coisas reunidas em superfícies apinhadas, uma contida e intricada euforia, o universo do deserto atraente e completo. Ele sacudia sua pequena cabeça, redonda e quase totalmente calva, falando numa macia, hipnótica salmodia. Geometria, natureza e Deus.

Quando voltamos, a sala de estar estava repleta. Por nenhuma razão especial, eu bebia *raki*. David apresentou-me a um homem chamado Roy Hardeman. Olhei as tapeçarias, a caligrafia em seda. *Eles têm uma tendência, por exemplo à saída de cinemas, de se amontoar em entradas de portas.* Uma voz feminina. *Uma coisa se pode dizer dos ingleses, não bloqueamos saídas.* Lindsay, no outro lado da sala, ria. Seria nosso convívio durante aquele ano que passamos juntos que tornava nosso riso tão fácil? Parecia que estávamos sempre rindo, como se impelidos por alguma qualidade do céu em noites claras, as montanhas ao nosso redor, o mar ao pé da rua Singrou. Hardeman disse alguma coisa. Ele era um americano baixo e formal, ficava de pé com as pernas juntas e os pés ligeiramente separados. Servindo na Tunísia, disse David. Viaja muito ao Norte da África, à Europa ocidental. A fisionomia contraída de um executivo implacável. Dot aproximou-se de mim com uma garrafa três quartos cheia. Compreendi por que o nome me parecia familiar. Sistemas de refrigeração. Era ele o homem que não aparecera na noite em que David e Lindsay tinham ido nadar vestidos. Uma tempestade de areia no Cairo, dissera alguém. Mas quem? Dick rumou para o corredor com três armênios, vindos de Teerã para conseguir vistos canadenses. Perguntei a David se fora a Frankfurt. Ele parou para pensar. Entrou Charles Maitland, transbordando da agressividade amistosa. Ann, atrás dele, parecia nervosa, muito alerta. Estávamos todos de pé, um cansaço estilizado, uma forma de colapso desperto que concordávamos em suportar juntos.

Bebida e conversas tinham despertado nossa fome, e alguém reuniu um grupo de sete ou oito pessoas para jantar. Um pouco mais tarde, estávamos reduzidos a quatro sentados num clube na Plaka, assistindo ao espetáculo de uma dançarina do ventre chamada Janet Ruffing, mulher do chefe de operações do Banco Mainland. David espantou-se. Debruçou-se para conferenciar com Lindsay. Roy Hardeman atravessara a sala para ir telefonar, estremecendo com o barulho de tambores, flauta, guitarra amplificada e *bouzouki*. Aquela curiosa postura de patas de pássaro.

— Ouvi dizer que algumas delas estavam tomando aulas — disse Lindsay —, mas não pensei que fossem tão longe. Isso é ir bem longe.

— Será que Jack Ruffing sabe?

— Claro que sabe!

— Acho que ele não sabe — disse David.

Hardeman voltou para a mesa, e David explicou quem era a dançarina. Todos pareciam conhecer Jack Ruffing.

— Jack sabe disso? — perguntou Harderman.

— Acho que não.

— Alguém não devia lhe dizer? Escutem, pedi a um sócio para se juntar a nós para um bate-papo de última hora. Vou partir um dia antes do que tinha planejado.

— Será que ela é paga? — disse Lindsay.

Cetineta multicor. Címbalos nos dedos e lábios rubros. Observávamos os movimentos giratórios de sua pelve e a víamos curvar-se, menear o corpo e vibrar. Ela era toda desajeitada, comprida e magra, um caniço branco recurvado, mas a animação de seu esforço e seu tímido prazer faziam que nós, que eu, imediatamente sentíssemos vontade de não levar em conta a barriga achatada e os quadris estreitos, a mecânica diligente em seus movimentos. Que inocência, que coragem, uma mulher de bancário, dançar em público, com o umbigo agitando-se acima de uma faixa turquesa. Pedi outro drinque e tentei me lembrar da palavra para nádegas bem-proporcionadas.

Quando terminou a dança, Lindsay foi procurá-la numa sala no topo das escadas. Os músicos fizeram uma pausa, os três homens à mesa ficaram escutando o ruído que vinha da rua, as motocicletas, a música de discotecas e cabarés.

— Gostaria de dedicar esse *pot-pourri* ao deposto xá do Irã — disse David, olhando para seu copo. — Corro todos os dias nos bosques.

— Como um bom interiorano — disse Hardeman.

— Como vai Karen?

— Ela gosta de lá. Realmente gosta.

— Lindsay gosta daqui.

— Ela monta a cavalo — disse Hardeman.

— Mas mantenha-a fora do deserto.

— Tenho um caso de amor com o deserto. Isso, eu mesmo. Os ventos do deserto têm nomes excitantes.

— Lindsay tem muito boa opinião de Karen.

— Direi a Karen. É bom saber disso. Ela vai ficar contente.

— Talvez estejamos lá em março.

— Em março, toda a nossa divisão muda-se para Londres.

— De repente.

— Petróleo hostil, de ambos os lados.

— Não há muitas opções.

— Tínhamos de facilitar — disse Hardeman.

Janet usava uma saia, blusa e casaquinho, mas sua maquilagem estava intacta, sombras, traços a lápis, arcos e bandas de cor, um pouco sinistro à luz tênue, num rosto que era um evidente trabalho de prosaísmo doméstico. Ela era de certa forma feliz, como alguém se sente feliz por saber que seus motivos afinal não são complicados.

— Foi inesperado — disse Lindsay. — Nunca pensei que fosse tão longe!

— Sei que é loucura. Vi uma chance e fui em frente.

— Você estava bem.

— Meu trabalho com o ventre não está muito adiantado. Tenho de treinar muito no que eles chamam de isolamento de quadril. Ainda fico muito embaraçada com o que estou fazendo.

— Que surpresa — disse Lindsay —, entrar aqui e ver quem estava dançando na pista.

— As pessoas são gentis — disse Janet. — É uma espécie de teste prolongado.

— Não tenho visto Jack — disse David, olhando para Janet com uma preocupação cuidadosamente medida.

— Jack está nos Emirados.

— O problema de orçamento. Certo, correto.

— Faço as coisas após repeti-las muitas vezes — disse ela a Lindsay. — É o único jeito que tenho de fazê-las. As pessoas parecem compreender.

— Pois achei que você se saiu bem. Muito bem.

Lindsay e eu ficamos ouvindo-a analisar seu corpo em termos objetivos. Procurei demonstrar um interesse erótico. Cheguei mesmo a fazer planos, mas ela era ingênua, franca e meiga, tão desligada de subcorrentes murmurejantes, do sistema de imagens, que desisti. No final isso se tornaria seu atrativo, seu poder de excitar, essa própria inércia de intenção.

Um garçom trouxe os drinques, os músicos retornaram. Eu gostava do barulho, da necessidade de conversar em voz alta, debruçar-me sobre o rosto das pessoas e falar alto. Essa era uma festa de verdade, mal começando, um diálogo gritado, sem sentido ou finalidade. Aproximei-me de Janet, fazendo perguntas sobre sua vida, penetrando em sua consciência. Lentamente fomos criando um clima de curiosa intimidade, uma solidária permuta feita de observações mal compreendidas, nossas cabeças balançando na fumaça colorida.

Eu percebia a desaprovação risonha de Lindsay. Isso me estimulou a ir em frente, não deixava de ser *sexy*, as esposas do Mainland protegendo-se mutuamente de humilhação pública. Os dois homens faziam uma brincadeira com moedas tunisianas.

— Tenho de conhecê-la melhor, Janet.

— Não tenho nem certeza de quem você é. Não sei nem direito quem faz o quê nesta mesa.

— Gosto quando as mulheres me chamam de James.

— Eu não faço isso — disse ela.

— Não faz o quê? Gosto do jeito como você se movimenta.

— Sabe bem do que estou falando.

— Estávamos apenas conversando. — Movendo meus lábios sem som.

— *Apenas* conversando?

— São aquelas ondinhas em seu ventre quando você dança. Diga ventre. Quero ver seus lábios movendo-se.

— Não, sinceramente, não faço isso.

— Sei que não faz, sei que não faz.

— Sabe mesmo?, porque é importante para mim. E com pessoas aqui, não quero que tenham uma impressão errada de mim.

— Lindsay é especial. Ela é boa gente.

— Gosto de Lindsay, gosto mesmo.

— Eles irão logo embora. Então você e eu podemos conversar de verdade.

— Não quero conversar de verdade. É a última coisa que quero fazer.

Dançarinos folclóricos de mãos dadas entraram no pequeno palco.

— Seu batom está rachado em uns pontos, o que só aumenta o efeito. Eu mal podia respirar enquanto você dançava lá no palco. Era imperfeita, até com muitas falhas, mas que comovente corpo americano, intensamente comovente. Diga coxas. Quero ver sua língua dar voltas em sua boca colorida.

— Não faço isso, James.

— Quando as mulheres me chamam de James, isso me dá uma imagem de mim mesmo. *Proporciona-me* uma imagem. Adulta. Finalmente, penso, sou um adulto. Ela está me chamando de James. Tem pernas maravilhosamente longas, Janet. Isso é raro nos dias de hoje. A maneira como suas pernas emergiam daquela roupa sedosa, uma de cada vez, levemente dobradas. *Transparente.* Uma roupa transparente.

— Realmente tenho de ir embora.

— Porque bem lá no fundo do coração, ainda estou com vinte e dois anos.

— Sinceramente, não posso ficar.

— Que idade tem você, bem no íntimo?

— Não sei o que Lindsay vai pensar.

— Mais um drinque. Vamos falar sobre seu corpo. É flexível, para uma principiante. Tem um picante sabor conjugal, os despreocupados corpos celibatários não podem sequer sugerir isso. Não é fácil conseguir flexibilidade. Adoro sua bunda.

— Isso nada significa para mim.

— Eu sei.

— Se eu pensasse que está falando sério, provavelmente riria na sua cara.

— Você está se defendendo da verdade. Porque sabe que estou falando a sério. E sei que você sabe. Tenho de possuí-la, Janet. Não está vendo como me deixa?

— Não. Não vejo, em absoluto.

— Diga seios. Diga língua.

— Passamos dois anos em Bruxelas, três anos e meio em Roma, um ano de volta a Nova York e agora já estamos há um ano e meio na Grécia, e ninguém jamais falou comigo desta maneira.

— Quero você. Não é mais uma questão de escolha, é uma questão de querer mesmo. Já ultrapassamos isso. Você sabe, eu sei. Quero o que está dentro desse cardigã, dessa saia. Que tipo de calcinha você está usando? Se não me disser, enfio a mão por baixo e arranco-a por suas pernas. Depois guardo-as em meu bolso. Serão minhas. Essa coisa viva e íntima, esse objeto!

Lindsay voltou-se para o palco, dando-nos as costas, mas ainda era nossa ouvinte, nossa audiência, e em tudo o que dizíamos era afetado por isso, embora naturalmente ela não pudesse ouvir uma palavra em meio às flautas e *bouzoukis*. Um dançarino deu um salto, bateu com força na bota com a palma da mão.

— Quero dizer uma coisa sobre sua maquiagem.

— Não, por favor.

— É atraente sem ser sexy ou sedutora. Isso é que é estranho. Não acha que é uma espécie de declaração? O corpo é flexível, aberto, arejado e livre. O rosto, camuflado, quase amargamente camuflado. Não sou o tipo de homem que diz às mulheres o que elas são ou o que significam, portanto não falemos disso, vamos deixar pra lá, o rosto, a camuflagem, o batom vermelho.

— Não faço isso. Por que fico ouvindo isso? Sem contar que preciso ir ao banheiro.

— Deixe-me ir com você. Eu quero ir. Por favor.

— Não sou tão indecisa a ponto de não poder me levantar e ir para casa. É só a sonolência que me retém aqui.

— Eu sei. Sei exatamente.

— Também está com sono?

— É precisamente isso. Uma sonolência.

Ela passou por um instante a mão em meu rosto e olhou-me com simpatia, uma compreensão de algo que se aplicava a nós ambos. Depois desceu e se dirigiu ao banheiro.

Olhei diagonalmente através da mesa para ver a volumosa cabeça balcânica de Andreas Eliades. Ele conversava com Hardeman.

Lembre-se. Tínhamos nos sentado com quatro copos de conhaque naquela taverna à beira-mar, esperando David e Lindsay voltarem da praia. O nome de Hardeman, o avião de Hardeman, uma tempestade de areia no Cairo. Com o passar do tempo, aquela noite parecia se tornar mais importante. Era como uma reminiscência mesclada que eu carregava comigo, as lembranças seletivas daqueles que lá tinham estado. Momentos voltavam-me à memória, texturas precisas, os nomes das marcas de cigarros, os olhos do velho guitarrista, as veias de sua mão pardacenta, e o que os Borden tinham dito, e quem arrancara uma uva do cacho úmido, e onde as pessoas estavam sentadas, como nos tínhamos reagrupado ao redor da mesa enquanto a noite passava através de seus próprios objetos sólidos para se tornar o que é agora. Cada vez mais, Eliades parecia elo de alguma conexão.

Cumprimentamo-nos com um movimento de cabeça e fiz um gesto amplo para indicar que eu não sabia o que estava fazendo num lugar como aquele. Percebi que Lindsay me observava. Ela se colocara bem à minha frente, com uma cadeira vazia de cada lado. Andreas se achava na extremidade da mesa, defronte de Hardeman, que mudara de lugar.

— Estamos sempre nos encontrando — disse eu a Andreas.

Ele ergueu os ombros, eu também.

David estava entre mim e Hardeman. A cadeira de Janet ficava à minha esquerda. O lugar onde as pessoas se sentavam parecia-me importante, embora eu não soubesse por quê.

— Não me olhe assim — disse eu a Lindsay. — Faz-me sentir que você está tomando alguma decisão.

— Sobre ir para casa — disse ela. — Afinal, de quem foi a idéia?

— Alguém queria ver dança grega.

Andreas perguntou se ela estava aprendendo os verbos. Outra lembrança, um fragmento daquela noite de verão. Eles tentavam conversar polidamente em meio ao som amplificado. David debruçou-se para me olhar com uma expressão de tristeza.

— Não conversamos — disse ele.

— Eu sei.

— Eu queria falar com você. Nunca conseguimos conversar.

— Logo faremos isso. Amanhã. Vamos almoçar juntos.

Quando ele e Lindsay se foram, não me aproximei dos dois homens, e quando Janet Ruffing voltou à mesa, sentou-se na cadeira de Lindsay. Era como um jogo de tabuleiro. Dois grupos de pessoas defronte umas das outras, dois grupos de cadeiras vazias. Hardeman pediu uma nova rodada de drinques.

— Eles estão falando de negócios — disse eu a Janet. — Embarques, tonelagens.

— Quem é o homem barbado?

— Negócios. Um negociante.

— Ele parece um padre.

— Está provavelmente tendo um caso com Ann Maitland. Você a conhece?

— Por que me diz uma coisa dessas?

— Esta noite, eu lhe direi qualquer coisa. Não há estratégias, estou falando a sério. Eu lhe direi qualquer coisa, farei qualquer coisa por você.

— Mas por quê?

— A maneira como você dançou.

— Mas disse que eu não era muito boa.

— A maneira como se movia, suas pernas, seus seios, o que você é. Não importa a técnica. O que você é, como estava contente consigo mesma.

— Mas não acho que isso seja verdade.

— Como você estava contente! Insisto nisso.

— Quase penso que de uma maneira indireta está tentando estimular minha vaidade.

— Você não é vaidosa, é esperançosa. Vaidade é uma qualidade defensiva. Contém um elemento de medo. Supõe um olhar no futuro, no desgaste e na morte. — Outro dançarino deu um salto. — Estou naquele estágio de uma noite de bebidas e conversas em que vejo as coisas claramente, por uma pequena abertura, uma janela para o espaço. Sei coisas. Sei o que vamos dizer antes de o termos dito.

— O que Lindsay disse?

— Ela só me olhou.

— Eles são gente de banco?

— Sistemas de refrigeração.

— O que vão pensar que estamos falando?

— Gostaria de sair daqui com suas calcinhas em meu bolso. Você teria de me seguir, não é mesmo? Gostaria de escorregar minha mão sob sua blusa e desabotoar seu sutiã. Quero estar sentado aqui e conversar com você sabendo que tenho no bolso seu sutiã e suas calcinhas. É só o que peço. Saber que está nua sob suas roupas. Saber disso, sentado aqui falando com você, me tornaria capaz de viver mais dez anos, apenas saber disso, independentemente de comida e bebida. Está realmente usando sutiã? Não sou desses homens que sabem só de olhar. Nunca consegui ser observador o suficiente para dizer se essa ou aquela mulher estava ou não usando sutiã. Quando menino, nunca fiquei parado nas esquinas calculando o tamanho deles. Lá vai um tamanho 42, assim, com absoluta segurança.

— Por favor. Acho que devo ir embora.

— Só pôr minha mão sob suas roupas. Não mais do que isso. Como fazíamos quando garotos. Sexo adolescente, como isso me faria feliz! Um quarto dos fundos no bangalô de verão de sua família. Um quarto bolorento, no crepúsculo, uma chuva súbita. Aproxime-se de mim, empurre-me, torne a me puxar para perto. Preocupada com alguém chegando, voltando do lago, conversas no jardim. Preocupada com tudo o que estamos fazendo. A chuva libera todos os oradores frescos do campo. Chegam até nós de fora, lavados, refrescados da chuva, deliciosos, cheirando tão bem, uma friagem no ar do verão. É natureza, é sexo. E você me puxa para junto de seu corpo e se preocupa e me diz não, não faça isso. Está vendo como sou sentimental? Como sou vulgar e indecente? Eles estão voltando do bar à margem do lago, o bar sobre estacas chamado Pousada do Mickey, onde você serve as mesas quando está entediada.

— Mas para mim a dança não é sensual. Não, em absoluto.

— Eu sei, eu sei, isso faz parte da coisa, da razão de eu querer tanto você, seu corpo alto, branco e bem-intencionado.

— Oh, obrigada.

— Seu corpo levou a melhor sobre o casamento. Foi beneficiado com a experiência. É desenfreadamente belo. Que idade tem você, trinta e cinco?

— Trinta e quatro.

— Usando um cardigã. É cardigã que as mulheres usam quando não querem falar de si mesmas?

— Como posso falar? Isso para mim não é real.

— Você dançou. Isso era real.

— Não faço isso.

— Você dançou. Esta conversa que estamos tendo não diz nada para você mas significa tudo para mim. Você dançou, eu não. Estou tentando dar-lhe alguma idéia do quão profundamente me impressionou, dançando descalça, de luvas compridas, roupas transparentes, e como me impressiona neste momento, sentada aí, tão difícil de encontrar sob a sombra dos olhos, a maquiagem, o brilho nos lábios, o batom. A maneira como você fica aí sentada, indiferente ao que digo, me excita tremendamente.

— Não estou indiferente.

— Quero atingir você da maneira mais direta. Quero que diga para si mesma: "Ele vai fazer alguma coisa, e não sei o que é, mas quero que faça".

Estávamos todos bebendo uísque escocês. Andreas ainda vestia capa de chuva.

— Sua voz, quando você nos falava de seu corpo, das aulas, dos treinamentos, os quadris fazem isso, o ventre faz aquilo, sua voz estava dez centímetros fora de seu corpo, e começou num ponto uns dez centímetros além de seus lábios.

— Não sei o que está querendo dizer.

— Há uma falta de conexão entre suas palavras e a ação física que elas descrevem, as partes do corpo que descrevem. É isso o que me atrai intensamente em você. Quero recolocar sua voz dentro de seu corpo, no lugar dela.

— Como pode fazer isso? — Um meio sorriso, cético e cansado.

— Fazendo você se ver de uma maneira diferente, creio eu. Fazendo com que me veja, com que sinta o calor de meu desejo. Sente isso? Diga se sente. Quero ouvir você dizer isso. Diga calor. Diga molhada entre minhas pernas. Diga pernas. Seriamente, é o que quero de você. *Meias*. Sussurre. A palavra é feita para ser sussurrada.

— Posso ficar aqui sentada ouvindo-o e posso dizer a mim mesma que isso é real e que você está falando a sério. Mas é tudo tão estranho! Não sei como reagir.

— James. Chame-me de James.

— Oh, merda, por favor.

— Use *nomes* — disse eu.

— Chega de drinques. Não costumo fazer isso.

— Nenhum de nós dois quer ir para casa. Queremos adiar a ida para casa. Queremos ficar mais um pouco aqui. Tinha-me esquecido de como é não querer voltar para casa. Claro que não tenho de ir para casa. A inquietante e pequena força não está me puxando como puxa você. O que a espera lá que você não quer encarar? — Ficamos um instante pensando nisso. — Estou tentando expressar o que você está sentindo. Se conseguir, talvez comece a confiar em mim de uma maneira mais profunda. A maneira que complica, que envolve. De forma que quando quiser parar o que estamos fazendo, o impulso, a força e a direção da noite inteira, você não conseguirá.

— Não sei se você me reconheceria na rua, amanhã, sem a maquiagem que estou usando. E, mais estranho ainda, não sei se eu o reconheceria.

— A ofuscação seria imensa, na plena luz do sol. Íriamos querer fugir um do outro.

Gregos da platéia estavam agora no palco, dançando, e logo os turistas começaram a se aproximar da plataforma, carregando bolsas e sacolas de ombro e usando bonés de comandantes de navio, olhando por sobre o ombro para amigos — olhares que imploravam encorajamento para alguma estupidez que pensavam estar prestes a cometer.

— Logo vão fechar — disse ela. — Acho que realmente está na hora.

Ela subiu para apanhar o casaco. Fiquei ouvindo Hardeman falar sobre custos de manutenção. Andreas, atento a suas observações, tirou um cartão do bolso e o entregou a mim sem levantar os olhos. Um simples cartão comercial. Ofereci a Hardeman algum dinheiro, que ele recusou, e então Janet e eu saímos para a rua.

Não havia espaço para conter o som que enchia a noite, densas ondas de som, pesadas, eletrificadas. Saía dos muros, do calçamento e das portas de madeira, a pulsação de algum evento indefinido, e subimos a rua em ladeira, o braço dela enganchado no meu.

Um homem com uma gaita de foles de couro tocava à janela de uma pequena taverna. Essa música era parte do ambiente, o clima dessas velhas ruas à uma e meia da manhã, e eu a empurrei contra uma parede e beijei-a. Ela desviou os olhos, a boca borrada de batom, dizendo que tínhamos de ir para o outro lado, para o pé das escadas, onde ficavam os táxis, se houvesse algum. Eu a impeli ladeira acima, passando por cabarés, os últimos dançarinos cretenses, os últimos cantores de camisa aberta no peito, e a segurei contra a segunda das velhas paredes de prédios abandonados. Ela me olhou com uma quase careta de dúvida, uma indagação de quem está acordando, tentando lembrar-se de um sonho sombrio. Quem era ele, o que fazíamos ali? Imprensei-a contra a parede, tentando abrir-lhe o casaco. Ela disse que tínhamos de arranjar um táxi, precisava ir para casa. Pus minha mão entre suas pernas, por cima da saia, e ela pareceu afundar um pouco, a cabeça voltada para o muro. Tentei fazer com que segurasse as abas de meu casaco para nos manter cobertos, proteger-nos do frio, enquanto eu desabotoava minha calça. Ela escapuliu, descendo alguns degraus sob o andaime de um velho prédio. Corria segurando a bolsa pela alça e bem afastada do corpo, como se ali estivesse contido algo

230

que poderia respingar nela. Dobrou uma esquina e subiu a ladeira de uma rua deserta. Quando a alcancei e a abracei por trás, ela se imobilizou. Escorreguei minha mão pelo seu ventre, sobre a saia, e coloquei meus joelhos por trás dos dela, fazendo-a curvar-se ligeiramente colada a mim. Ela disse alguma coisa, depois livrou-se e saiu do círculo de luz fraca em direção à parede. Imprensei-a de novo ali. A música soava ao longe, diminuindo gradativamente à medida que as tavernas fechavam. Beijei-a, ergui-lhe a saia. Vozes abaixo de nós, um homem rindo.

— As pessoas querem ser dominadas — murmurou ela com excepcional clareza. — Basta ser dominada, não é?

Fiz uma pausa, depois movi meus joelhos para abrir-lhe as pernas. Trabalhei por estágios, tentando raciocinar, manobrar corretamente as coisas. Sua respiração era entrecortada, nossas bocas se colaram, enquanto incitávamos um ao outro ritmada e apressadamente. Desvencilhei-a das roupas, senti o calor de suas nádegas e coxas e a apertei contra mim. Ela parecia estar com o pensamento além daquele momento, já ter passado por ele, observando-se num táxi a caminho de sua casa.

— Janet Ruffing.

— Não costumo fazer isso. Nunca.

Estávamos sob uma sacada de ferro, no setor alto da cidade velha, sob a massa rochosa da encosta norte da Acrópole.

10

Os alemães estão sentados ao sol. Os suecos perambulam, as cabeças voltadas para cima, e há em seus rostos uma ânsia que se assemelha à dor. As duas mulheres da Holanda estão encostadas na parede da igreja do cais, de olhos fechados, sentindo o calor no rosto e no pescoço. O homem que vemos, o do gorro de linho branco, está parado numa mancha de sol no cemitério turco, entre pinheiros e eucaliptos, descascando uma laranja. Os suecos se foram, rumando para o aquário. Os ingleses aparecem, carregando seus casacos na praça deserta, onde as sombras começam a se alongar, desde a arcada veneziana, no estranho silêncio, a última luz da manhã.

Três dias em Rodes. David decide que está bastante quente para nadar. Nós o vemos entrar no mar, movendo-se lentamente para a frente, balançando os ombros, os braços erguidos à altura do peito quando a água alcança sua cintura. O corpo louro, ao subir à tona depois de mergulho, parecia saltar na direção dos montes turcos, a dez quilômetros de distância. Estamos sentados numa mureta acima da praia. Ela estava deserta, a não ser por alguns meninos com uma bola de futebol. As páginas de uma brochura viram ao vento. O homem do gorro branco se aproxima, nos perguntando onde fica o museu de peixes.

Quando David foi nadar, abriu-se um espaço que devemos preencher com conversa séria. Mas Lindsay parece se entreter olhando o mar. É uma espécie de feriado. A sensação de espaço aberto, o vazio, o vento recrudescendo.

Depois da segunda de suas sofridas arremetidas, ele volta à praia parecendo dez centímetros mais baixo, afundando na areia. Quando ergue a cabeça, vemos que está feliz, respirando pesadamente, sovado pelo mar, enregelado, a mulher e o amigo esperando-o com uma toalha do hotel.

Chove no dia seguinte e no outro, o que reduz a disposição a um estado mais puro. Começo a ver que esses dias estão misteriosamente ligados a Kathryn. São dias de Kathryn.

Na tarde do terceiro dia, aproxima-se uma tempestade. Vem do leste, e nos postamos no quebra-mar perto da velha torre para ver as ondas quebrarem reluzentes nas pedras. Uma imensa gravidade permeia o ar. O movimento das nuvens em direção ao mar e a penumbra vítrea provocam uma luminescência carregada, uma luz de tempestade que mais emana dos objetos do que recai sobre eles. Os prédios começam a incandescer, o palácio do governador, a torre do sino, o mercado novo. À medida que o céu escurece, os barcos brancos brilham, o cervo de bronze reluz, a pedra dourada dos tribunais e do banco emite uma luz colorida. A água projeta-se sobre o paredão. Não há luz alguma exceto em objetos.

Voltando para casa, sobrevoando ilhas envoltas em neblina, de repente começamos a falar.

— Por que sinto falta de meus países? — diz David. — Meus países são ou redutos terroristas, ou violentamente anti-americanos, ou então grandes extensões de escombros políticos, econômicos e sociais.

— Às vezes tudo isso em conjunto — diz Lindsay.

— Por que mal posso esperar para voltar a isso? Por que estou tão ansioso? Cem por cento de inflação, vinte por cento de desemprego. Adoro países endividados. Gosto de ir para lá, mergulhar em seus problemas.

— Demasiado intimamente, poderíamos dizer.

— Não se pode ser íntimo demais com um sírio, um libanês — retrucou-me ele.

— Quando eles lhe permitem monitorar sua política econômica em troca de um empréstimo. Quando você reescalona uma dívida que equivale a um programa de assistência.

— Essas coisas ajudam, elas genuinamente ajudam a estabilizar a região. Fazemos coisas por esses países. Eles são interessantes. Não consigo, por exemplo, me interessar pela Espanha.

— Eu não consigo me interessar pela Itália.

— A Espanha *devia* ser interessante. A violência não é chocante como na Índia. Mas não consigo me interessar.

— A violência indiana é aleatória. É isso o que você quer dizer?

— Não sei o que quero dizer.

— O Chifre da África está na berlinda, a Rodésia também. Mas não conseguimos nos interessar.

— Que tal o Afeganistão? É um de seus países?

— É um país inexpressivo. Não há filial, mas fazemos alguns negócios. O Irã é diferente. Presença falida, negócios falidos. Em outras palavras, um buraco negro. Mas quero que todos saibam que retenho um grau de afeição.

Isso foi logo depois que o presidente ordenou o embargo do dinheiro iraniano nos bancos americanos. O Deserto 1 ainda estava para acontecer, o ataque de comandos que terminou em fiasco a trezentos quilômetros de Teerã. Foi o inverno em que Rowser soube que o Dawa, o movimento clandestino xiita, estava armazenando armas no golfo. Foi o inverno antes dos carros-bombas em Nablus e Ramallah, antes de os militares tomarem o poder na Turquia, tanques nas ruas, soldados cobrindo com tinta os *slogans* nas paredes. Foi antes de a infantaria do Iraque penetrar no Irã em quatro pontos ao longo da fronteira, antes de os campos de petróleo serem incendiados e as sirenes ecoarem por Bagdá, pela rua Rashid e as vielas dos mercados, antes dos *blackouts*, das luzes cobertas, gente apressando-se em sair de casas de chá, de ônibus de dois andares.

Em toda a nossa volta o barulho humano, o calor de uma multidão em fuga.

Comida e bebida eram o centro de quase todo contato humano que tive na Grécia e na região. Comer, conversar em torno de trêmulas mesas de madeira, mesas com tampo de mármore, mesas com toalha de papel, mesas de ferro batido, mesas em pátios de pedregulhos à beira-mar. Um dos mistérios do Egeu é que as coisas parecem mais significativas do que em outros lugares, mais profundas, mais completas em si mesmas. Nós, que nos comprimíamos em torno de mesas juntas, éramos elevados, na estima uns dos outros, a uma luz mais alta talvez, a uma amplitude que podia ou não nos ser naturalmente devida. A própria comida era uma coisa séria, simples como o era freqüentemente, que comíamos com talheres pequenos em pratos compartilhados, num esforço intencional de estar onde estávamos, extravagantes em nossa crença da distinção e do valor uns dos outros. Nunca tínhamos de apelar para um senso de ocasião. Ele estava em nós e à nossa volta o tempo todo.

Andreas levou-me a uma taverna numa rua inacabada num distrito remoto. As especialidades da casa eram coração, miolos, rins e tripas. Concluí que a escolha daquele lugar para comer não fora casual. Aquela noite era para ser uma aula de seriedade, de coisas autênticas, de tudo o que se encontra além de uma pálida compreensão, de tudo o que leva os complacentes a ver o que os cerca. Ele usaria aquelas partes do corpo do animal para ornamentar seu texto. Esta é a coisa autêntica, *kokorétsi*, as entranhas do animal assadas no espeto. Estes, que as comem, são gregos.

Por outro lado, talvez fosse apenas um outro jantar numa sala enfumaçada, com vinho da casa em canecas de latão, distinguível de centenas de outros jantares não tanto pela comida quanto pela intensidade da conversa. A conversa dele. Sua furiosa, bem-humorada, incessante e exasperadora conversa.

Ele só se acomodou depois de colocar os cigarros e o isqueiro na mesa. Eu me senti quase ameaçado pelo gesto. Sério. Uma noite séria.

— Por que este jantar, Andreas?

— Quero saber como vai seu grego. Você disse que estava aprendendo grego. Quero descobrir se está feliz aqui.

— Não que as pessoas precisam de uma razão para comer.

— Estou sempre interessado em conversar com americanos.

— Roy Hardeman.

— Dever profissional. Não estou interessado. Ele é um bom executivo, muito esperto, mas só falamos de trabalho. Ele poderia ser francês, ou alemão, e eu mal notaria. Não que seja a nacionalidade numa companhia como a nossa. Isso fica em segundo plano.

— Não posso imaginar você abrindo mão de sua nacionalidade.

— ok, talvez seja por isso que estejamos aqui. Para tornar as coisas claras de novo. Para mostrar nosso *status*.

— Você precisa de alguém a quem recriminar. Por que não um francês ou um alemão?

— Não tem tanta graça.

— Outro dia, em Rodes, um garçom nos disse: "Vocês, americanos, são uns idiotas. Tinham derrubado os alemães e os ergueram. Eles estavam por baixo e vocês não os esmagaram. Agora vejam. Por toda parte".

— Mas ele toma o dinheiro deles. Todos nós tomamos dinheiro uns dos outros. Este é o papel do atual governo. Tomar o dinheiro dos americanos, fazer o que os americanos nos mandam fazer. É impressionante como eles se submetem, como deixam que os interesses estratégicos dos americanos tenham precedência sobre a vida dos gregos.

— É o seu governo, não o nosso.

— Não estou tão seguro. Claro que temos experiência em tais questões. Humilhação é o tema dos negócios gregos. A interferência estrangeira é aceita como natural. Presume-se que não poderíamos sobreviver sem ela. A ocupação, os bloqueios, as forças desembarcando no Pireu, os tratados humilhantes, a partilha de influência entre as potências. De que falaríamos a não ser disso? Onde iríamos encontrar o drama tão essencial a nossa vida?

— Você percebe que sua ironia se baseia em grande parte na verdade? Claro que sim. Perdoe-me.

— Por muito tempo nossa política foi determinada pelos interesses das grandes potências. Agora são só os americanos que a determinam.

— O que é isso que estou comendo?

— Vou lhe dizer. Miolos.

— Nada mau.

— Está gostando? Ainda bem. Venho aqui quando estou tenso. Quando meu trabalho começa a sufocar meu espírito. Algo assim, compreende? Miséria, depressão. Venho aqui para comer miolos e rins.

— Sabe qual é o problema da Grécia? Sua posição estratégica.

— Já notamos isso — disse ele.

— Então é muito natural que as grandes potências tenham se interessado. O que esperava você? Meu chefe uma vez me disse com aquele seu jeito nervoso e irritadiço: "O poder funciona melhor quando não distingue amigos de inimigos". O homem é um Buda redivivo.

— Imagino que seja ele quem está orientando a política americana. Nosso futuro não nos pertence. É de propriedade dos americanos. A Sexta Frota, os homens que comandam as bases em nosso território, os adidos militares que lotam a embaixada dos Estados Unidos, os analistas políticos que ameaçam interromper a ajuda econômica, os homens de negócio que ameaçam parar de investir, os banqueiros que emprestam dinheiro à Turquia. Milhões para os turcos, tudo resolvido em Atenas.

— Não por mim, Andreas.

— Não por você. Somos repetidamente traídos, considerados sem importância, enganados, totalmente ignorados. Sempre em favor dos turcos. A história de sempre. Aconteceu em Chipre, acontece todos os dias na OTAN.

— Vocês estão obcecados pelos turcos. É uma necessidade espiritual. Estarão eles, ainda que remotamente, interessados em vocês?

— Eles parecem remotamente interessados em nossas ilhas, em nosso espaço aéreo.

— Estratégia.

— Estratégia americana. É interessante como os americanos sempre preferem estratégia a princípios e no entanto continuam acreditando em sua inocência. Estratégia em Chipre, estratégia na questão de ditadura. Os americanos aprenderam muito bem a conviver com os coronéis. Sob a ditadura, os investimentos floresceram. As bases continuaram funcionando. Continuaram os carregamentos de armas portáteis. Controle de massa, sabe?

— Eram seus coronéis, Andreas.

— Tem certeza disso? Acho interessante, a curiosa conexão entre os serviços de informações grego e americano.

— Por que curioso?

— O governo grego não sabe o que se passa entre os dois serviços.

— O que faz você pensar que o governo americano sabe? Não é essa a natureza dos serviços? O inimigo final é o governo. Somente o governo lhes ameaça a existência.

— A natureza do poder. A natureza do serviço de informações. Você estudou essas coisas. Onde? Em seu apartamento na Kolonaki?

— Como sabe que moro lá?

— Onde mais você poderia morar?

— A vista é bonita.

— Chamamos aquele lugar de o bidê da América. Quer ouvir a história de interferência estrangeira só neste século?

— Não.

— Ainda bem. Não tenho tempo de enumerar tudo.

No final, foi exatamente o que ele fez. Enumerou tudo, parou várias vezes de comer para acender cigarros, pedir mais vinho. Eu me divertia com a enxurrada de opiniões e enormes acusações. Ele fizera desses assuntos uma ocupação, tinha se esforçado, e creio que estava ansioso por exibir seus conhecimentos. Diligência, amplitude. Era um estudioso de coisas gregas. Ocorreu-me que todos os gregos eram, tanto dentro como fora da política e da guerra. Sendo pequenos e expostos, sendo estratégicos. Eles tinham uma percepção da fragi-

237

lidade de suas próprias obras, das energias e sinais identificadores, e instruíam uns aos outros como uma forma de reafirmação mútua.

— Seu chefe não lhe diz que o poder deve ser cego dos dois olhos? Vocês não nos vêem. Esta é a derradeira humilhação. Os ocupantes não vêem o povo que controlam.

— Ora vamos, Andreas.

— Raios, nada acontece sem a aprovação dos americanos. E eles nem sabem que há ressentimento. Não sabem que estamos fartos da situação, do relacionamento.

— Vocês tiveram cinco ou seis anos de calma. Isso é muito tempo para os gregos?

— Veja como estamos profundamente envolvidos na comédia. Para fazer concessões aos turcos em benefícios da harmonia na OTAN. Tudo arranjado pelos americanos. Eles jogaram mal a partida na Grécia.

— E os erros de vocês! Todos os erros de vocês são colocados em termos de atos da natureza. A catástrofe na Ásia Menor. Os acontecimentos desastrosos em Chipre. Essa é a linguagem dos terremotos e enchentes. Mas foram os gregos que provocaram esses acontecimentos.

— Chipre é problemática. Digo isso somente porque não há nenhuma evidência documentada. Mas um dia virão à tona os fatos do envolvimento dos Estados Unidos. Disso tenha certeza.

— O que estou comendo?

— Isso é estômago. A membrana do estômago.

— Interessante.

— Não sei se chamaria isso de interessante. É estômago de carneiro. Em geral, venho aqui sozinho. Tem um certo significado para mim. Miolos, tripas. Não é facilmente compreensível. Já viu algum dia um grego dançando sozinho? É um ato particular. Um momento íntimo. Acho que sou um pouco maluco. De quando em quando, preciso comer miolos de carneiro.

O proprietário parou junto de nós, fazendo a conta em grego metralhado. Fomos a outro lugar para a sobremesa, e em seguida a um terceiro, para os drinques. Às duas horas da madrugada, estávamos na rua em busca de um táxi. Andreas falou-me de acontecimentos que levaram a essa e àquela calamidade. Cada vez que queria deixar claro seu ponto de vista, parava de andar e segurava-me o pulso. Isso aconteceu quatro ou cinco vezes numa única rua varrida por ventania. A fala saía dele como o produto de alguma tecnologia irreversível.

Ficávamos um momento parados na escuridão, depois recomeçávamos a andar, rumando para algum bulevar. Ele estava transbordando de vigor noturno, uma característica dos atenienses. Dez passos e tornava a parar. Depósitos de armas nucleares, acordos secretos. Sua política era uma forma de vigília, a força alertadora numa vida que de outra forma poderia deixá-lo para trás.

— O que quer que eu faça, Andreas?

— Quero que você argumente — disse ele. — Pode levar uma hora até que apareça um táxi.

Da pequena sacada de meu quarto, eu olhei para dentro de outro quarto, no lado oposto do pátio, um pouco abaixo do meu. Um dia luminoso, venezianas abertas, o quarto sendo arejado. Tranqüilo, um quarto de mulher, sapatos femininos no chão. Eu estava na obscuridade, o quarto bem na luz, totalmente silencioso, um espaço calmo de objetos e tons. Que mistério era a ausência dela, repleta de perguntas não formuladas! Havia algo de decisivo na cena, uma calma profunda, como se as coisas houvessem sido arranjadas para serem contempladas. Não devia uma cena assim estar marcada por expectativas? A mulher vai aparecer? Ela entrou enxugando os cabelos numa toalha, trazendo ao quarto tantas coisas ao mesmo tempo, tantos gestos afetivos, o estilhaçamento de uma vida de sereno espaço, que se podia acreditar saber tudo a seu respeito, apenas pela cabeça e os braços cobertos, por aquela entrada displicente, ela descalça, num roupão frouxo. Atraente. Isso foi o que deixei de ver. Quando a luz mudasse, mais tarde, tornaria a olhar.

Hadjidakis, meu senhorio, estava parado no vestíbulo. Era um homem baixo e encorpado que gostava de falar inglês. Quase tudo o que ele dizia em inglês parecia-lhe engraçado, quase todas as frases terminavam numa risada. Ele se mostrava alegremente desconcertado, emitindo aqueles sons estranhos. Depois de nos cumprimentarmos, contou que acabara de ver policiais da tropa de choque reunidos perto do centro da cidade. Nada estava acontecendo, pelo jeito. Eles simplesmente estavam lá, com seus capacetes de viseira branca, uniformes pretos, portando escudos, revólveres e cassetetes. Ao contar isso, Hadjidakis continuou rindo. Todos os fatos da história eram separados pelo som de seu riso. Era uma estranha justaposição, a polícia de choque e o riso. A história em inglês tinha uma dimensão sinistra que não teria em grego. E a vista daqueles escudos e cassetetes tinha causado um impacto em Hadjidakis.

— Causou-me certa emoção — disse ele, e nós dois rimos.

Quando desci no dia seguinte com uma mala, o porteiro, na penumbra, girou a mão direita no ar, um gesto que indicava direção a algum lugar.

China, disse-lhe eu, *Kina*, por não saber a palavra para Kuwait.

Segui de carro para o aeroporto, com Charles Maitland, que ia para Beirute ver um emprego de funcionário de segurança na embaixada britânica.

— Como eu estava dizendo a Ann, eles vivem mudando os nomes.

— Que nomes?

— Os nomes que estamos acostumados. Os países, as imagens. A Pérsia, por exemplo. Crescemos com a Pérsia. Que grandioso quadro esse nome evocava. Um vasto tapete de areia, mil mesquitas azul-turquesa. Uma amplitude, uma glória cruel abrangendo séculos. Todos os nomes. Uma dúzia ou mais e agora, naturalmente, a Rodésia. Rodésia dizia alguma coisa. Por bem ou por mal, era um nome que dizia alguma coisa. O que oferecem eles em seu lugar? Arrogância lingüística — sugeri eu a Ann, que me chamou de comediante. Ela não tem nenhuma lembrança pessoal da Pérsia como um nome. Mas é verdade que é mais jovem.

Passamos pelo Estádio Olímpico.

— Há algo nisso, sabe? Essa arrogância devastadora. Derrubar, reformular. Com o que nos deixam eles? Designações étnicas. Siglas. A obra de burocratas, mentalidades estreitas. Quanto a mim, tomo essas mudanças de uma maneira muito pessoal. São uma rescisão de memória. Cada vez que emerge uma nova república da poeira, tenho a impressão de que alguém adulterou minha infância.

— Você não pode preferir Leopoldville a Kinshasa.

— O Ministério de *Slogans*. O Ministério de Dialetos Obscuros.

— Zimbabue — disse eu. — Um rufo de tambor.

— Um rufo de tambor. É exatamente isso.

— Exatamente o quê?

— Um rufo de tambor.

Nosso motorista parou numa linha cinzenta de táxis que se estendia pela via pública. Uma mulher e uma criança caminhavam por entre os carros, pedindo esmola. O sinal luminoso mudou. Estávamos quase chegando ao aeroporto quando Charles voltou a falar.

— Soube da dança do ventre.

— Sim.

— Foi uma noite interessante?

— Você a conhece?

— Conheço o marido dela — disse ele, e quando me olhou seu queixo estava retesado com força; e não sei ao certo se estávamos fixados em alguma simetria de amizades e adultérios. Atravessamos as portas e entramos no ruído violento do terminal.

Dois telefonemas.

O primeiro foi na noite em que voltei do Kuwait. O telefone tocou duas vezes, depois parou. Um pouco mais tarde, tornou a tocar. Eu não tinha conseguido dormir. Eram duas da manhã, as venezianas batiam com o vento.

A voz de Ann.

— Sei que isso vai parecer estranho.

— Você está bem?

— Sim, estou bem, mas venho adiando isso.

— Charles ainda não voltou de Beirute?

— Ele ficou. Temos amigos lá. Ele está bem. Não é Charles. Nem precisamente sou eu.

Por um momento, pensei que ela estava querendo se convidar. Fitei a superfície de madeira da mesa onde se achava o telefone. Concentrei-me intensamente no silêncio antes que ela tornasse falar.

— É sobre esse homem que ando encontrando. Na verdade, é sobre ele.

Esperei um pouco, depois falei.

— Andreas. É dele que está falando?

— Que interessante, James — disse ela depois de uma pausa.

— Então você sabe. Sim, é sobre ele que eu queria lhe falar. Eu o acordei? Que estupidez telefonar a esta hora. Mas é um assunto que está me incomodando. Não conseguia dormir. Tinha de lhe dizer. Finalmente decidi. Pode ser pura imaginação, mas pensei, e se não for?

— Uma pausa. — É interessante você já estar sabendo.

A voz era rouca e débil. Ela devia estar sentada sob a máscara africana, um drinque na mão direita.

— Conversamos sobre você — continuou ela. — Ele faz muitas perguntas. Um dia, indaga sobre seu emprego. Depois, quer saber de seus amigos, sua formação, coisas pequenas que surgem mais ou menos naturalmente no meio da conversa. A princípio quase não notei. Era um assunto entre muitos. Mas ultimamente comecei a achar que o interesse dele por você pode ser especial. Alguma coisa entra na conversa. Acho que posso chamá-la de expectativa. Há um silêncio curioso quando ele fica esperando pelas minhas respostas. E ele me observa. Comecei a notar como me observa. É um homem atento, não acha?

— Gosto de Andreas.

— Ele insiste em querer falar sobre seu trabalho. Eu lhe disse que não tenho a menor idéia do que você faz. Muito bem, então ele muda de assunto. Mas depois recomeça, da segunda vez de uma maneira um pouco mais direta, até meio desajeitadamente. "Por que a sede da empresa dele fica em Washington?" "Andreas, não tenho a menor idéia." "Por que não lhe pergunta?" Obviamente, Andreas pensa que você é alguém que merece atenção.

— Ele também pensou que eu era David Keller, não é mesmo?, no jantar daquele noite. Você tinha razão. Ele nos confundiu, lembrase? Eu era o banqueiro inescrupuloso.

— Ele mencionou uma coisa chamada Northeast Group.

— É a firma para a qual trabalho. Faz parte de uma enorme corporação. Uma subsidiária totalmente pertencente ao grupo.

— Posso perguntar o que exatamente você faz? Não sua empresa, mas você. Quando viaja.

— Em geral faço relatórios. Examino dados, tomo decisões.

— Bem, isso é tão vago!

— Quanto mais alto o posto, mais vago o trabalho. Pessoas com deveres específicos precisam de alguém a quem mandar seus telex. Sou uma presença.

— Ele menciona todas as viagens que você faz. Fala de como é reduzida sua equipe em Atenas. Apenas uma secretária; é isso mesmo? Surpreende-se que sua sede seja em Washington e não em Nova York. Faz o possível para não ser muito direto. Introduz disfarçadamente esses assuntos na conversa. Quanto mais penso nisso, mais óbvio me parece. Eu não sabia como lhe contar.

— O que mais ele menciona?

— Menciona um livro que você escreveu sobre estratégia militar.

— Escrevi por outra pessoa. Só o que fiz foi organizar alguns fatos. Como é que ele sabe disso?

— É isso, está vendo?

— Escrevi muitas coisas, uma dúzia de assuntos.

— Acho que ele leu o livro.

— Então ele sabe mais do que eu. Não consigo me lembrar de uma só palavra do livro. Para mim tratava-se apenas de gramática e sintaxe. Por que ele não mencionou isso? Eu o vi uma semana atrás.

— Alguma coisa entra na conversa quando falamos de você.

— Pausa. — Está ouvindo o vento?

— Ele não pode estar reunindo informações para alguém. Ninguém age com tanto amadorismo. E não há nada para descobrir. O que haveria para descobrir?

— Talvez eu esteja enganada — disse ela. — Temos conversado também sobre outras pessoas. Às vezes detalhadamente. Eu posso estar imaginando coisas.

— Gosto de Andreas. Há algo nele. Uma força. Tem sentimentos profundos e fortes suspeitas, e devia tê-las, por que não as teria?, se se levar em conta os eventos, a história. Não sei o que ele pretende com isso. Trabalha para uma multinacional com sede em Bremen ou Essen ou alguma outra cidade.

— Bremen.

— Isso não faz sentido.

— Então, estou imaginando coisas.

— A não ser que ele tenha amigos aqui em alguns dos jornais de esquerda. Talvez esteja brincando de espionagem. Os jornais comunistas gostam de imprimir os nomes de correspondentes estrangeiros suspeitos de ligações com o serviço de informações.

— Isso não se parece muito com ele.

— Não, não se parece.

— O que quero dizer? Ele é tão humano?

— Sim.

— Realmente. Tem sentimentos amplos, como você diz, mas que facilmente passam para uma gentileza, uma simpatia. Como eu odiaria pensar que estava sendo usada.

— Não é assim — disse eu. — Se ele quisesse informações, não teria como pensar que as conseguiria sem que eu soubesse.

— A não ser que pensasse que eu não lhe contaria.

— Mas você contou.

— Não é horrível? Ele pensou que eu estava tão apaixonada. . .

— Não é assim. Há uma explicação. Ele disse que ia me procurar. Não vou tentar entrar em contato com ele. Vou esperar que me procure.

243

— Ele mencionou várias outras coisas em conexão com suas atividades.

— Minhas atividades? Eu tenho atividades? Pensei que era com as dele que estávamos nos preocupando.

— Quanto mais reflito, mais acho que é imaginação minha.

— Ele disse que ia me procurar. Eu lhe darei todas as chances de se explicar antes de tocar no assunto. Quando vai tornar a vê-lo?

— Ele disse que telefonaria. Mas não telefonou.

— Vai telefonar. E quanto a Charles? Quanto ao emprego em Beirute?

— Não creio — disse ela.

— Você estava disposta a voltar?

— Para lá? — Ela pareceu surpresa com a pergunta.

— Então por que ele se deu ao trabalho de ir ver o tal emprego?

— Para atravessar de táxi a Linha Verde. Para abrir um largo sorriso quando jatos israelenses rompem a barreira do som. Ele adora o barulho, o estouro. Para fingir que não se impressiona quando começa um tiroteio na outra esquina. Por isso é que ele foi.

A voz desgastada começou a adquirir certo ímpeto desdenhoso. Logo passaria a um monólogo, uma fala interior que não precisaria de um contexto ou de um ouvinte.

— Ficar sentado ali com sua cerveja, tagarelando com um colega enquanto chove morteiros ou coisa parecida. Absolutamente impassível. Acho que ele vivia para esses momentos. Eram os pontos altos do Líbano, como as demonstrações eram os pontos altos do Panamá quando lá estávamos. Durante as piores demonstrações anti-americanas, ele colocava na lapela seu distintivo com a bandeira americana e se metia bem no meio da turba. Como eu odiava aquele distintivo! Ele achava que não podia ser atacado usando o distintivo. E assim senta-se no escritório de alguém em Beirute, quando os milicianos estão em ação. Sem atrair a menor emoção. E segue conversando. De que adianta se preocupar?, gostava de dizer, acreditando sinceramente que havia bom senso nisso. Como se preocupação tivesse algo a ver com decidir se preocupar, tomar uma decisão consciente de se preocupar. Eles estão lá fora atirando granadas, disparando foguetes. De que adianta se preocupar? De que adianta?

O segundo telefonema foi de Del Nearing momentos antes de eu deixar o escritório. Ela falava de um telefone público perto da praça principal em Argos, Peloponeso, esperando o ônibus de Atenas. Pensou que eu gostaria de saber.

Sentamo-nos na sala de estar.

— Que mobília é essa?

— Alugada — disse eu.

— O que você tem para se comer?

— Nada. Vamos sair.

— Quando?

— Às oito e meia, nove.

— Você vive como eu — disse ela. — Difícil acreditar que estarei de volta em casa dentro de um ou dois dias. Gostei da viagem de ônibus para cá. O ônibus tinha um destino certo. Eu sabia para onde ia.

— Você perdeu peso.

— Califórnia. Preciso revigorar meu orgasmo. O que é isso que estou bebendo, Jim? Jeem, deveria eu dizer. — Presumi que essa fosse sua pronúncia da letra árabe *jim*. — Teve um bom dia no escritório, Jeem? Este chão é de mármore verdadeiro, Jeem?

Ela estava usando botas, *jeans* e suéter de algodão com as mangas cortadas. Apoiara os pés numa mesinha. Bebia meu conhaque *kumquat*, do qual eu estava tentando me livrar havia meses.

— Onde está Frank? — perguntei.

— Onde está Frank. Muito bem, já que você vai me pagar o jantar e me deixar passar a noite aqui. Concorda, Jeem? Que eu durma aqui? Quartos separados? Só para eu não ter de ir a outro hotel?

— É claro.

— Ele continua lá, ziguezagueando pela montanha. Andahl não apareceu. Não houve encontro, nenhum sinal dele ou dos outros ou de ninguém mais. Na primeira semana, Frank ficou dizendo que ia esperar mais um dia. Patético. Eu realmente queria ficar. Tentei muito. Mais um dia, e outro mais. Ele começou a explorar a área ao norte das torres. Lá em cima, onde o terreno se amplia e se perde a vista do mar. Caminhos horrendos, nenhuma estrada. Carvalhos ferrugentos, tiros o tempo todo. Comecei a sentir que havia um grande desperdício naquilo tudo. Mas o que se pode dizer a Frank uma vez que ele esteja decidido? A princípio, fui com ele. Depois fiquei no hotel. Na segunda semana, ele quase não falou e nem eu. Continuava procurando outro atalho, outra aldeia. Perguntando às pessoas, fazendo gestos, apontando nomes no mapa. Eu sentia que havia alguma coisa morta, um vazio no centro de tudo aquilo. Tentei lhe dizer isso, mas não sabia como, e de qualquer modo ele não estava ouvindo. Então achei melhor desistir. Deixar o homem fazer o que ele quer. E tratei de me mandar de lá.

— Fico imaginando o que terá acontecido com Andahl, se o encontraram, se ele decidiu desaparecer.

— Andarilhos nazistas. É o que eles são.

— Penso de vez em quando no filme. Às vezes, *vejo-o*. Como Frank o descreveu. Imagens fortes. Aquele panorama. Ele nunca os encontrará, nunca saberemos se ele tinha razão.

— Você quer dizer se funciona como filme, a maneira como eles vivem?

— Sim, se se encaixa na tela. Às vezes eu o vejo intensamente.

— Cinema. Por que me dá vontade de vomitar quando ouço o termo "cinema de autor"? "Ele faz filmes de autor." "Ele faz declarações de autor." "Ele tem uma visão de autor."

— Eu sabia que eles não iam comparecer ao encontro. Por que gente como eles estaria interessada no filme de alguém, no livro de alguém?

— Tem razão. Eles foram coerentes.

Notei o tom seco. Disse-lhe que aquilo era estranho, que eu estava certo, que estivera certo o tempo todo. Avaliei a situação. Imaginei que Andahl era um fugitivo. Disse a Frank que os membros da seita não apareceriam, e não apareceram.

Ela me olhou na penumbra.

— Que situação?

— A maneira como eles funcionam. Todo o mecanismo. Toda a questão. É o alfabeto.

— Mas você não disse isso a Frank.

— Não, não disse.

— Guardou para si mesmo.

— Exato.

Continuamos ali sentados. Eu estava gostando de ver a ampla sala ir escurecendo à medida que caía a noite. Ela nada disse. Pensei que estivesse com frio, pois tinha os braços nus, e o calor apenas começava a se espalhar pelo prédio. O telefone tocou duas vezes.

— Não sei ao certo o que havia por trás disso — disse eu. — Calculo que era Kathryn. O que quer que houvesse entre os dois.

— O que havia entre eles?

— Tenho certeza de que ele falou de nós, de nós três. Você deve saber melhor do que eu.

— Todos estes anos você alimentou isso? Sem deixar que nenhum dos dois soubesse que suspeitava de um caso, ou sei lá do quê? Uma noite? Uma tarde?

— Eu disse a ela. Ela sabe.

— Mas quando teve chance de se desforrar, aproveitou-a. Você sabia de alguma coisa que Frank não sabia, algo que era importante para ele. Como se sentiu, Jeem, mantendo o segredo?

— É parte disso. O segredo. Significava algo para mim, descobri-lo. Eu não tinha pressa em passá-lo adiante. Achava que esse conhecimento era especial. Tinha de ser conquistado. Era muito importante para ser passado adiante. Ele tinha de conquistá-lo. Owen Brademas tampouco contou a Frank. Apenas fez insinuações. Teria sido fácil contar-lhe. Mas ele não o fez. O conhecimento de um segredo é algo especial. Uma vez que você possua um, quer protegê-lo. É como se ele próprio se tornasse um culto.

Ficamos algum tempo em silêncio.

— Muito bem. Quer que eu lhe conte o que houve entre os dois, o que se passou, se é que ocorreu algo?

— Não.

— Prefere continuar alimentando suas cismas?

— Prefiro não saber. Só isso.

Depois do jantar, voltamos a nos sentar nas mesmas cadeiras. Deixei a luz do vestíbulo acesa. Ela descreveu seu apartamento, que naqueles últimos meses parecia ser a única coisa em ordem em sua vida, a única tranqüilidade. Pequeno, pouco mobiliado, luz suave, esperando. Coisas de mulher. Ela podia ter sido a mulher que circula pelo quarto do outro lado do pátio, o espaço sereno que observei de minha sacada. Talvez tenha sido por isso que fui me sentar no sofá, inclinado para Del, segurando-lhe o rosto entre as mãos, que emolduravam as feições perfeitas, a boca larga e os olhos oblíquos, o cabelo curto e aparado sobre as orelhas.

— Gosta de mim, Jeem? Talvez ache que posso diverti-lo. Diga-me do que gosta. Gosta de sujeira, gosta de imundície? O que vamos fazer, Jeem? Diga-me em pequenas palavras. Não faço todas as palavras. Algumas posso fazer, outras não gosto muito de fazer. Essas são palavras muito grandes, difíceis de fazer. Mas alguns homens gostam. Precisa me dizer, Jeem. Fazemos palavras grandes ou palavras pequenas?

— Pensei que todas as palavras fossem pequenas.

— Você é um homem engraçado, Jeem. Não me disseram isso nas montanhas.

— Ele não vai ficar dois dias — disse eu. — A busca está praticamente terminada.

— Por que acha isso, Jeem?

— Você não está mais lá. Você vai, ele vai. Ele fará umas tantas queixas sérias e lamúrias. Depois vai ceder. E fará isso por saber que precisa ter você ao seu lado. Então vai juntar sua bagagem e partir.

— Acho que devo ser uma mulher de verdade, se o que você diz é exato.

Impassível, uma voz sem humor. O momento era falso. Tinha algo de capcioso. Percebi que me aproximara dela, tocara-lhe o rosto, passara os polegares sobre seus lábios (ouvindo a voz libertina) não pelo contato em si ou porque quisesse uma coisa simples dela, o corpo frágil dobrado no meu. Sua voz continuou, caçoando de nós dois. Voltei a reclinar-me no sofá, meus pés sobre a mesa em ângulo reto com os dela e as mãos atrás da cabeça. Ela pôs as mãos atrás da cabeça.

Eu queria atingir Volterra. Sexo com sua mulher. Tão primordialmente satisfatório. Não disse isso a Del. Ela não se surpreenderia. Sua tendência seria fazer uma brincadeira, inventar outra voz como eu fizera durante a semana das 27 Depravações. Mas doía-me ficar em silêncio. Sempre quero fazer confissões às mulheres.

Completar sua vingança. Sempre escondendo isso, às vezes até de si mesmo. Não querendo ser visto enquanto faz sua vingança cotidiana e mesquinha.

Ela tinha uma última coisa a dizer antes de irmos cada qual para sua cama. Se havia alguma coisa que eu não contara a Volterra, havia também algo que ele escondera de mim.

— Ele não tinha plano algum para filmar em seqüência, exceto o final. O final seria a última coisa que filmaria. Contou-me como faria isso. Queria um helicóptero. Queria os membros da seita e sua vítima preparados para o assassinato. O plano foi seguido até esse ponto, o conhecimento especial de que você fala. O velho pastor está no lugar acertado, os assassinos também, com pedras afiadas nas mãos. Frank filma da menor altura que o helicóptero pode baixar em segurança. Ele quer a rajada de vento, a ventania das pás da hélice. Eles assassinam o pastor. Matam-no a pedradas. Depois o retalham, espancam. A poeira voa, as touceiras e a relva são achatadas pela turbulência. Nenhum som nessa cena. Ele quer a rajada de vento apenas como um elemento visual. O ângulo severo. Os homens agrupados. A turbulência, a ondulação silenciosa das moitas e árvores atrofiadas. Posso citá-lo quase palavra por palavra. Ele quer o frenesi da agitação do rotor, a terrível urgência, mas totalmente sem som. Eles o matam. Permanecem fiéis a si mesmos, Jeem. É isso. Termina a cena. Ele não quer que o helicóptero ganhe altitude para assinalar que o fim chegou. Não quer que as imagens desapareçam pouco a pouco na paisagem. Isso é sentimental. O filme só termina. Termina em *close-up* com os homens em círculo, cabelos e roupas esvoaçando, depois de concluírem a matança.

Fiquei um tempo na sala de estar depois que ela foi para a cama. Pensei em Volterra nas montanhas, com sua jaqueta cáqui, curvado, os bolsos fundos cheios de mapas, o céu avolumando-se atrás dele. Sentimental! Não acreditei numa palavra do que ela dissera. Ele não iria tão longe! Seguiria outras coisas, teria ido ao limite, insultado pessoas, feito inimigos, mas aquela cena não me parecia plausível, sua câmera instalada no limiar da porta. O senhor dos ares, o século filmado. Ele não os deixaria matar um homem, não filmaria se matassem. Temos às vezes de recuar, estudar nosso próprio envolvimento. A situação ensina isso. Mesmo na sua excitação, eu acreditava, ele veria tal coisa.

Era interessante como ela me fizera defendê-lo para mim mesmo (como Kathryn costumava fazer). Não que fosse essa a intenção de Del. Eu não sabia qual era sua intenção. A mentira continha em si mesma uma violência, uma força astuciosa que ela podia ter pretendido dirigir contra algum de nós, ou todos, irônica, pomposamente motivada. Que riqueza, um cenário para qualquer representação. Eu teria de refletir por muito tempo antes de começar a perceber o que ela tinha em mente, que complexa urgência humana e levara a inventar aquilo.

A história, se eu achasse que era verdadeira, só me faria querer um drinque, sentindo-me obscuramente satisfeito.

Quando passei pelo quarto de hóspedes, vi que a porta estava escancarada, a lâmpada ainda acesa, e parei para espiar lá dentro. De *jeans* e camisa sem mangas, os pés descalços, ela estava joelhada no chão, com o torso bem curvado para a frente, o peito encostado nos joelhos, as pernas juntas, as nádegas apoiadas nos calcanhares, os braços voltados para trás e as palmas das mãos para cima. Um amontoado compacto de curvas. A curva da cabeça e o torso dobrada na curva das coxas. A curva das costas e dos ombros estendida para

249

suas mãos. Os braços repetiam a curva das pernas. Sua cabeça tocava o chão.

Ela permaneceu assim um tempo considerável. De manhã, disse-me que o exercício era chamado de Postura de uma Criança.

Reuni-me a David, que corria nos bosques. As chuvas haviam dado à relva um verde sólido. Corremos ao longo de trilhas em diferentes níveis da colina, e de vez em quando perdíamo-nos de vista. A roupa colorida de David surgia por entre os pinheiros esguios.

A sra. Helen era paciente com minhas tentativas de conjugar verbos difíceis. Ela discorria sobre as sutilezas de pronúncia e acento tônico, a forma correta de se expressar em determinada situação. Ficávamos ali sentados com nossas xícaras de chá, nossos guardanapos de papel dobrado. Parecia-me que a língua, como ela a ensinava, existia principalmente como um instrumento de polidez entre as pessoas, a comunicação de idéias e sentimentos sendo uma concessão ocasional. Comíamos biscoitos ingleses e conversávamos sobre sua família. No outro lado da sala, o telex retinia números de Amã.

Comecei a vasculhar jornais de língua inglesa à procura de histórias de assalto, suicídio, assassinato. Fiz a mesma coisa quando realizei uma viagem de dez dias, verificando os jornais locais, onde quer que estivesse, vasculhando o noticiário policial. Tentei associar o nome da vítima do lugar onde o crime fora cometido. Iniciais. As iniciais da vítima, a primeira letra da palavra ou palavras com o nome do lugar. Não sei por que fazia isso. Não estava procurando a seita, não estava sequer procurando especialmente vítimas de assassinato. Qualquer crime servia, qualquer ato que tendesse a isolar uma pessoa em determinado lugar, desde que as letras combinassem.

De novo parei de beber, dessa vez em Istambul. Em Atenas, eu corria todos os dias.

O DESERTO

11

Neste vasto espaço, que mais parece um recipiente para o vazio, estamos sentados com nossos documentos sempre à mão, imaginando se alguém vai aparecer e perguntar quem somos, alguém com autoridade, e estar despreparado significa correr sérios riscos.

O terminal em cada extremidade é repleto de categorias de inspeção a que temos de nos submeter, impelindo-nos a uma sensação de inferioridade, de pequenez, de estarmos expostos a uma situação para a qual nunca estamos preparados, por mais que tenhamos feito essa viagem, a viagem por categorias e definições e línguas estrangeiras, não a outra, a viagem ensolarada ao Oriente que pensávamos ter programado. A decisão a que inadvertidamente chegáramos é a que nos leva através do controle de passaporte, controle de segurança e alfândega, a que nos apresenta o detetor magnético de metal, a máquina de raio X para a babagem, declaração de moeda do país, declaração à alfândega, cartões de embarque e desembarque, número de vôo, número de poltrona, as horas de partida e de chegada.

Não adianta dizer, como já fiz centenas de vezes, que é apenas mais uma viagem de avião, como as centenas que fiz. É apenas outro aeroporto, outro país, os mesmos salva-vidas, documentos de admissão, comprovantes e identificações.

Viagens de avião nos fazem lembrar o que somos. São o meio pelo qual nos reconhecemos como modernos. O processo nos remove do mundo e nos coloca à parte uns dos outros. Perambulamos no ruído ambiente, verificando mais uma vez a passagem, o cartão de embarque, o visto. O processo nos convence de que a qualquer instante talvez sejamos obrigados a nos submeter ao poder que está implicado nisso tudo, à autoridade desconhecida atrás das coisas, das categorias, as línguas que não compreendemos. O vasto terminal foi erigido para examinar almas.

Portanto, não é surpreendente ver homens com metralhadoras, ver *abutres* pousados nos veículos de bagagem no final da pista do aeroporto de Bombaim quando se chega após voar toda a noite desde Atenas. Preferimos esquecer tudo isso. Arquitetamos um contra-sistema de meticuloso esquecimento. Concordamos em conjunto com isso. E lá fora, na rua, vemos como é fácil, uma vez imersos na espessa e repleta pintura das coisas, as roupas coloridas e a massa de rostos pardos. Mas a experiência não é menos profunda por termos concordado em esquecê-la.

Mais tarde, nesse dia, caminhei com Anand Dass pelas ruas próximas ao meu hotel. Ele parecia mais pesado, movimentando-se no ar macio com uma camiseta do estado de Michigan e *jeans* desbotados. Insistia em segurar meu braço ao atravessarmos as ruas, e não entendi bem por que isso parecia tão curiosamente adequado. Podiam aqueles motoristas ser piores do que os gregos? Sentia-me aturdido por estar tresnoitado, só isso, e isso provavelmente era perceptível.

— Providenciando os detalhes. Sobretudo entrevistando pessoas. Meu chefe já pôs as coisas para funcionar.

— Então este é um território novo — disse ele.

— Sul da Ásia e assim por diante. Aqui será a sede regional, separada de Atenas quando entrar em funcionamento.

— Mas você não veio definitivamente.

— Está precisando de um ouvinte? Alguém com quem conversar sobre a vida e as viagens de Owen Brademas?

— Este é precisamente o fato. — Segurando-me o braço e rindo. — O homem inspira comentários, como sabe.

— Quantas vezes você o viu?

— Ele ficou conosco. Três dias. E, desde então, três cartas. Eu não sabia que me interessava pelo homem. Mas reli as cartas dele várias vezes. Minha mulher ficou fascinada por ele. Segundo minha experiência, o pior diretor de campo. Assim é Owen. Ele escava como um amador.

Sob um cartaz de cinema, passamos por um grupo de americanos com túnicas cor-de-açafrão e tênis de corrida, as cabeças raspadas. Estavam distribuindo folhetos junto a um caminhão de som. O que podia eu dizer? Pareciam profundamente surpresos em sua calvície e pele marcadas de erupções, espantados por ser quem eram, pessoas reais, e estarem ali. O alto-falante transmitia música de flauta e vozes cantando em meio ao barulho e à fumaça dos táxis de teto amarelo.

— O que está você ensinando?

— Estou dando aulas sobre os gregos. Examinando influências helênicas e romanas na escultura indiana. Não é um assunto da maior importância, porém é interessante. Figuras de Buda. Estou muito interessado por figuras de Buda. Quero ir a Kabul ver o Buda do Grande Milagre.

— Você não quer ir a Kabul, Anand.

— É um Buda de transição.

— Sabe bem com quem está parecendo.

— Owen está agora em Lahore. Estou mesmo parecendo ele, não estou? Já esteve lá?

— Vou duas vezes a toda parte. Uma vez para ter a impressão errada, outra para confirmá-la.

— Quer vê-lo? Eu lhe dou um endereço.

— Não. Só serviria para me deprimir.

— Deixe que eu lhe dê um endereço. Ele foi a Lahore para aprender a escritura Kharoshthi.

Tentei pensar em alguma coisa engraçada para dizer. Anand riu e agarrou-me o braço, e nos apressamos pela rua em direção ao Portal da Índia, onde, ao cair da noite, as pessoas começavam a se reunir, músicos de rua, mendigos, vendedores de refrescos e doces.

— Então tem planos?

— Acho que estou pronto a ir a quase qualquer lugar e igualmente disposto a ficar onde estou.

— Essa é uma estranha profissão. Análise de risco. Seu funcionário local deve ficar muito ocupado.

— Gosto da idéia de alguém me dizer: "África Ocidental". Não que necessariamente eu aceitasse. Mas gosto da imensidão da palavra. Imensidão de paisagem, de possibilidades. É esquisito como minha vida se tornou aberta. *"Pense nisso"*, dizem eles. Mas não há nada em que pensar. Isso é o mais estranho.

Passamos sob uma das arcadas e paramos acima dos degraus à beira-mar. Uma menina seguiu adiante com um bebê nos braços. A multidão foi lentamente crescendo.

— Você devia passar mais tempo na Índia.

— Não. Quatro dias. É o suficiente.

— Venha jantar conosco amanhã. Rajiv vai querer saber a respeito de Tap. Ele recebeu uma carta. Escrita em ob.

A suavidade do ar me entristeceu.

— E vamos conversar. Você e eu, sobre Owen.

Suave e úmido. Um calor suspenso. Pessoas continuavam chegando, falando, olhando para o mar. Formaram círculos em torno do tocador de corneta, do homem com os tambores. Havia vendedores de mercadorias invisíveis, nomes sussurrados na escuridão. Crianças surgiam dos cantos, atravessando em silêncio alguma margem ou linha divisória, acalentando bebês mirrados. Algumas pessoas dirigiam-se para o Portal vindas da rua ao longo da murada do mar, de ruas internas, esquinas, para se juntarem na noite quente à espera de uma brisa. O som de campainhas de bicicletas pairava um instante no ar.

Tudo se encaixa.

Ela avançou sobre mim com o descascador de batatas, usando minha camisa de camurça verde-oliva, com as compridas abas enfiadas dentro das calças. Fiquei parado, meio constrangido. Estava nitidamente escrito em seu rosto que ela ia me matar. Uma fúria que me causará espanto para sempre. Desviei da pancada, depois parei pensativamente junto ao armário, com as mãos enfiadas nos bolsos, os polegares de fora, como um zagueiro esperando para se juntar aos outros.

Ann e Lindsay desceram a escadaria do Conselho Britânico carregando sacos de maçãs e livros. Chamei-as de uma mesa na praça. Pedimos um café e ficamos olhando as pessoas se curvarem diante das janelas de táxis que passavam, para dizer aonde iam.

Lindsay escolhera ficção, Ann, biografias. Apanhei uma maçã de um dos sacos e dei uma boa mordida. Isso as fez sorrir, e não sei se elas interpretaram o gesto como eu instintivamente queria dar a entender, de uma maneira totalmente amorfa. Estar de volta entre coisas e pessoas familiares, consciente dos níveis de amizade que um homem desfruta com mulheres casadas de um certo tipo, mulheres por quem ele está meio apaixonado. De alguma forma, há no roubo e na mordida de uma maçã os elementos de um inocente desejo erótico e outras coisas difíceis de nomear.

— Tenho visto uma nova pichação nos muros — disse Lindsay.
— Com uma data.

— A Grécia ergueu-se — disse Ann. — E a data é a da tomada do poder pelos coronéis. Por volta de 67.

— Vinte e nove de abril. Ou abril 29, como dizem aqui.

— Então há o outro lado da história. Foi há três semanas? Alguém matou o chefe da polícia antimotim.

— Devo ter perdido isso — disse eu.

— Mataram também o motorista. Outra data. Charles disse que os assassinos deixaram um cartão. Dezessete de novembro. Estudantes contra a ditadura. Creio que isso foi em 73.

— David está de novo na Turquia.

Esse comentário distraído, um comentário que parecia impelido para longe de nós, tão brandamente enunciado, uma observação que Lindsay fez como uma resposta automática à conversa sobre violência, fez com que mudássemos de assunto. Eu lhes contei sobre a carta que recebera de Tap. Ele gostava do som que a água do chuveiro fazia, ao bater na cortina de plástico. Era essa a carta.

Lindsay disse que os David mandavam videoteipes. Ela disse que tinha que dar uma aula e se foi depois do café.

Sabíamos o que queríamos discutir mas esperamos um longo momento, até tornar-se completa a partida de Lindsay. Um homem curvado correu ao lado de um táxi, respondendo ao gesto de mão do motorista com o nome de algum distrito ao norte.

— Eu o vi ontem — disse Ann. — Ele me procurou e tomamos um drinque.

— Eu sabia que ele ia fazer contato.

— Ele estava fora. Tentou ligar para mim. Estava em Londres.

— Está vendo? Negócios. Apenas isso.

— Sim. Eles estão se mudando para lá. O departamento todo, ao que parece.

— Achei que pudesse ser isso.

— Assim, suponho que vai ser o fim. Realmente um alívio. Um duplo alívio.

— Também uma reversão.

— Sim. Sou aquela que deve ser arrastada para mais outro posto distante. Arrancada dos braços do amor. Estou quase assoberbada pelo alívio. Ir para Londres, ir para Sydney. Que surpresa é sentir as coisas assim. Por que tenho de descobrir essas coisas com o passar do tempo? Quando eventos giram como falcões ao meu redor? Por que não sei de antemão, só por uma vez, como me sentirei a respeito de uma determinada coisa? Odeio surpresas. Estou muito velha. Quero usar um chambre pelo resto de minha vida.

— Vai precisar de mais do que isso.

— Cale a boca.

— Vai precisar engrossar seus tornozelos e usar chinelas sem calcanhar. Vai precisar ficar *desgrenhada*. Quinze quilos a mais. Um pouco inchada, um pouco desleixada.

— Minha natureza interior — disse ela. — Usando chinelas. É perfeito.

— Rosto avermelhado, todo o peso numa perna e o quadril de lado.

— Não olhe minhas mãos. Tenho dedos velhos.

— Foi tudo conversa. Só isso. Ele é um homem decente. Suas falhas são parte de uma seriedade moral. Mesmo quando está sendo totalmente desarrazoado. Eu tinha de admirá-lo e gostar dele por isso. Talvez ele tivesse alguma suspeita íntima que queria esclarecer. Apenas isso. Falar. Sua verdadeira missão na vida.

— Você contou a Charles a nosso respeito?

— Sim.

— Calculei que tivesse contado.

— Não foi fácil, a posição em que me vi. Nunca foi. Eu queria chocá-lo um pouco. Tornar a coisa real para ele, dissipar a névoa em que está desaparecendo. Não me agradava saber uma coisa que ele não sabia a respeito de sua própria mulher.

— De qualquer modo, é assim mesmo.

— Precisamos de Lindsay para nos ajudar a entender tudo isso. Não seria preciso ela comentar. Apenas sentar-se e contemplar.

— Estou começando a ver que dupla descombinada nós éramos.

— Acontece nas melhores famílias.

— O que eles vêem um no outro?

— Mas não há algo rico e vivo em toda essa confusão, a maneira como misturamos nossas vidas, todos nós, caoticamente ou não?

— Graças a Deus há os livros — disse ela.

Biografia. Estava na hora de eu ir para o escritório. Despedimo-nos na esquina, trocando o aperto de mão de pessoas que querem imprimir alegria na carne no final de um tempo incerto. Então atravessei a rua e rumei para o escritório.

Em silêncio. O rotor girando. As árvores sussurrantes. Poeira rodopiando em torno delas. Seus cabelos e roupas esvoaçando. O frenesi.

A sala com a lareira de pedra, o pedestal de mármore, as samambaias e palmeiras em leque e os tapetes rústicos, tudo fora planejado por Lindsay para fazer com que seu marido sentisse que, pelo menos por um tempo, tinha deixado para trás todos os aeroportos e viagens. A intervalos regulares, ela pedia desculpas pelo tamanho do lugar. A balaustrada de mármore no terraço, a parede de vidro criando um pôr-de-sol, um quadro de navio de Hydra a um canto, ainda por pendurar. Grande demais, dizia ela, abanando as mãos. Muito comprido, muito alto, muito imponente. Não um dos dilemas prementes da vida, replicamos. Mas temos de nos lembrar que excesso de escrúpulos desse tipo sempre foi uma forma de elegância da classe média, especialmente quando nasce de um sentimento de privilégio comprometedor, privilégio que não permite uma negativa fácil, e Lindsay chegara ali, esposa recém-casada, algumas semanas depois de David ter encontrado o apartamento. Ele a deixava pouco à vontade. Fazia-a sentir, entre outras coisas, que, quaisquer que fossem os riscos que David corria em lugares como o Líbano e a Turquia, eles estavam ligados ao tamanho daquela sala.

Ele estava tocando seus discos da coleção da Pacific Jazz, uma boa relíquia dos anos 50, com as capas originais, o violoncelo e a flauta. Roy Hardeman apareceu, tinha vindo para dois dias de reuniões, usando óculos novos, muito grandes e quadrados. Decidimos tomar mais um drinque e sair para jantar. Uma noite curta, disse Lindsay. Precisávamos dormir cedo.

A atitude de Hardeman, como não convidado, foi de deferência temporária, uma estudada espera pelo anfitrião, a anfitriã, o bom amigo, para abordar algum tópico que pudesse dar-lhe uma chance de argumentar e falar competitivamente. Não precisou esperar muito.

— Já li várias vezes sobre tribos ou hordas que vieram da Ásia Central devastando tudo — disse David. — O que há a respeito da Ásia Central que nos faz dizer que aquela gente é devastadora?

— Não sei — disse eu.

— Por que não dizemos que os macedônios vieram da Europa para devastar? Foi o que fizeram. Especialmente Alexandre. Mas não é o que dizemos. Ou os romanos ou os cruzados.

— Acha que é um termo racista? — perguntou Hardeman.

— Os brancos fundaram impérios. Os de pele escura saíram da Ásia Central para devastar.

— E os arianos? — disse Hardeman. — Não dizemos que os arianos vieram da Ásia Central para devastar. Eles se infiltraram, migraram ou simplesmente chegaram.

— Exatamente. Isso porque os arianos têm a pele clara. Gente de pele clara se infiltra. Gente de pele escura devasta. Os turcos devastaram. Os mongóis. Os bactrianos. Vinham em ondas. Onda após onda.

— Muito bem. Mas sua premissa original é que a Ásia Central é um lugar de onde as pessoas saem para devastar. Agora é somente gente de pele escura que vem da Ásia Central para devastar ou simplesmente a Ásia Central é um lugar de onde gente de qualquer cor pode vir para devastar, com exceção dos arianos? Estamos falando de raça, língua ou geografia?

— Creio que há algo em relação à Ásia Central que nos faz querer dizer que aquela gente vem para devastar, mas também existe o fato de que eles tendem a ser de pele escura. Não se pode separar as duas coisas.

— Nós separamos os arianos — disse Hardeman. — E quanto aos hunos? Os hunos certamente vieram da Ásia Central para devastar.

— De que cor eram os hunos? — perguntou David.

— Não eram claros nem escuros.

— Eu devia ter tido essa conversa com outra pessoa.

— Desculpe.

— Achei que tinha descoberto algo importante e interessante, seu filho da mãe.

— Provavelmente descobriu. Na verdade, não estou seguro de meus fatos.

— Está, sim.

— É verdade, estou.

— Claro que está.

— Mas é uma premissa interessante — disse Hardeman.

— Dane-se. Foda-se.

Fomos jantar numa velha mansão perto da embaixada americana. Hardeman bebericava pequenas doses de uísque. Seus cabelos perfeitamente repartidos, os óculos geométricos e seu terno pareciam conquistas de um sistemático conhecido de si mesmo. Essa era a coisa finda. Ele era fisicamente compacto, concisamente moldado em roupas bem talhadas, e nada havia em sua pessoa que não tivesse sido submetido a um meticuloso teste interior.

— Karen estava dizendo — ouça isso, Lindsay — que vocês dois têm que ir passar uns dias conosco em Londres, assim que estivermos instalados.

— Bom. Na primavera.

— No outono seria melhor. Temos que arranjar uma babá.

— Mas vocês não têm filhos — disse ela.

— São meus filhos.

— Não sabia que você tinha filhos.

— Do primeiro casamento.

— Eu não sabia — disse ela.

— Eles vão passar o verão conosco. Karen está procurando uma babá.

David estava calado, agarrando um copo de cerveja. Parecia ainda chateado com a conversa anterior.

— Vi Andreas não faz muito tempo — disse eu. — Jantamos juntos, miolos e outros órgãos.

— Um bom homem — disse Hardeman. — Brilhante, analítico.

— O que faz ele na firma?

— Representante de vendas. Trabalha duro. Gostam muito dele em Bremen. Fala bem o alemão. Tentaram muito convencê-lo a ficar.

Deixei o silêncio cair sobre esta última observação. Pedimos cerveja para todos. Quando chegou a comida, examinamos os pratos uns dos outros. Depois de alguma discussão, Lindsay e eu trocamos os pratos.

— Já lhe contaram — perguntou Hardeman — como Karen costumava passar suas noites?

Respondi que não tinha certeza. Karen costumava passar suas noites sentada num banco perto da linha direita do campo no Estádio do Município de Fulton, Atlanta, Geórgia, apanhando as bolas fora de campo que os atléticos jogadores da Liga Nacional atiravam daquele lado. Ela tinha dezesseis anos, uma garota dourada no gramado verde, os cabelos caindo-lhe até a cintura. Ele a conheceu seis anos mais tarde, num restaurante giratório.

— Pensei que fosse a linha esquerda do campo — disse David.

— Linha direita.

— Ela me disse esquerda.

— Não poderia ter sido esquerda. Eram os batedores da esquerda os que ela mais temia. Quem estava na ativa na ocasião? Você é o entendido. Diga uns nomes.

David voltou ao seu caril. Quando terminamos a cerveja, Hardeman pediu outro uísque escocês. E quando perguntou onde ficava o toalete dos homens, eu disse que também estava indo para lá.

A única torneira era de água fria. Ficamos em pé de costas um para o outro. Enquanto lavava as mãos, falava por sobre o ombro com Hardeman, que estava no mictório.

— Entendi você dizer que Andreas estava deixando a firma?

— Correto.

— Pensei ter entendido que ele ia para Londres com outros altos funcionários do departamento.

— Não é assim.

— Então ele quer ficar em Atenas?

— Não sei o que ele quer.

— Sabe se ele está procurando emprego? Disse alguma coisa a você a esse respeito?

— Por que haveria ele de me dizer? Não nos damos nesse nível. Estou na produção.

— Gostaria de saber quais são os planos dele. Bastaria um telefonema.

— Telefone você — disse ele.

— Será que você faria isso por mim? Não para telefonar a Andreas. Alguém do departamento de vendas ou de pessoal.

Ele terminara de urinar e caminhava lentamente para o meu lado. Virei a cabeça para a parede nua à minha frente.

— Por que eu faria isso? — disse ele.

— Gostaria de saber por que ele deixou a firma, para quem planeja trabalhar. Se não tem planos para um novo emprego, eu estaria interessado em saber por quê. Gostaria também de saber se ele tenciona permanecer em Atenas. — Fiz uma pausa, deixando a água escorrer por entre os dedos. — Poderia ser importante.

— Para *quem* você trabalha?

— Tenho certeza de que David lhe disse.

— E ele *sabe*?

— Claro que sabe. Escute, não posso entrar em detalhes. Só direi que Andreas talvez tenha uma segunda ocupação. Pode estar ligado a alguma coisa além de sistemas de refrigeração em Bremen.

— Andreas era um valioso membro da firma. Por que haveria eu de me envolver numa investigação não autorizada? Trabalhamos para a mesma gente. E se ele decidiu sair, pode também um dia decidir voltar.

— O que sabe a respeito dele que possa não estar registrado em sua ficha pessoal no arquivo? O que quer que seja. Alguma coisa.

— Não é sobre a identidade *dele* que tenho dúvidas.

— Muito engraçado.

— Não estou querendo ser engraçado. Certamente David mencionou seguro de risco político. Falou também de mensagens confidenciais que ocasionalmente manda, decifradas, para você, e eu lhe disse que achava isso despropositado, independentemente de conteúdo ou de amizade. Posso não saber nada sobre a vida privada de Andreas ou sobre suas opiniões políticas, mas conheço a firma para quem ele trabalhou nestes últimos três ou quatro anos. O que sei sobre você?

O que podia eu dizer, que éramos ambos americanos? Senti-me um tolo, de olhos pregados na parede, esfregando as mãos sob a água. Minha tentativa de apurar alguma coisa era menos útil do que a do amador mais pateta porque é disso que um amador gosta, um encontro num toalete de homens com um diálogo rápido. Eu não era bom nem em diálogo rápido.

Ele esperava para lavar as mãos.

A notícia de que Andreas não ia para Londres ficou vagamente em minha mente nos dias que se seguiram, como a sensação de alguma coisa desagradável cuja exata natureza não vem à tona quando se tenta lembrá-la. Talvez Londres fosse sua maneira desajeitada de encerrar o caso com Ann, criando uma distância entre eles. Talvez a história girasse em torno dela. Tudo fazia parte da mesma coisa, aquele enlevado emaranhamento de que eu lhe falara uns dias antes (de que ela fizera caçoada). O mundo está aqui, o mundo está onde quero estar.

— Nós nos prometemos que a noite acabaria cedo - — disse Lindsay.

Hardeman pediu outro drinque. Descreveu a casa que alugara em Mayfair. Falava lentamente mas com muita clareza, e suas frases começaram a estender-se com uma esmerada e inibida correção, um entrelaçamento de orações, pura gramática. Bêbado.

Ele e eu partilhamos o assento traseiro do carro de David. Não tínhamos percorrido dois quarteirões quando ele caiu no sono. Era como a morte de uma peça de máquina-ferramenta. No sinal vermelho, David olhou-me pelo espelho retrovisor.

— Tenho uma idéia. Está preparado? Porque é uma das grandes idéias de minha carreira. Talvez a maior. Comecei a pensar nisso durante o jantar, quando vi o quanto ele estava bebendo. Foi quando a idéia me ocorreu. E está se desenvolvendo, apurando-se mesmo enquanto estamos aqui esperando que o sinal mude. Acho que pode dar certo, se formos bastante espertos, se realmente quisermos ir em frente.

— Somos bastante espertos — disse Lindsay — mas não queremos fazer isso.

A idéia era colocar Hardeman num avião para alguma cidade distante. Havia um vôo às 3h50 da manhã para Teerã, por exemplo, pela KLM. Ele só precisaria de um visto para sair do terminal quando lá chegasse. Isso estava além de nossa previsão, disse David. Só o que queríamos era mandá-lo a alguma parte. Precisaríamos de seu passaporte, que David tinha certeza que ele trazia no bolso, e uma passagem que David compraria com um de seus cartões de crédito.

Passamos pelo meu edifício e logo depois pelo deles. Lindsay olhou para fora da janela.

— Uma vez comprada a passagem — disse David —, voltamos para o carro e vamos pô-lo de pé e fazê-lo caminhar entre nós até o terminal. Vamos reservar-lhe uma poltrona na ala dos não-fumantes, que tenho certeza ele vai apreciar, e então temos de enfrentar o maior problema: como fazê-lo passar pelo controle de passaportes.

Lindsay começou a rir, um pouco inquieta.

— Nesse momento, provavelmente ele está semiconsciente. Pode caminhar mas não pensar. Se enfiarmos o cartão de embarque em seu punho, é possível que ele, pela força do hábito, passe sozinho pela borboleta. Mas o que vai acontecer então? Não podemos passar com ele pelo controle de passaportes. É demais esperar que ele olhe o cartão de embarque e caminhe automaticamente para o portão certo.

Eu disse que havia uma solução simples. Estávamos na estrada do aeroporto, a cem quilômetros por hora, e ele me olhou pelo espelho retrovisor, rapidamente, para ter certeza de que eu falava a sério.

— Surpreendentemente simples — disse eu. — Só o que temos a fazer é comprar duas passagens. Um de nós acompanha-o durante todo o percurso, até sua poltrona no avião.

Lindsay achou isso muito engraçado. Afinal, podia funcionar. Havia uma rouquidão em sua risada, a leve surpresa ao constatar que ela era bastante perversa para querer que o plano funcionasse.

— Então quem o acompanhar simplesmente faz meia-volta, desce a rampa e volta ao ônibus de transporte de passageiros, fingindo estar passando mal. Eles com certeza vão cancelar a passagem. Não custará nada.

— Claro, claro —, murmurou David.

Eu achava o tempo todo que não íamos levar avante o plano. Era muito ousado, muito assombroso. E por mais que tivesse viajado com um visto, eu não sabia se David tinha razão a esse respeito. Pensava que eles examinavam vistos no balcão da companhia antes de entregar os cartões de embarque. Mas David continuou guiando, e falando, e Lindsay começou a se encolher no assento como para se esconder do absurdo daquilo tudo. Teerã. Iam pensar que ele fora rezar uma missa para os reféns.

No final, não conseguimos sequer tirá-lo do carro. Ele balançou a cabeça, escorregando de nossas mãos, e seus membros desabaram. Era interessante ver a concentração no semblante de David. Ele encarava o Hardeman informe como um problema de superfícies, de que modo e onde o segurar. Puxava, lutava. A abertura da porta era pequena e de forma irregular, e o corpo avantajado de David era já por si um problema. Ajoelhou-se no assento dianteiro e procurou empurrá-lo para mim, que estava do lado de fora. Tentou vários recursos. Estava completamente tomado pela idéia, pela visão. Queria mandar aquele homem para outro lugar.

A figura apareceu numa nevasca, movendo-se do outro lado do parque em direção à casa, um esquiador de roupas coloridas, avançando em diagonal, a única forma nítida na claridade fraca, num mundo sem sombras. A neve de todo um inverno cobria as ruas, os carros, os bancos do parque e o chafariz de passarinhos no pátio. O esquiador afundava na neve, labutando naquele espaço de sonho, de capuz vermelho, mascarado.

Não se pode andar pela Bay Street e diferenciar os americanos dos canadenses. Os americanos são seres alienígenas em nosso meio, esperando por um sinal. Esse é um tema de ficção científica. Estão nas escolas, ensinando nossos filhos, sutilmente e por vezes não intencionalmente promovendo seus próprios valores — os quais presumem que compartilhamos. O tema da corrupção dos inocentes. Suas organizações criminosas têm bases sólidas em nossas cidades — drogas, pornografia, negócios legais — e seus proxenetas de Buffalo e Detroit trabalham em ambos os lados da fronteira, mantendo as moças em atividade. O tema do expansionismo, de infiltração organizada do crime. São donos das sociedades anônimas, das indústrias de processamento, dos direitos de mineração, de uma extensa parte do solo canadense. O tema do colonialismo, o tema da exploração, da maior utilização possível. Eles são nossos vizinhos, despejando suas substâncias contaminadoras, seus poluentes, seus nocivos refugos industriais em nossos rios, lagos e atmosfera. O tema da ignorância, da cegueira e do desprezo do poder. Estamos na trilha de seus programas de televisão, de seus filmes e de sua música, toda a enorme putrefação e superabundância e clangor de sua cultura. O tema do câncer e sua difusão.

Fiquei na janela enquanto ela tirava os esquis e os carregava degraus acima. A visão dela avançando através da neve, surgindo da cidade invisível ao nosso redor, o mistério e a malícia disto encheu-me de profundo deleite.

George Rowser saiu do elevador no Hilton de Lahore, pálido e amarrotado. Colocou a pasta entre os pés, depois usou ambas as mãos para ajustar os óculos, mãos erguidas para o rosto, dedos estendidos, as palmas voltadas uma para a outra, num gesto que parecia o de quem vai abençoar uma multidão. Quando me viu numa poltrona do saguão, encaminhou-se com pés de pombo para o café do hotel. Pedimos hambúrgueres e suco de fruta. Eram proibidas reuniões de mais de seis pessoas.

— Por que estou aqui, George?

— Onde você estava?

— Islamabad.

— É que eu queria conversar. Não é como se você estivesse no outro lado do mundo.

— Não podíamos falar pelo telefone?

— Seja esperto — disse ele. — Além disso, esta cidade tem arquitetura. Vá ver os edifícios públicos. Do que chamaria essa arquitetura? Gótica, vitoriana, o que mais, punjabi? Por que tenho a impressão de que você sabe coisas assim?

— Talvez seja mongol. Ou de influência mongólica. Na verdade, não sei.

— De qualquer modo, é uma boa combinação. Uma combinação muito feliz. Quem eram os mongóis?

— Eles vieram em hordas da Ásia Central.

Quatro ou cinco canetas esferográficas projetavam-se do bolso de cima de seu paletó. A pasta estava debaixo da mesa, em pé, presa entre suas pernas. Esperei que ele me dissesse sobre o que queria conversar.

— Estou colocando em meu carro um mecanismo de ignição remota. Eles instalam uma coisa na mala do carro. Posso ligar o motor enquanto estou na cozinha fritando um ovo. — Se o carro explodir, o ovo ficará com um gosto bem melhor.

— Ótimo. Que tal condutos de gás lacrimogêneo?

— Só tomo medidas defensivas. Você está brincando? A matriz não gostaria nada se descobrisse que eu estava armando um veículo com incapacitores. Não que agora faça diferença.

— O que está querendo dizer?

— Estou pensando seriamente em pedir demissão, Jim.

O fato de ele ter usado meu nome parecia quase tão importante quanto a declaração precedente. Estava ele dizendo uma coisa ou duas?

— Escolha sua? Estão forçando-o a sair?

— Há pressões — disse ele. — Acontecimentos que ninguém poderia prever. Não importam os detalhes. Creio que está na hora, apenas isso. Preciso de uma mudança. Todos nós precisamos de quando em quando de uma mudança.

— Que espécie de pressão? Do progenitor?

— O progenitor apenas cobra. Eles adquirem companhias, adaptam-nas, procuram um equilíbrio. Somos uma das companhias, só isso. Eles examinam a curva de lucros. É só o que sabem.

— O que eles vêem quando examinam essa curva?

— O que eles perdem em um ano em seguro, ganham em produtos de consumo ou indústrias. Diversificam para diminuir o risco. Você e eu trabalhamos para isso, mas não no mesmo sentido que eles. Para o progenitor, a palavra risco tem um sentido limitado.

— O que o Irã fez conosco?

— Cobertura limitada. Mais resseguro. Mas sofremos como todo mundo. Quem poderia prever? Não sei de ninguém que tenha previsto. Um fracasso obsessivo. Eles ainda estão se espalhando pelas praias gregas. Como o que aconteceu antes no Líbano. Escolhemos o lugar certo para nossa sede. Pelo menos isso fizemos.

Hambúrgueres para o jantar. Isso era bem de Rowser. Eliminar o almoço, engolir o jantar, ir para a cama, lembrando-se de ligar todos os sistemas.

— O que está acontecendo em sua vida, George, além do Northeast Group?

— Tenho que usar meias brancas. Meu médico diz que sou alérgico a tinta.

— Tensão. Você devia trocar todo o seu guarda-roupa. Parece um vice-diretor dos anos 50 de um colégio do lado errado da cidade. Arranje uma dessas camisas compridas até os joelhos que os homens usam aqui, e umas calças largas.

— Eles estão jogando fora seus ternos londrinos para usar trajes tradicionais. Deve saber o que isso significa.

— Nossas vidas correm perigo.

— Como está seu hambúrguer? — perguntou ele.

Sugeriu que arranjássemos um carro e um motorista e déssemos um passeio antes do cair da noite. Havia um mausoléu que queria ver. Eu o vi ir à portaria para tomar providências. Ele caminhava numa cápsula de ar pesado, uma zona pessoal onde o movimento era difícil, resfolegando ligeiramente. Todo espaço habitado por ele parecia murado. Havia uma frustração ou refreamento básico. O sigilo compulsivo, as infindáveis precauções que tomava poderiam, naturalmente, ser em parte uma explicação. Depois havia os números, os dados que coligia e separava e estudava infindavelmente. Isso ocupava o resto de seu espaço.

A avenida principal de Lahore era ampla, na direção leste-oeste, e fora construída e batizada pelos ingleses. Os veículos a invadem com a vivacidade caricata de objetos com características humanas, tão individualistas e parecendo tão decididos a debochar das pretensões imponentes do bulevar. Riquixás de bicicleta, táxis puxados a cavalo, táxis pintados de rosa, fúcsia, azul-pavão, caminhões e carros e lambretas, bicicletas metendo-se entre carroças puxadas por bois, vendedores empurrando carrinhos com arranjos de nozes, frutas e verduras, ônibus transportando no teto o peso de trouxas, móveis e outros volumes.

O que vemos, poderia Owen Brademas dizer, é a grandiosa e ordenadora imagem imperial sendo devastada pelo surto e correria da vida cotidiana.

E então havia o guarda na entrada da filial do Banco Mainland. Um sujeito velhusco de turbante e enormes bigodes caídos, uma túnica e calças de pijama, um sabre na faixa da cintura e um par de sandálias pontudas. Um parente do porteiro do Hilton. A intenção do traje parecia ser a de registrar na mente das pessoas a esperançosa verdade de que o colonialismo passara a ser um ornamento turístico, cuja exibição em público era agora de absoluta segurança. O banco estrangeiro que ele guardava era um sobrevivente do passado pitoresco, não exercendo mais influência do que o próprio guarda. Esse tinha uma única tarefa, contou-me uma vez David. Baixar as portas de aço ao primeiro sinal de alguma manifestação.

Passamos por alguns dos edifícios que Rowser mencionara, o supremo tribunal, o museu, e rumamos para o norte.

— Os carregamentos de petroleiros em Karg agora reduziram-se a dois por semana.

— Manutenção.

— Os campos estão parecendo bem sinistros. Apenas cinco equipamentos em funcionamento. A informação que recebi veio de Abadã.

— Partes — disse eu.

— Além do mais, o telex e o telefone estão mudos entre Abadã e Teerã.

— Mas você continua ouvindo.

— Ouço um pouco.

— Os banqueiros chamam o Irã de buraco negro.

— Viu as mesquitas? Isfaã é o lugar para se ir. É deslumbrante. Você tem de gastar um tempo nos pátios. Ficar lá, relaxar, examinar os azulejos. Eu daria qualquer coisa para chegar mais perto de um daqueles domos. Há um domo em Isfaã. — E ele esboçou a forma com as mãos.

Fomos detidos pelo trânsito numa rua próxima à cidade velha. Um homem veio do portão fortificado e parou junto do carro olhando-nos pela janela, um homem com um bastão de bambu, um trapo em torno da cabeça, uma jaqueta militar com medalhas de cobre, uma dúzia de colares de contas, uma túnica branca imunda, botas militares demasiado grandes, contas em volta dos tornozelos e pulsos. Seus cabelos eram pintados de vermelho e ele carregava galinhas vivas. Rowser perguntou ao motorista o que ele queria. Centenas de pessoas congregavam-se perto do portão. Tentei ver através delas a cidade velha. O motorista disse que não sabia.

— Acho que estou em Nova York — disse Rowser.

— Por falar nisso, quero lhe perguntar a respeito de folgar três ou quatro semanas no começo do verão. Quero passar uma temporada com meu filho na América.

— Não há problema quanto a isso.

Rowser nunca dizia sim. Dizia: "Não há problema quanto a isso". Ou "Não sei como isso iria prejudicar".

— Você ainda estará com a firma?

— Não.

— Então é iminente.

— Não vejo razão para ficar por aí esperando. Quando chega a hora, deve-se ter a dignidade de desaparecer.

Recomeçamos o passeio.

— Você casou de novo? — perguntou ele.

— Nunca me divorciei, George. Estou só separado.

— Esta é uma maneira maluca de viver. Separado. O divórcio nos ensina coisas. Apenas separado, não se aprende nada.

— Não quero aprender nada. Deixe-me em paz.

— Só estou dizendo que faça uma coisa ou outra.

— Não quero o divórcio. É chato, é vulgar.

— Nessas questões o melhor é terminar oficialmente. Assim pode esquecer. Guarde as papéis em seu arquivo de aço.

Atravessamos um rio e paramos defronte a um portão alto, trancado à noite. Rowser falou com o motorista, que foi procurar o vigia e voltou dez minutos depois com um homem que mastigava uma folha de bétel. Entramos num vasto jardim com fontes e canais ladrilhados. Na extremidade do jardim ficava o túmulo de Jehangir, uma estrutura baixa de arenito vermelho com minaretes nos quatro cantos. Esses eram octogonais, terminando em cúpulas de mármore branco. Rowser disse alguma coisa ao motorista, que falou com o vigia. O vigia tirou uma chave de soquete do bolso traseiro e a meteu numa abertura no calçamento, girando-a uma volta completa. As fontes começaram a jorrar.

Caminhamos lentamente para a câmara central, ouvindo a chamada à oração do crepúsculo de alguma parte no outro lado dos muros. Uma brisa soprou a gravata de Rowser sobre seu ombro.

— De vez em quando, todos nós precisamos de uma mudança. Isso é básico para o senso de perspectiva de qualquer um. O tipo de pessoa que sou, o que equivale a dizer um pesadão, age lentamente, examina as possibilidades, preocupa-se, arranca os cabelos, até mesmo esse tipo de homem de vez em quando tem de recomeçar. Mas um tipo assim talvez recomece menos do que outros. Eu o contratei pessoalmente, Jim. Isso me torna até certo ponto responsável. Sou seu único contato com o progenitor. Você terá um novo chefe. Ele será contratado diretamente pelo progenitor ou enviado de uma de suas sucursais. Outros ramos. Poderia ser um arranjo incômodo. Estamos identificados um com o outro, você e eu, na cabeça das pessoas. É só o que estou dizendo. Pense nisso.

Paramos numa plataforma na arcada principal, que se projetava de uma série de oito outras arcadas. As paredes externas eram intercaladas com motivos em mármore branco.

— Ouvi dizer que há exemplos melhores — disse Rowser — mas este é um túmulo mongol básico, exceto por não ter um domo.

Ele fez um gesto com a mão indicando a forma de um domo. Entramos e ficamos um momento esperando que o vigia acendesse a luz. O sarcófago estava sob um teto abobadado. Dei lentamente a volta nele, passando a mão por sua superfície. Rowser colocou sua pasta entre os pés.

— Aceite meu conselho — disse ele. — Peça demissão, arranje um emprego em algum lugar nos Estados Unidos. Compre imóveis, comece um plano de aposentadoria, divorcie-se.

A superfície de mármore branco era incrustada com pedras semipreciosas em desenhos florais contínuos e em caligrafia simples, pedras torneadas, pedras lapidadas, delicadas e abstratas. A superfície era fria e lisa. Arabescos de letras corânicas pretas cobriam os lados mais compridos do túmulo com um agrupamento menor no topo. Passei a mão lentamente sobre as palavras, procurando frestas entre as incrustações e o mármore, apenas para encontrar o trabalho humano, o individual, no conjunto de beleza do túmulo.

Foi só quando caminhávamos de volta ao jardim que perguntei ao motorista o que representavam as palavras. Elas eram os noventa e nove nomes de Deus.

12

De manhã, fui procurar Owen Brademas. O pedaço de papel que eu carregava comigo desde Bombaim trazia mais um conjunto de indicações do que um endereço. O endereço usado por Owen era o do Campus Velho, Universidade de Penjab, apenas para correspondência, dissera Anand. Se quisesse encontrá-lo, eu teria de procurar uma casa com sacada fechada de madeira, mais ou menos entre a Porta de Lohari e a Porta de Cachemira, na cidade velha.

Cheguei facilmente aos limites da cidade velha. Da algazarra de motocicletas e ônibus da rua para o alarido do comprido bazar. A rua se estreitou quando passei pela Porta de Lohari, uma estrutura de tijolos com uma grande fortificação torreada de cada lado.

Uma vez lá dentro, comecei a receber impressões, uma sensação diferente de simplesmente ver coisas. Percebi que estava andando com excessiva rapidez, no ritmo das ruas movimentadas que acabara de deixar para trás. Recebi impressões de estreiteza e sombra, de tons castanhos, de madeira e tijolo, a terra dura das ruas. O ar tinha centenas de anos, pesado, morto, rançoso. Tive a impressão de crueza e atravancamento, gente em espaços exíguos, homens trajando dúzias de tipos de roupa, mulheres deslizando, umas com compridos véus brancos bordados, com uma abertura para os olhos, hexagonal, para lhes permitir uma visão do mundo rendilhado, a gaiola de seis lados que se ajustava a cada passo que elas davam, a cada movimento dos olhos. Burros carregando tijolos, crianças agachadas sobre esgotos abertos. Relancei os olhos em diversas direções, dobrei uma curva incerta. Cobre e utensílios de latão. Um sapateiro trabalhando na penumbra. Essa era a função linear de velhas cidades, manter uma forma imutável, deixar o tempo suspenso juntamente com artigos de couro e meadas de lã. Trabalho artesanal, odores rançosos e doença, rostos de quatrocentos anos de idade. Havia cavalos, carneiros, burros, vacas e bois. Tive a impressão de que estava sendo seguido. Sinais em urdu, vozes chamando por cima de minha cabeça, vindas de sacadas de madeira. Vagueei uma meia hora, muito ensimesmado para ser capaz de procurar marcos, os minaretes e os domos de Badshahi, a grande mesquita na extremidade noroeste da cidade. Sem um mapa, eu nem sequer podia pedir ajuda a alguém, apontar para uma direção aproximada. Movia-me num labirinto de aléias adiante das lojas e bancas. Intensamente consciente. Americano. Dando a mim mesmo conselho e direções. Uma mulher colocava bosta de vaca em discos ovais para secar num muro baixo.

Voltei-me para ver quem poderia estar me seguindo. Dois garotos, o mais velho talvez de uns dez anos. Eles pararam por um momento. Depois o mais novo falou alguma coisa, descalço, um boné verde-bandeira na cabeça; o outro apontou para o ponto de onde eu viera e começou a andar naquela direção, olhando para ver se eu o seguiria.

Eles me levaram à casa onde Owen se achava. Um magro homem branco procurando pelo outro, raciocinara o menino. Que mais estaria eu fazendo naquelas ruas perdidas?

A porta do quarto estava aberta. Ele se achava reclinado num banco de madeira coberto de travesseiros e velhos tapetes. Havia alguns livros e jornais numa bandeja de cobre no chão. Uma jarra de água sobre uma pequena cômoda. Uma cadeira simples para mim. Pouca coisa mais no quarto. Owen o mantinha parcialmente às escuras para reduzir os efeitos do sol de abril.

Estava lendo quando entrei e ergueu os olhos para me lançar um olhar especulativo, tentando comparar minha constituição física, minha forma, proporções, com a lembrança que guardava de um nome e uma vida. Um momento em que eu parecia oscilar entre dois pontos no tempo, um momento de silenciosa premência. A casa cheirava a diversas coisas, inclusive ao esgoto que escorria lá fora.

Owen parecia um tanto fatigado, um pouco mais do que isso, mas sua voz era calorosa e forte e ele parecia disposto a falar.

(Foi só quando pus minha mão no túmulo de mármore, na noite anterior, que soube que ia tentar encontrá-lo, falar com ele uma última vez. Não era essa a imagem que ele queria que eu retivesse, um homem num quarto cheio de pedras, uma biblioteca de pedras, traçando o formato de letras gregas com as mãos rústicas?)

— Estive me preparando para isso minha vida inteira — disse ele. — Não que eu soubesse. Não sabia até entrar neste quarto, sem cor e luz, os xales vermelhos usados como turbantes, as tendas de comida lá fora, o *chili* moído e o açafrão, os tachos de índigo, as cores para pintura, aquelas bandejas de pó e tintas brilhantes. A mostarda, folhas de louro, pimenta e cardamono. Não está vendo o que fiz, vindo para cá? Trouxe apenas os nomes. Pinhões, nozes, amêndoas, castanhas de caju. Só o que lhe posso dizer é que não me surpreendo de me encontrar aqui. Desde o momento em que entrei, pareceu certo, inevitável, o lugar para o qual eu estivera me preparando. O número correto de objetos, as proporções corretas. Há sessenta anos venho me aproximando deste quarto.

— Anand fala em você.

— Ele escreveu. Contou-me que você esteve lá. Eu sabia que você viria.

— Sabia?

— Mas quando parou à porta, não o reconheci, em absoluto. Fiquei surpreso, James. Sem saber quem você era. Pareceu-me familiar — mas da pior maneira. Não compreendi. Achei que alguma coisa estava *acontecendo*. Talvez estivesse morrendo, pensei. Essa é a pessoa que mandaram?

— Você encarou o fato com bastante calma, se pensou que eu era o mensageiro do outro lado.

— Oh, estou preparado — disse ele, rindo. — Mais preparado do que nunca. Contando as rachaduras na parede.

Havia um livreto cinza-pálido na bandeja de cobre. *Cartilha Kharoshthi.* Eu o apanhei e o folheei. Lição número 1, o alfabeto. Lição número 2, vogais intermediárias. Havia sete lições e, na capa, a figura de um Buda de pedra com uma inscrição em halo, escrita em kharoshthi.

— A multidão maltrapilha agacha-se na poeira ao redor do contador de histórias — disse ele. — Alguém bate um tambor, um menino enrola uma cobra em torno do pescoço. O contador de histórias começa a recitar. Cabeças balançam, meneiam, uma criança se agacha para urinar. O homem conta sua história bem rápido, narrando eventos, um após outro, esse tradicional, aquele improvisado. Seu filho pequeno passa por entre os ouvintes com uma tigela de madeira, esmolando. Quando o contador de histórias interrompe a narrativa para fazer considerações, pesar fatos e caracteres, resumir para os retardatários, examinar metodicamente, a turba impacienta-se, irrita-se, grita em conjunto: "Mostre-nos os rostos deles, conte-nos o que disseram!".

Ele era um viajante. Viajava de ônibus, de trem, e andava muito, caminhou durante seis semanas até um determinado ponto, de santuário talhado na rocha a pilar de pedra, onde quer que houvesse inscrições, principalmente antigas línguas locais em escrita brâmane. Anand lhe oferecera um carro emprestado, mas Owen tinha medo de guiar na Índia, temia animais na estrada, gente dormindo ao relento, medo de ficar preso no tráfego de alguma rua de mercado com multidões agitando-se em torno do veículo, homens empurrando, sem espaço, sem ar. A força apavorante de gente agrupada, o poder da religião — ele ligava os dois. Multidões sugeriam adoração e delírio, obliteração de controle, crianças espezinhadas. Viajava de segunda classe, em trens atulhados com bancos de madeira. Caminhava por entre formas adormecidas em estações de trem, via pessoas levarem roupa de cama alugada para dentro dos trens. Dormia em hotéis, bangalôs, pequenas cabanas baratas perto de áreas arqueológicas e locais de peregrinação. Às vezes hospedava-se com amigos de Anand e de outros colegas. E refletia. Toda uma vida partilhada com colegas e seu sistema mundial de nomes e endereços. Que Deus os abençoe.

As aldeias de enferrujadas folhas-de-flandres, os fornos de tijolo, o búfalo-da-índia prateado de lama. Seu ônibus parecia sempre estar entre caminhões a diesel expelindo fumaça. Próximo de Poona, uma dúzia de pessoas sentara-se debaixo de uma figueira-brava, todas usando gaze branca-rosada. Em Surate, ele caminhou ao longo pelo leito de uma ferrovia, encontrando uma cidade de sombra que se estendia a partir da verdadeira cidade da qual fazia parte. Os incontáveis lá estavam, em cabanas e tendas e na rua. O barbeiro da esquina e o médico de olhos. O limpador de ouvido com seu óleo de mostarda e colherzinha. O barbeador de axilas. A vida formigava e germinava na nuvem de fumaça de mil fogos de cozinha. Pichação azul e vermelha em hindi. Suásticas, cavalos, cenas da vida de Krishna. Um homem num Ambassador apanhou-o na estrada próxima a Mysore. O homem guiava com a mão na buzina, abrindo caminho por entre novilhos e gente, mas no ritmo deles, na sua lentidão. Era jovem, com um fino bigode, lábio inferior grosso, e usava uma camisa verde e um suéter rosa sem mangas.

— De onde é o senhor?

— Da América.

— E está gostando da Índia?

— Sim, estou — disse Owen —, embora eu deva dizer que é mais do que gostar, em quase todas as direções.

— E aonde está exatamente indo no momento?

— Para o norte. Finalmente, para Rajsamand. Eu diria que este é o principal destino.

O homem nada disse. Por quinze quilômetros o carro ficou espremido entre dois caminhões diesel. FAVOR BUZINAR OK. Uma comprida fila de caminhões com um gradeado azul-turqueza e as cabines cheias de bugigangas e amuletos estava parada na estrada junto a um posto de gasolina, tanques vazios, bombas vazias, esperando há dias, motoristas cozinhando em fogareiros de carvão. Homens numa aldeia vestiam-se só de branco, mulheres num campo com rodadas saias encarnadas. As vozes estridentes, as inscrições em pedra. Por toda parte da Índia, ele procurou os editos em pedra de Açoka que marcavam o caminho para sítios sagrados ou comemoravam determinado acontecimento na vida de Buda. Perto da fronteira com o Nepal, ele viu a coluna de arenito finamente granulado que era o mais preservado dos editos, de dez metros de altura, um leão montado no topo do capitel de um sino. No campo ao norte de Madras, encontrou um edito sobre perdão e não-violência, traduzido para ele duas semanas depois por um tal T. V. Coomeraswamy, do Museu Arqueológico de Sarnath. Para o estudo de Darma, para o amor de Darma, para a persuasão de Darma.

O homem tirou a mão da buzina.

— Rajsamand é na realidade o nome de um lago — disse Owen. — Fica em alguma parte na terra estéril ao norte de Udaipur. Por acaso conhece o local?

O homem nada respondeu.

— Creio que é um lago artificial. Essencial para irrigação.

— Exatamente — disse o homem. — É isso que eles fazem.

— Barragens de mármore, ao que me disseram. Inscrições talhadas na pedra. Sânscrito. Um imenso poema em sânscrito. Mais de mil versos.

— É precisamente este o local, Rajsamand.

— Século XVII — disse Owen.

— Correto!

As vacas tinham chifres pintados. Chifres azuis num lado do campo, vermelhos ou amarelos ou verdes no outro. Gente que pintava chifres de vaca tinha, segundo Owen, algo a lhe dizer. Havia vacas com chifres tricolores. Havia uma mulher com um sári magenta que carregava na cabeça um pote de cobre com água, e seu traje e o recipiente eram exatamente das cores das buganvílias mescladas que cobriam o muro atrás dela, o escuro roxo-avermelhado, o dourado manchado. E Owen refletia. Esses momentos eram um "controle", um desenho à margem da vaga humana. Os homens vestidos de branco com guarda-chuvas pretos, as mulheres à beira do rio batendo roupas em ritmos imprevistos, montes de sáris secando ao sol. O material épico tinha de se refinar nessas delicadas aquarelas. Ou ele precisava vê-las como tal. O pequeno infinito da mente. A Índia fazia que ele se sentisse uma criança. Era de novo uma criança, tentando alcançar o assento junto à janela no ônibus repleto. Um camelo morto, pernas duras estiradas. Mulheres numa turma de rua usando amplas saias de algodão, anéis no nariz, ornamentos nos cabelos, pesados brincos balouçando nas orelhas, consertando com as mãos o asfalto rachado. FAVOR BUZINAR OK. Nas castas mais elevadas os horóscopos eram calculados com precisão. Ele aprendeu umas poucas palavras de tâmil e bengali e, quando necessário, conseguia pedir comida e hospedagem em hindi, e ler um pouco e pedir informações. A palavra para ontem era a mesma que para amanhã. O professor Coomeraswamy disse que se ele perguntasse a alguém detalhes de sua vida, o homem poderia automaticamente incluir detalhes da vida de parentes mortos. Owen fascinava-se com a beleza disso, memórias comuns estendendo-se por gerações. Ele só conseguia fitar o semblante redondo à sua frente e surpreender-se com o fato de o conceito lhe parecer de certa forma familiar. Teria ele próprio discutido isso, numa daquelas noites de céu iluminado, com Kathryn e James?

— Cidade branca, Udaipur. Cidade rosa, Jaipur.

Cidades inteiras como aspectos de controle. Astrologia como controle. O rapaz estava entregando o carro a uma firma locadora a cinqüenta quilômetros de distância. Esse parecia ser seu trabalho, entregar carros, guiar carros, e sua mão forte na buzina indicava ser um trabalho que alimentava algum sentimento particular de mando. Seu nome era Bhajan Lal (B.L., pensou Owen por uma questão de rotina, procurando no mapa nomes de cidades da área) e ele estava interessado em falar sobre a aproximação do eclipse solar. Aconteceria dentro de cinco dias, sendo total no sul, e era muito importante do ponto de vista científico, devocional e cósmico. Sua maneira era notável pelo elemento de reverência que continha, uma imobilidade que ele não parecia possuir, e Owen olhou pela janela, não querendo pensar muito nesse evento cósmico, os corpos espezinhados que produziria, as vozes reunidas em cântico. Sentia-se feliz de simplesmente olhar. O gado zebu girava no mastro de bambu descascando grãos de arroz.

— Vamos ter a Lua atravessando o Sol, que é um corpo muito maior, mas quando olhamos de frente, vemos a Lua exatamente da dimensão do Sol devido ao tamanho relativo e à distância relativa da Terra. Pessoas irão banhar-se em lugares sagrados para reparar seus pecados.

Divindades de progênie. No campo, ele ouviu cornetas e tambores e seguiu o som até um templo de granito e mármore, construído num recinto que incluía santuários e bancas de incenso, pessoas agachadas junto às paredes, mendigos, aliciadores, vendedores de flores, os que vigiam seus sapatos por duas moedas sem valor. Owen reconheceu a estátua do touro de montaria de Shiva, andou por entre os músicos e, passando por um pórtico em caracol, entrou no vestíbulo do templo. Era hora do pôr-do-sol *puja*. Um sacerdote de barba branca e turbante rosa atirou flores ao longo do santuário, que foram logo recolhidas por um homem com um mata-moscas. Havia gente com guirlandas de cravos-de-defunto, um homem com um casacão militar, duas mulheres cantando, formas encolhidas no chão, meio adormecidas, com a boca manchada de bétel, uma delas escondida atrás de um tímbale. Owen esforçou-se por coligir informações, compreender aquilo tudo. Havia cocos, macacos, pavões, carvões incandescentes. No santuário, uma imagem de mármore escuro do Deus Shiva, de quatro faces, luzindo. Quem era aquela gente, para ele mais estranha do que os mortos milenares? Por que não podia colocá-la em algum contexto estável? Precisão era um dos arroubos que ele se permitia, a habilidade literária para seleção e detalhe, a dádiva grega, mas ali ela era inútil, dominada pela poderosa investida das coisas, a rude proximidade e a falta de medida comum. Alguém tocava tambores, um pássaro verde voou através do pórtico. Ele estava a mais de trinta quilômetros de Rajsamand, na bruma indiana.

— Mas o que você vai fazer depois de ter visto esse seu poema em sânscrito? — perguntou Coomeraswamy. — Creio que vai querer descansar por um tempo, não é mesmo? Voltar a Sarnath. Então estará pronto para um longo descanso.

— Não tenho certeza do que farei. Não quero pensar nisso.

— Por que não quer pensar? Acha que este não é um momento auspicioso para ir a Rajsamand?

Ele tinha cabelos grisalhos, uma imensa bondade nos olhos, um facho de luz. *Como se soubesse.* Fumaça pairava na planície. Os pássaros e os milhafres voavam suavemente acima do horizonte branco. Por que ele não queria pensar nisso? O que havia adiante de Rajsamand, depois do puro dique branco, do lago tranqüilo? Ele estudava inscrições não apenas em pedra, mas em ferro, ouro, prata e bronze, em folhas de palmeiras e cascas de bétulas, em chapas de marfim. Bhajan Lal contou-lhe que as pessoas vinham se reunindo há semanas, vivendo em tendas ou ao ar livre, preparando-se para o eclipse solar. Ele buzinou para uma charrete, para homens de bicicleta, para uma meninazinha que com uma vara tocava novilhos na estrada. Mendigos estavam se reunindo, santos homens, aqueles que se banham em lagos e buscam sua libertação. Um milhão de pessoas esperava em Kurukshetra, disse ele, para entrar nos tanques de água. Owen olhou pela janela, viu homens reclinados em catres junto a barracas de especiarias, abutres brancos debruçados em árvores. Bhajan Lal apanhou um boné de pala pontuda de dentro de uma sacola pendurada à sua porta e mostrou-o a Owen.

— Tem algum chapéu?

— Deixei-o em algum lugar.

— Que espécie de chapéu precisamente?

— Um chapéu redondo de aba mole. Um chapéu de sol.

— Este é para eclipse! — disse o rapaz.

Um homem de tanga caminhou para ele em furiosa contemplação, com as mãos nas costas. Owen sorriu. Entre as colinas pardas havia plantações de cana-de-açúcar, e as hastes espessas terminavam em delicadas flores. Na estrada não se viam carros nem caminhões. Ele andou por um vale estéril. Aqui, homens de turbantes amarelos, vacas de chifres tricolores. Ele viu a fortaleza, no alto da colina, que se erguia acima de Rajsamand. Os pássaros volteavam no céu ardente. Como estava tudo quieto, no dia do eclipse, sem caminhões, sem ônibus. Depois das plantações de trigo, as moitas de cactos. Sinos tocavam de leve, um menino num carro de boi. Owen tornou a sorrir, perguntando-se como no meio de suas andanças entre jainistas, muçulmanos, siques, os estudantes budistas em Sarnath, muitas vezes aturdido pela fantasiosa dinâmica das cosmologia hindu, ele recomeçara a pensar em si mesmo como cristão, simplesmente por uma questão de identificação fundamental, para ligar-se à miscelânea cotidiana que encontrava ao seu redor. Quando as pessoas perguntavam, era o que ele dizia. *Cristão.* Como isso soava estranho! E como parecia uma palavra forte após todos esses anos, para ser aplicada a si mesmo, cheia de melancólico conforto.

Chegando à cidade que se situava abaixo da fortaleza, ele desceu a rua principal, onde havia búfalos deitados em valas rasas. Barracas e lojas tinham suas portas cerradas, dia de eclipse, e mulheres grávidas se recolhiam a suas casas, ou pelo menos foi o que o motorista lhe disse. Um caminhão inutilizado obstruía o final da rua, sem pneus e aros, a carroceria pendendo para a frente, como um rinoceronte abatido. Uma mulher envolta num pano branco estava parada junto a uma porta, uma gaze rosa sobre a boca. Owen passou pelo caminhão e aproximou-se de um portão num muro amarelo a poucos metros do limite da cidade. Do outro lado do muro ficava o pavilhão sânscrito, como ele passara a denominá-lo, um dique com degraus de mármore estendendo-se por cinco quarteirões ao longo do lago Rajsamand. Ele calculou que eram cinqüenta degraus até a água, uma descida interrompida a intervalos por plataformas, pavilhões, diversos arcos decorativos. Um espaço milagroso, fresco, branco e aberto, no enfadonho desarranjo pardo do campo, uma oferenda ao lago real. E igualmente milagroso pelo que não era — uma beira de rio fervilhando de banhistas, pânditas sob toldos, aqueles que se sentam eretos e nada vêem, os mendicantes, os enfermos, os que breve se tornariam cinzas. Duas mulheres no último degrau batiam roupa, à esquerda de Owen, e um menino com um semblante melodioso aproximava-se. Era só isso. Owen encaminhou-se para o pavilhão mais próximo, entrando para se colocar um pouco na sombra, notando as rebuscadas colunas esculpidas, as superfícies densas. Sobre uma plataforma achava-se um painel de ardósia em que ele pôde discernir vagamente um bloco de textos com cerca de quarenta linhas de comprimento. O menino seguiu-o ao longo do terreno, subindo e descendo degraus, atravessando plataformas, sob os arcos, para dentro e para fora de três pavilhões. Owen contou vinte e cinco painéis encaixados em mármore ornamental, o poema épico que ele fora ver e ler, mil e

dezessete versos em sânscrito clássico, puro, bem-formado, requin-
tado.

Os painéis eram acompanhados, como quase tudo o mais parecia ser, em quase toda parte, por imagens esculpidas de elefantes,
cavalos, dançarinos, guerreiros, amantes. Tudo na Índia era uma
lista. Nada ficava só, isolado, desacompanhado de imagens do pan-
teão. O menino não falou com ele, até Owen, com um simples movimento de cabeça, indicar que já estava pronto a sair de sua zelosa
atitude, a exaltação contida dessa primeira curta hora ali. As mulheres batiam roupa no último degrau, e o som desaparecia no meio do
lago, no meio do céu, renovado antes de conceder tempo ao silêncio.

— Este é um poema do reinado Mewar — disse o menino. —
É a antiga história de Mewar. É o mais longo texto sânscrito exis-
tente na Índia. A circunferência deste lago é de uns vinte quilômetros. Este mármore é de Kankroli. O custo total é de mais de trinta
lakhs de rupias. De onde é você?

— Da América.

— Onde está sua mala?

— Trago só uma mochila de lona, e a deixei debaixo de uma
árvore lá em cima.

— Já deve ter sido roubada.

Ele usava calças curtas, sandálias, meias compridas, uma camisa
de mangas curtas abotoada até o pescoço. Seus olhos eram sérios e
brilhantes, demonstrando um interesse no viajante que não ia se satisfazer sem um diálogo sério. Inspecionava abertamente o homem.
Queimado de sol, empoeirado, olhos deslumbrados, calvo no alto da
cabeça. Uma camisa com um botão pendurado.

— Há algum lugar onde eu possa passar a noite?

Um relógio com uma pulseira arrebentada.

— Tem que voltar para a estrada. Eu lhe mostro.

— Muito bem.

— Quanto tempo vai ficar?

— Três dias, creio eu. O que acha?

— Sabe ler sânscrito?

— Tentarei ler — disse Owen. — Estou aprendendo sozinho
há quase um ano. E este é o lugar que sempre quis ver. Vou estudar
sobretudo as letras. É uma bela escrita.

— Acho que três dias é muito tempo.

— Mas é lindo aqui, e tranqüilo. Você tem sorte de morar
perto de um lugar como este.

— E para onde irá depois?

As mulheres estavam de vermelho e verde-periquito, batendo num ritmo único. Para onde iria ele depois? As pancadas repetidas lembraram-lhe alguma coisa, o pescador grego que vira uma dezena de vezes sovando um polvo numa rocha para amaciar a carne. Uma pancada que simbolizava uma infindável labuta, o braço erguido, a violência regular dos golpes. O que mais lhe lembrava? Não algo que vira. Algo mais, algo que mantivera no limiar do romper da aurora. O menino observava-o, com o rosto liso erguido num ar de interrogação, um jeito que parecia carregado de preocupação amadurecida. *Como se ele soubesse.* As mulheres começaram a subir os degraus, levando a roupa lavada em cestas equilibradas na cabeça. O cabelo do menino luzia com um tom quase azul. Ele subiu ao alto da barragem, apontou sorrindo para a árvore onde Owen deixara a mochila. Ela ainda estava lá.

Usando a mochila como almofada, Owen sentou-se de pernas cruzadas diante de um painel colocado na plataforma mais próxima. O menino se pôs atrás deles, à direita, de modo a ver o texto por cima de seu ombro.

As letras, ligadas por traços largos, eram sólidas, firmemente desenhadas. Era como se o céu e não a terra oferecesse o apoio definitivo, o único ponto de apoio que importava. Ele estudou as formas. O que havia no feitio das letras que lhe atingia a alma com a força de um mistério tribal? As tiras em alça, as curvas ceifadas, a sensação de uma arquitetura sagrada. O que ele quase compreendia? O mistério dos alfabetos, o contato com a morte e o contato consigo mesmo, tudo confinado em pedra com marreta e formão. Uma geografia, um gesto de mão em oração. Ele viu a loucura, a própria fúria bíblica presente nas letras, a loucura de sacerdotes, ordenando que se enchessem de chumbo derretido os ouvidos de membros da casta subalterna que ouvissem uma recitação dos Vedas. Estava naquelas formas o aspecto secreto, o sacerdotal, o distante, o cruel.

O menino recitou em voz alta versos num lindo diapasão musical, mas disse que não tinha certeza se falara corretamente.

As letras não eram proporcionadas e separadas com o cuidado que os romanos tinham com maiúsculas monumentais, as quais eram estruturadas em quadrados, meios quadrados, círculos ajustados, depois desenhadas e pintadas e esculpidas em distâncias graduadas. Ali havia mil linhas. Era uma história infantil de Mewar, terrível e feroz, e o texto celebrava sábios, donzelas, califas invasores. De qualquer forma, parecia infantil a Owen, novamente a criança destinada a aprender uma língua e pensar em listas.

Ele perguntava a si mesmo em que ponta da barragem o poema começava, como poderia saber, se isso tinha importância. Não podia deixar de imaginar que todo aquele mármore havia sido extraído de pedreiras, cortado, colocado em seu lugar, os pavilhões construídos, arcadas erguidas, o lago *feito*, a fim de fornecer um cenário para o poema.

Juntos, eles leram em voz alta, lentamente, o homem acompanhando a música do menino, colocando sua voz um pouco abaixo. Havia algo no som, tão antigo, estranho, distante, outro, mas também quase conhecido, traspassando-o através de alguma lembrança do espaço onde ficavam os pesadelos, aqueles de que ele não podia falar como os outros faziam, não podia compreender o que diziam.

Então o menino se foi. Owen sentiu a luz enfraquecer, sentiu, percebeu. Um vento soprou na barragem. Pássaros sobrevoaram o lago, guinchando roucamente, corvos apressados. Uma arcada projetava múltiplas sombras. Meio da tarde. Vazio, pálido e serenado. Um galo cantou.

Em Kurukshera estariam todos acorrendo aos tanques. Bhajan Lal dissera um milhão de pessoas. Inútil imaginar. Os homens cobertos de cinzas, os homens fixados numa posição, os que traziam as marcas de seitas, os ungidos com sândalo. Owen subiu na direção das árvores, depois voltou-se e foi sentar-se no primeiro degrau. As mulheres juntavam as saias acima dos joelhos ao entrarem na água. Os genealogistas anotavam os nomes dos peregrinos, as datas dos banhos rituais, os santos homens em círculos de carvão incandescente. Haveria lareiras de barro, a pesada fumaça de bosta queimada. Crianças com tigelas pediam esmola, cegos e leprosos, gente morrendo sob guarda-chuvas pretos. Salvos pela água, libertados pela água. Milagres partilham a paisagem com a morte.

Não seria mais uma listagem? Só o que lhe era possível, só o que podia fazer. Seu próprio controle primitivo. Os sadus sentados, nus, de cabeça erguida, olhos arregalados para o sol. Os contorcionistas curvam-se em nós topológicos. A cantoria começa, o sopro nas conchas. Eles vão se arrastando na água rasa, braços erguidos, multidões, um corpo sólido, gente demais para se poder ver.

Espezinhados, afogados. No medo que ele sentia de coisas que aconteciam numa escala tão desatinada, haveria um elemento de desesperada inveja? Seria invejável? Possuiriam eles uma graça, uma beleza, como sua amiga Kathryn acreditava? Seria uma graça estar ali, perder-se na multidão mortal, rendendo-se, entregando-se ao temor da massa, ao desaparecimento em outros?

Ele cruzou os braços para se proteger da friagem. Dentro de três dias estaria entrando no deserto.

— Tem um pouco de água nesta jarra.

— Beba — disse eu.

— Beba um pouco.

— Não há perigo?

Owen estava gravitacionalmente ligado à seita, como um objeto a uma estrela de nêutrons, atraído por sua massa em colapso, sua densidade. A imagem é ao mesmo tempo trivial e necessária. Que podia ele dizer sobre atração? Nada que não tomasse a forma de um exemplo do mundo físico, de preferência uma remota e não facilmente observável parte do mundo, para sugerir o limiar da percepção.

O sol morto não era uma imagem. Pairava sobre os cactos e os cerrados, as colinas da areia dessa desolada região a oeste do Thar, o Grande Deserto Indiano, não longe da fronteira com o Paquistão. Ele seguiu trilhas de camelos e comeu um pão grosseiro feito de cevada não refinada. A água de poço era salobra, os camelos usavam sinetas, pessoas referiam-se com freqüência a picadas de cobra. A pé e de ônibus, ele passou por duas aldeias em quatro dias. Os aldeões viviam em cabanas como colméias com telhados de sapé, paredes de barro e grama seca.

Sua mãe costumava dizer-lhe: "Procure ser mais solene".

Ele tinha parado numa estrada de asfalto esburacado, num silêncio branco, esperando por um ônibus. As pessoas que vira alguns quilômetros atrás usavam um tipo de manto de algodão, e as mulheres tinham juntado galhos de pequenas árvores espinhosas para fazer fogueiras. Ele teria de aprender o nome das coisas.

Viu um homem descer das colinas e vir capengando em sua direção. Puxava uma cabra amarrada a uma corda e usava um turbante maltrapilho, com a barba branca repartida dos velhos guerreiros rajputs. Começou a falar do outro lado da estrada, como se estivesse no meio de uma frase, como se desse curso uma conversa que os dois homens haviam iniciado alguns anos antes, e falou a Owen sobre as tribos nômades da região, domadores de serpentes e menestréis errantes. O inglês que falava parecia um dialeto derivado do rajastani. Disse que era professor e guia e chamou Owen de senhor.

— Guia do quê? Não há nada aqui.

Disse uma série de coisas que Owen não podia compreender. Depois mostrou-lhe um imundo pedaço de tecido com uma espécie de símbolo em relevo. Isso parecia conferir-lhe *status* oficial do governo como guia.

— Mas o que há para se ver que necessite de um guia?

— Por um preço, senhor.

— Quanto?

— Quanto quiser pagar.

— Só o que quero é tomar um ônibus que vá para Hawa Mandir.

Não há ônibus nesta estrada.

— O senhor vai ir a Hawa Mandir, vai precisar ver um caminhão.

— Quando?

— Depois de certos dias.

— Quantos dias são certos dias?

O homem pensou um pouco.

— Estou interessado em saber para onde vai me guiar se eu lhe pagar a taxa de guia.

— Pague o que quiser.

— Mas o que vai me mostrar? Estamos em alguma parte entre Jaisalmer e a fronteira com o Paquistão.

— Jaisalmer, Jaisalmer — cantarolou ele alegremente.

— E a fronteira do Paquistão — disse Owen.

O homem olhou-o. A palavra para ontem era a mesma para amanhã. Os gaviões giraram no céu vazio.

— Se não há nenhum ônibus e tiver de esperar indefinidamente por outro veículo, irei a pé para Hawa Mandir.

— O senhor vai entrar caminhando no Thar, mas nunca sairá caminhando de lá.

— Você disse que era professor. O que ensina?

O homem tentou lembrar-se. Começou um monólogo que parecia ser dos seus antigos dias como acrobata e malabarista, vagando entre cidades fortificadas. Os dois homens agacharam-se na poeira, o indiano falando infindavelmente, sua mão direita flutuando num gesto hipnotizante, a esquerda segurando a corda que estava amarrada em torno do pescoço da cabra. Owen mal notou sua partida. Continuou agachado no chão, ligeiramente inclinado para a frente, o peso do corpo apoiado nas panturrilhas. Quando o sol se tornou branco e tremulante, ele tirou da sacola uma mistura de vegetais secos e comeu-a. Tinha sede mas se permitiu beber só um pouco de água, procurando reservar a maior parte do que lhe restava até o dia seguinte, no meio da manhã, quando fosse procurar repouso e sombra após cinco horas de caminhada. De repente veio a escuridão. Ele se reclinou de lado, como o cigano da pintura de Rousseau, em segurança num sono místico.

Mal acordara, pensando no longo trajeto da manhã, quando uma pequena caravana de carroças de ferro guarnecidas com tachas de latão aproximou-se, puxada por bois, rumando na mesma direção que ele seguia. Eram ferreiros com suas famílias, as mulheres usando véus coloridos e bugigangas de prata. Eles o levaram a Hawa Mandir.

Era uma cidade do século xv, lentamente assimilada pelo deserto, tão da cor da areia que Owen não a distinguiu até quase alcançarem os portões. A cidade estava sendo recebida e assimilada, afundando na terra, desmoronando, desfazendo-se por estágios. Até os cães que vagavam melancólicos ao longo das cercanias eram de um amarelo pardacento, passivos e mal visíveis. Ele passou por ruas e aléias. As casas eram de arenito, com fachadas esculpidas e telhados achatados, sinais auspiciosos em muitos muros. Havia um prédio comprido, embelezado com domos e quiosques e sacadas de arenito rendilhado. Havia pouca atividade, quase toda relacionada com água. Um homem lavava um camelo, outro amarrava recipientes com água numa carroça de madeira de duas rodas. Em questão de minutos, Owen chegou ao limite da cidade. A areia começou a se agitar.

As casas de pedra deram lugar a cabanas de barro e tijolo, muitas delas em ruínas, enfiadas na areia. Crianças observavam-no beber água do cantil. Cabras entravam e saíam das casas desabitadas. Ele subiu num muro em ruínas e perscrutou o horizonte. Havia celeiros cor-de-areia, cônicos, um ou dois cobertos com sapé. Já vira iguais em outra parte, receptáculos para alimentos e cereais, os maiores com dois ou três metros de altura, em geral colocados logo no final de uma aldeia, homens com ferramentas, gado confinado nas proximidades. Esses celeiros eram sólidos, meia dúzia deles, a uns cento e cinqüenta metros da última das cabanas. Ele rumou naquela direção.

A areia soprava nas ruínas pardacentas. Uma trilha mal delineada levava através de urze e abrolho a um grupo de pequenos prédios. Montes de arenito erguiam-se à distância em camadas regulares. Ele passou por uma mulher e uma criança com uma vaca macilenta. A criança caminhava junto do animal, recolhendo a bosta que caía no chão, juntando-a, aplainando-a rapidamente. A mulher gritou qualquer coisa para a criança, açoitando o ar com uma vara. Esse ruído foi por um momento levado pelo vento. História. O homem que se coloca fora dela.

Quando chegou perto dos celeiros, ele mal podia enxergar. A areia fustigava-lhe o rosto e ele caminhava com o braço dobrado à sua frente, abrindo os olhos apenas o tempo suficiente para ver o caminho. Algo o assustou, um homem parado no final do caminho, de tez escura, o cabelo anelado e desgrenhado, o rosto descoberto apesar da areia que o fustigava. Sombras ao redor dos olhos rasos, um perigo em sua postura. Parecia também estranhamente calmo, esperando, envolto em roupas do pescoço aos tornozelos, as mãos escondidas, a cabeça descoberta, os pés descalços, e dizia alguma coisa a Owen. Seria uma pergunta? Os dois se entreolharam. Quando o homem repetiu as palavras, Owen percebeu que a língua era sânscrito e soube de imediato o que o homem dissera, embora não tivesse feito nenhum esforço para traduzir as palavras.

O homem disse: *"Quantas línguas sabe falar?"*.

Metade do quarto estava iluminada. Ele se sentou, um pouco trêmulo. Não creio que tivesse percebido plenamente o quanto se sentia exausto e doente. A única força estava em sua voz.

— Esta é uma pergunta que sempre temi que me fosse feita — disse eu. — A pergunta que parece estar à minha espera onde quer que eu vá no Oriente Médio. Não sei por que tem tanta força.

— Não acha que, de certa forma, é uma pergunta terrível?

— Mas por quê?

— Não sei — disse ele.

— Por eu achar que expõe alguma terrível fraqueza ou falha?

— Não sei.

— Você pode responder. Cinco, seis.

— Contando o sânscrito. O que chega bem perto de uma franca trapaça. Em minha defesa, tenho a dizer que nunca houve ninguém com quem eu pudesse falar essa língua, exceto com o menino na barragem. Estão ensinando-a novamente nas escolas.

— Você falou sânscrito com eles?

— De vez em quando.

— Como sabia que eles se achavam lá? Pelo grupo no Mani?

— Eles disseram que havia um grupo na Índia. Tinham ido para lá de alguma parte no Irã. Eu devia procurar um lugar chamado Hawa Mandir.

— Você levou tempo procurando.

— Era minha idéia, meu sentimento que a Índia me curaria da fascinação. Resta alguma água?

— A jarra está vazia.

— Tem de enchê-la na rua. Há uma torneira a duas casas daqui.

Quando voltei, ele estava dormindo, sentado, com o braço pendurado sobre a borda do banco. Acordei-o sem hesitação.

O nome do homem era Avtar Singh. Owen suspeitava que fosse um pseudônimo e nunca conseguiu se convencer de que Singh fosse indiano. O homem não somente era um impressionante imitador como parecia diferente cada vez que Owen o via. Um asceta, um pregador de esquina, um lunático de metrô. Sua fisionomia mudava, suas feições enquanto aspecto e caráter. Inteligente, vaidoso, obsequioso, cruel. Um dia ele parecia magro e severo, um místico com roupas surradas, corpulento no dia seguinte, fisicamente inchado, olhos pesados e drogados.

O grupo grego se desfizera, e dois dos membros estavam lá, recém-chegados. Um deles era Emmerich, um homem de cabeça austera e barba curta. O outro membro era uma mulher, Bern, de lábios grossos, pesada, inteiramente muda havia semanas. Ela passava quase todo o tempo trancada num dos silos de telhado de sapé.

Havia dois outros homens, mas Owen pouco contato tinha com eles. Só o que sabia era que tinham estado com Singh no Irã, que um deles sofria de freqüentes acessos de calafrios e febre alta e que ambos eram obviamente europeus. Não falavam sânscrito como os outros falavam, ou tentavam falar, e era isso e mais o estado de espírito predominante no grupo que indicavam a Owen que a seita estava quase extinta.

Um dia, ele se agachou na poeira com Emmerich. Os dois conversaram sobre o sânscrito, falando não só essa língua como várias outras. Emmerich tinha o ar de um criminoso condenado à prisão perpétua por assassinato, autodidata, obstinado, perito no trato de uma vida confinada, com desprezo por pessoas que querem saber como é essa vida, desprezo até quando concordava em instruí-los.

288

Essa espécie de homem acomoda-se bem em sua prisão perpétua. Seu crime, a amplitude deste, fornece infindável material para especulação e conhecimento de si mesmo. Tudo o que ele lê e aprende lhe serve como uma filosofia pessoal, uma explicação, uma ampliação daquele brilhante momento único, um momento que ele reelaborou, reexplicou para si mesmo, utilizou. O assassinato agora já se tornou parte do reservatório de sonhos para sua auto-análise. A vítima e o ato são agora teoria. Formam a base filosófica em que ele se apóia para o conhecimento de si mesmo. São o que ele usa para viver.

— A palavra sânscrita para nó — disse Emmerich — acabou adquirindo o significado de "livro". *Grantha*. Isso se deu por causa dos manuscritos. Os manuscritos de casca de bétula e de folha de palmeira eram presos com uma corda passada entre dois orifícios e amarrada.

Uma cabeça austera, repetia Owen para si mesmo. Seu pai costumava rir do chapéu de palha demasiado grande que ele usava com seu macacão. Passando pelo armazém da encruzilhada. O toldo e o anúncio de Coca-Cola. Os postes de madeira enfiados em blocos de cinza vulcânica. Sua mãe costumava dizer: "Não tenho a menor idéia do que você está falando".

A cabeça de Emmerich era reduzida, com olhos que mantinham uma distância lúgubre, o cabelo e a barba, cortados rente. Os dois homens estavam agachados em ângulo um para o outro, como se fizessem seus comentários em direção ao deserto.

— O que é um livro? — disse Emmerich. — É uma caixa que você abre. Suponho que saiba disso.

— O que há dentro da caixa?

— A palavra grega *puxos*. Árvore-caixa. Isso sugere madeira, naturalmente, e é interessante que a palavra *book*, "livro" em inglês, pode remontar ao holandês *boeck*, faia ou madeira, e à palavra germânica *boko*, um bastão de faia em que runas eram esculpidas. O que temos? Livro, caixa, símbolos alfabéticos entalhados em madeira, um cabo de machadinha de madeira no qual foi entalhado o nome do dono em letras rúnicas.

— Isso é história? — perguntou Owen.

— Não é história. É precisamente o oposto de história. Um alfabeto de total imobilidade. Seguimos a pista de letras estáticas quando lemos. Este é um paradoxo lógico.

Bern apareceu, circundando o celeiro, tornando a entrar. A despensa, celeiro ou silo. Owen teria de aprender o nome local. Era o que ele considerava sua primeira tarefa em novos lugares, sempre.

— Ela vai tentar se matar — disse Emmerich. — Vai se matar de fome. Já está começando. Três, quatro dias. Veio-lhe como uma revelação sagrada. Esta é a maneira perfeita. Morrer de fome. Prostrada, silenciosa, perdendo uma a uma as funções. O que é melhor num lugar como a Índia do que morrer de fome?

— Este é o fim? Não há outro grupo em alguma parte?

— Que eu saiba, é o fim. Além desse, não há mais nenhum outro grupo. Talvez restem dois ou três indivíduos, possivelmente em contato uns com os outros, talvez não.

— Vocês todos vão morrer aqui?

— Não creio que Singh vá morrer. Vai livrar-se com astúcia, com argumentações. Bern morrerá. Os outros dois provavelmente vão morrer. Acho que não vou morrer. Aprendi demais sobre mim mesmo.

— Não é por esse motivo que as pessoas se matam? — disse Owen.

— Porque descobriram quem são? Admito que jamais pensei nisso. E você. Quem é você?

— Ninguém.

— O que quer dizer com "ninguém"?

— Ninguém.

Eles estavam acocorados como índios, junto ao silo, os braços em volta dos joelhos.

— Durante muito tempo nada acontece — disse Emmerich. — Começamos a pensar que mal existimos. Pessoas vão embora, pessoas morrem. Surgem muitas diferenças entre nós. Perdemos o objetivo, passamos por contratempos. Há diferenças de sentido, diferenças em palavras.

— Ela se recusa a comer. Aceita água?

— Até agora ela tem bebido. Isso é para prolongar, para estender o silêncio. Você sabe disso. Ela é muito ideológica. Para gente assim, morrer é uma metodologia.

— Na Grécia, ela se mostrou relutante em conversar comigo.

— Você não é um membro. Foi somente seu treino como epigrafista que o tornou mais ou menos bem-vindo, suas escavações e viagens. Vimos que podíamos confiar em você. Seu interesse era profundamente intenso, sereno e culto. Mas não Bern. Ela não se importava. Algumas coisas começaram a aborrecê-la na Grécia. Alguém roubou suas botas.

290

— O que aconteceu com os outros que estavam em sua companhia?

— Dispersaram-se.

Esses celeiros eram feitos de estrume e terra. Havia figuras nos campos distantes, curvadas, movendo-se. Uma cobra empoeirada serpenteou pela relva. A única cor. Proporcionada e correta. O sol branco ia alto.

— Mas ainda resta o programa — disse Emmerich. — Singh encontrou um homem. Estamos esperando que ele se avizinhe de Hawa Mandir. Temos de encarar isso, a coisa mais interessante que fazemos é matar. Só uma morte pode completar o programa. Você sabe disso. Esse reconhecimento vai fundo. Ultrapassa as palavras.

Não eram milhafres voando mas gaviões, decidiu ele. Nenhum caos, nenhum desperdício.

— Às vezes pergunto a mim mesmo — continuou Emmerich — qual é a função de um assassino? É ele a pessoa a quem se deve procurar para confessar?

— Ele estava errado — disse eu, surpreso com minha própria rudeza. — Você não foi lá para confessar coisa alguma.

— A não ser que fosse para reconhecer minha semelhança com eles.

— Todo mundo é como todo mundo.

— Não pode estar achando isso.

— Não exatamente. Não dito exatamente nestes termos.

— Nós superpomos. É isso o que quer dizer?

— Não tenho certeza do que quero dizer.

A voz dele suavizou-se. Tinha o cuidado de não acusar, não ofender.

— O que vê quando olha para mim? — perguntou ele. — Vê a si mesmo daqui a vinte anos. Uma visão que dá o que pensar. Não é verdade? Costumava se opor a quase tudo o que eu dizia. Menos ultimamente. Como se você tivesse começado a se garantir contra o risco. Vê a si mesmo, James, não é assim?

Sozinho, sem vontade e defesa, subindo as escadas de dois em dois degraus. Seria verdade, teria ele razão? Eu jamais compreenderia Owen totalmente, nunca conheceria suas razões, suas formas e temas interiores. Isso só tornava mais plausível a semelhança.

De pés pousados no chão, com o peso das pernas, os braços ao redor dos joelhos. Eles estavam agachados num dos celeiros. Singh esfregou duas pedras compridas uma na outra, polindo-as enquanto falava. Era uma máquina de palavras. Passava do hindi ao inglês e ao sânscrito no espaço de uma só frase longa. Owen o temia. Era bem evidente que ele era quase um maníaco. Parecia louco, falava numa mistura de línguas, desandava em arrebatadas risadas cruéis, de olhos fechados, boca escancarada, cheia de dentes podres. Owen ficou ouvindo-o falar a maior parte de uma longa tarde, no pálido crepúsculo do deserto e pela noite adentro. Ele era astucioso e hábil, algumas vezes intimidante, outras, parecendo pedir proteção. Não um jogador sério, não alguém capaz de obedecer às regras, pensou Owen, espantado com a estupidez dessa observação. Singh era elétrico, messiânico, louco, o rosto de pele áspera emoldurado por uma massa de cachinhos empoeirados. Parou de esfregar as pedras só o tempo suficiente para erguer no ar os dedos, indicando aspas numa palavra que ele usava ironicamente ou com duplo significado.

— Thar. Esta é uma contração de *marust'hali*. Residência da morte. Deixe que lhe diga do que gosto no deserto. O deserto é uma solução. Simples, inevitável. É como uma solução matemática aplicada aos negócios do planeta. Os oceanos são o subconsciente do mundo. Desertos são a consciência desperta, a simples e clara solução. Minha cabeça funciona melhor no deserto. Aqui minha cabeça é uma tabuleta apagada. Tudo conta no deserto. A palavra mais simples tem enorme poder. Isso é adequado porque faz parte da tradição indiana. A palavra na Índia tem um poder enorme. Não o que as pessoas querem dar a entender mas o que dizem. Na realidade, o significado não conta. A própria palavra é que conta. A mulher hindu evita falar o nome de seu marido. Cada vez que seu nome é pronunciado, ele fica mais perto da morte. Você sabe disso. Não estou lhe contando uma coisa que não saiba, ou estou? A literatura indiana tem sido comida por cupins. Os manuscritos de casca de árvore e folhas, mordiscados, mastigados, consumidos. Sabe também que, de qualquer forma, a Índia não precisa de literatura. Supérfluo. A Índia é o cérebro direito do mundo. A dança de Shiva, sabe? Pura ação. O que eu gostaria de fazer quando sairmos daqui é ir para o norte do Iraque e estudar iezidi críptico. Só vendo esse alfabeto para acreditar. Parece um pouco hebraico, um pouco persa, um pouco árabe, um pouco marciano. A coisa é críptica porque os iezidis vivem entre muçulmanos e não suportam as mães. Ódio mútuo, certo? Se um iezidi ouve um muçulmano em oração, mata o pobre infeliz ou se mata. De qualquer forma, isso está de acordo com a lei. Há outros alfabetos a estudar naquela região. E poderia ir para os pântanos. Carregaria a mulher comigo se ela não estivesse querendo tanto morrer de fome. Gostaria de fodê-la todinha, de cabo a rabo, ou seja lá como for a expressão. Ela é do tipo que a gente fode como vingança, não é exato? Cada som tem apenas um sinal. É o que é genial no alfabeto. Simples, inevitável. Não admira que tenha acontecido no deserto.

— Não quero interromper.

— Não estou com pressa — disse Owen. — Gostaria até de adiar o resto indefinidamente.

— Quero ouvir.

— Não quero contar. Fica mais e mais difícil. Quanto mais perto chego do final, mais quero parar. Não sei se vou conseguir enfrentar tudo isso de novo.

— Se interrompi, foi para perguntar sobre a idéia que Singh faz do deserto. Há nisso alguma coisa clara e simples?

Owen fitou o lado sombrio da sala.

— Certa vez, Singh me disse, com ar conspirador e me fitando com aqueles pesados olhos achatados: "O inferno é o lugar onde não sabemos que estamos". Eu não estava muito seguro quanto à maneira de interpretar a observação. Estaria ele dizendo que ambos estávamos no inferno ou que todos os outros estavam? Todo mundo em quartos, casas, cadeiras e poltronas. Será o inferno uma falta de percepção? Uma vez que se saiba estar lá, será essa a saída? Ou será o inferno o único lugar do mundo que não enxergamos pelo que é, o único lugar do mundo que jamais podemos conhecer? Seria isso o que ele quis dizer? O que está fora de nosso alcance? A frase me derrotou. Eu tinha medo do deserto, mas era atraído por ele. Para as contradições. Homens virão para encher esse espaço vazio. O espaço é vazio a fim de que homens acorram para enchê-lo.

A voz clara tornou-se então uma melodia, quase assustadora em sua riqueza o ritmo solene. Quero chamá-la de ritmo solene.

— Penetrar verdadeiramente o deserto — continuou ele. — Aprender a geografia e a língua, vestir-me de *aba* e *keffiyeh*, bronzear-me ao sol do deserto. Infiltrar-me em Meca. Imagine isso. Entrar na cidade com um milhão e meio de peregrinos, atravessar a divisa dentro da divisa, fazer o *hadj*. Que enormes temores teria de vencer um homem como eu, com perpétuas inclinações para a solidão, para a inviolabilidade de um espaço pessoal onde viver e ser. Mas pense um pouco. Vestir-se como um *hadji* com duas peças de pano branco sem bainha, todos os homens lá vestidos do mesmo jeito, mais de um milhão. Fazer os sete circuitos da Caaba. A grande forma cúbica drapejada de preto, imagine isso, com versos corânicos bordados de ouro. Nos três primeiros circuitos, recomenda-se que apertemos o passo. Há outras ocasiões em que grandes massas se reúnem durante o *hadj*, na planície de Arafat e durante três dias em Miná, mas é o circuito do Caaba que me tem assombrado desde a primeira vez que soube de sua existência. Os três circuitos de corrida, talvez cem mil pessoas, um redemoinho de gente vestida de branco correndo ao redor do maciço cubo negro, um redemoinho de submissão e temor humanos. Ser levado de roldão, sem brechas nas fileiras, mover-se em ritmo determinado pela própria multidão, ofegante, com ela e sendo parte dela. É isso o que me atrai para tais coisas. Rendição. Consumir-me no ardor das colinas de calcário. Tornar-me parte da onda musical de homens, as cidades brancas, as tendas que cobrem a planície, o vórtice no pátio da Grande Mesquita.

— Pensei que o *hadj* fosse um grande congestionamento de ônibus.

— Mas você vê o que me atrai na corrida?

— Para honrar a Deus, sim, eu correria.

— Não existe Deus — murmurou ele.

— Então você não pode correr, não deve correr. Não se justifica. É estúpido e destruidor. Se não faz isso para honrar a Deus ou imitar o Profeta, então nada significa, nada realiza.

Ele se recolheu no silêncio, um silêncio despojado. Queria explorar o assunto mais a fundo, seu alarmante arroubo impulsivo, mas minha rejeição era do tipo com que ele não podia argumentar. Era como uma criança sob esse aspecto, aquele silêncio era um lugar para onde levar sua mágoa e vergonha.

— O que mais Singh lhe disse?

— Ele falou sobre o mundo.

— E depois, o que aconteceu? — perguntei.

Ele falou sobre o mundo.

— O mundo tornou-se auto-referente. Você sabe disso. Essa coisa vazou para dentro da textura do mundo. Durante milhares de anos, o mundo foi nossa fuga, nosso refúgio. Homens escondiam-se de si mesmos no mundo. Escondamo-nos de Deus ou da morte. O mundo era o lugar onde vivíamos, o ego era onde enlouquecíamos e corríamos. Mas agora o mundo tem um ego próprio. Por que, como, não importa. O que acontece conosco agora que o mundo tem um ego? Como dizemos as coisas mais simples sem cair numa armadilha? Aonde vamos, como vivemos, no que acreditamos? Esta é minha visão, um mundo auto-referente, um mundo onde não há possibilidade de fuga.

Sua pele era granulada na testa e nas faces. Ele tinha mãos e pulsos longos. Lentamente, as duas pedras começaram a adquirir uma forma levemente afilada. Ele friccionou as pedras durante horas, e depois, durante dias. Bern começou a alucinar. Eles a ouviam gemer e cantar. Ela se esgueirava para fora a fim de urinar, punha-se de quatro. Três dos homens saíram à procura de alguma cabra desgarrada para matar. Sem saber por que, Owen foi ao silo de Bern, que era fechado por uma portinhola de argila a quase um metro do chão, presa por uma trave de madeira inserida através de um par de encaixes. Ele removeu o tapume e curvou-se para espiar o interior do silo. Bern estava sentada no escuro. O chão era forrado de feno e pedaços de espigas de milho. Ela levantou o rosto e fitou-o aparentemente sem o reconhecer. Ele lhe falou em tom baixo, oferecendo-se para ir buscar água, mas não obteve resposta. Disse então como o cheiro de ração animal lhe lembrava sua infância, os silos de armazenar cereais e os moinhos de vento, o gado nos currais, a placa de metal curva no pequeno prédio de tijolo no limite da cidade (fazia trinta anos que ele não se lembrava disso): BANCO DOS AGRICULTORES. Ele permaneceu fora do celeiro, vendo seu rosto flutuar no ar morto. Ela o olhou.

A aldeia no deserto era como a terra refeita em blocos, uma estranha obra do vento ao transportar areia. Singh pôs as mãos em concha para beber de uma talha de argila. Um dos homens mais velhos agachou-se na poeira. À distância, a cidade era silenciosa a maior parte do tempo. Owen bebeu. Quando escureceu e o vento soprou das colinas, ele ficou olhando as cinzas se agitarem e espalharem ao redor do assador improvisado. O céu noturno apareceu, a luz difusa de mundos flamejantes.

— Quem é o homem que você está esperando?

— Que homem?

— Emmerich disse.

— *Atcha*. Um maluco. Vagueia há anos por esta região.

— Ele está nas proximidades da aldeia? Como sabe que está vindo para cá?

— Sim, ele está bem perto — disse Singh, rindo.

— Como você sabe?

— Acabei de vê-lo. Estava comendo sua cabra.

— Um velho de barba, meio maltrapilho?

— Ele mesmo. Não pára de andar. Não lhe tem feito bem envelhecer. Suas pernas já estão no fim. Tem de se sentar e esperar pelos abutres. Abutres fazem o serviço do deserto.

— Então está esperando até ele entrar na cidade.

— Você sabe disso. Agora é um membro.

— Não, não sou.

— Seu idiota. Claro que é.

Dessa vez, foi Owen quem interrompeu a narrativa para apanhar o folheto que eu deixara junto à bandeja de cobre, a cartilha kharoshthi. Tornou a colocá-lo na bandeja. Gradações de marrom e cinza. A luz recuando para a parede dos fundos. Um certo número de objetos, uma certa disposição. Ele ficou sentado, contemplando suas mãos.

— O que Singh quer dizer com "o mundo"? — perguntei.

— Tudo, todos, tudo o que é dito ou pode ser dito. Mas não exatamente isso. A coisa que abrange isso. Talvez seja isso.

— O que aconteceu depois?

— Estou cansado, James.

— Tente continuar.

— É importante falar direito, contar corretamente. Ser exato é só o que resta. Mas não creio que eu seja capaz agora.

— Você esteve com eles. Conseguiu saber o nome da seita?

Ele ergueu os olhos.

— Foi o que não consegui elucidar, embora tivesse tentado ao máximo sondá-los, engambelando-os de todo jeito. Mesmo depois de Singh me dizer que eu era membro, recusou-se a me dizer o nome da seita.

— Ele estava zombando.

— Sim, ele começou a me procurar para se divertir, se fortalecer. De uma estranha forma, eu era a força deles e também seu observador e crítico tácito, o primeiro que jamais tinham tido, o que era outra indicação de que estavam próximos do fim.

Falei a Owen sobre o tempo que permaneci no Mani, meu encontro com Andahl. Falei-lhe da rocha maciça em que duas palavras haviam sido pintadas, depois encobertas. Andahl pintara as palavras, disse eu. Era sua maneira de escapar. Disse a Owen que achava que aquelas palavras eram o nome da seita.

— Que palavras eram?

— *Ta Onómata.*

— Que diabo! Que diabo, James! — Olhando-me com curioso espanto, começando a rir. — Talvez você tenha razão. Acho que pode ter razão. É meio sinistro, não acha? Os Nomes.

— Tenho estado consistentemente certo a respeito da seita. Andahl, o nome, o padrão. E eu os encontrei quase assim que cheguei ao Mani, embora a princípio não o soubesse. Isso me deixa apavorado, Owen. Minha vida está passando e não consigo tomar pé. Ela me frustra, me derrota. Minha família está do outro lado do mundo. Nada se conclui. A seita é a única coisa com que aparentemente tenho conexão. É a única coisa sobre a qual eu estava certo.

— Você é um homem sério?

A pergunta me paralisou. Eu lhe disse que não entendia o que ele queria dizer.

— Não sou um homem sério — disse ele. — Se você quisesse compor um soberbo texto homérico sobre minha vida e destino, eu poderia sugerir uma primeira frase adequada: "Esta é a história de um homem que não era sério".

— Você é o homem mais sério que conheço.

Ele riu e fez um gesto de quem encerra um assunto. Mas eu ainda não tinha desistido.

— O que quer então dizer? Acha que não sou sério porque tenho escrito coisas insignificantes, coisas variadas, porque trabalho para uma companhia grande?

— Sabe que não é isso o que quero dizer.

— É importante para mim ter um emprego comum. Trabalho burocrático. Uma escrivaninha e tarefas diárias. À minha maneira, procuro ligar-me às pessoas e ao trabalho. Procuro garantir uma necessidade ou direito básico.

— É claro — disse ele. Não tive intenção de fazer a pergunta como um desafio. Lamento, desculpe, James.

Ficamos em silêncio.

— Você percebe o que estamos fazendo? — disse eu afinal. — Estamos mergulhando sua narrativa em comentário. Gastando mais tempo em interrupção do que na história.

Ele se serviu de água da talha.

— Sinto-me como alguém naquela sua multidão — disse eu. — A multidão que começa a se impacientar com o contador profissional de histórias. Vamos prosseguir. Onde estão as pessoas da história?

— Fica mais difícil à medida que nos aproximamos do final. Quero atrasar, não quero de forma alguma continuar.

— Mostre-nos seus rostos, conte-nos o que disseram.

Emmerich estava rastreando a vítima. Informou que as andanças do velho às vezes eram previsíveis. Sua tendência era rumar para oeste parte do dia, depois noroeste, depois novamente oeste, depois sudeste. Estaria ele traçando uma ampulheta na areia? Em outras ocasiões perambulava pelas colinas, passava um ou dois dias com pastores de camelos ou com uma das tribos nômades, fora das estradas. Nas tempestades de areia, ele ficava sentado imóvel, cobrindo o rosto com um lenço de cabeça enquanto o sol empalidecia, o céu desaparecia, o vento começava a assobiar. O homem era muito velho, sua capacidade, limitada. O tempo, o clima, a marcha titubeante sugeriam que ele se aproximaria de Hawa Mandir em menos de dois dias, sem cabra, esfaimado, resmungando.

Bern estava vomitando sangue. Três ou quatro vezes por dia Owen removia o tapume da portinhola e lhe falava. Presumia que ela perdera a capacidade de sentir fome, deslizando para uma espiral de desgaste irreversível. Ele falava baixo e fluentemente. Sempre tinha alguma coisa a dizer. Algo que lhe ocorria no momento em que se curvava para a abertura. Estava fazendo uma visita, até mesmo conversando. Queria acalmá-la, banhá-la em sua voz humana. Acreditava que ela compreendia, embora não houvesse sinal algum. Levava-lhe água uma vez por dia. Ela não podia mais reter a água, mas ele continuava levando-a, passando-a pela abertura e tentando fazê-la beber das suas mãos em concha. Os olhos dela aumentavam a cada dia nas órbitas, seu rosto começou a se encovar. Ele se sentava diante dela e deixava a mente vaguear. Sua mente começara a vaguear o tempo todo.

Singh esfregava as pedras uma na outra.

— Não é um dia lindo? Fresco, ou você diria meio quente? Depende, não é?

Ele desenhava aspas no ar, erguendo o indicador e o dedo médio de cada mão para ressaltar as palavras "fresco" e "meio quente". Examinou uma das pedras. *Atcha.* Ok.

— Qual é o nome dele? — perguntou Owen.

— Hamir Mazmudar.

— E *significa* alguma coisa?

Singh riu escancaradamente, batendo as pedras uma na outra. Quando Emmerich chegou, ele estava cinzento de areia. Emmerich olhou para Singh e apontou na direção dos campos distantes. Uma figura surgiu do capim alto, rumando lentamente para a cidade. Grandes pássaros esvoaçavam no céu, que começava a escurecer. Owen olhou a lua pálida nascer. A lua era seu próprio corpo, triste e alongada.

— Mas ele não está tão mal!

— Homem doente — disse Emmerich.

— Não tão doente! Anda dias inteiros.

— Ele perdeu a memória.

— Foi só o que pudemos fazer — disse Singh. — Descobrir o nome do sujeito.

— Quando alguém perde a memória, torna-se um corpo vazio.

— Não há mais razão de ser.

— Você é um receptáculo de seu próprio excremento — disse Emmerich. — Desde a curva sigmóide até o canal do ânus.

— Conhece o programa. Sabe como tem de acabar.

— Você reconhece.

— Vê a justeza disso — disse Singh.

— Isso o convence, não é?

— É válido.

— Está de acordo com a premissa, não é mesmo? Segue logicamente a premissa.

— É limpo, sabe? Nada se prende ao ato. Nenhuma hesitação.

— É uma rude narração dos fatos — disse Emmerich. — Podemos considerá-lo assim se você preferir.

— O que você prefere?

— Está certo, é um compromisso.

— É mais do que certo. Quero dizer, estamos aqui, não estamos? Não adianta ficarmos por aí. Está na hora de dispararmos para a cidade, não concorda?

Emmerich despiu-se, despejou água de um pote de cobre no rosto e no corpo, depois vestiu uma camisa rústica, calças frouxas amarradas com um cordão, um velho casaco tribal e gorro de feltro. Singh saiu de seu silo. A fumaça de fogão de lenha pairava sobre a cidade. Ele e Emmerich dirigiram-se ao silo onde se achavam os outros dois homens. Não olhou para Owen nem lhe dirigiu a palavra. Inglês era a língua que ligava o subcontinente. Os antigos árabes escreviam com ossos. Singh apareceu com roupas que pertenciam aos outros, uma túnica listrada com faixa escura sob o casaco militar. Parecia majestoso e demente. Emmerich seguiu-o em direção à cidade escura, a única cor, proporcionada e correta. *Hakara* é o *h* sânscrito. *Makara* é o *m*.

Owen entrou num dos silos e sentou-se no escuro. Era a menor das estruturas, com menos de dois metros de altura, e ele ficou vendo o céu escurecer rapidamente, as estrelas se filtrarem através da névoa. Era aquele o universo essa noite, um retângulo de sessenta e cinco centímetros de altura, noventa de largura. Na base da abertura, ele podia ver uma faixa estreita de terra perdendo sua textura para a noite. Os velhos depósitos eram uma estrutura de madeira, até serem adotados os silos, veja-se a palavra grega, um poço para armazenar cereais, por volta da década de 1920, segundo seus cálculos. Santo Deus, como eram formidáveis as máquinas, as ceifeiras-debulhadoras e os tratores, aqueles sólidos mecanismos esbulhando e avançando aos solavancos pelo campo. Ele sentia falta de maquinaria. Os pequenos Ford e Chevrolet quadradinhos. O caminhão de entrega de artigos de armarinho. Os ônibus interestaduais, cento e vinte cavalos-vapor. FAVOR BUZINAR OK. Ele era o menino que levava água aos homens no campo, com seu chapéu de palha e macacão resistente, que era o que os outros usavam. É necessário lembrar corretamente. Esta é a terra com que sonhamos e colorimos infantilmente. Os espaços. A igreja solitária no meio de um matagal. Os homens de macacão, com rostos curtidos pelo vento, de olhos limpos, reunidos defronte a um armazém. Queremos lembrar direito.

Uma escada de madeira coberta projeta-se num lado do armazém. Alguém olha para cima. Adiante de uma fileira de gavinhas raquíticas vêm as altaneiras ondas pardacentas de um aguaceiro de verão, outeiros de nuvens com múltiplos cumes. Há um elemento de expectativa no ar. A atmosfera é carregada e densa. Os homens de macacão param e olham. Há sempre um período de curioso medo entre a primeira brisa suave e o momento em que a chuva desaba.

É Owen quem está espiando o céu. Ele se afasta do grupo de homens em silêncio. De novo, atraso. Estariam esperando-os em seus lares. Na varanda de uma velha casa de madeira, a mulher está sentada numa cadeira de espaldar de madeira quando as primeiras gotas pesadas caem na rua, levantando poeira em diáfanas nuvens. Impassível, mantendo uma fé relutante na vida do além-túmulo. Como ela o encara, o além-túmulo não seria fácil ou aprazível. Essas coisas não faziam parte de seu sistema de crenças. Mas seria uma vida justa, compatível com o direito moral, ofereceria uma recompensa por todos aqueles dias e anos de lutas, de economia, encontrando e perdendo lares. Sua mãe mancava, e ele nunca soube por quê.

O homem sai para esperar, de banho tomado, camisa limpa, porém com vestígios de terra bem evidentes nas linhas do rosto e nas mãos, terra dura, irremovível. Ele está voltado para o ruído da tempestade, um ombro mais alto do que o outro, uma maneira de parar e caminhar bastante comum entre homens que plantaram e se curvaram e carregaram postes e cavaram buracos para postes. Owen achava que isso se relacionava de alguma forma com o fato de sua mãe mancar.

Em sua memória, ele era um personagem numa história, uma luz colorida. O silo era perfeito, contendo aquela parte de sua existência, encerrando-a toda. Havia também recompensa em lembranças. Relembre o espanto e a dor, o anseio por uma coisa fora do alcance, e é possível começar a restaurar a atual condição. Owen acreditava que a memória era a faculdade de absolvição. Homens desenvolviam lembranças para amenizar sua inquietação com coisas que faziam como homens. O passado profundo é a única inocência, portanto é preciso preservá-lo. O menino nas plantações de sorgo, o menino aprendendo nomes de animais e plantas. Ele lembraria com exatidão. Ele elaboraria os detalhes daquele determinado dia.

A igreja fica a vinte e cinco quilômetros da cidade. A única estrutura visível. Contemplando-a de certa distância, ele não reage da maneira como reagiria a, digamos, uma casa de fazenda, com seus agrupamentos de árvores contra o céu aberto. Pequenos grupos de objetos rompendo o nível profundo da terra, essa casa e galpão, esses choupos e oficinas e muros de pedra parecem golpear as distâncias, os infindáveis ventos poeirentos, repletos de engenho e coragem. A igreja é diferente, um prédio isolado de arruinada fachada cinzenta, telhado betuminado, campanário sem um sino. Não há cercas, nem árvores ou riachos. Não tem nenhum efeito. Fica perdida no segundo plano do céu.

Dois velhos automóveis estão parados no mato. Datam da Primeira Guerra Mundial, pequenos, com pneus carecas. Em tempo, o carro fúnebre Pontiac sai da estrada de terra batida, sacolejando, muito amassado, caindo aos pedaços e queixoso por transportar os mortos. A chuva bate nos pára-lamas e na capota. (Em sua lembrança, ele está na igreja, esperando, bem como dentro do carro, apertado entre a porta e uma mulher que cheira a leite azedo.) As portas se abrem e gente começa a sair, inclusive a mãe, o pai e o filho, o menino de olhos semicerrados com uns dez anos de idade, já com as roupas apertadas, relutando em crescer para o mundo. Ele pára à porta do carro, espera que uma senhora e um velho saiam de dentro, depois fecha a porta e volta-se para a igreja, parando na chuva antes de entrar, seguindo os outros.

Os bancos são velhos, o altar, uma simples mesa com o verniz meio descascado. Uma mulher segura um bebê de encontro aos seios. Há uma marca na parede deixada pelo piano de armário ausente. O homem que hoje vai fazer a pregação é o jovem, de cabelos escuros, e parece cercado de uma resoluta radiância. Ele aqui está para definir coisas, para deixar essa gente de bem com Deus. Mesmo que estivesse vestido com roupas de lavrador e sentado num dos bancos, seria fácil distingui-lo dos outros. Os lavradores marginais, os trabalhadores migrantes, os biscateiros, os inválidos, os mestiços, os viúvos, os silenciosos, os malsucedidos. Menos de trinta pessoas presentes nesse dia, algumas delas vieram a pé. Parecem renegados de algum brusco rompimento ou expropriação. Há nelas algo de esvaziado e frouxo. Owen nota nelas olhares vagos e chega a uma simples moral. A miséria torna o mundo obscuro.

Essas antigas lembranças eram uma ficção no sentido de que ele podia separar-se da personagem, manter a distância que dava certa pureza a sua afeição. De que outra maneira poderiam os homens se amar a não ser na lembrança, sabendo o que eles sabem? Mas era necessário ter os detalhes certos. Sua inocência dependia disso, das formas e cores desse esquema que ele estava organizando, esse modelo infantil de um dia chuvoso em Kansas. Tinha de se lembrar corretamente.

O resoluto pregador espanca o ar enquanto fala, depois corta-o com gestos enfáticos. Nesse recinto de madeira rústica e luz mortiça, ele é um poder, uma força oculta. As pessoas estão ali para lutar umas com as outras, diz ele. Vão acertar, ver a luz e se entregar, não a ele mas ao Espírito. Quando falamos sobre a maravilha decadente do mundo, não nos referimos às florestas e planícies e animais. E nem à paisagem. Ele lhes diz que elas falarão como se o fizessem do útero, da alma pura antes do nascimento, antes do sangue e da corrupção.

Há muitos silêncios em seu sermão. Todas as promessas são espaçadas. Ele está criando uma dúvida e uma expectiva. Rajadas de chuva inundam os trigais das planícies altas. Deixem-me ouvir o lindo e sussurrante riacho, diz ele. E observa as pessoas, agora incitando-as silenciosamente. Alguém murmura alguma coisa, um homem na primeira fila. O céu se abriu, diz o pregador. A chuva está caindo.

Ele se move entre as pessoas, tocando um ombro aqui, uma cabeça ali, fazendo isso com rudeza, lembrando-lhes algo que esqueceram ou preferiram negligenciar. Há um Espírito ocultando-se aqui. Mostrem-me a escritura que diz que temos de falar inglês para conhecer a alegria de nos comunicarmos livremente com Deus. Ridículo, dizemos. Não existe tal documento. Paulo disse aos coríntios que os homens podem falar com a linguagem dos anjos. Em nossa época, podemos fazer o mesmo.

Façam o que quer que sua língua busca fazer. Vedem a velha língua e soltem a nova.

O menino está fascinado com a intensidade e o vigor do jovem pregador. É surpreendente, irresistível. Ouve atento a voz clara, observa o homem enrolar as mangas da camisa e lançar a mão nessa e naquela direção, tocando as pessoas, comprimindo-lhes a carne, sacudindo-as com força. A mãe de Owen está dizendo Jesus, Jesus, Jesus, baixinho, em seu banco, temerosa, exaltada. Há uma agitação na frente, um braço projetando-se no ar. O pregador se volta, caminha em direção ao altar. E fala com o homem, exortando-o. Não se apressa, não ergue a voz. O barulho e a pressão estão na cabeça de Owen. O pregador volta-se novamente para a congregação, vê o homem na fila da frente pôr-se de pé. O pai de Owen põe-se de pé.

Molhem-se, diz o pregador. Deixem-me ouvir o riacho sussurrante. De que estou falando senão de liberdade? Sejam vocês mesmos, só isso. Sejam livres no Espírito. Deixem que o Espírito os liberte. Vocês começam, o Espírito assume o controle. A coisa mais fácil do mundo. Só isso. Pulem para dentro do riacho, molhem-se. Posso ouvir o Espírito em vocês. Deixem que se mova e os sacuda. Estejam prontos, o Espírito está logo adiante, na curva da esquina, está chegando, vem a toda a velocidade. Quero ouvir aquele lindo riacho sussurrante.

Silêncio. O senso de expectativa é tremendo. O menino está gelado. O tempo parece parar sempre que o pregador faz uma pausa. Quando ele fala, tudo recomeça, tudo se move e salta e vive. Somente sua voz pode dar impulso ao serviço religioso.

Hora de se molhar, diz ele. *Hora de se molhar.*

No celeiro, a urna lunar invertida, ele se perguntou sobre os usos do êxtase, veja no grego, um deslocamento, um surgimento de êxtase. Era só isso. Uma liberdade, uma fuga da condição de equilíbrio ideal. O entendimento normal é ultrapassado, obliterados o ego e seu mecanismo. Será isso a inocência? Será a linguagem da inocência que aquela gente fala, palavras projetando-se para fora delas como pedras cuspidas? O profundo passado dos homens, o mundo transparente. Será que era por isso que eles ansiavam, com aquele terrível palavreado sagrado que carregavam pelo mundo afora? Ser os filhos da raça? Dormir. O sono de crianças fatigadas, a grande onda como um lençol branco que começou a dobrar-se sobre ele. Sentia-se exausto, fechou os olhos. Um pouco mais, um pouco mais longo. Era necessário lembrar, sonhar com a terra pristina.

Seu pai está de pé, ereto, olhos fechados, o ruído escoando dele, estranhamente calmo e comedido. Owen vê o pregador se aproximar. Seus olhos são brilhantes e desconcertantes. Tem antebraços vigorosos, com veias saltadas, veias escuras. Há vozes e regozijo, uma erupção de vozes, movimento aqui e ali. Essa fala é linda à sua maneira, invertida, indivisível, *ausente*. Não está bem ali. Passa por cima e através. Há ocasionais comentários estimulantes do pregador, suas reflexões sobre o que vê e ouve. Fala em tom de conversa sobre essas coisas tremendas.

Aquela gente era simples e franca, pensou o homem agachado no escuro. Era gente que merecia coisa melhor. Só o que tinham para os reconciliar com exaustão e derrota era aquele escasso lugar ao vento. Era uma gente honesta, lutando para progredir, cheios de bondade e de amor no coração.

As nuvens são debruadas de néon. A luz é metálica, iluminando a extensão da terra, os campos sinuosos, as antigas cidades em sua escrupulosa ruína.

Que Deus os abençoe.

— Que Deus os abençoe.

Sentado no pequeno quarto, imóvel, ele olhava para a parede.

Os olhos estavam ainda presos às velhas recordações, a cabeça pendida para o ombro direito. Havia uma estranha radiância em seu semblante, a mais exígua separação do homem de sua condição, a plena aceitação, a esmagadora crença de que nada pode ser feito. Imóvel. A narração fundira-se com o evento. Eu precisei de um momento para me lembrar onde estávamos.

— Você passou a noite toda no silo?

— Sim, naturalmente. Por que haveria eu de sair para vê-los matá-lo? Essas matanças zombam de nós. Zombam de nossa necessidade de estruturar e classificar, de formar um sistema contra o terror em nossa alma. Tornam o sistema igual ao terror. O meio de enfrentar a morte torna-se a morte. Será que eu sempre soube disso? Foi preciso o deserto para isso se tornar claro para mim. Claro e simples, responder à pergunta que você fez antes. Todas as perguntas são respondidas hoje.

— Será que foi sempre essa a intenção da seita, a zombaria?

— Claro que não. Eles nada pretendiam, nada queriam dizer. Somente combinavam as letras. Que lindos nomes! Hawa Mandir, Hamir Mazmudar.

A vassoura de galhos. As cores esbatidas de almofadas e tapetes. As silhuetas de objetos arrumados. As junções das tábuas do assoalho. A faixa de luz e sombra. As cores esbatidas da talha de água e do baú de madeira. As cores esbatidas das paredes.

Ficamos vendo o quarto escurecer. Calculei o tempo que levaria até ele estar pronto para narrar o final, até passar o silêncio. É isso o que eu estava aprendendo com os objetos do quarto e com os espaços entre eles, com o alívio consciente que ele projetava nas coisas. Eu estava aprendendo quando falar e de que maneira.

— Tente terminar — disse eu em voz baixa.

Duas pedras cobertas de sangue foram encontradas junto ao corpo nas cercanias da cidade do século xv, ao amanhecer, por uma mulher que fora buscar água ou por meninos a caminho dos campos. A essa hora, três homens estariam viajando no rumo oeste, deixando para trás uma mulher comatosa e mais dois homens, um morto, outro apenas sentado, imóvel. Finalmente, um chefe de polícia abriria caminho na acidentada trilha até os celeiros, e então um auxiliar seu interrogaria a única pessoa consciente, que estaria sentada na poeira, de olhos azuis e barba rala, sem documentos ou dinheiro, e provavelmente tentaria falar-lhes em algum dialeto do noroeste do Irã.

Os viajantes dispersaram-se sem uma palavra na região agreste antes da fronteira. O que usava roupas ocidentais, carregando uma pequena trouxa, tinha em seu passaporte um visto que só expiraria dali a meses. O passaporte incluía o carimbo do segundo secretário, embaixada do Paquistão, Atenas, Grécia, e levava acima do carimbo as iniciais daquele cavalheiro, escritas com letras elegantes.

Era interessante como ele escolhera acabar, impessoalmente, olhando como que de longe aquela gente desconhecida, as figuras que distinguimos pelas roupas. Não haveria mais comentários ou reflexões. Isso era adequado. Eu não tive problema em aceitar isso. Não queria refletir mais, com ou sem Owen. Já bastava vê-lo sentado ali, com olhos de coruja, no quarto que ele estivera arrumando a vida inteira.

As aléias estavam repletas de gente e barulho. Lâmpadas se enfileiravam presas em cordões sobre prateleiras de nozes e condimentos. Eu parava a cada poucos passos para ver o que havia ali, noz-moscada e macis vermelho, sacos de estopa com sementes de coentro e pimenta, sal grosso em pedras irregulares. Demorei-me junto às bandejas de matérias corantes e especiarias em pó, empilhadas em pirâmides, cores que eu nunca vira, cintilações, mundos, até finalmente chegar a hora de partir.

Saí da cidade velha sentindo que estivera empenhado numa disputa, de uma espécie singular e gratificante. O que quer que ele tivesse perdido em força vital, era isso o que eu havia ganho.

13

Persianas fechadas, roupas secando numa calma inerte em terraços e telhados. Há uma aura de harmonia formal na imobilidade que cai sobre certas cidades em determinados momentos do dia e da semana. Todo mundo concordou em desaparecer. A cidade é reduzida a superfícies, planos de luz e sombra. Para a figura solitária, andando por tais ruas, o silêncio tem a força combinada de algo decidido em comum acordo. É uma prática rigorosa, o desejo de enfeitiçar as coisas.

Era mais ou menos o que eu estava pensando quando começou a discussão. Um homem e uma mulher num porão, gritando um com o outro. Atravessei a rua e entrei, pela abertura de uma cerca, no bosque de pinheiros, onde me sentei num banco como um velho resmungão. Os gritos cresceram em volume, as vozes superpondo-se. Era o único ruído nessa tarde de fim de semana, exceto pelos táxis em frente ao Hilton, monopolizando o sofrimento do começo do verão. Ao longo da rua, portas de varandas começaram a se abrir lentamente. A voz da mulher culminou num grito amargo. Vizinhos apareceram nas varandas, olhando para as janelas do porão. O homem estava possuído de uma fúria rouca, a mulher falava aos borbotões. Várias pessoas saíram à rua, seguidas de outras, gente de pijama, camisola, túnica e calção, crianças apertavam os olhos na luz. Todos ouviam as vozes abaixo, a princípio cuidadosamente, tentando saber do que se tratava. Em seu desalinho, eles eram figuras estranhamente meticulosas, atentas, corpos mantidos em equilíbrio enquanto tentavam compreender, ser razoáveis e justos. Então um homem de calção listrado deu um grito, mandando que fizessem silêncio. Um velho careca, de pijama azul, repetiu a queixa, também gritando. De todas as varandas ocupadas, vozes gritavam por silêncio, silêncio, uma onda breve e forte. Logo a discussão amainou, transformando-se numa troca de murmúrios, e as pessoas retornaram aos quartos, fechando as portas com persianas.

Eu me sentia feliz por estar de volta. Havia o jantar com Ann, havia cinco novas páginas do romance não ficcional de Tap. Em meu escritório, a mesa estava coberta de ordenadas pilhas de documentos, que eu não via a hora de examinar e reordenar; roseiras com flores cor-de-rosa e cor-de-coral subiam por todos os seis andares de um edifício distante alguns quarteirões. No entanto, mais tarde naquele dia, quando pensei na caminhada que havia feito, não foram as ruas abandonadas que recordei, nem a modorra secular. Foram as duas vozes, o homem e a mulher enraivecidos, brigando.

Colúmbia Britânica. Eu sabia duas coisas sobre Vitória. Era "inglesa" e era "chuvosa". Não tinha a menor idéia de qual o tipo de casa em que moravam, qual era a aparência da rua, como era a rotina diária deles. Ele andava ou tomava ônibus para ir à escola? Ônibus comum ou escolar? De que cor era o ônibus? Essas coisas tinham uma importância obsedante. Estas eram as coisas que meu próprio pai sempre queria saber a respeito de minhas andanças pelo mundo. Seu catecismo de coisas mínimas e acidentais. Agora eu percebia onde ele queria chegar. Ele queria formar um quadro detalhado no qual pudesse colocar a pequena figura, a solitária figura. A única segurança está nos detalhes. Aqui temos uma ou duas certezas, fatos triviais e condições meteorológicas que ligam pessoas distantes. Ele costumava me perguntar sobre a iluminação nas salas de aula, quanto tempo levávamos no recreio, que crianças eram incumbidas de fechar as portas do vestiário, segurando as reentrâncias para fazer deslizar os painéis. Essas eram perguntas formais, dirigidas a mim aos magotes. Eu tinha de lhe dar nomes, números, cores, qualquer coisa que pudesse coletar. Isso o ajudava a me ver como um ser real.

Eu não possuía detalhes úteis das idas e vindas de meu filho, nada que fosse claro, intacto. Tinha dificuldade em vê-los, ver Kathryn andando pela cidade. No único ano que tínhamos passado em South Hero, nas ilhas Champlain, havíamos atravessado um profundo e vazio inverno, caminhado em nevascas e na superfície desorientadora do lago (homens em cabanas de pescaria atrás de perca e salmão). Como ela gostava daquilo, a natureza em plena forma, alerta e pura. Eu não poderia ter sabido como um dia aquele inverno ia me parecer puro, vívido nos detalhes, como se tivesse sido posto de lado para uso futuro. Tínhamos nossa paisagem de meditação e rústico amor, vivendo os bons e os maus dias. Eu podia ver nitidamente o lugar, ver os dois nele, até mesmo na textura de seus suéteres de lã Shetland. O que eu precisava era de um senso do presente, os dias vividos por eles, as coisas que os cercavam. Eles tinham se removido da minha experiência de lugares reais.

Quem eram quando eu não estava presente? Que segredos estavam guardando? Eu os conhecia de maneira mais simples, a acumulação, a concentração natural de horas. Será uma limitação pessoal ou uma teoria do universo que faz com que eu diga que isso é só o que conta? É a isso que o amor se reduz, coisas que aconteceram e o que dizemos a respeito delas. Certamente era isso que eu queria de Kathryn e de Tap, o amor sorvido em conversa corriqueira e bate-papo familiar. Queria que eles me dissessem como tinham passado o dia.

Naquela noite, Ann apoiara-se no parapeito de seu terraço, de frente para a porta onde eu me achava em pé com um drinque. Ainda havia claridade, era muito cedo para se ir jantar, e ela me contava que Charlie tinha acabado de se envolver com um grande projeto no golfo Pérsico. Ele ia fazer parte de uma equipe responsável pela segurança da usina de gás liquefeito na ilha Das, que devia começar a funcionar no final do ano. Citara pelo telefone uma série de dados. Centenas de milhões de metros cúbicos de gás por dia, tonelagem anual de butano, propano, enxofre. Ele estava entusiasmado, os árabes estavam entusiasmados. Os japoneses, que já tinham contrato para a maior parte do gás processado, também estavam entusiasmados. A aparelhagem de segurança era uma maravilha de engenharia, e Charles mal podia esperar para começar.

— Quando isso vai acontecer?

— Ele vai estar aqui depois de amanhã. Uma semana depois voa para Abu Dabi e se instala em sua ilha.

— Verão no golfo.

— É uma sorte formidável! Estamos ambos um pouco aturdidos com isso. Ele precisa sentir-se imerso numa coisa assim, algo inteiramente novo.

— Sistemas complexos, conexões infindáveis.

— Creio que essas coisas lhe trazem paz. Paz e repouso. Por falar nisso, ele quer conversar com você. Pediu-me para não deixar James sair da cidade. Amarre-o e amordace-o, se necessário, disse ele.

— Estou ansioso por rever o velho pilantra. Faz tempo que não nos encontramos.

— Iremos a Micenas enquanto ele estiver aqui. É a mesma época do ano.

Sinetas de cabras e papoulas silvestres. Ele adora sentar-se no alto das ruínas do palácio quando não há mais ninguém por perto. O vento tem um som espectral, soprando entre aquelas colinas. Micenas é o seu lugar preferido, como Delfos é o meu. Sangue e aço. É o que ele diz sobre Micenas. Rochas maciças, gritos de guerra, algo antigo que alega reconhecer, mas não consegue definir para mim.

Esta noite, reli as páginas de Tap. Eram cheias de pequenos incidentes, momentos de descoberta, coisas que o jovem herói vê e sobre as quais se põe a meditar. Mas nada importava tanto nessa segunda leitura como o número de intrépidos erros de ortografia. Achei hilariantes aquelas palavras estropiadas. Ele as tornava novas, fazia-me ver como funcionavam, como realmente eram, coisas antigas, secretas, transformáveis.

Há um velho encanecido, um labrego, como é chamado no texto, que machuca a perna ao cair durante uma bebedeira. O suporte que ele usa para se locomover é algo que todos nós conhecemos. Inclui uma peça em cruz para encaixar debaixo do braço e é geralmente feita de madeira — no caso em questão a madeira de uma árvore de casca branca. Chama-se muleta de bútula.

O termo, como estava escrito, substituía com exatidão a palavra correta. Ele recuperava a poesia daquelas palavras, a forma tosca desgastada pelo uso. As outras palavras mal escritas eram ainda mais desvairadas, uma procura de liberdade, e pareciam conter curiosas percepções sobre as próprias palavras, significados secundários e mais profundos, acepções originais. Agradou-me acreditar que Tap não era totalmente inocente nesses erros. Minha impressão era que percebia os erros mas os mantinha por exuberância e admiração astuciosa e o desejo inarticulado de me deliciar.

Charles Maitland estava sentado sozinho na quietude escura do bar do Grande Bretagne, uma pausa no meio da tarde. Ergueu os olhos quando me viu entrar. Seu rosto se abriu num sorriso, com uma espécie de brilho tigrino no olhar.

— James, seu safado! Sente-se, sente-se.

— O que você está bebendo? Quero um drinque longo e gelado.

— Longo e gelado? Que pedido matreiro!

— Do que está falando?

O *barman* não se achava no bar. Eu o ouvi falando com um garçom em alguma sala dos fundos.

— Sempre pensei que George Rowser era um idiota. Mas não sou eu o idiota?

— Por que é um idiota, Charlie?

— Ora vamos!

— Não sei aonde quer chegar.

— Não sabe, não sabe. Uma ova, Axton, seu safado! Eu nunca sequer suspeitei. Nunca imaginei. Você era danado de bom. Não me importo de lhe dizer que fico impressionado, até com um pouco de inveja, sabe? Já faz um ano, não é, desde que nos conhecemos. E você nunca deu um passo em falso. Nunca me deu motivo para duvidar.

O garçom apareceu. Charles pediu um drinque para mim e depois simplesmente me olhou, examinando-me como que em retrospectiva, tentando descobrir o que poderia ter-lhe escapado e lhe desse uma pista. Uma pista para o quê? Insisti em que ele explicasse.

— Aprecio sua atitude — disse ele. — É a única atitude profissional. Mas o canal foi desativado, não é verdade? Você está se abrindo com um amigo.

— Que canal?

— Ora vamos!

Ele estava esfusiante de admiração e prazer, corado, sacudindo um fósforo na ponta do cigarro. Decidi esperar que se explicasse. Falei sobre seu trabalho no golfo Pérsico, congratulei-o, perguntei pormenores. Quando eu estava na metade de meu drinque, ele tornou a tocar no assunto, receoso de ser excluído dele.

— Engraçado como me ocorreu ver o relatório. Não me mantenho mais tão informado como costumava. Era meu hábito ler cada palavra naqueles sumários e vistorias.

— O que dizia exatamente o relatório?

— Somente que o Northeast Group, uma firma americana que vende seguro de risco político, tem ligações com a CIA desde a sua fundação — disse ele sorrindo. — Fontes diplomáticas etc.

Julguei necessário fixar os olhos no outro lado da sala, concentrando-me em fatos passados, olhando para a meia-luz, como uma ilustração de alguém estudando um objeto. Dois homens entraram falando em francês.

— Naturalmente você sabia de antemão o que ia acontecer. Sabia que a coisa ia estourar.

— Rowser sabia.

— Foi por ele que você soube?

— Ele é muito jeitoso para alguém que sua e se contorce — disse eu. — Onde exatamente viu o relatório?

Sorrindo, fazendo o jogo.

— Se apareceu em mais de um lugar? Duvido. Muito cedo para isso. O *Relatório sobre a Segurança no Oriente Médio*. Eu costumava lê-lo sempre. Ultimamente não o tenho lido. Mas continuo assinando. Acontece que vi o último exemplar enquanto estava no golfo. Tinha acabado de ser publicado. O exemplar do ministro do Petróleo.

— É assim que ele é chamado, o ministro do Petróleo?

— Ministro do Petróleo e Reservas Minerais.

— Muito bem.

— Você foi danado de bom, James. Todo esse tempo mantendo um diálogo paralelo com a CIA. Nunca pensei que George Rowser fosse capaz disso. Um dia desses, preciso dizer-lhe que o julguei mal.

— Como foi feito?

— Do jeito que eles costumam fazer as coisas. Você sabe tão bem quanto eu. Melhor, sem dúvida. "Fontes diplomáticas chegando a Londres de Bagdá e Amã informam que funcionários da segurança no Oriente Médio descobriram uma ligação etc. etc." O que tenho curiosidade de saber é se sua firma existe realmente ou é apenas uma conveniente fonte de informações. Não que eu esteja perguntando, compreenda. Eles expuseram apenas as linhas gerais. Sei que é possível que haja muito mais e deve ser muito interessante, assim espero que um dia você me conte, James.

— Termine seu drinque. Vamos tomar outro.

— Não contei a Ann. É pouco provável que esse tipo de informação especial num boletim confidencial chegue ao conhecimento do público em geral. Aqueles cujo negócio é saber, certamente saberão. O resto continuará como sempre. Se o seu passado não é mais um segredo total, há sempre o seu futuro a considerar. Achei melhor não dizer a ninguém, nem mesmo a Ann. Sem dúvida seus planos já devem estar agora muito avançados. Vai precisar de todo o espaço possível para manobrar.

Que piada — e ninguém com quem a partilhar. Rowser me levara ao túmulo Mogul para me contar de uma maneira indireta o que eu acabara de ouvir de Charles. Eu deixara de ouvir, de compreender. À sua maneira Rowser quisera prestar-me um favor. Estava se demitindo porque a notícia logo ia aparecer, e ele queria que eu fizesse o mesmo. Esse é o mal dos otários. No final, temos de salvar-lhes a pele. Presumindo que eles saibam que existe alguma coisa de que precisam ser salvos.

Contive-me para não me embriagar. Charles dirigiu-me outro dos seus olhares respeitosos quando nos despedimos do lado de fora do hotel. Voltei para o escritório e mandei por telex meu pedido de demissão. Não era fácil sentir-me cheio de razões a esse respeito.

A sra. Helen estava à sua mesa, aprontando-se para encerrar seu dia e sair. Dera agora para usar blusas de gola ou lenços de seda para esconder as pregas do pescoço. Eu lhe contei o que soubera. O lenço azulão que ela usava dava a essa notícia uma leve pungência. Eu disse que estava deixando imediatamente a firma e sugeri que talvez fosse uma boa idéia ela fazer o mesmo. Alguém poderia logo aparecer, um funcionário do governo, um jornalista, um homem com uma quantidade de explosivos.

— Pé-pé-pé-pé-pé-pé-pé — disse-me ela.

Mas no dia seguinte eu estava de volta ao escritório, tomando chá e girando lentamente em minha poltrona. Uma espiada de vez em quando em nossos arquivos. Talvez só se tratasse disso. Dados para análise. E aqueles nossos cálculos finamente sintonizados, aquelas fileiras de números virgens. Realmente, parecia quase inocente enquanto eu revolvia isso tudo em minha mente. Rowser deixara-os ver nossos fatos e números — números que, de um modo geral, havíamos colhido abertamente. Mas eu não podia dar um jeito de estender a aparente mediocridade do crime ao meu próprio envolvimento cego. Os que se envolviam conscientemente eram menos culpados do que os que excutavam seus desígnios. Restaria aos involuntários pensar nas conseqüências, elaborar precisamente as distinções implicadas, as margens de culpabilidade e arrependimento. O que Rowser recebia em troca de sua boa ação, eu não sabia nem me interessava. Talvez ele fosse um funcionário da agência, talvez apenas um colaborador ou um otário mais graduado.

Se os Estados Unidos são o mito vivo do mundo, então a CIA é o mito americano. Todos os temas estão lá, em camadas de silêncio, burocracias inteiras de silêncio, em conspirações e astúcias e brilhantes traições. A agência adquire formas e aspectos, encarnando qualquer coisa de que precisemos em determinado momento para conhecermos a nós mesmos ou desabafarmos. Dá um tom clássico a nossas emoções corriqueiras. Tomando chá, rodando pelo quarto, eu sentia uma vaga dor que parecia conduzir ao passado, perturbando superfícies em seu caminho. Esse meu erro, ou fosse o que fosse, essa incapacidade de me concentrar, de ocupar um centro sério — tinha o efeito de justificar tudo o que Kathryn jamais dissera a meu respeito. Toda a insatisfação, as queixas brandas, todo o amargo ressentimento. Era tudo retroativamente correto. Era aquela espécie de erro, ilimitado em conexão e extensão, que fazia brilhar uma segunda luz em qualquer coisa e em tudo. Na maneira que eu às vezes tinha de olhar as coisas como ela poderia olhá-las, via-me como o objeto de sua compaixão e amor remanescente. Sim, ela decidira ter pena de mim, perdoar-me pelo lapso atual, se não pelos outros. Isso me animou consideravelmente.

Cedo ou tarde eu teria de apanhar o telefone e empreender uma delicada troca de palavras com Ann Maitland. Telefonei logo antes do meio-dia, uma hora em que era provável que ela estivesse em casa, e Charles dando uma volta a pé. Mas não houve resposta. Lembrei-me de que eles estavam em Micenas, ouvindo o vento.

Dentro de três ou quatro semanas, Tap entraria em férias. Meu plano era encontrá-lo na casa de meu pai em Ohio, depois voltar de carro com ele para Vitória, uma distância longa o suficiente para testar sua predileção por viagens de carro. Lá eu veria minha mulher, passaria mais tempo com Tap, decidiria o que fazer depois. Alguma coisa a datilografar, uma volta à vida de *freelance*. Mas onde iria viver? Em que lugar?

Quando o telex começou a funcionar, deixei o escritório e fui caminhar no Parque Nacional entre lírios e palmeiras.

Dois dias depois, vi Ann na feira de rua perto de meu edifício, a feira de sexta. Ela estava examinando um melão, revirando-o, apalpando-o com o dedo.

— Você tem de apertá-lo bem aqui, na parte de baixo. Este homem está zangado comigo. Gosta de apalpar o melão ele mesmo. Veja como está resmungando. Estou tocando em seu melãozinho de começo da estação.

Ela entregou a fruta ao homem, que a colocou num dos pratos de uma velha balança. Um mendigo com um Panasonic tocava uma música ruidosa. Caminhamos lentamente pelo meio da rua, entre barracas de homens berrando preços.

— Estive pensando em algo. É constrangedor.

— No que esteve pensando?

— Andreas. Você o tem visto?

— Pensei que você tivesse entendido que o caso acabou.

— Há uma coisa que eu gostaria de ter explicado a Andreas.

— Não pode você mesmo fazer isso?

— É ridículo, mas não sei como entrar em contato com ele. Não encontro seu nome na lista telefônica.

— Você tem uma lista telefônica? Que sorte a sua!

— Fui até o Hilton. Há uma lista no Hilton.

— Não sei, James. Talvez o telefone não esteja no nome dele. Tenho certeza de que posso me lembrar do número, se você o quiser.

— Você está aborrecida.

— Quer falar com Andreas. Por que não haveria de falar? Mas ele não está em Londres?

— Eu esperava que você pudesse me dizer onde encontrá-lo.

— Pensei que você tivesse compreendido.

— As pessoas estão sempre dizendo que terminaram casos.

— Mas não se deve acreditar nelas. Não é isso?

— Onde ele mora? Onde morava em Atenas quando vocês dois se encontravam?

— Não pode entrar em contato com ele através da sua firma? Esta é a solução óbvia. Telefone para Londres, telefone para Bremen.

— Onde morava ele?

— Não longe do aeroporto. Um lugar horrível. Duas lajes sobre quatro estacas, tudo de concreto. A rua desaparece numa vegetação rala abaixo do Himeto. No verão a rua embranquece como se tivesse sido alvejada. A poeira fica pairando no ar. Cinco centímetros de pó sobre móveis e assoalhos. Tentei uma vez perguntar-lhe por que morava naquele lugar. Ele teve um acesso de machismo grego. Visivelmente, não era pergunta que eu pudesse fazer.

— Para Andreas não importava onde estivesse morando. Não creio que ele repare em coisas assim.

— Não, acho que ele não repara. O que você sabe que não está me contando?

O vendedor de bilhetes de loteria estava parado no final da rua, entre os que comerciavam flores e potes de barro, repetindo sempre as mesmas palavras insistentes. Um apelo para comprar, para agir, para viver. O risco era pequeno, o preço, baixo. Os tempos não seriam sempre tão bons assim.

Hoje, hoje.

Durante dois dias, liguei muitas vezes para o mesmo telefone. Em quatro delas atendeu um velho cujo número tinha seis dígitos, um menos do que aquele para o qual eu estava ligando. Os números eram exatos até certo ponto, mas faltava o resto. Eu precisava de nove algarismos. Outras vezes, só havia um barulho 'na linha, um zumbido congelado.

Eu não queria ser vítima de um mal-entendido.

Tomei um táxi para o endereço que Ann me dera. Subi uma escada externa até o segundo andar do prédio, espiei pelas janelas empoeiradas. Abandonado. No primeiro andar, uma mulher com uma criança pequena nos braços ouviu minhas perguntas fragmentadas sobre o homem que vivia no andar de cima. Quando terminei, ela me dirigiu o olhar clássico, de sobrancelhas erguidas e acompanhado de um muxoxo. Quem sabe, quem se importa?

Assim, sentei-me em meu terraço, vendo a luz mudar, ouvindo remotamente o lamento da corneta de chifre de carneiro da quarta e última hora do *rush* do dia. Eu não tinha planos. Não deixaria o país antes de três semanas. Queria levantar-me cedo, correr nos bosques, estudar grego (agora que tinha tempo), passar dormindo as tardes vazias, sumir nos espaços. Evitaria pessoas, deixaria de beber, escreveria cartas a velhos amigos. Não havia planos mas apenas formas particulares, contornos para uma figura humana. Eu me sentaria e ficaria observando.

Seria claro para ele que quaisquer dados passados à CIA, ao Centro de Avaliação Estrangeira dela, aos escritórios no Iraque, Turquia ou Paquistão, não tinha ligação alguma com os negócios na Grécia? Compreendia ele que simplesmente estávamos sediados em Atenas e que não coligíamos informações locais? Claro que compreendia. As perguntas tinham de tomar uma forma diferente. Quem era ele? Até onde iria para conseguir o que queria? E o que queria?

Um silêncio pareceu cair. Vi um fulgor surgir atrás da montanha, uma chuva de luz alaranjada, que subia. Depois a curva mais elevada da lua apareceu na crista da montanha e foi se elevando aos poucos, plenamente iluminada, um modelo de cálculo de pura ascensão. Logo libertou-se da massa escura da montanha, começando a abobadar para oeste, em prata e cintilação, agora um objeto frio, longe do sangue da terra, do ardor da terra, mas lindo, vigoroso, luminoso.

O telefone tocou duas vezes, depois silenciou.

Ela tinha o tipo de pele clara que parecia absorver luz, quase proporcionar uma passagem para a luz. Talvez fosse o seu jeito sincero que aumentava a impressão de uma textura tão aberta — isso e sua imobilidade, a maneira como apanhava o que estivesse no ar, juntava objetivamente, nossa conversa, nossas queixas do mundo. Lembro-me de como certa vez ela virou a cabeça, expondo-a ao sol, sua orelha esquerda incandescente, o contorno e as espirais externas, a luz se insinuando delicadamente, e de como pensei que aquele era o momento que eu relembraria quando quisesse pensar em Lindsay dali a anos, a bruma que orlava seu lóbulo macio.

Eu lhe disse que breve iria ver Tap. Subimos lentamente a rua que tinha o nome de Plutarco, curvados pelo esforço. O céu acima de Licabeto parecia nesse dia uma ilha do céu, saturado de cor, profundezas azuis e ressonâncias. Essa impressão de ilha era realçada pela capela caiada no topo da colina, a presença protetora, não tão circundada pelo céu mas aderindo a ele, pertencendo-lhe.

— Você vai ver Kathryn?

— Se ela não estiver vivendo em algum buraco na costa.

— Ela lhe escreve?

— Ocasionalmente. Em geral com alguma pressa. As últimas linhas são sempre rabiscadas. Mesmo nas cartas de Tap, não sinto a presença dela. Não deveria haver uma impressão de sua presença por trás das cartas? Ocorreu-me recentemente que ela não lê mais as cartas dele. De certa forma, as cartas de Tap contam-me mais sobre fatos, coisas essenciais, do que as dela. Trocamos alguma sensação de nós mesmos através dele. Uma sensação misteriosa, uma intuição. Porém não sinto mais a presença dela. É outra conexão que se encerrou.

— Você não sente a presença dela mas ainda a ama.

— Dou importância demasiada ao amor. Isso é porque nunca fui maciçamente tomado pelo amor. Ele nunca foi uma obsessão para mim, uma busca obsessiva de alguém ou alguma coisa. Pode-se romper com obsessões. Ou elas simplesmente se dissolvem. Mas isso aconteceu lentamente. Cresceu ao meu redor. Cobriu tudo, tornou-se tudo. Eu lhe digo o que é o choque. Viver separado é o choque, a apreensão. Isso é o que eu registro a cada dia, obsessivamente.

— Em romances, ultimamente, o único amor real, o único amor incondicional com que me deparei é o que as pessoas sentem por animais. Golfinhos, ursos, lobos, canários.

Começamos ambos a rir. Não sabíamos se isso era um sinal de algum colapso moderno. Amor desviado, amor que não podia funcionar quando era dado a um homem ou a uma mulher. As coisas tinham de funcionar. Somente crianças pequenas e animais não domesticados podiam fornecer as condições nas quais o amor de uma pessoa podia encontrar um meio de se tornar perfeito, não ser dissolvido, repudiado, derrotado. O amor estava se tornando místico, pensávamos nós.

— Quando vocês vão ter filhos?

— Somos os nossos próprios filhos.

Ela sorriu com aquele seu jeito especial, um jeito que ia se aprofundando, talvez achando graça por ter se deparado com uma verdade. Pretendera apenas fazer uma pequena brincadeira, mas encontrara algo na frase que a fez ter vontade de pensar a esse respeito.

— Seriamente, você devia ter filhos.

— E teremos. Queremos tê-los.

— Quando ele vai voltar?

— Amanhã à tarde.

— Onde está ele?

— Está anotado em algum papel por aí. Cidades, hotéis, companhias aéreas, número de vôos, horas de chegada e partida.

Caminhamos sob as alfarrobeiras, a uns cinqüenta metros do ponto onde a rua começa a subir em quatro ou cinco níveis, em direção aos pálidos penhascos.

— Esta é a conversa que íamos ter sobre Rodes — disse eu.

— Quando ele foi nadar?

— Ele nos deixou na praia. — Houve uma pausa profunda. Pretendíamos ter uma conversa importante sobre certas coisas.

— Não consegui pensar em nada. E você?

— Também não.

— Aquele foi o único dia em que não choveu — disse ela.

— Quando todos nós nos comprimíamos em minha varanda, passando de mão em mão o uísque de David.

— Oh, aquele delicioso pôr-do-sol.

Decidimos que já tínhamos ido bastante longe. Havia uma pequena loja estreita, uma mercearia que tinha pouco mais a oferecer do que iogurte, manteiga, uma pirâmide de embalagens de leite alemão. Duas cadeiras e uma pequena mesa de metal estavam na calçada, esperando por nós.

— Você devia tornar a visita permanente — disse ela. — Fique lá, veja o que pode acontecer.

.— Chove.

— Não é que não queiramos você de volta.

— Ela escolheu de propósito um lugar chuvoso.

— Como o mundo é grande! Insistem em nos dizer que o mundo está ficando cada vez menor. Mas não é verdade. Tudo o que aprendemos sobre ele torna-o maior. Tudo o que fazemos para complicar as coisas torna-o maior. É tudo uma complicação. É um enorme emaranhado de coisas. — Ela começou a rir. — Os meios de comunicação não encolhem o mundo, tornam-no maior. Aviões mais rápidos tornam-no maior. Dão-nos mais coisas, ligam mais coisas. O mundo não está em absoluto encolhendo. Gente que diz que ele está encolhendo nunca voou pela Air Zaire numa tempestade tropical.

Eu não sabia o que ela queria dizer com isso, mas soava engraçado. Soou engraçado também para ela, que pôs-se a rir ao mesmo tempo que falava.

— Não admira que as pessoas procurem cursos para aprender alongamento e flexão. O mundo é tão grande e complicado que não confiamos em nós mesmos para encarar sozinhos coisa alguma. Não admira que as pessoas leiam livros que lhes dizem como correr, andar e sentar. Estamos tentando nos manter em dia com o mundo, com seu tamanho e complicações.

Fiquei olhando-a rir. Ela estava usando o mesmo vestido cor-de-jade com que fora nadar naquela noite de verão.

Eu não corria por prazer. Corria para continuar interessado em meu corpo, para me manter informado e estabelecer um padrão de esforço, um critério estabelecido, um limite em que me situar. De puritano eu tinha apenas o suficiente para pensar que devia haver alguma virtude em coisas rigorosas, embora tivesse o cuidado de não exagerar.

Eu nunca usava roupas formais. *Shorts*, camiseta, meias até os joelhos. Tênis de corrida, uma camisa leve e *jeans*. Corria disfarçado de pessoa comum, alguém percorrendo os bosques.

O chão de terra começava a desbotar na secura e no calor. Eu me ouvia respirar, encontrando uma cadência narrativa no som, um comentário sobre meu progresso. Tinha de dar passadas largas atravessando valas e depois impulsionar e ondear ladeiras acima. Essas mudanças de ritmo eram parte de minha infelicidade. Eu tinha de me abaixar sob os galhos e árvores menores.

Eram sete horas da manhã. Eu me achava numa das trilhas mais elevadas, perto da estrada pavimentada que segue em curva até o anfiteatro. Dois tiros soaram mais abaixo. Diminuí o passo mas continuei andando, com os braços ainda flexionados junto à cintura. Pensei em ir até o final da trilha, fazer meia-volta, retornar trotando pelo mesmo caminho, descer até a rua e ir para casa tomar o café da manhã. Soou um terceiro tiro. Deixei cair as mãos, passando a caminhar ao longo da trilha, espiando entre os pinheiros espaçados. A claridade difundia-se com especial suavidade, uma neblina cor-de-âmbar nas árvores.

Vi poeira erguendo-se no final de uma comprida vala perto do atalho acima da rua. Eu estava esperando por algum mecanismo que assumisse o controle, me dissesse o que fazer. Um homem surgiu em meio à poeira, escalando a colina, tentando correr até o meio da vala rasa, escorregando nas pedras e no entulho que deslizara até ali ou fora jogado, jornais, lixo. Recuei, mantendo meus olhos nele, recuei lentamente para os degraus que levavam a um mirante junto ao caminho. Não queria tirar os olhos dele. Achava que assim que eu me voltasse, ele iria ver-me.

O homem tinha uma pistola na mão direita e segurava não a coronha mas em torno do gatilho e do cano, como um objeto que fosse jogar fora. Agachei-me junto aos degraus. Ele subiu numa elevação, ofegante. Era de estatura média, uns vinte anos, usava *jeans* com a barra virada e sandálias. Quando me viu, ergui-me depressa e me imobilizei, de punhos cerrados. Ele me olhou como se quisesse perguntar-me a direção, aturdido, afastando a arma do quadril, o braço curvado. Então correu para a direita, embrenhando-se no matagal à margem da estrada pavimentada. Eu podia ouvir o ruído áspero que suas calças faziam em contato com as ramagens espinhosas. Depois ouvi sua respiração, enquanto ele corria colina abaixo, seguindo a estrada que desce em curva para o norte e chega ao nível da rua.

Fui até a borda da rampa. Havia uma linha nítida de visão entre os galhos mais baixos do bosque. Vi alguém se mover, uma figura no chão. Senti uma dor aguda no cotovelo. Devo ter esbarrado em alguma coisa.

Desci a rampa, indo de árvore em árvore, usando-as para me proteger e controlar minha velocidade. Queria ser consciencioso. Sentia um impreciso senso de dever. Havia algo certo e algo errado em tudo aquilo, e envolvia os detalhes de ações e percepções. A casca das árvores era áspera e estriada, escamosa ao contato de minhas mãos.

Era David Keller. Ele fez um esforço para tentar se sentar. Suas costas estavam cobertas de pó, a camisa, o pescoço e a cabeça. Agulhas de pinheiro pendiam da camisa. Ele respirava pesadamente. O som de homens respirando, o ruído humano, homens correndo nas ruas.

Disse seu nome e aproximei-me lentamente de seu campo de visão, circundando-o, tomando o cuidado de não o assustar. Ele estava sentado a vários metros do caminho, entre uma meia dúzia de pedras bastante grandes, e usava uma delas para se firmar, procurando uma posição menos dolorosa. Um fungo cor-de-ferrugem manchava as pedras. A princípio pensei que fosse sangue. O sangue alastrava-se sobre seu ombro esquerdo, pingando no pulso e na coxa.

— Eram dois — disse ele.

— Eu vi um.

— Onde estava você?

— Correndo. Lá em cima.

— Você está bem?

— Ele correu para o outro lado.

— Conseguiu vê-lo?

— Ele usava *sandálias* — disse eu.

— Eles esperaram demais. Queriam me atingir à queima-roupa. Creio que estavam tentando ser disciplinados. Contiveram-se, esperaram. Mas eu o vi. Vi a arma, e corri direto para ele, direto. A surpresa foi imensa para ambos. Avancei o mais rapidamente que pude. Simplesmene avancei para ele. Estava com raiva, furioso. Vi a arma e me arremessei. Acho que ele atirou uma vez. Foi o tiro que me atingiu. Eu estava quase em cima dele quando o vi apertar o gatilho. Então aparece o outro e atira. Estou por cima do primeiro, sua arma está presa debaixo de nós. O outro estava lá a menos de cinco metros de distância, junto àquelas árvores. Ele dá mais um tiro. O primeiro homem se desvencilha e foge correndo. Saltou por cima da vala e pulou aquele muro. Perdeu a pistola. Creio que ele ainda está na vala.

Falar aumentou sua dificuldade de respirar. Ele lambia os lábios e depois enxugou o suor das costas da mão, levando-a à boca. Sangue pingava em seu brilhante calção vermelho.

— Está muito ferido?

— Dói como o diabo. Vem vindo alguém?

Vi vários homens parados junto ao muro do prédio no outro lado da rua, olhando-nos. Acima deles, de ambos os lados da rua, havia pessoas nas sacadas, de roupão e pijama, observando em silêncio.

— Eu estava esperando por isso — disse ele. — A única dúvida era em que país seria e como eles agiriam. Podia ter sido pior, meu velho. Melhor acreditar nisso.

Lindsay achava-se no corredor do hospital, esperando que eu me aproximasse. Ela irradiava medo. Tive receio de tocá-la.

Apareceu um homem do Ministério da Ordem Pública. Sentou-se na cozinha bebendo Nescafé. Era de meia-idade, um fumante inveterado, cujo modo enérgico e autoritário derivava quase inteiramente do manejo dos cigarros e do isqueiro. Perguntei-lhe se alguém tinha reivindicado responsabilidade pela ação. Era assim que nos referíamos ao que acontecera. Era uma ação.

Sim, telefonemas haviam sido dados a diversos jornais. Um grupo que se denominava Iniciativa Popular Autônoma declarara-se responsável. Ninguém sabia quem eram eles. Considerando como havia atuado, disse ele, restava ainda decidir se o grupo devia ou não ser levado a sério. A arma encontrada no local do crime era uma pistola de 9 mm chamada cz-75, fabricada na Tchecoslováquia.

Ele me perguntou o que eu vira e ouvira.

No dia seguinte, veio outro visitante, um homem da seção política da embaixada dos Estados Unidos. Mostrou-me suas credenciais e perguntou se eu tinha uísque escocês. Disse que acabara de fazer uma simpática visita a David Keller no hospital. Fomos para a sala de estar, onde fiquei esperando que ele me perguntasse sobre meu emprego e contatos com pessoas locais. Ao invés, perguntou-me a respeito do Banco Mainland. Eu lhe disse o pouco que sabia. O banco emprestava dinheiro à Turquia, quantias vultosas. Tinha apenas um escritório de representação na Turquia — nenhum banco estrangeiro tinha uma filial habilitada — portanto esses empréstimos eram aprovados pelo escritório de Atenas. Ele sabia disso tudo, embora não o dissesse. Tinha a aparência de quem fora um menino gordo, branco-leitoso, pele lisa, asmático. Era incompleto sem sua bem-amada corpulência, aludindo a ela cada vez que se movia, um homem de andar macio, abaixando-se cuidadosamente para se sentar, cruzando cuidadosamente as pernas.

Fez algumas perguntas sobre minhas viagens a países da região. Várias vezes tentou abordar o assunto do Northeast Group, mas sem nunca pronunciar o nome, nem tampouco fazer uma pergunta direta. Deixei passar as vagas referências, não prestei nenhuma informação voluntária, fiz muitas pausas. Ele ficou ali sentado, com o drinque na mão, a base do copo enrolada num guardanapo de papel que encontrara na cozinha. Foi uma conversa estranha, cheia de comentários ambíguos e subtextos obscuros, perfeita à sua maneira.

Mas atrás de quem estavam eles realmente?

Esta é a questão, algo que não posso resolver. Eu estivera correndo à mesma hora durante seis dias seguidos. Nenhum sinal de David àquela hora, exceto no último daqueles dias. Estariam eles esperando por mim? Teria David precipitado a ação investindo contra os pistoleiros antes de eles perceberem que esse não era o homem que queriam? Ou simplesmente tinham-se enganado tomando-o por mim? Haveria uma curiosa simetria em tal engano, um simetria de identificação errônea, especialmente se acreditarmos que Andreas Eliades estava por trás da ação ou de alguma forma implicado nela. Fora Andreas quem me tomara por David Keller na noite em que nos conhecemos. Pensara que era eu o banqueiro. Teriam seus companheiros julgado que era David o analista de risco? É obsedante a possibiliddae de existir uma correspondência exata no centro de toda essa confusão, essa desproporção de motivo, plano e execução. Uma harmonia.

Qual é o contra-argumento?

Não podia haver confusão. David e eu não nos parecemos, não estávamos usando roupas semelhantes, nem seguíamos rotinas similares. Eles queriam um banqueiro. Tinham esperado do lado de fora de seu edifício, viram-no sair com calções de corrida, seguiram para a mata e se colocaram no fim da trilha mais provável.

No que acreditar?

Quero acreditar que eles planejaram bem. Não gosto de pensar que eu era a vítima escolhida. Isso nos coloca todos à mercê dos acontecimentos. É mais uma coisa para me perturbar com sua intangibilidade, sua casualidade o desaparecimento na distância de figuras humanas e o que quer que seja real e absoluto sobre a luz que as cerca. Quando o pistoleiro cruzou meu caminho, eu era naquele momento não somente a vítima pretendida como claramente fizera algo (tentava lembrar o quê) para merecer sua especial atenção. Mas ele não fez pontaria e disparou. Esta é a questão. O fato é que ele não sabia quem eu era, o que eu supostamente fizera. Quero interpretar isso como um sinal a meu favor.

Achou que ia morrer?

Uma pausa invadiu-me o peito, um medo absoluto. Ficamos olhando um para o outro. Esperei que o segundo eu emergisse; o astuto, inculto eu, o animal que mantemos em reserva para tais ocasiões. Ia impelir-me a tomar essa ou aquela direção, estrategicamente, inundando meu corpo de adrenalina. Mas houve apenas aquela pausa pesada. Fiquei parado onde estava. Indefeso, privado de vontade. Por que estava eu parado, rígido na mata de uma colina, punhos cerrados, encarando um homem com uma pistola? A situação pressionou-me a relembrar. Esse era o único meio de penetrar naquele momento vazio — uma percepção que eu não podia ligar a coisas. As palavras viriam depois. A única palavra, o item final da lista.

Americano.

Como ligar as coisas?

Descobrir seus nomes. Depois de eu ter contado ao homem do Ministério o que vira no bosque de pinheiros, disse-lhe tudo o mais que sabia, dei-lhe todos os nomes, Eliades, Rowser, Hardeman, todas as tênues conexões. Dei-lhe cartões comerciais, forneci datas aproximadas, nomes de restaurantes, cidades, companhias aéreas. Os investigadores que apurassem cronologias, traçassem rotas, investigassem listas de passageiros. A função deles era a ordem pública. Eles que meditassem sobre as plausibilidades.

O que mais?

Nada. Reconstruí os eventos de tal maneira que pude omitir um certo nome, sem fazer com que a seqüência parecesse incompleta. Era de Ann Maitland que eu não queria que eles soubessem. Parecia-me que ela não tinha o tipo nem a mente para rejeitar essa espécie de proteção.

Ela e eu nada dissemos diretamente um ao outro sobre o tiroteio. Era assunto codificado. Era assunto a que podíamos nos referir somente dentro dos limites de um olhar experiente. Mesmo isso se tornou excessivo. Começamos a olhar um ao outro por cima dos ombros, como se em prados à distância. Seria Andreas a figura que víamos?

Nossas conversas tornaram-se irônicas pastorais, lentamente articuladas, com repetidas tentativas de ternura.

Lindsay só falou de eu ter ido em auxílio de David, o que colocou um belo reflexo em sua tendência de tranqüilizar a todos.

A cidade embranqueceu de sol e poeira. Charles iria trabalhar no golfo, instalando ligações radiofônicas, sensores infravermelhos. David se recuperaria sem complicações, contando piadas naquele jeito coercitivo americano, a maneira predileta de gente com inibições em relação à morte. Esse é o humor de surpresa violenta.

Vejo-os na primitiva serigrafia que o cérebro é capaz de produzir, talvez vinte centímetros adiante de meus olhos fechados, miniaturizados pelo tempo e a distância, penetrados por estática visual, cada figura uma ondulante tira encarnada. Essas estão entre as pessoas que tentei conhecer duas vezes, a segunda vez na memória e na linguagem. Através delas, eu próprio. Elas são o que me tornei, de maneira que não compreendo mas acredito que crescerá até chegar a uma verdade completa, uma segunda vida para mim assim como para elas.

Pessoas sentam-se nos degraus do Propileu como se fosse uma sala de aula, umas cinqüenta, ouvindo o guia. Os rostos estão atentos, dispostas em fileiras no mármore entre os habituais estorvos e equipamentos, bolsas, câmeras, chapéus de sol.

No meio do andaime acima das pessoas um operário enfia a broca de uma furadeira elétrica em um bloco de pedra polida. A furadeira tem bem um metro de comprimento e produz um barulho de esmerilamento rotativo que se espalha entre colunas e muros.

A pedra natural está lisa pelo desgaste do ir e vir de pés, lustrosa e polida. Uma velha câmera repousa num tripé com um pano preto pendurado. Está voltada para o Partenon.

Aproximamo-nos hipnoticamente, caminhando sobre as pedras lisas, sem prestar atenção onde pisamos. A fachada oeste recua à nossa frente. Seria preciso um esforço violento para desviar nossos olhos. Cem vezes eu vira o templo da rua, nunca suspeitando que fosse tão grande, tão desgastado, escalavrado, danificado. Quão diferente da jóia iluminada por holofotes que eu vira do carro aquela noite, ao voltar do Pireu, um ano atrás.

O mármore parece pingar como mel, a pálida nuance outonal produzida pelo óxido de ferro na pedra. E há pedras espalhadas pelo chão, pedras por todo lado, quando circundo a colunata ao sul — blocos, lajes, capitéis, cilindros de colunas. O templo é isolado por cordas, mas esses fragmentos estão por toda parte no chão, superfícies carcomidas, ásperas ao contato, desfazendo-se em chuva ácida.

Detenho-me freqüentemente, ouvindo pessoas lerem umas para as outras, ouvindo os guias falarem alemão, francês, japonês, inglês com sotaque. Este é o peristilo, esta é a arquitrave, aqueles são os triglifos.

Uma mulher se detém para arrumar sua sandália.

Adiante do muro de sustentação alastra-se a grande cidade, cercada de montanhas, encalorada, impregnada de calamidade. A fumaça de pequenas fogueiras paira nas colinas, imobilizada, fixada. A orla irrespirável, cinzas caindo do céu. Paralisia. Nada se dispersará a não ser a força do som erguendo-se dos arcos do tráfego, os carros tremulantes trancados em concreto. Bombas irão tornar-se comuns, bombas em carros, bombas incendiando escritórios e lojas. Uma força cega talvez abale tudo, atravesse de ponta-cabeça todo aquele ano. Ninguém assume responsabilidade pelo pior do terror.

Caminho para a fachada leste do templo, tanto espaço e abertura, muros perdidos, frontões triangulares, teto, um lamento pelo que escapou da limitação. E foi isso o que sobretudo aprendi lá em cima, que o Partenon não era uma coisa a estudar mas a sentir. Ele era distante, racional, eterno, puro. Eu não poderia localizar sua serenidade, sua lógica e seu imutável sentido. Não era uma relíquia da Grécia morta mas parte da cidade viva abaixo dele. Isso era uma surpresa. Eu pensara que era uma coisa separada, o ápice sagrado, intacta em sua ordem dórica. Não tinha esperado que um sentimento humano emergisse das pedras, mas foi o que encontrei, mais profundo do que a arte e a matemática incorporadas na estruturada, as exatidões ópticas. Encontrei um clamor por piedade. Isso é o que resta às pedras danificadas em seu limite azul, esse clamor irrefreável, essa voz que sabemos ser nossa própria voz.

Velhos sentam-se entre fragmentos eretos ao longo da fachada norte, velhas de meias brancas e sapatos pesados, homens com distintivos na lapela, um guarda com boné cinza, carregando consigo a aura oficial, o brilho de horas vagas. A velha máquina fotográfica de caixão permanece solitária em seu tripé, o pano preto erguido pela brisa. Onde está o fotógrafo, o velho com a surrada jaqueta cinza de bolsos abaulados, o homem com o rosto encovado e unhas sujas? Sinto que o conheço ou posso inventá-lo. Não é necessário que ele apareça, comendo pistácios, que tira de um saco branco. A máquina fotográfica é suficiente.

Gente entra pelo portão, gente afluindo em grupos numerosos. Ninguém parece estar só. Este é um lugar para se entrar em multidões, procurar companhia e falar. Todo mundo está falando. Passo pelo andaime e desço os degraus ouvindo uma língua após outra, ricas, ásperas, misteriosas, fortes. É isso o que trazemos ao templo, não orações ou cânticos ou carneiros sacrificados. Nossa oferenda é a linguagem.

A PRADARIA

14

Ele estava no meio de uma multidão, de língua presa! Havia um home tonto como o cambalenho arastado de bebado, girando num canto. Uma das janelas tinha vidro, as outras três foram fechadas com táboas quando o vidro quebrou, e o lugar não era convinientemente bem iluminado, como numa cabana de índio, de barro e sapé. "Brincadera de criansa" veio uma voz através da escuridão. Era a viúva Larsen mãe do amigo dele que cheirava leite estragado. Ou alguém disse "Vá em frente, vamus lá" e isso foi dito bem pra ele. Era como um de seus sonhos de bater os dentes quando ele estava no meio das profunduras tétricas, e eles chamavam ele de todos lados. Ele se sentia depremido, ele resmungou em sua cabeça. "Si entrega" falou outra voz e num era ninguém mais além do velho ranheta de cara torta e perna alejada, conhecido como um salcripante nefesto e escorregadio, nacido pra encher todo mundo. "Si entrega" ele continuou. Por todo lado os outros estavam falando, mas ele não sabia o que estavam dizendo. A língua esquisita expludia na boca deles, como se estivessem sem respiração e respirando palavras em vez de ar. Mas que palavras, o que eles estavam dizendo? Ao lado dele estava seu pai e ele estava tomado por aquela língua secreta que o minino não conseguia descifrar de manera nenhuma. Parecia a voz de um home que conversa com corujas. O pastor viajante olhava pra ele. Sorriu pro minino e sacudiu a cabeça com simpatia, mas sua cara parecia uma faixa de meia-noite que nunca tinha sido clareada. Um deboche secreto estava envolto naquela cimpatia. Que estranha língua era aquela, que eles estavam falando? Seria a língua dos índios das pradarias? Não, porque nós a conhecemos dos evangelhos e dos atos. Essa estranha e antiga prática era glosilalia, isso de falar línguas esquisitas. Para alguns era um dom, mas para Orville Benton, uma maldição e uma calamitosidade! As palavras ecoavão em sua cabeça. As pessoas expludiam em riachos impestetivos. Era como compridos contos prangentes contados assim um por um. De quem eram essas palavras? O que siguinificavam? Não tinham ninguém para lhe dizer nada naquele lugar escuro. Alguma coisa que ele não gostava preocupava ele. A mesma sensação apavorante que sentia nas noites mais escuras tomava conta dele como uma multidão verdeosa. Ele sentia gotejas de suor pegajoso se formando na testa. A mão firme do pastor pegou no seu ombro e em seguida na sua jovem cabeça. "Palavras brancas", comentou ele, sacudindo a cabeça. "Puras como a neve enxurrante." Os olhos do home atravessaram a testa de Orville. Ele se retensou visivelmente. A chuva era como patas de cavalos no telhado, vazando através dos buracos. Ele tirou a mão da cabeça do minino para esticar seus dedos e fazer os ossos estalarem. "Si entrega", disse a mãe para ele com um olhar de arame farpado que era como um horrorível aviso para ele se comportar, ia chegar gente. Ele queria si entregar. Esta é a questão! Não havia mais nada no mundo que ele quisesse fazer do que si entregar totalmente, ir até onde ele estavam e falar como eles estavam falando.

"Faça tudo o que sua língua quiser! Enterra a língua velha e solte a nova."

O pregador agarrava ele agora com terríveis mãos de fogo. Ele se encolheu para trás totalmente apavorado. Era o mesmo minino que sem problema atravessava as entreanhas e veias do gado podrido, morto nos pastos por bacílicos fatais. Ele tentou falar línguas estranhas. Orville tentou! Mas a voz tinha um ruído enlamiado que ele não gostava nada. Tinha um som pantético de fraqueza. "Si molhe, meu filho", observou o rosto agigantado. "Brincadeira de criança é o que estamos fazendo." Esse pregador usava roupas comuns com mangas arregaçanhadas, bem diferente daqueles pregadores do passado com seus compridos casacões e pequenos colarinios brancos. Eram homes mais confiáveis daquela época! O pai dele continuava abanando a cabeça, o que deixava o minino espantado. Umas pessoas atiraram um braço para cima, cheio de tremulosos dedos que sacudiam ao redor. Ele examinou a igreja para ver que jeito tinha. Muitos falavam agora, alguns baixinho e outros fazendo baubúrdia e confusão. O pastor olhava pro minino. Cantarolava um pouco, estalando os ossos. Esse minino não era daqueles que vivem rezando, mas agora fechou os olhos e rezava pedindo pra entender a língua e falar. Sua mãe estava falando. Sua mãe de joelhos no chão frio, gritando e resmungando. Muitas pobres almas teriam invejado ela se ele não pudesse ouvir em si próprio a mesma voz daquele chamado espírito. Essas eram as palavras do pastor: "O vento do mundo está aqui. A voz do espírito invisível. Ouça essa voz e si entreguem". Ele confiava naquelas vozes ao seu redor. Ele queria falar na voz daquele espírito. Sentia uma vontade enorme de falar assim. Era um desejo puro. Ele precisava falar assim, queria falar assim. Mas como podia falar se não entendia a língua? Essas palavras pareciam de cabeça pra baixo e de dentro pra fora! O que queria dizer? O pregador sabia. Ele ouviu e disse. Ele podia intepretar as línguas. "O espírito é o rio e o vento." Mesmo dentro do seu descaroçamento evelopante, o minino se espantava um pouco com o geito que essa gente falava. Quando tentava, era no mínimo um esforço. Todas as palavras soavam como um ingles capenga de um gago na primeira fila da sala de aula. Ele não sabia nem mesmo por onde começar, nem onde estava a força da sua língua ignorante. Um desespero aranhífero se agigantou dentro dele. Era como se todos os males e disgraças do mundo tinham vindo gritar dentro de sua cabeça. Presentimentos vasavam de todos os fantasmas e bruxas e criaturas de olhos múltiplos de seus sombrios sonhos. Seus sonhos eram coisas pesadas. Ele imaginava ali outro mundo, plácido e trãoqüilo. A pradaria estava em toda sua volta. A verdade é que sempre existe uma criatura naquele espaço feliz para lamber e salvar o viajante curioso. Alces rondavam pelas planícies e existiam pumas nos lugares colinosos, se os hóspedes estavam certos. Contudo essa história invocava uma grande discrença em alguns lugares. "Puma nenhuma tem sido vista nos últimos cinqüenta anos", diziam os antigos moradores. Mas o minino não temia nenhum animal. Este era o país do seu coração. Ele tinha um tesouro pessoal que ele amava, que era as botas de couro preto forradas de lona, um presente do coração grande de Lonnie Wright, cujo estranho distino nós já vimos. "Um pouco de más notícias, rapaz", disse ele sorrindo sem graça. E nas suas botas ele era um pouco o home completo que ele ainda ia ser, percorrendo a pradaria e aprendendo seus caminhos, que eram os caminhos de cotovia chifruda e do falcão caçador de roedores, das flores silvestres e do sol que pesadamente se avolumava sobre o trigo. Ele tinha visto a pequena cotovia chifruda em seu ninho na relva e nos matos assim que saíra do ovo, mesmo antes de ter azas para voar, quando estava em perigo por causa da fome natural das outras criaturas. Mas esses pensamentos de pena em relação a coisas que são menos poderosas do que nós mesmos não conseguiam sobrepujar a sombrosa relembrância do terror. Através do campo e da floresta, do vale e da montanha, sempre em movimento, como um índio, como um anão de pernas curtas escondido na relva alta, ele queria sentir o orvalhu da manhã no rosto e no pescoço, queria ver as pedras esfumaçadas das fogueiras dos acampamentos ao alvorecer. "Um lago parado", disseram pra ele. Estavam sendo bondosos ou maus? A terrível verdade é que não fazia diferença. Um lago parado era um lago parado. Ele burramente tentou falar. Prestou atenção, ouviu e tentou de novo. Um estranho lapisso de habilitação continuava ocorrendo. Era como as profunduras de uma tentativa falhada. "Outra brilhante invencionice sua, Orville!", ouviu ele a voz da mãe ecuando em seu ouvido. E apesar de tudo uma boa mulher! Era o pai comendo um naco de queijo que ele não podia entender. Era a raiva de um pai pelo filho único cujo único crime tinha sido estar ali, fazendo seus deveres em casa e no campo, a mesma rotina entra dia sai dia. Essas eram as necessidades sem preocupações da sua mininince. Que coisas esperar? Ele não sabia, não se importava de saber. Ele só queria se livrar da terrível dor daquela incomprinsão. Eles falavam em volta dele e ele não conseguia entender o sentido. Queria si entregar livremente, mas não podia chegar lá ou mesmo ir na direção deles. A raiva do pregador estava istampada em seus olhos. Ele podia ler isso como se fosse um livro. Era o selo istampado da desgraça. Não era a fúria ou a dor natural que esse minino de cabelos de palha temia, mas a desgraça da noite e seus espectros. Pissicologia! "Quando você morre, desaparece", dise a mãe para ele, mas o pai desfiava uma conversa fiada sobre a morte, os espectros e visitas surprendentes. Ele tentou abafar os soluços. Sentiu-se fatigado. Era um sonho, mas não um sonho. O dom não era dele, toda a lingua do espirito era maior do que o latim ou o frances e não conseguia ser aprendida por sua lamentável boca. Sua língua era uma pedra, os ouvidos eram pedras. Essa era a estranha discrição de sua situação, resmungava ele mentalmente. Queria si bater até sangrar, mas suas mãos estavam atadas pelo olhar rancoroso do pregador. Seus braços e pernas tinham desaparecido, ele se achava surdo e mudo. Um impulso forte dizia: "Corra!" Suas pernas de repente se agitaram e ganharam velocidade, sem consultar seu célebro sobre a direção que deviam tomar. Ele passou voando pela porta rachada e mergulhou na chuva tempestiva. Riscas de raios corriam através do céu. Uma tremenda energia expludiu dentro dele, a energia do panico e do medo. Ele era bastante forte para um minino de sua idade, e suas pernas o transportaram com força sobre a relva encharcada. Toda a terra estava cinzenta. O céu negro. Em parte alguma ele via a suave pradaria dos seus dias sem preocupação. Lonnie Wright tinha partido há tempos. Ele teria abrido a porta para qualquer jovem perdido, mesmo que fosse um delinquente. Não havia para onde correr, mas ele corria. Da fazenda até a estrada do mercado só havia barro. Os sapatos guinchavam e pelotas de lama voavam sobre suas roupas e mãos. Ele procurava em vão por sinais familiares ou lugares seguros. Em lugar algum viu o que esperava ver. Por que não podia entender e falar? Não havia resposta que um ser vivo pudesse lhe dar. De língua presa! Sua sorte estava selada. Ele correu para a distância chuvarenta, ficando menor, cada vez menor. Isso era pior que um disgraçado pesadelo. Era o pesadelo das coisas reais, as maravilias decadentes do mundo.

1ª EDIÇÃO [1989] 1 reimpressão

ESTA OBRA FOI COMPOSTA PELA LINOART EM GARAMOND GALLERY
E IMPRESSA PELA GEOGRÁFICA EM OFSETE SOBRE PAPEL PÓLEN SOFT
DA COMPANHIA SUZANO PARA A EDITORA SCHWARCZ EM JULHO DE 2003